KB027572

당신 안의 두려움을 없애고 »»»»»»

퀸 부자(父子)는 각자 자기 방식으로 쓴 편지를 통해 우리 시대의 청장년층에게 '최고의 나'에 도달할 수 있는 방법을 제시한다. 따라서 이 책은 계속해서 배우고 싶고, 사랑을 실천하며 올바른 삶을 살고자 하는 모든 이들을 위한 인생 지침서다!

– 워렌 베니스(남 캘리포니아 대학교 경영학 교수, 《위대한 이인자들》《뉴리더의 조건》 저자)

나는 한 아이의 아버지이자 한 아버지의 아들이며, 매니지먼트와 리더십 개발 분야의 전문가이기도 하다. 이 책은 내가 이제까지 읽었던 책 중에서 가장 감동적이고 혁신적이며 마음을 움직이는 책 가운데 하나다.

– 마이클 맥그레스(찰스 슈왑 증권사 실무계획 및 개발 담당 부사장)

이 책에는 인간관계를 확립, 지속시키는 방법에 대한 감동적인 대화가 담겨 있다. 이 책은 당신의 아들딸 혹은 배우자, 동료, 직장상사 등 누구나 더욱 풍요로운 삶을 만들어갈 수 있도록 도와주며, 평범함을 뛰어넘을 수 있는 전략을 제시한다.

– 로저 S. 뉴턴(에스페리온 테라퓨틱스 최고경영자)

»»»»»»»» 당신 안의 가능성을 되살려주는 책!

이 책은 저자들이 우리에게 선사한 소중한 보물이다. 이 책을 함께 쓴 아버지와 아들은 멀어진 관계를 개선하려는 노력을 통해 서로를 향상시켰고, 더 나아가 우리로 하여금 비범한 삶을 살아가는 데 필요한 값진 지혜를 가르쳐주었다. 이 책은 대변혁의 요소인 빛, 진실, 정직, 용기, 그리고 사랑으로 가득 차 있다.

– 더글라스 D. 앤더스(고위경영자 개발 센터 설립자)

아버지 로버트 퀸은 시간을 초월한 삶의 지혜를 대학교 일학년생인 자신의 아들에게 일깨워주고 있다. 그들이 주고받은 편지를 읽으면서 나 역시 공감하는 부분이 많았다. 때로 논쟁을 불러일으키기도 하고, 깊은 생각에 잠기게도 하지만, 이 책은 분명 내 인생에 값진 보물이다. 현재 이 책은 내 딸아이의 손에 들려 있다. 당신의 사랑스런 자녀에게도, 마음 깊은 곳에 감동을 주는 이 한 권의 책을 들려 주라!

– 필립 H. 머비스(커뮤니티 격려재단 공동위원, 작가)

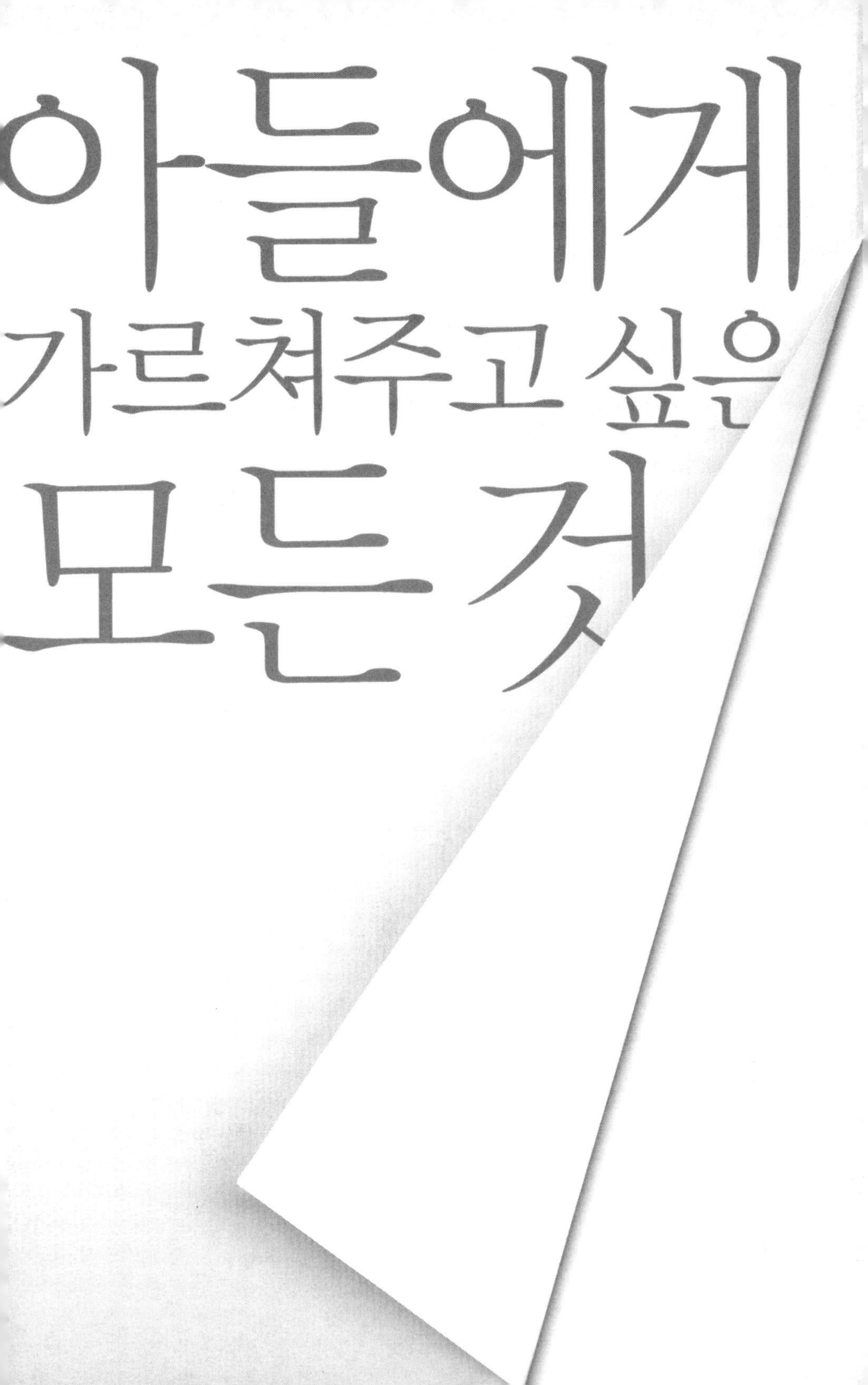
아들에게
가르쳐주고 싶은
모든 것

■ 옮긴이 **이강락** 현재 KRConsulting 그룹 대표이사. 서울대학교 공과대학을 졸업하고 아주대학교 산업공학 석사 및 박사(수료) 과정을 마쳤다. 대우그룹 과학적 관리기법 사례 발표 대회에서 금상을 수상한 바 있으며, 대우정밀 기술연구소 설계팀장을 거쳐 한국능률협회 컨설팅(KMAC) 시니어 컨설턴트를 역임하고 1999년 중소기업청에서 신지식인으로 선정되기도 했다. 저서로는 《원가에너지 절감 매뉴얼》 등이 있고 역서로는 《컨설팅 프로페셔널》 《아웃소싱 경영》 등이 있다.

■ 옮긴이 **강경훈** 현재 KRConsulting 그룹 소속 컨설턴트. 매사추세츠 대학교 경영학과를 졸업했으며, LG그룹 회장실 경영혁신 추진본부에서 일했다. 연구 논문으로 〈R&D 환경개발을 통한 혁신기업 만들기〉가 있고, 역서로는 《컨설팅 프로페셔널》 등이 있다.

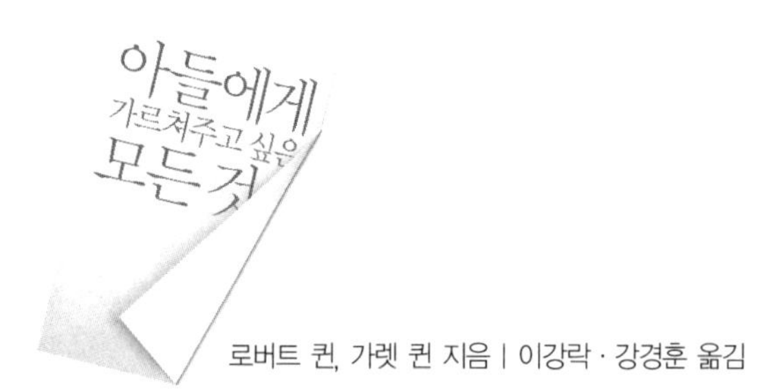

로버트 퀸, 가렛 퀸 지음 | 이강락 · 강경훈 옮김

초판 1쇄 발행 2003. 7. 15. | 초판 2쇄 발행 2003. 10. 15. | 발행인 고용석 | 발행처 다우출판사 | 편집 남미은, 박현혜 | 등록번호 제03-01192호 | 등록일자 1999. 7. 15. | 서울시 용산구 청파2가 71-14 3층 | 대표전화 02-701-3443 | 팩스 02-701-3442 | E-mail onbook@korea.com & yesbook@chollian.net | © 로버트 E. 퀸 | ISBN 89-88964-23-3 03810
*파본은 구입하신 서점이나 본사에서 교환해드립니다. 책값은 뒤표지에 있습니다.

로버트 퀸, 가렛 퀸 지음
이강락 · 강경훈 옮김

우리의 사랑하는 아내이자 어머니인 델사 퀸에게 바칩니다.

삶을 바꾸는 힘은 네 안에 있다!

나에게는 고등학교를 갓 졸업한 아들이 한 명 있다. 고등학교 시절 그는 삶에 대한 확신과 뚜렷한 인생의 목표를 가진 미래가 매우 촉망받는 청년이었다. 그러나 고등학교를 졸업하면서부터는 자신이 계획하고 꿈꿔오던 '성공하는 삶'으로부터 멀어지게 되었다. 대학교 시절의 첫 일년을 심각한 우울증에 시달려 허우적거려야 했으며 주위의 모든 사람들, 심지어는 아버지인 나에게까지 부정적인 감정을 쌓고 있었다. 그러다가 학교 수업은 물론 아무 일에도 흥미를 갖지 못하는 자신을 발견하기 시작하면서 점점 반복되는 어두운 삶 속에 자신을 가두었다.

나는 아버지로서 그러한 아들을 돕기 위해서 고민하고 기도하며 몸부림도 쳐보았다. 나는 어떠한 문제의 정확한 해답을 찾듯이 아들을 단번에 변화시킬 방법을 찾아 고심하고 있었고, 그러던 중 점차 중요한 사실을 깨닫기 시작했다. 문제의 근본적인 원인은 아들이 아니라, 그를 문제의 대상으로만 보고 있는 나 자신이었다. 나의 아들은 고쳐야 할 막연한 문제의 대상이 아닌, 절대적인 사랑을 필요로 하고 또 받아야 할 하나의 생명체이자 인간인 것이다. 내 아들은 단지 다른 여느 사람들과 마찬가지로 삶의 변화의 시기에 서 있을 뿐인 것이다. 자신이 누구인지 그리고 어디로 향해야 할지에 대한 선택으로 고심하고 있을 때, 그가 진정으로 필요로 하는 것은 아버지의 사랑과 아낌없는 후원이었다.

하지만 안타깝게도 아들이 필요로 하는 것을 채워주기에 나는 너무 부족함이 많았다. 나 자신이 먼저 아들과 더 가까워져야 하고, 더 사랑해야 하고, 적극적인 후원자로 변화해야 한다는 사실을 깨달았다. 이러한 일을 실천하는 것은 나에게 너무나 큰 도전이었다. 나는 생각하고 또 생각했다. 아들과 함께 정기적으로 대화하고 서로에 대해 이해할 수 있는 계기가 필요하다는 것을 알게 되었다.

한 가지 아이디어가 내 머릿속에 떠올랐다. 나는 아들에게 함께 책을 쓰자고 제안했다. 서로에게 편지를 쓰는 형식의 책을 만들자는 나의 제안에, 아들은 흔쾌히 동의했다. 그때 아들은 자신의 모든 학업과 생활에 자신감을 잃어 거의 아무것도 하고 있지 않을 때였으나, 그 애는 편지 쓰기에 동참했고, 그것은 곧 우리의 약속이 되었다.

시간이 지나면서, 책은 아들과 나 사이에 새로운 관계를 맺어주는 대화의 장이 되어갔다. 나는 과거에 내가 직접 겪었던 경험과 어려웠던 시기의 기억을 꺼내, 그런 상황 속에서 어떻게 자신을 이겨나갔는지에 대한 노하우를 나누었다. 처음에 아들의 편지는 간단하고 명료했다. 그러나 시간이 지나 편지가 몇 차례 오갔을 때, 아들의 편지는 내 편지에 대한 자신의 의견으로 가득 채워져 되돌아오기 시작했다. 나는 그의 감정과 그가 겪어왔던 학교생활의 경험, 전에는 나누어보지 못한 한 청년의 수많은 예민한 문제들을 서서히 어루만지기 시작했다.

지난 주, 아들과 나는 책에 대해서 많은 이야기를 나누었다. 나는 내 마음 깊숙한 곳에 자리잡고 있던 지극히 개인적인 감정을 털어놓다가 그만 아들에게 눈물을 보였다. 그 나눔에서 아들은 내 말에 귀를 기울일 뿐만 아니라 가슴을 열어 받아들였고 그로 인해 아들과 나의 공동 출간 프로젝트는 사랑을 전달하고 보여줄 수 있는 하나의 새로운 매개체로 태어났다.

그 며칠 뒤에 나는 새로운 사실 하나에 감사하지 않을 수 없었다. 작년까지만 해도 아버지인 나를 멀리하던 아들이 지금은 친구가 되어 나의 무릎에 머리를 기대고 따뜻한 이야기를 나누게 된 것이다. 비록 작은 변화일지라도, 아들과 함께 새로운 곳으로 향하는 여행에서 이 작업은 분명 매우 희망적이고도 힘찬 출발이 되어줄 것이라 믿는다.

내 아들은 여전히 부모의 잔소리가 필요한 열아홉 살 철부지 같은 행동을 하고 있다. 그러나 이제 나는 그런 아들의 행동이 대수롭지 않기 때문에 전처럼 잔소리를 하거나 부정적으로 반응하는 대신 사랑이 가득한 시선으로 바라보고 있다. 나는 사랑을 통해서 아들의 무한한 가능성을 볼 수 있게 되었다. 아들이 자신의 일에 대해 스스로 결정하고 선택할 수 있도록 존중하려 한다. 심지어 자신의 인생에서 비틀거리고 실패할 수 있는 선택권마저도 아들 스스로 결정할 수 있도록 남겨두려 한다. 이제 나는 아들을 변화시키거나 고쳐야 할 대상으로 보지 않고 진심으로 사랑해야 할 대상으로 보고 있다.

이 책은 인간관계를 새로이 열어가는 이야기로 채워져 있다. 나는 독자들의 인생을 변화시킬 수 있는 힘과 가능성에 대해서 알려주고자 한다. 뿐만 아니라 삶을 더욱 현명하고 영향력 있게 살아가는 방법에 대해서도 말해주고 싶다.

이 책은 내 아들처럼 인생의 갈림길에서 새로운 변화를 처음 준비하는 사람들을 위한 것이다. 또한 자신이 사랑하는 사람을 돕고 싶어하는 이들에게 매우 유용할 것이다. 사회에 무엇인가 공헌하고 싶거나 환원하고 싶지만, 자신의 인생조차 버거운 나 같은 전문직 종사자들에게도 도움이 될 것이다. 다시 말해 이 책은 자아 발전을 막는 심리적 장애 요소를 가지고 있는 모든 사람들에게 작은 도움을 주기 위해 쓰였다. 누구보다도 내 아들이 그 작은 도움을 필요로 했다. 그리고 아들에게 도움을 주기 위해선 나 역시, 내 속에 깊이 잠재되어 있던 장애 요소를 먼저 극복해야 했고, 그래서 내게도 그 작은 도움이 필요했다. 이 글을 읽는 당신도 어쩌면 그러한 도움이 필요할 것이다. 앞으로 이 책을 읽으면서 생산적인 삶의 변화와 큰 힘, 그리고 가능성을 모두 다 얻길 소망한다.

미시간 앤 아보에서,

로버트 퀸.

나는 롤러코스터 타는 것을 좋아했다. 가장 길고 무섭다고 소문이 난 롤러코스터들을 타보았는데, 그 중 어떤 것도 내가 지난 3년 동안 겪었던 암울한 생활과는 비교할 수 없었다. 그 시간은 세상에서 가장 악명 높은 롤러코스터 그 자체였다. 그 깊은 심연에 내 인생의 열차가 다다랐을 때, 그곳에서 나는 아무리 발버둥쳐도 헤어나올 수 없는 자포자기 상태의 인생 낙오자일 뿐이었다. 그러나 주위 사람들의 지속적인 기도와 사랑은 나를 변화된 삶으로 이끌어주기에 충분하였고, 마침내 나는 내 인생을 새출발시킬 수 있었다.

과거에는 많은 일들이 대체로 쉽게 이루어졌었다. 고등학교 시절, 나의 학교생활은 매우 만족스러웠다. 행복한 가정생활도 굉장한 이점이었고, 여러 가지 운동에도 소질을 보였던 나는 미래가 밝게 열려 있는 것 같았다. 모든 생활과 상황은 나를 위해서 하나 둘씩 맞추어지고 있는 것처럼 보였다. 학업에 그리 많은 노력을 기울이지 않아도 평균 B학점은 늘 유지했다. 주위에는 나를 따르는 친구들이 많았고 착하고 예쁜 여자친구도 곁에 있었다. 무엇보다도 농구를 할 수 있었기에 내 생활은 정말 풍요로웠다.

고등학교 2학년에 올라갔을 때, 내가 주전 슈팅가드로 속해 있는 농구팀은 훌륭한 경기와 우수한 성적으로 매 게임을 이끌어가고 있었다. 우리 팀은 시즌마다 성공적인 게임을 치렀고, 미시간 주(州) 챔피온 대회에서 학교 역사상 최초로 우승의 영광도 일궈냈다. 그 우승의 만족감과 뿌듯함은 내 인생에 있어서 잊지 못할 큰 기쁨으로 남아 있다.

고등학교 졸업반이던 3학년 때, 우리 팀은 18승 2패라는 우수한 성적으로 시즌을 마쳤다. 그 당시 나를 포함한 우리 팀 모든 선수들의 마음은 주 대회 챔피온 타이틀에 도전하겠다는 긴장감으로 만반의 준비를 갖추고 있었다. 나의 모든 관심과 열정은 주 대항 농구대회 우승에 집중되었다.

우리 팀은 처음 다섯 번의 경기에서 연속 우승을 이루어내며 다시 한 번 4강 진출의 쾌거를 일궈냈다. 연이은 승리에, 나는 당연히 우리 팀이 주 대회에서도 우승할 것이란 확신에 사로잡혀 있었다. 하지만 내 생각대로 되지는 않았다. 4강전에서 상대 팀과 막상막하의 접전을 펼친 끝에 우리 팀은 고개를 숙여야 했다.

우리는 우리가 해야 할 모든 것에 충실했기에 도저히 경기 결과가 믿어지지 않았다. 그 경기를 치른 후 몇 주 동안 나는 혼란 상태에 빠져 있었다. 나의 말수는 급격히 줄어 기껏해야 대답만 겨우 내뱉을 뿐이었다. 나는 나 자신의 패배를 인정하고 이겨내기 위한 내면의 싸움에 돌입했다. 내 모든 노력과 꿈, 미래를 걸었던 고교 농구 팀의 마지막 경기, 그리고 팀에 대한 나의 열정은 단 한 번의 패배로 인해 송두리째 뿌리뽑혔다. 너무나 처참했다.

그 후로 줄곧 내 자신감은 '패배자'라는 이름 뒤에 숨어 꼼짝달싹 못한 채 주눅이 들어 있었다. 나는 괴로운 마음을 술로 달래는 법을 배우기 시작하였고 학교 수업을 빠뜨리며 노는 데만 집중했으며 도박에까지 손을 뻗쳤다. 내가 가지고 있던 문제를 회피하느라 스스로 최면을 걸기에만 바빴다. 모든 것이 아무 문제 없다는 것을 증명해 보이려는 듯 고교 시절의 마지막을 그렇게 친구들과 함께 유흥에만 전념하며 흘려보냈다.

그런 와중에도 대학교에 입학하면 다 나아질 것이라 믿고 있었다. 그러나 나의 생활은 또다시 내가 기대했던 것과는 전혀 다른 모습이 되어갔다. 룸메이트는 모든 면에서 나와 너무나 달라 함께 어울리지 못했다. 그와 함께 쓰는 아파트는 항상 어지럽혀져 있었고 나의 생활 환경은 날이 갈수록 더욱더 엉망이 되어갔다. 학교 수업에서도 어려움을 겪기 시작했다. 한 학기에 11학점만을 이수하면 되는데도 수업에는 거의 나가지 않았고 공부를 한 기억은 전혀 없다. 도박에도 더 깊이 빠져들어가 갖고 있던 돈을 거의 다 잃었다. 그와 동시에 나의 우울증은 더욱 심각해져, 끝내 나는 도박으로 3천 달러의 거금을 탕진해버렸다.

그 후로 나는 아무것도 할 수 없는 마비상태에 이르렀다. 모든 기능이 멈추었다. 매일 밤 열시에 잠자리에 들어 다음 날 오후 두시까지는 일어나지 않았다. 잠에서 깨어 있는 시간이 적으면 적을수록 나에게 더 좋다고 믿었고, 그런 생각이 머릿속을 계속해서 지배하자 급기야 죽음에 대해 생각하기 시작했다. 죽음이 그렇게 나쁘다고만은 생각되지 않았다. 비록 내가 그런 생각을 행동으로 옮긴 적은 없지만, 생각은 수도 없이 해보았다. 죽음을 실천할 수 없었던 가장 큰 이유는 어머니의 가슴에 못을 박는 것이 두렵고 싫었기 때문이었다.

이즈음, 아버지가 나에게 함께 책을 쓰자고 제안하셨는데, 처음에 나는 무엇을 어떻게 하는 것인지 몰랐고, 사실은 아버지와 뭔가를 함께 한다는 게 싫었다. 아버지에게 화가 나 있던 나는 아버지가 이런 방법을 통해 나와의 관계를 회복하려는 것에 거부감까지 들었다. 결국에는 함께 하기로 했지만 어쩐지 나 자신이 측은하게 여겨졌다.

어쨌든 나는 아버지와 함께 책을 쓰는 프로젝트를 시작했다. 그리고 그 프로젝트 속에 등장하는 몇몇 흥미로운 아이디어들을 내 삶에 적용해 보면서, 점차 내 인생에 대해 긍정적으로 생각하게 되었고, 조금씩 달라지는 내 모습을 볼 수 있었다.

그러나 수고 없이 쉽게 얻을 수 있는 답은 이 세상에 없다. 나는 내 우울증의 근본 원인을 치료할 수 있는 방법을 찾고 있었지만 찾을 수 없었고 또다시 열등감에 사로잡혀서는, 하고 있던 모든 일들에서 차츰 손을 놓기 시작했다. 그 해 연말이 다가오면서 끊었던 술을 다시 시작하여, 마침내는 매일 밤 술에 취해 살기에 이르렀다.

그러던 어느 토요일 밤, 나는 우연히 친구집 근처를 지나다가 잠시 안부나 전하려고 들어갔다. 오래 머물 계획은 전혀 없었는데, 그들의 술자리 권유를 뿌리치지 못했다. 술에 적당히 취하자 나는 그들과 함께 대마초를 피워대기 시작했다. 우리는 많은 양의 대마초를 피웠고 완전히 망

가져가는 나를 보며 그들은 동질감에 즐거워했다. 내가 대마초를 피운 후로 기억하는 것은 함께한 친구들로부터 멀어지려고 뒷걸음질쳤던 것뿐이다. 그 당시의 나는 피해망상증에 사로잡혀 모든 친구들이 나를 죽이려고 하는 줄로만 알았다. 아무튼 그들은 대마초와 알코올 과다 복용으로 나를 죽일 수도 있었다.

그날 밤 내게 정확히 어떤 일이 벌어졌는지는 알 수 없다. 다른 사람들이 들려준 이야기에 따르면, 약물 과다 복용으로 혼수상태에 빠졌었다고 한다. 아무것에도 반응하지 못하고 결국엔 숨까지 멎는 긴급 상황이 발생했다고 한다. 나의 뇌는 산소 공급을 충분히 받지 못해 죽음이 코앞에까지 다가왔으나, 불행중 다행으로 같이 있던 민첩한 친구 하나가 나를 병원으로 급히 데려갔다. 그가 아니었다면 아마 지금 이 글을 쓰고 있지 못했을 것이다. 그는 내 생명을 구한 은인이다.

깨어났을 당시 어머니와 아버지가 나를 내려다보고 계셨고 내 몸은 심한 경련에 따른 움직임을 저지하기 위해 꽁꽁 묶여 있었다. 병원에 도착해 정신이 반쯤 깼을 때, 의사의 얼굴에 침을 뱉었던 기억이 희미하게 난다. 그가 나를 죽이려는 줄 알았기 때문이다. 나의 두 팔과 가슴에는 여러 개의 바늘이 꽂혀 있었고, 도뇨관(導尿管)이 삽입되어 있었으며, 코에는 호스가 연결되어 있었다.

나는 어머니에게 말했다. 내가 살아 있는 이유는 어머니 때문이라고……. 그리고 어머니가 나를, 죽음으로부터 지켜주었다고 굳게 믿고 있으며, 어머니를 떠날 수 없기에 내 생명은 끊어지지 않은 것이라고 고백했다. 어머니에게 이미 충분히 많은 고통을 안겨주었기에 만약 내가 죽는다면, 어머니는 그 아픔으로 세상을 살아갈 수 없을 것이라 생각했다. 하나님은 아직 내가 하나님의 곁으로 갈 시간이 아니었기에 살려주신 것 같다. 이 일은 내 삶에 커다란 전환점이 되었다. 다음 날 나는 이러한 고통스런 경험을 하나의 가르침으로 받아들여 내 인생을 변화시키기로 굳게 마음먹었다.

지금의 내가 바로 변화된 모습이다. 나는 휴학을 하고 일 년을 쉬면서 새로운 일을 시작했다. 현재 나는 아픈 과거를 하나의 채찍으로 삼아 학교로 돌아가기 전에, 잃어버린 자아를 재발견하기 위해 고교 농구 팀의 보조 코치로 일하면서 삶의 활력을 얻고 있다.

나는 지금 작은 것이 주는 소중한 기쁨을 되찾기 위해 긍정적으로 생각하고 행동하려고 노력한다. 이젠 우울증 치료제에 의존하지 않고도 살아 있음에 행복을 느낄 수 있다. 전에는 아무도 이해하지 못한다고 믿어왔던 내 고통의 무게가 더 이상 나 혼자만의 것이라 생각하지 않고 있다. 세상의 모든 사람들이 저마다 약간은 다른 종류의 고민과 고통의 무게를 이겨나가고 있음을 깨닫게 되었기 때문이다.

오랜 시간 동안 나는 내 생명의 존엄성을 상실한 채 살아왔다. 죽든 살든 상관없이 살아가고 있었던 것이다. 사람들과의 수많은 관계 속에서도 항상 혼자라는 착각 속에 고립되어 자살까지 생각했던 나였다. 하지만 지금은 나를 사랑하고 걱정과 격려를 아끼지 않는 주위 사람들의 모습이 안개가 걷히듯 내 시야에 들어오기 시작했다. 나는 그들에게 실망과 상처를 줄 만한 권한도 자격도 없는 것이다. 다른 모든 사람들에게도 내가 깨달은 것과, 그 사실을 깨닫게 해주는 주위의 사랑이 절실히 필요하다고 믿는다.

암울하고 고통스러웠던 나의 경험이 이제는 정말로 값진 보석이 되어 돌아왔다. 사랑을 배우게 해주었고 힘을 얻게끔 해주었다. 비록 내가 주위 사람들에게 힘들게 다가갔지만 그런 나를 외면하지 않고 이해하면서 자신의 손을 건네 준 그들에게 감사한다. 이제는 내가 그들에게 내 손을 건넬 차례이다.

나는 이 책을 통해 조심스레 내 이야기를 하려 한다. 이 글을 읽고 누군가가 자신의 인생을 계속해서 쉬지 않고 전진해갈 수 있으면 좋겠다는 것이 나의 소망이다. 내 이야기가 사람들에게 좋은 변화를 가져올 수 있는 기회를, 자아를 성장시킬 수 있고 삶을 더욱 가치 있게 살 수 있는 도움을 주었으면 하는 바람이다.

미시간 앤 아보에서,

가렛 퀸.

차례

letter 2 삶을 바꾸려면 인생 선언문을 써라

letter 3 평범함과 비범함에 관하여

letter 4 '최고의 나' 찾아내기

letter 5 관계의 기술

letter 6 경쟁과 충돌을 활용하는 법

letter 7 진정한 변화를 위한 행동 법칙

letter 9 변화를 완성하는 마음의 법칙

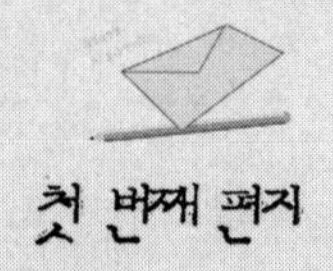

첫 번째 편지

변화를 학습하라

"포유류가 치열한 생존경쟁을 이겨내고 지금까지 생물의 영장으로 군림할 수 있었던 이유는 그들이 강해서도 아니요, 그들의 지능이 뛰어나서도 아니요, 오직 그들이 변화에 가장 잘 적응했기 때문이다." - 다윈

첫 번째 편지

사랑하는 아들 가렛에게

지난 달 나는 한 대학교의 초청 강사로 3학년과 4학년을 위한 강의를 한 적이 있다. 수업은 '변화'란 주제로 진행되었고, 강의 주제의 특성상 평상시와는 달리 프레젠테이션을 준비하지 않았다. 서로 호흡하는 수업 진행을 위해선 학생들이 가장 관심을 가진 주제를 통해 다가가야 했으나, 그들의 현재 관심사를 정확히 알 수 없어 그냥 즉흥적인 수업을 하기로 마음먹었다.

젊은이에게 가장 중요한 질문 ›››

강의실에 들어갔을 때, 나는 그들에게 두 가지 질문을 던졌다. 첫 번째 질문은 "여러 분은 한 학기 동안 변화에 대해 공부하는 데 투자했습니다. 그렇다면 과연 여러 분이 수업을 통해 가장 확신을 얻은 건 무엇이라고 생각합니까?"였고, 두 번째 질문은 "여러 분이 중요하다고 생각해서 고민하고 갈등해왔던 것 중 불확실하다고 생각되는 건 무엇입니까?"였다.

나는 첫 번째 질문에 대한 각자의 의견을 다른 학생들 앞에서 발표하도록 유도했다. 학생들은 저마다 확신에 차 있었다. 그들은 변화의 과정에서 필연적으로 나타나는 난해한 예측성과 복잡성에 대해 다양한 생각을 표출했다. 또한 그들은 학기중에 배웠던 여러 가지 변화의 개념을 체계화할 수 있는 방법을 발표했다.

두 번째 질문이었던 '불확실한 것들'에 대한 토론을 시작했을 때, 학생들이 제시한 의견들을 토대로 나는 하나의 목록을 만들어갈 수 있었다. 어떤 학생은 자신의 생각과 가치관을 통해 직접적인 변화를 이뤄낼 수 있는 조직이 과연 존재하는지 궁금해했다. 또 다른 학생들은 자신들의 의견이 조직에 의해 무력화되지 않도록 지키는 방법에 대해 알고 싶어했다. 한 학생이 물었다.

"내가 제안한 중요하고 가치 있는 의견이, 반대와 반발을 극복하고 효과적으로 받아들여질 수 있도록 조직을 변화시키려면 어떻게 해야 합니까?"

그들은 심지어 자신들이 매일같이 생활하는 최소단위 조직인 가정을 변화시킬 수 있는지 여부에 대해서도 확신을 갖고 있지 못했다. 나의 목록은 계속해서 다양한 질문들로 채워졌는데, 작은 체구를 가진 한 여학생은 이런 질문을 하기도 했다.

"저는 곧 미시간 주립 대학교를 졸업하고 사회로 나가려 합니다. 그런데 어떻게 하면 열두 살짜리 같아 보이는 제 외모로 사람들을 리드해낼 수 있을까요?"

그녀의 질문에 모두가 애정 어린 웃음을 띠었다. 그녀의 질문은 다른 학생들의 질문을 좀더 명료하게 해주었다. 어떻게 해야 자신에 대한 신뢰를 높일 수 있는가? 어떻게 자신의 말에 사람들이 귀기울이게 만들 수 있는가? 어떻게 해야 영향력을 미칠 수 있는가? 그리고 과연 우리가 변화를 만들어갈 수 있는가?

질문이 끝날 무렵, 나는 학생들에게 말했다. 그들의 질문에 구체적인 답을 하나하나 내놓지는 못하지만, 그들 질문의 핵심은 바로 이것이라고. "영향력을 끼칠 수 있는 중요한 인물이 되려면 어떻게 해야 하는가? 나아가서 어떻게 해야 세상에 의미 있는 변화를 일으킬 수 있는가?"

"영향력을 끼칠 수 있는 중요한 인물이 되려면 어떻게 해야 하는가? 나아가서 어떻게 해야 세상에 의미 있는 변화를 일으킬 수 있는가?"

단순히 지쳐 있는 것인가? 우울증에 빠진 것인가? »»

이것은 굉장히 중요한 질문이고 젊은이들에게는 더욱 그렇다고 생각한다. 하지만 이 질문은 나이나 상황과는 무관하게, 우리 모두에게 매우 큰 이슈로 다가오고 있다.

내가 대학생이었을 때 나 또한 이런 질문들을 끊임없이 되뇌었는데, 그것은 내 삶에 매우 중대한 의미를 갖는 의문이었다. 현재에도 많은 도전이 되는 이 질문은 여전히 내 삶의 형태를 결정하는 가장 기본적인 틀이 되고 있다.

나의 청년 시절은 이랬다. 스물한 살이 되자, 나는 다른 이들의 삶을 변화시키는 것을 돕는 선교활동을 마치고 복학했다. 이 활동을 통해 나 자신의 인격을 변화시킬 수 있었고, 이전에는 소유하지 못했던 새로운 인간관계를 맺게 되었다. 나로 인해 사람들의 마음이 서서히 꿈틀대고 움직이며 변화되는 값진 체험을 할 수 있었다. 그들은 외부로부터 형성된 새로운 인간관계를 지켜나가기 위해서 노력하게 되었고 더 나은 삶을 살기 위한 충분한 동기를 얻을 수 있었다. 이러한 일들은 나에게도 삶의 보람과 기쁨을 느끼게 해주었다.

복학하기 전 나는 우선 서점부터 들러, 인격수양과 자기 훈련에 관한 책들을 몇 권 구입했다. 그러나 일상생활에 젖어갈 무렵, 나는 내가 무척 지쳐 있음을 느끼기 시작했다. 매일매일 수면시간은 늘어만 가서 하루가 시작되는 시간은 끝없이 늦추어졌고 늘상 초저녁부터 잠자리에 들었다. 휴식이 필요하다는 핑계로 자신을 합리화하며 보내는 나날이 많아졌다. 그러다 보니 학과 공부에는 점점 관심이 없어지고 오직 농구 게임만을 흥미와 위로로 삼았다. 당시 내 생활의 대부분은 학교 체육관에서 서성이면서 친구들과의 농구 시합을 기다리는 것이었다.

몇 달이 지났을까, 어느 날 내 방으로 향하던 기숙사 복도에서 룸메이트와 마주친 나는, 그에게 내 피로함을 토로했다. 그러자 그는 내 괴로움을 안타까워하면서도 약간은 동정하는 듯한 표정으로 "너는 피로감으로 지쳐 있는 게 아니라, 심각한 우울증에 빠져 있는 거야"라고 말하고는 유유히 사라졌다. 나는 그 말을 듣고 큰 충격에 휩싸여 그 자리에 선 채 굳어버렸다. 부인할 수 없이, 그는 너무나도 정확하게 내가 처한 상황을 지적한 것이었다. 왜 그런지는 몰라도 내가 우울증에 허덕이고 있던 건 사실이었다.

내가 처한 상황을 바로 알기 위해, 몇 가지 질문과 함께 스스로를 분석해보기 시작했다. 내가 지쳐 있다고 생각하게 된 이유는 무엇인가? 내가 느끼는 것이 확실히 우울증으로부터 오는 것인가?

내게 닥쳐온 첫 번째 상황은, 학교 수업이 매우 싫어졌다는 점이다. 몇몇 선생님들을 제외한 나머지 선생님들은 전혀 만족스럽지 못했다. 그러나 선생님이 잘 가르치고 못 가르치고는 나의 관심사가 아니었고, 내 우울증 원인이 되기에는 너무도 미미한 문제였다. 새로 구입한 책들이 갑자기 무용지물처럼 느껴졌고, 그 책을 구입하는 데 들인 비용이 아깝다는 생각마저 들었다. 왜 사람들은 쓸데없이 인격수양이니 자기 훈련이니 하는 데 관심을 두는 것일까?

나는 인생을 어떻게 사용할지 계속해서 되묻기 시작했다. 하지만 공부하고 싶은 전공조차 정하지 못한 상태여서 완전히 인생 항로에서 이탈한 느낌이었다. 나는 어두운 곳에서 길을 잃어 방황하는 사람처럼 갈 길을 찾지 못하였고, 성장은 멈춘 듯했다. 갈 길을 찾기 위해 고민도 해보았고, 하나님께 기도도 했지만 해답을 찾기란 쉽지 않았다.

나는 인생을 어떻게 사용할지 계속해서 되묻기 시작했다. 하지만 공부하고 싶은 전공조차 정하지 못한 상태여서 완전히 인생 항로에서 이탈한 느낌이었다.

삶의 목적과 의미를 모른 채 나는 점차 혼돈의 구렁텅이에 빠져들어가기 시작했다. 거기서 헤어나오기 위해서 금식기도를 작정하고 하나님께 매달리기 시작했다. 두 번의 금식기도를 했지만 아무런 응답도 들려오지 않았다. 나는 마지막으로 한번 더 금식하기로 마음먹었다. 마지막 금식을 하던 날, 집으로 돌아오는 길에 스스로에게 앞의 질문들을 되물었다. 과연 내가 진정으로 하고 싶은 일이 무엇인지 그 실마리를 찾기 위해 묻고 또 물었다. 그러던 중 잊지 못할 영적 체험을 하게 되었다. 가장 확실하고 직접적인 질문의 답이 또 다른 질문으로 닫혀 있던 내 마음의 문을 두드렸다. "현재까지 내 인생에 있어서 가장 보람되고 중요했던 일은 무엇인가?"

이 질문은 모노폴리 게임*의 '감옥으로부터의 석방' 카드가 게임 플레이어에게 자유를 주는 것과 같았다. 그 질문에 대한 대답은 머릿속에 바로 떠올랐다. 훈련과 수양을 통해 나의 인격이 성숙되고 나 자신이 성장해서, 나와 관계를 맺는 다른 사람들의 삶과 그들 마음에 따뜻한 영향력

* Monopoly Game: 미국의 대공황 시기인 1930년대 중반에 탄생한 말판 게임. 다양한 경제 활동을 통해 가장 많은 부를 축적하는 것이 이 게임의 목표로 각자 1,500달러의 돈을 가지고 말판 위에 있는 건물 등의 소유권 카드를 구입하는 방식으로 진행된다 – 옮긴이.

을 미치는 것이다. 그것이 바로 내 삶의 궁극적인 목적이었던 것이다. 내가 기도하고 고민해왔던 전공선택에 대한 답은 이 질문을 통해 확실해졌다. 나는 전공으로 '변화학'을 선택하기로 결심했다.

너무도 흥분되는 확신을 얻었지만 한 가지 문제가 여전히 나를 당황스럽게 만들었다. 어떠한 대학에서도 '변화'라는 과목명의 수업을 제공하지 않았던 것이다. 어떻게 존재하지도 않는 과목을 선택해서 수업을 듣고 전공으로 삼아 연구할 수 있단 말인가?

너 스스로 '교육'의 주체가 되라 >>>

이를 계기로 나는 교육에 적극적인 관심과 흥미를 가지게 되었다. 보통의 다른 사람들과 마찬가지로 나 역시, 교육이란 다른 사람들을 통해 내가 발전하기 위한 수단이라고 생각했을 뿐, 내가 교육의 주체가 되어 다른 사람들과 사회에 공헌하는 것이라고 생각해본 적은 별로 없었다. 의례적인 교육기관은 개인에게 사회생활을 경험하게 해주는 데 그치는 일이 많다. 내가 경험하고 느껴왔듯이 평범한 교육기관은 평범한 결과만을 이뤄낸다.

나는 대학에서 과연 내가 원하는 것을 얻어낼 수 있는지 곰곰이 되묻기 시작했다. 변화에 대한 공부를 하기 위해서는 게릴라적인 적극성과 노력이 요구되었다. 다른 모든 과목들에 대한 철저한 사전조사를 통해서만 변화에 관해 공부할 수 있었다.

"현재까지 내 인생에서 가장 보람되고 중요했던 일은 무엇인가?" 이 질문을 통해 전공 선택에 대한 답을 얻을 수 있었다.

나는 변화와 조금이라도 관련된 강의나 수업이 있으면 빠짐없이 참석했다. 하지만 내가 듣는 수업들이 '변화'라는 전공으로 귀결되지 못한 채 난해하게 분산되어 있음을 금세 깨닫게 되었다. 그래서 나는 더 좋은 아이디어를 떠올렸다. 대학 커리큘럼에 속해 있는 전공과목 하나를 정해 수업 목표를 정한 다음, 변화에 대해서 집중적으로 공부했다. 쉽지 않은 일이었다. 수업의 목표를 다른 친구들보다 폭넓게 세워놓은 나로서는 두 배는 더 공부를 해야 했고, 그로 인해 성적 또한 만족스럽지 못했다. 하지만 굽히지 않고 내 의지와 계획대로 공부를 계속했을 때, 어느새 우울증은 깨끗이 사라져 있었다. 나는 주체성과 적극성을 얻었고, 수동적인 삶은 능동적인 삶으로 바뀌었다. 내 인격과 미래를 만드는 것은 외부 환경이나 다른 사람이 아니라, 바로 나 자신이라는 것을 깨달았다.

내 인격과 미래를 만드는 것은 외부 환경이나 다른 사람이 아니라, 바로 나 자신이라는 것을 깨달았다.

나 스스로에게 던진 질문들의 답을 이번엔 책을 통해 찾아나갔다. 여러 교수님에게도 내가 묻고 싶었던 질문들을 가지고 다가갔다. 이 질문들은 도서관 지식의 홍수 속에서 걸러낸 질문이 아닌, 현실의 삶에 대한 절실한 굶주림에서 표출된 것이었다. 많은 교수님들이 놀라워하셨고 그들 대부분은 나와 그 질문들을 두 팔 벌려 환영해주셨다. 비교적 적극적이고 열정적인 학생이었던 나를 교수님들은 익숙치 않은 반가움으로 맞아주셨다. 몇몇 교수님들은 내가 겪었던 것과 비슷한 경험들을 말씀해주셨고, 이로 인해 나는 교수와 학생은 근본적으로 다르다는 과거의 편견도 없앨 수 있었다.

모든 교수님들이 다 같은 모습을 갖고 있지 않다는 사실을 깨달았을 때, 나는 새로운 나만의 룰을 만들었다. “이제 절대로 ‘수업을 학습’ 하려 하지 말고, 오직 ‘교수님들을 학습’ 하려고 할 것!”

그러므로 네게도 “학생에 대한 열정이 없는 교수님이나 평범한 교수님의 수업은 피하라”는 조언을 해주고 싶다. 정말로 좋은 교육을 얻어내

좋은 교육을 얻어내려면 먼저 스스로가 적극적인 학생이 되어야 한다. 수동적으로 길들여진 '교육 소비자'에서 벗어나야 한다.

기 위해서는, 먼저 자기 자신이 적극적인 학생이 되어야 한다. 우리는 과거부터 오늘날까지 수동적으로 길들여진 교육만을 막연히 받아들이는, 굳어진 교육에 만족하는 소비자일 뿐이었다. 만약 그렇지 않으면 심각한 결과를 초래할 것이다. 또 다른 중요한 사실은 좋은 수업이란 획일적으로 정해진 것이 아니라는 점이다.

좋은 수업의 스타일은 매우 다양하다. 내가 믿는 가장 좋은 교수님들 중 몇몇은 매우 역동적이면서 학생들을 사랑하는 교수님이다. 또 다른 교수님은 학생들에게 인기는 없어도 그들이 가르치는 수업에서 만큼은 매우 열정적인 사람이다. 배움이라는 것 역시, 아주 다양한 방법으로 이루어진다. 그러므로 교수님을 선택할 때는 여러 사람들의 평가와 의견을 종합해서 판단해야 한다. 교육 수준이 높은 대학은 그 대학이 기존에 갖고 있던 명성에 의해서가 아니라, 학생들이 최고의 가르침을 요구할 때 달성되기 때문이다.

좋은 선생님만을 고집한 그 시절을 후회해본 적은 한번도 없었다. 하지만 만약에 네가 이와 같은 길을 선택하고자 한다면 더 많은 노력이 뒤따른다는 것을 경고해주고 싶다. 만약 네 인생에 큰 변화를 가져오고 싶다면, 좋은 교육을 애타게 바라는 권리와 책임을 마음 속 깊이 각인시켜야 한다.

'변화'를 학습하라 >>>

하지만 나의 이런 제안을 학교 친구들은 그다지 달가워하지 않았던 것 같다. 모든 학생들이 원하는 훌륭한 교수님은 한정되어 있고, 모두에게 그 기회가 돌아가는 것은 아니기 때문이다. 수요에 비해 공급이 부족한 것이다. 더 많은 공급을 위해서는 더 많은 수요를 외치고 요구해야 하지만 현실은 역부족이다. 대부분의 학생들은 더 많은 노력을 해야만 공급이 창출되는 수요의 요구를 외치기 귀찮아한다. 학교 교육의 수준을 높이기 위한 변화보다는 편안하고 쉬운 주입식 교육에 만족해하는 것이다.

네가 알다시피 나의 전공과목은 사회학이지만, 지금까지 늘 그래왔듯이 앞으로도 계속 '변화에 대해 공부했던 학생' 으로 남고 싶다. 나는 최근에 새로운 과목이 생긴 것을 알게 되었다. 그것은 '조직의 체계적 발전' 이라는 이름으로 불리고 있는데, 내용은 '변화의 효과적인 실행' 에 관한 것이다. 박사학위를 받으면서도, 변화에 대한 열정은 나를 쉬지 않고 연구하게 만드는 데 충분한 에너지 역할을 했다. '대학교' 라는 교육기관을 향한 나의 저돌적인 요구는 계속되었기에, 이미 준비된 공급의 선을 훌쩍 뛰어넘어 변화에 관한 남다른 교육을 받을 수 있었다.

요즘 나는, 지난 달 초청 강사로 대학 강단에 섰을 때 학생들이 던진 그 질문에 집중하고 있다. 강의시간에 들었던 그 학생들의 질문은 나의 사랑스러운 아들인 너를 떠올리게 했단다. 대학생활 첫 일 년을 막 지나온 너 역시 이런 질문들을 갖고 있을 것이라고 생각한다.

"나는 내 삶에서 무엇을 이룰 것인가?"
"나의 가치를 어떻게 높일 수 있는가?"
"어떻게 하면 사람들이 내 말에 귀를 기울일까?"
"나는 어떻게 큰 영향력을 세상에 미칠 수 있는가?"
"내게는 과연 변화의 힘이 있는가?"
"어떻게 해야 리더로서 성장할 수 있는가?"

나는 이 질문들의 답을 알고 있다. 그래서 나는 네게 내가 발견한 변화의 개념과 그 방향성을 전해주고 싶고, 어떻게 하면 자신의 변화가 또 다른 변화를 가져올 수 있는지에 대해서도 이야기해주고 싶구나. 한 가지 덧붙이자면, 나는 앞에서 말했던 것처럼 너의 열정과 욕구를 충족시킬 수 있는, 훌륭한 교육자로서의 아버지가 되어 늘 네 곁에 있을 거란다.

사랑한다,

아버지로부터.

두 번째 편지

삶을 바꾸려면 인생 선언문을 써라

"길을 걸어가려면 자기가 어디로
향하는지를 알아야 한다." -톨스토이

두 번째 편지

사랑하는 아들 가렛에게

답장 정말 고맙구나. 네 생각을 들을 수 있어서 너무나 기쁘고 감사했단다. 아버지는 네가 무엇을 하든, 진심으로 사랑하고 이해한단다. 나의 눈 속에서 너의 미래는 밝고 환하게 빛나고 있단다. 너를 생각할 때와 너의 잠재된 능력을 바라볼 때면 언제나 가슴이 뜨거워지는구나. 아, 그리고 생일 진심으로 축하한다!

지난 번 너의 답장에서 낙서처럼 어두운 색으로 그려진 그림이 눈에 먼저 들어오더구나. 특히 그림 밑의 편지 내용이 아버지의 마음을 무겁게 했다.

아버지의 편지는 매우 흥미로웠습니다. 아버지가 쓰신 이야기에 많은 부분 공감했습니다. 특히 학교 수업에 흥미를 잃고 멀어졌다는 부분에선 더욱 그랬습니다. 저 역시 학교가 재미없고 공부하기도 싫어졌습니다. 하루 일과 중 잠자는 시간이 가장 길어졌으며, 몇몇 친구들은 제가 우울증에 걸렸다고 합니다. 하지만 저는 제가 우울증에 걸렸는지조차 확신이 없습니다.

이러한 자신이 싫어져서 난생 처음 스스로를 학대하기 시작했고 최근 들어선 더욱 심해졌습니다. 제 자신이 쓰레기같이 여겨져 괴롭습니다. 아버지가 편지에 쓰셨던 것, 즉 "우울증에 시달려 학교도 가기 싫고 잠자는 시간만 늘어갔으며 그 외에는 아무것도 하기 싫어지는" 현상이 지금 제 상황과 너무도 똑같습니다.

그래도 지금은 뭐든 해봐야겠다는 작은 의지가 생겨났습니다. 성장하기를 멈추어버린 제 모습이 너무 부끄럽습니다. 하나님께서 주신 능력을 많이 썩혀온 것 같아 슬픕니다. 하지만 여전히 별 의욕 없이 무력감을 느끼는 건 그대로입니다. 아마도 우울증에 걸려 있는 게 맞는 것 같습니다.

네가 이런 어려운 시간을 보내고 있다는 것이 무척 마음 아프구나. 내 생각에 너는 너 혼자만 이런 어려움을 겪는다고 믿고 있는 것 같다. 하지만 다른 모든 사람들이 갖가지 상황과 환경 속에서 너만큼이나 어렵고 힘든 경험을 하고 있단다. 아마 대학생뿐 아니라 이 세상의 모든 사람들이 지금의 너와 같은 고민들을 품은 채 살아가고 있으며, 그러한 경험을 반복하고 있을 것이다. 나처럼 나이가 많이 든 사람조차도 그러한 딜레마에서 헤어나오지 못해 허덕이곤 한단다. 아무리 뛰쳐나오려 발버둥쳐도 그럴수록 더욱더 빠져들게 되더구나. 그리곤 갖고 있던 모든 희망을 잃게 되지.

우리 모두는 주위와 자신을 변화시킬 만큼의 영향력을 갖길 본능적으로 혹은 잠재적으로 바라고 있다.

하지만 이제라도 네게 그 감옥 같은 곳에서 빠져나올 수 있는 방법을 알려줄 수 있게 되어 얼마나 감사한지 모른다. 지난 번 편지에서 말한 바와 같이, 우리 모두는 자기 자신과 주변 세계를 변화시킬 만큼의 영향력을 갖길 본능적으로 혹은 잠재적으로 바라고 있다. 나는 '변화' 라는 것이 무엇인지 알려주기 위해 이 편지에서 세 개의 이야기를 소개하고자 한다.

그 중 하나는 네 누나에 관한 이야기고, 또 다른 하나는 너에 관한 이야기이다. 그리고 마지막으로는 한 전문직 여성에 관한 것이다. 세 개의 이야기 모두 네게 실질적인 도움을 줄 수 있으리라고 생각한다.

문제해결 VS. 삶의 궁극적 목표 설정 »»

첫 번째 이야기는 네 누나, 쉐리에 관한 이야기란다. 어느 날, 네 엄마와 나는 네 누나로부터 전화 한 통을 받았다. 그때 네 누나는 정신적으로 매우 혼란스런 상태였다. 매튜라는 남자친구에게 자신의 모든 감정을 쏟아부었는데 그가 이별선언을 해왔고, 그래서 네 누나는 말할 수 없는 고통을 겪고 있었다. 누군가로부터 거부당했다는 것이 누나에게 큰 상처를 남긴 것이다. 누나는 집에 돌아와 며칠간 휴식을 취하겠다고 했다. 전화를 끊자, 네 엄마는 내게 공항까지 누나 마중을 다녀오라고 권하더구나. 아버지로서 딸의 상처를 잘 위로해주라는 부탁과 함께 말이다.

네 누나는 차에 오르자마자 자신의 불행한 상황에 대해 얘기하기 시작했다. 쉐리의 마음은 부정적인 감정으로 가득 차 있었고, 우리는 사람들과의 교제와 관계에 대해 이야기를 이어나갔다. 네 누나는 감정의 어둠 속에 빠져 있었고, 고민하면 할수록 그것은 더 깊어져만 갔다. 나는 그런 누나에게 대뜸 질문 하나를 던졌다. "너는 문제해결에만 급급하니? 아니면 궁극적인 삶의 목적을 찾으려고 하니?" 매우 이상하고 황당한 질문이라는 듯 누나는 잠시 나를 빤히 쳐다보더구나.

"너는 문제해결에만 급급하니? 아니면 궁극적인 삶의 목적을 찾으려고 하니?"

나는 누나에게 대부분의 사람들이 수동적인 자세로 살아가고 있음을 말해주었다. 그들은 항상 눈앞의 문제만을 해결하는 데 급급하고, 그 문제로부터 오는 고통에서 벗어나기만을 바란다. 사람들은 문제에 직면하고 그 문제가 해결될 때마다 슬퍼하다가도 행복해한다. 이러한 현상은 매우 자연스러운 것이고, 실제로 거의 모든 사람들이 이렇게 살아가고 있다. 하지만 그것은 지극히 수동적인 태도의 삶이다. 네 누나는 그렇다면 어떻게 살아가는 것이 더 나은 삶의 방식이냐고 물었다. 나는 수동적인 자세로 살아가는 삶 대신에, 적극적인 행동을 통해 자기 삶의 창조자가 되어야 한다고 말해주었고, 그 구체적인 방법을 알려주었단다.

우리는 무언가에 착수함으로써 새로운 가치를 창조할 수 있게 되고, 나아가 자기 자신에 대한 확신과 만족감을 얻을 수 있게 된다. 이와 같이 우리가 삶의 가장 큰 가치와 목적을 알아가고 추구할 때, 우리들은 자연스럽게 자신의 이상에 걸맞는 삶을 살아가게 된단다. 즉, 생활 속에서 여러 가지 다양한 감정에 휩싸이더라도 결국엔 우리가 추구하는 삶의 목적을 이루어가게 되는 것이다. 그리고 그 목적들을 이루어감으로써, 우리를 어둠에 빠뜨렸던 온갖 부정적인 감정들도 차츰 사라지게 된다.

수동적인 자아를 극복하는 순간 우리는 삶의 자신감으로 충만해질 것이다. 그것은 말 그대로 우리 자신의 가치를 높여 삶의 기쁨을 찾게 되는 것을 말하며, 자신이 힘을 얻을 뿐 아니라, 그 힘으로 주변의 다른 사람들에게까지 힘을 북돋아줄 수 있게 되는 것을 뜻한다.

네 누나는 내 말을 흘려들은 듯, 이러한 설명에 별로 공감하지 않았다. 단지 자신의 불공평한 삶과 고난에 대한 원망과 불평을 약 십오 분 정도 더 늘어놓았다.

누나가 잠시 얘기를 멈추었을 때, 나는 좀전의 그 황당한 질문을 또

던져보았다. "너는 문제해결에만 급급하니? 아니면 궁극적인 삶의 목적을 찾으려고 하니?"

하지만 누나는 여전히 받아들이지 않았고, 우리는 서너 번 정도 이런 말씨름을 반복했다. 내가 마지막으로 똑같은 질문을 했을 때, 네 누나는 하던 얘기를 멈추고 나를 뚫어지게 응시했다. 순간 나는 네 누나의 얼굴에서 커다란 도전 의지를 엿볼 수 있었단다. 내 질문을 이제 그만 마무리시키려는 듯, 이번에는 네 누나가 질문을 던져왔다.

"어떻게 이런 절망적인 상황에서, 삶의 궁극적 목표를 찾을 수 있다는 말이에요?"

나는 대답했다.

"언제 어느 상황에 처해 있더라도 가능하다."

누나가 다시 물었다.

"그럼 아버지는 어떻게 목표를 찾으시죠?"

난 말했다.

"어느 때든, 나 자신을 잃어버리거나 나쁜 감정에 사로잡힐 때, 나는 내 '인생 목표'가 적힌 '인생 선언문'을 꺼내 다시 써내려간단다."

'인생 선언문'이 필요하다 »

우리의 대화는 부드럽게 이어져가기 시작했다. 네 누나는 물었다.

"인생 선언문이라는 게 뭔가요?"

나는 내가 누구인지를 알려주는 삶의 목표가 적힌 간단한 문서라고 설명해주었다.

"아버지에겐 그런 선언문이 있나요?"

네 누나는 정말 놀란 것 같았다.

무엇인가 달라지기 시작하는 듯했다. 자신이 겪은 불행에서 내가 던져놓은 낯선 질문들로 네 누나의 관심이 옮겨가기 시작한 것이다. 이러한 관심은 누나와 내가 더욱 의미 있는 대화를 이어갈 수 있는 매개체가 되어주었다. 계속해서 이대로 마음의 문을 열어가기만 한다면, 우리의 영혼까지도 서로를 이해하고 위로를 주고받을 수 있겠다고 믿어졌다. 열린 마음으로 서로의 감정과 생각을 나누면서, 우리의 마음에 변화가 움텄다. 우리는 그 가능성을 만날 수 있는 기회를 붙잡았다.

나는 말했다. "내 인생 선언문을 보여주마."

우린 함께 서재로 향했다. 나는 쌓여 있는 서류뭉치 속에서 한 장의 종이를 꺼내어 누나에게 건네 주었다.

네 누나는 건네 받은 내 인생 선언문을 주의 깊게 읽어내려간 후에 흥미로운 눈으로 나를 쳐다보며 물었다.

"정말로 기분이 안 좋거나 우울할 때, 아버지는 이것을 읽으면 기분 전환이 되나요?"

"아니, 내가 정말로 우울하고 기분이 처참할 때, 나는 이 선언문을 꺼내, 주의 깊게 천천히 읽어내려간다. 그리고는 다시 고쳐 써야 할 부분이 있으면 수정하고, 빠졌다고 생각되는 것이 떠오를 때는 새로 덧붙이지. 이 선언문은 언제든지 변화될 수 있다. 내용 수정이 끝날 쯤이면, 나 자신에 대한 명확한 확신이 선단다. 나의 가치를 재확인할 때 더욱 확고해질 수 있지. 변화를 가져오기 위해서는, 내가 서 있는 자리가 확고해야만 한다. 그래야 다른 곳까지 변화시킬 수 있고, 예전에

변화를 가져오기 위해서는, 내가 서 있는 자리가 확고해야만 한다. 그래야 다른 곳까지 변화시킬 수 있고, 예전에 느끼던 무섭고 혼란스런 감정과 그것을 초래한 문제에 맞서 싸울 수 있게 된다.

1. 장기 인생 비전

나는 더 많은 신뢰를 얻기 위해, 또한 복합적이며 활력 있는 사람이 되기 위해 지속적인 노력을 기울일 것이다. 나는 목적의식을 갖고 믿음을 실천하며, 현실을 인정하고 나 자신의 위선적 결함을 감소시킬 것이다. 내적으로는 능력 있는 삶을 살고, 외적으로는 다른 이들에게 영향력을 끼치는 삶을 살려고 노력할 것이다. 이러한 상태로 삶을 영위함으로써 나를 둘러싼 시스템들에 중요성을 부여할 것이며 그 시스템들이 보다 증가된 복합성을 띤 쪽으로 촉진되도록 힘쓸 것이다. 나는 결과가 아니라 현재가 중요하다는 것을 늘 마음 속에 기억할 것이다. 나는 특별한 목적을 가지고 살아갈 것이며, 다른 사람들이 자신의 삶 속에서 점진적인 발전에 대한 무한한 가능성을 갖도록 유도할 것이다.

2. 단기 인생 비전

나는 건강하고, 활동적이며, 행복하다. 나는 모든 가족 구성원들과 사랑스럽고 생산적인 관계를 갖는다. 나는 다른 사람들의 가치를 인정하고, 그 가치가 더욱 높아질 수 있도록 노력한다. 나는 전문가적인 목적의식을 갖는다. 나는 사랑과 덕으로 충만해 있어서, 내 이웃과의 관계를 돈독히 한다.

3. 전문가로서의 사명

권력과 성공이라는 문제에 직면한 사람들과 집단, 그리고 조직을 돕기 위해 변화를 이해하고 촉진시키는 것이 전문가로서의 사명이다. 무한한 가능성이 있는 학문과 철학에 투영될 유산을 남기는 것이 전문가로서의 사명이다.

4. '최고의 나' 찾아내기

'최고의 나(Best Self)'가 되기 위해 노력할 때 나는 창조적이 된다. 나는 내가 가진 생각과 삶의 목적을 이루는 데 열정적인 사람이다. 나는 끈기 있게 새로운 것을 추구하는 혁신적인 사람이다. 나는 놓쳐버린 기회나 지난 실패에 대해 생각하느라 에너지를 낭비하는 우를 범하지 않을 뿐만 아니라, 불확실한 것에 대해 쓸데없이 걱정하거나, 주위의 평가에 대해 지나치게 우려하지 않는다. 나는 방어적인 일에 힘을 소진하지 않을 것이며, 가능성 있고 중요하다고 생각되는 일에 중점적으로 몰두할 것이다.

나는 복합적인 이슈들을 한눈에 감잡을 수 있는 기준 틀을 갖고 있다. 나는 문제의 실체를 알고 있다. 나는 근본적으로 남다른 아이디어들을 찾아내어, 그것들을 일단 긍정하고 난 뒤 심사숙고하는 방법을 통해 완성시킬 것이다. 그래서 다른 사람들이 미처 생각지 못하는 것들을 이뤄갈 것이다. 나는 내부 지향적인 경향이 있으며, 그렇기 때문에 내 메시지는 신뢰받을 만하다. 나는 깊게 생각하며, 확신에 찬 말을 한다. 이런 방법을 통해 나는 사람의 마음을 움직여 이끌어내는 경험을 쌓는다.

나는 미래를 구체적인 그림으로 그려나가고, 그것을 통해 사람들에게 새로운 기회를 제시해줄 것이다. 이때 나는 비유와 예화를 적극 활용할 것이다. 내가 드는 비유와 사례들은 일상생활에서 자주 일어나는 것들로, 누구나 쉽게 이해할 수 있다. 생활 속의 경험을 바탕으로 한 이러한 이야기들은 사람들에게 행동과 변화의 동기를 부여해줄 것이다.

다른 사람들을 도와주면서 나는 그 사람들 속에 있는 위대한 가능성을 발견한다. 나는 그들을 격려하는 동시에 진정시킨다. 나는 사람들이 그들 자신의 핵심적인 아이디어와 감성과 가치들을 스스로 찾아낼 수 있게 도와준다. 나의 도움은 그들이 느낌과 생각을 명확히 하는 데 촉매 역할을 한다. 나는 그들이 새로운 가능성을 찾아 그것을 행동으로 옮길 수 있도록 용기를 찾아준다. 나는 그들에게 나의 관심과 열정을 쏟아붓지만 단지 조언자의 역할로 도움을 줄 뿐, 그들 스스로 자신을 움직이는 주체가 되게 한다.

주변 사람들에게 영향력을 행사함에 있어서, 나는 그들에게서 어떤 정해진 행동을 도출해내려고 하지 않는다. 단지 그들에게 새로운 삶의 방향만을 제시하고자 노력한다. 나는 사람들에게 내 인생을 답습하라고 요구하는 것이 아니라 내 인생 여정에 참여하라고 초대장을 띄우는 것이다. 인생의 여정에서 나는 진실을 추구한다. 정직한 대화를 추구한다는 뜻이다. 나는 다른 사람들이 나와 함께 하는 여행에 흥미없어 하거나 다른 것에 관심을 갖는다고 해도 그들을 거부하거나 방어적인 태도로 대하지 않겠다. 관계는 갈등보다 훨씬 중요하고, 정직한 대화는 많은 것을 더 좋은 방향으로 개선시킨다는 사실을 나는 명확히 알고 있다. 그래야만 나는 자아를 절제하면서 다른 사람들의 비판을 정중히 경청하게 된다.

선생이자 중재자로서 나는 어떤 지식을 알려주는 것을 넘어서서 진정한 변화를 가져다주기 위해 최선을 다한다. 대화를 통해 나는 사람들이 자신의 생각을 명백히 나타내도록 유도한다. 그리고 그 생각들이 우리의 현실적인 지식이 되도록 함께 만들어나간다. 나는 그들의 추상적인 생각을 구체적인 생각으로 유도해내며, 그들의 객관적인 생각을 보다 주관적이고도 긴밀한 생각으로 완성시킨다. 나는 표면적인 징후는 무시하되, 이유와 원인에 초점을 맞춘다.

나는 날카로운 질문을 던져 개인이나 단체가 자신의 가장 어두운 현실과의 고통스런 투쟁을 회피하지 않고 바로 보고 직면할 수 있도록 돕는다. 이것이야말로 긴장을 고조시켜 변화에 필요한 에너지를 생성해내기 때문이다. 나는 사람들이 두려움으로부터 자유로워져서, 새로운 인생의 길을 포착하도록 도와준다. 이 모든 것을 통해 나는 통합과 성장, 개혁에 관한 메시지가 담긴 모델을 만들고자 한다.

5. 탁월한 성과의 단면도

'최고의 나' 를 추구할 때, 나는 의미 있는 상황으로 접근한다. 여기서 '의미 있는 상황' 이란 시너지 효과와 장기적인 영향을 가져올 수 있는 잠재력을 지닌 환경을 말한다. 그러나 나는 그러한 상황 속에 억지로 들어가려 하지는 않는다. 그저 나의 능력과 신뢰를 기반으로 자연스레 초대될 뿐이다. 나는 논리적이고 활동적이며 남을 배려할 줄 아는 동료들과 함께할 것이다. 나는 하나의 체계를 이끌어가는 암시적인 과정과 구조를 이해하고자 한다. 나는 현재의 패러다임을 개혁시킬 강력한 일격을 찾고 있다. 그렇게 함으로써 나는 애매모호함을 극복할 수 있고, 부분들을 탐구할 수 있으며, 전체를 개념화할 수 있다. 이러한 관찰은 나로 하여금 도출된 것들간의 의사소통을 자신감 있고 열정적으로 할 수 있게 해준다. 사람들은 여러 가지를 바라보고 느낀다. 나는 사랑이 담긴 인간관계와 높은 목표를 향해 도전하는 정신, 다시 말해 힘을 부여받는 동시에 부여하는 것, 두 가지 모두를 바라고 있다. 이렇게 하면, 힘을 부여받는 능력 있는 사람들과의 공동체를 형성할 수 있다. 이러한 경험과 모험의 막바지에 접어들면, 나는 또다시 새로운 자극을 원하면서 변화를 추구하게 될 것이다. 새로운 모험을 향해 떠날 것이다.

6. 탁월한 성과를 끌어내는 역할 기법

아래와 같은 전략적인 역할을 한 가지 이상 행사할 때, 나는 최고의 상태에 있게 된다.

- 탐험가(Explorer) : 나는 혼돈의 가장자리에서 개인적이거나 집단적인 계몽을 추구한다.
- 포인트가드(Point guard) : 나는 각 부분의 합보다 더 큰 전체를 만들기 위해 노력한다.
- 면담자(Interviewer) : 나는 잠재된 집단의 소리를 듣는다.
- 공상가(Visionary) : 나는 알려지지 않은 필요성을 개념화한다.
- 촉진자(Facilitator) : 나는 감당하기에는 너무나 고통스러운 진실을 표면화시킨다.
- 이야기꾼(Storyteller) : 나는 사람들이 공감할 수 있는 것들을 공유함으로써 그들이 변화를 추구하도록 이끈다.
- 역할 모델(Role model) : 나는 사람들이 진정한 자아를 성취하고 그것을 드러냄으로써 변화하도록 이끈다.
- 지도자(Leader) : 나는 사람들이 자발적인 노력을 통해 스스로 변화하도록 이끈다.

7. 일상생활 체크 리스트

이런 일들을 성취하기 위해서, 나는 규칙적으로 운동하고, 식사습관을 조절하며, 신체를 단련하고, 공부하며, 기도하고, 불성실함을 지양하며, 영감을 체험하고, 가족을 사랑하고, 다른 사람을 사랑하며, 창조적인 욕구를 위해 일찍 일어나며, 약속을 잘 지키고, 전문가로서 일에 집중하며, 규모 있게 재정을 관리하고, 취미생활을 즐긴다.

8. 나에게 힘을 주는 질문

- 나는 어떤 결과를 창조해내길 원하는가?
- 나는 진정한 신념을 갖고 있는가?
- 나는 근거 있는 비전을 갖고 있는가?
- 나는 적응력 있는 자신감을 갖고 있는가?
- 나는 강력한 사랑을 실천하고 있는가?

9. 자아의 재발견

나는 영적 존재이며 빛과 진리와 지혜의 존재이다. 나는 인생의 고귀한 목적과 이기적인 목표 사이에서 어떤 몸부림을 체험한다. 그런 내 삶의 몸부림 한가운데에서 '자아의 재발견' 이라는 과정을 체험했다. 재발견이란 통찰력이나 지식을 뜻하는 것이 아니라, 자기 자신의 현재 상태를 특별한 방법으로 변화시키는 발견의 한 과정이다. 나는 이런 재발견을 통해 내 안의 빛, 진리, 지혜 또는 영적 확장을 체험했다. 자아의 재발견은 나를 순수하게 하고 완전하게 하며 나의 존재를 넓혀준다. 그리고 변화 속에서 내 감정은 고양된다. 내 마음과 지성은 하나 된 완전함을 느낄 수 있고, 내 지식과 재능도 확장된다. 나는 빛과 진리와 지혜와 영이 내 주위 어느 곳에나 있다는 것을 깨달았고 공포나 두려움으로 인한 어두움으로부터 분리되었음을 깨달았다. 내가 두려움에서 벗어나 불확실한 일에 직면했을 때 목표의식과 확신에 찬 태도로 나아감으로써 내 재능은 더욱 증진되었다.

이 과정에서 나는 새롭고 신선한 우주관과 세계관, 가치관을 정립하게 된다. 우주적인 수준에서는 박애적인 지혜에 관한 나의 의식과 판단력이 확장되었고, 세계적인 수준에서는 내 마음 속에 자리잡고 있던 어떤 결핍감이 풍요로운 충만감으로 대체되었다. 어떤 면에서 나는 더 내면 지향적이 되었고, 그러면서도 다른 사람에게 더 많은 초점을 맞추게 되었다. 나의 목적을 더욱 확고히 다지면서도, 다른 사람들을 돕는 일을 갈망하게 되었다. 나는 거듭해서 나 자신을 교육시켰고 부드러움, 온순함, 사랑과 같은 덕목에 대한 훈련을 늘려나갔다. 내가 이와 같은 순수한 사랑을 발산하고 그것이 다른 상황의 다른 가치나 다른 사람에게 전달될 수 있도록 행동함으로써 더욱더 빛, 진리, 지혜, 영으로 충만해졌다.

또한 이 시기에 나는 다른 사람들이 더 높은 목표에 매력을 느껴 그들 안의 빛이 더욱 밝게 타오르도록 이끌었다. 그러자 그들 안에 있는 그 강렬한 빛은 오히려 나를 비춰주었다. 우리는 빛의 상호 창조로 연결되었다. 이런 과정 속에서 나는 더 높은 목적을 향해 전진하고 있다고 느낀다. 나는 내 인생의 목표가 인생의 점진적 발전을 향한 나의 총체적 자아를 정화시키는 데 있다고 믿는다. 이런 이유로 나는 늘 자아의 재발견을 꿈꾼다. 이를 위해서는 내 믿음을 증진시키는 자극에 끊임없이 스스로를 노출시키고, 절제력을 발휘하여 자신을 이겨내야만 한다.

나는 다른 사람들과 '자아의 재발견' 경험을 나눈다. 그럼으로써 우리의 믿음은 함께 증진된다. 다른 사람들이 자아를 재발견한 이야기를 읽거나 들을 때 나는 더 적극적인 행동을 하게 된다. 나 자신이 과거에 체험했던 재발견에 대해 곰곰이 생각할 때 더 적극적인 행동을 하게 될 것이다. 자아의 재발견을 소중히 여기는 것은 그 자체로 자아를 재발견할 가능성을 증가시킨다. 나는 반성함으로써 나 자신을 더욱 발전시킨다. 내가 그렇게 발전함으로써 나는 내면에 빛과 진리와 지혜와 영을 더 많이 채우고, 아주 중요하고 심오한 변화를 향해 나아가고 있다는 느낌을 갖게 된다.

느끼던 무섭고 혼란스런 감정과 그것을 초래한 문제에 맞서 싸울 수 있게 된다. 변화된 나는 제자리에 머무르지 않고 앞으로 나아가며, 전에 느꼈던 안 좋은 감정을 극복해낼 힘을 갖게 된단다. 인생 선언문에 있는 세부목표들을 행동으로 옮기기도 전에, 생각하는 것만으로도 우울증은 사라진다. 나 자신이 누구인지, 내가 인생에서 무엇을 추구하고 싶은지, 이것만이라도 확실히 알아낸다면 그것은 삶의 강한 원동력이 되어준다."

나는 하던 말을 잠시 멈추었다가 다시 이어갔다.

"선언문을 수정하는 데에는 또 다른 이유가 있다. 사람들은 자신의 가치관이 시멘트와 같이 견고하고 영원하다고 생각하는 경향이 있다. 확고한 가치관은 우리를 더욱 견고하게 만든다. 그러나 그것은 살아 움직이는 조직체와 같아서 계속해서 변화하고 유동적이어야만 한다. 새로운 상황을 마주하여 우리의 선언문이 다시 쓰일 때마다, 우리의 가치관은 조금씩 변화한다."

네 누나는 나의 '인생 선언문'에 적힌 단어들과 표현이 어려워서 잘 이해가 가지 않는다고 했다. 나는 누나의 이런 반응이 당연하다고 생각했다. 왜냐 하면 그것은 다른 사람에게 보여주기 위한 것이 아닌, 오직 나 자신을 위해 적어둔 것이기 때문이다. 쓰고 다시 쓰는 일을 반복하면서, 더욱더 나 혼자만을 위한 지극히 개인적인 것이 되어간단다. 그것은 나만이 알아보고 소통할 수 있는 마음 속의 언어로 이루어져 있다. 어떤 단어는 나로 인해 새로운 의미를 부여받아 재창조되기도 한다. 나는 제자들에게도 그들만의 선언문을 만들라고 권유한다고 쉐리에게 말했다.

사람들은 자신의 가치관이 시멘트와 같이 견고하고 영원하다고 생각하는 경향이 있다. 확고한 가치관은 우리를 더욱 견고하게 만든다. 그러나 그것은 살아 움직이는 조직체와 같아서 계속해서 변화하고 유동적이어야만 한다.

쉐리는 어떻게 하면 지금의 불행한 상황에 그 방법을 적용할 수 있냐고 물었다. 나는, 자신에게 일어난 불행한 일에 낙심하고 불만을 품는 수동적 행동 대신에, 자기 삶의 목적을 찾는 인생 선언문을 작성하면서 이번 주말을 보내면 어떻겠냐고 권유했다. 그러면 삶에서 일어나는 여러 가지 일들에 대해 더는 수동적으로 반응하지 않게 되고, 오히려 새로운 삶을 창조해나가는 능동적 주관자로 살아갈 수 있을 거라고 말해주었다.

나는 우리가 하나님의 형상을 따라 창조되었기 때문에, 우리 역시 태생적으로 삶을 창조해나갈 수 있다고 믿고 있단다. 나의 조언대로 누나는 자신의 목표와 삶의 목적을 적기 시작했다. 주말이 끝나갈 무렵, 네 누나는 학교로 돌아갈 준비를 마쳤고, 그 며칠 후 내게 놀라운 내용의 편지 한 통을 보내왔다. 너에게 보여주어도 괜찮다는 허락을 받았으니, 편지의 부분 부분을 나누어서 너와 함께 살펴보고 싶구나. 이 편지는 쉐리가 너를 비롯한 동생들에게 쓴 것이다. 편지는 자신의 고통스러운 경험과 주말에 집에 오게 된 경위를 밝히는 데서 시작된다.

> 아버지는 공항에 나를 마중 나오셨을 때부터 집으로 오는 차 안에서까지, 남자친구 매튜와의 이별로 인한 내 감정과 내가 처한 상황에 대해 몇 가지 질문을 하셨다. 처음에 나는 이별의 슬픔과 아픔 외에는 아무것도 마음에 담아둘 수 없었다. 나 자신이 너무도 불쌍하고 가엾게 느껴졌으며, 이제 내 인생에 사랑은 찾아올 것 같지 않았다. 끝없는 절망감과 함께 나의 하소연은 계속되었는데, 아버지께서 갑자기 내 말을 가로막으며 우리의 대화를 '문제해결'에서 '인생의 목적 찾기'로 이끌어가셨다. 하지만 나의 잠재된 무의식 속에서는 대화의 화제를 다시금 하소연으로 돌리고 싶은 욕망이 있었다. 문제의 웅덩이 속에서 좀더 몸부림치며 고통을 느끼면, 그 문제가 해결될 것 같았기 때문이다. 하

지만 아버지와의 대화가 궁극적인 인생의 목적 찾기로 이어졌을 때에야 비로소 나는 그 문제의 해결방법을 찾아낼 수 있었다.

> 부정적인 감정은 우리를 수동적인 자세로 만든다. 우리의 열정을 빨아들여 우리를 무기력하게 만들고, 결국엔 모든 일을 그만두게 하는 것이다. 앞으로 나아가고, 시작하고, 창조하려는, 그래서 성장하려는 우리들의 열정을 송두리째 앗아간다.

부정적인 감정은 우리를 수동적인 자세로 만든다. 우리의 열정을 빨아들여 우리를 무기력하게 만들고, 결국엔 모든 일을 그만두게 하는 것이다. 앞으로 나아가고, 시작하고, 창조하려는, 그래서 성장하려는 우리들의 열정을 송두리째 앗아간다. 내가 네 누나에게 인생의 궁극적 목적 찾기에 대해 말했을 때, 누나는 여전히 자신의 고통에 대한 하소연을 계속하고 싶어 했다. 누나는 그렇게 하는 것이 그 고통의 원인이 되는 문제를 해결하는 것이라고 생각하고 있었지만, 사실 자기 자신에게 속고 있었던 것이다. 오히려 그러한 행위는 자신을 능동적이지 못하게 만드는 방해요소였다. 네 누나가 마지막에 자신의 삶의 목적을 찾으려 결심했을 때, 누나의 내면 상태뿐 아니라 외적인 모습까지 완전히 달라져 있었다.

내가 목적을 찾으려고 마음먹는 순간, 나는 삶을 변화시키고 정화시켜야 한다는 깨달음을 얻었다. 이런 작업을 진행함과 동시에 나는 하루하루의 문제보다는, 봉사활동과 같은 더 보람되고 가치 있는 일에 집중했다. 그럴 때마다 일상적이고 사사로운 문제들은 해결되어갔다.

최근 누나는 남자친구였던 매튜에게 보낸 이메일 내용을 편지와 함께 보내왔더구나. 누나가 그와 다시 연락이 닿은 후, 매튜가 네 누나의 소식을 궁금해한다는 사실을 전해듣고는 그에게 보낸 편지이다.

아무튼 이번 주말은 나에게 매우 소중했어. 아버지와 많은 이야기를 나누었거든. 공항에서 나를 마중 나오신 아버지와 대화를 하던 중, 너와 헤어져 내가 얼마나, 그리고 왜 슬픈지에 대해 얘기를 하게 되었지. 아버지는 우리의 대화를 급급한 문제해결에서 삶의 목적을 찾는 것으로 유도하셨지. 그리고는 내가 스스로를 깨끗이 정화하기 위해 무엇을 해야 하는지에 대해 이야기를 시작하셨어. 아버지께서는 내게 삶에 대한 새로운 시각이 필요하다고 말씀해주셨어. “네가 네 삶의 목적을 명확히 세우면, 주변에 있는 여러 가지 크고 작은 문제들은 자연스럽게 해결되고 사라질 것”이라고 하셨지. 난 아버지의 이야기에 공감할 수 있었고, 그래서 힘을 얻었어. 아버지의 ‘인생 선언문’을 복사해서 보내줄게. 인생의 궁극적 목적에 삶을 맞춰나가는 것은 지금의 네게도 많은 도움이 되리라 생각해. 사람들과의 의미 있는 대화를 통해 영적인 나눔을 가질 수도 있다는 걸 배웠어. 지금 거기에 대해선 말하지 않겠지만, 매우 심사숙고해볼 만한 것이라고 생각해.

나는 내 삶을 변화시키고 새로운 시각을 가지는 것에 아주 신이 나 있어. 내가 이런 이야기를 네게 하는 이유는, 우리의 상황을 인정하고 좋은 감정을 가지려고 마음먹은 후에야 비로소 너를 진정한 친구로 받아들일 수 있었기 때문이야. 너에게 내 마음의 문을 열고 복잡한 감정에 대해 얘기하기 위해, 나는 효과적으로 대화하는 법을 배운 것 같아. 그래서 이젠 네게 어떤 얘기든지 다 할 수 있을 것 같아. 너 역시 나에게 마음을 열고 편하게 얘기할 수 있으면 좋겠어. 우리는 정말로 좋은 우정을 쌓아온 거라고 믿어. 너도 그렇게 생각하니? 아마도 너와 나는 서로 채워질 수 없는 감정들을 끊임없이 요구하기만 했던 건지도 모르겠어. 어쩌면 단지 타이밍이 안 맞은 것인지도……. 지금이 그 시기인지, 아니면 영원히 안 맞을는지는 모르지. 하지만 우리의 우정은 지킬 수 있으면 좋겠어. 그리고 너 또한 나에게 어떤 얘기든 맘 편안히 할 수 있길 바라. 기다릴게. 너의 솔직한 감정을 말해주어서 고맙게 생각하고, 네 느낌이 맞다는 확신이 들어. 내가 널 얼마나 좋아하는지 알아주길 바라!

쉐리가.

네 누나가 이 이메일을 룸메이트와 친구들에게 보여주자 그들은 한결같이, 편지 내용이 너무 솔직하다며 놀라워했다고 한다. 네 누나의 친구들은 자신을 거절한 사람에게 이 정도로 마음을 연다는 것은 상상도 못할 만큼 힘든 일이라고 했다는구나. 아마 네 누나도 예전에는 그들과 같았을 것이다. 하지만 이제 누나는 바뀌었고, 이전과는 다르게 좀더 비범한 사람으로 변한 것이다. 네 누나가 내게 쓴 다음의 편지에는 더 놀라운 결과가 적혀 있다.

재미난 사실은 매튜에게 이메일을 보낸 후로 내 마음 속에 커다란 평안이 자리잡게 되었다는 것입니다. 문제에 대한 근심에서 자유로워질 수 있었고… 더는 매튜의 반응에 마음 쓰지 않게 되었습니다. 저는 아버지가 말씀하신 대로 문제에 수동적으로 반응하거나 휘둘리지 않는 '능동적인 사람'이 된 것 같습니다. 편지를 씀으로써 제 마음은 한결 자유로워졌고, 새로운 힘을 얻었습니다. 주어진 상황 속에서 몸부림치지 않고 새로운 상황을 만들어갈 수 있는 힘을 갖게 된 것이죠. 제가 매튜에게 모든 것을 솔직히 털어놓았을 때, 나도 모르는 사이 자신감에 가득 차 있는 제 자신을 발견했습니다. 아버지의 조언대로, 인생의 궁극적인 목적에 맞춰 저 자신을 정화하고 사람들에게 봉사하려 할 때 모든 문제로부터 자유로워졌고, 고달프기만 했던 문제들 역시 서서히 녹아내리기 시작했습니다. 지금은 마음 속에 조그마한 빛이 비치는 것을 느끼고 있습니다. 그리고 계속해서 삶의 목적을 바라보며 앞으로 걸어갈 때, 나의 빛은 더 강해질 것이라는 확신이 생겼습니다. 이제 저는 바로 그것에 집중할 것입니다.

마음을 변화시키는 세 가지 원리 »»

누나의 값진 경험은 많은 중요한 원리들을 보여주고 있다.

첫 번째로, 문제를 일으킨 상황과 환경에 무작정 반응하고 부정적인 감정을 갖는 것은 너무도 자연스러운 일이라는 것이다. 우리 모두는 대부분 이러한 방향에 쉽게 이끌린다. 우리의 마음은 비록 부정적인 감정을 싫어하지만 우리의 행동은 그러한 감정을 싫어하지 않는 것처럼 보인다. 때때로 우리들은 그러한 감정에 계속해서 머물려는 경향이 있다. 그리고 결국에는 문제 한가운데에서 허우적거리는 데 익숙해져 그것이 아예 습관화되어버린다. 이런 증세는 아주 자연스러운 현상이고, 자신의 게으름과 나태함을 괴상한 편안함으로 착각하기도 한다. 어떤 경우, 고통은 슬픈 영화의 주인공이 겪는 당연한 몫이라는 생각마저 불러일으킨다.

두 번째는 우리 자신의 상황을 외부의 힘이 아닌 우리 스스로가 조종하고 결정할 수 있다는 것이다. 결단코 피해자의 길을 걸을 필요가 없다는 것을 말해주고 싶구나. 주어진 상황에 대해 선택적으로 반응하며, 문제가 있는 '바깥 세상' 으로부터 멀어져 자신의 목적을 찾을 수 있는 내면의 세계로 들어와야 한다. 내면의 목적의식을 재확인함으로써 드라마

틱하게도 우리의 의식은 새로운 분별력을 가지게 된단다. 그렇다고 근본적인 문제가 완전히 사라지는 것은 아니지만, 그 문제의 무게는 현저히 가벼워질 것이다.

세 번째로, 마음 상태의 변화는 나아가 세상을 변화시키는 영향력을 가지게 된다. 네 누나 쉐리는 자신의 목적을 재확인하고는, 스스로가 변화하는 것을 느낄 수 있었다. 부정적이었던 감정은 긍정적으로 바뀌었다. 쉐리는 자신에 대한 믿음, 희망, 힘, 자신감, 그리고 사랑을 품을 수 있게 되었다. 긍정적이고 새로운 내적 감정은 쉐리 자신에게 힘을 주었고 다른 이에게도 그 힘을 전해줄 수 있을 정도가 되었다. 쉐리는 삶을 이끌어가는 주체로서 다시 태어났으며, 눈앞에 닥친 문제가 아닌 더 큰 것에 집중할 수 있게 되었다. 그리하여 차츰 새로운 인간관계를 만들어가기 시작했다. 끌려가는 대신, 오히려 남들을 이끄는 리더가 된 것이다. 자신의 삶의 변화로, 지금은 또 다른 변화를 이끌어가고 있는 것이다. 다른 사람들 역시 쉐리를 보면서 삶을 향상시킬 수 있는 방법을 배우게 되었단다.

쉐리의 드라마틱한 삶의 변화를 보면서, 너 또한 많은 것을 느꼈을 것이다. 쉐리는 고통과 두려움에서 뛰쳐나와 변화를 향한 용기 있는 발걸음을 내딛기 시작했다. 그 발걸음에는 창조적 정신이 가득 차 있었고, 그래서 성공할 수 있었단다. 쉐리는 자신감에서 나오는 마음의 평안함과 용기를 지니게 되었고 그로 인해 외적으로도 놀랄 만한 변화를 이루었단다.

아들아, 하지만 사람들에게 이러한 이야기를 들려줄 때면, 대부분의 사람들은 아버지의 조언을 받아들이기 어려워한단다. 네 누나가 처음에 그랬던 것처럼 그들은 "당신은 내가 처해 있는 상황을 이해하지 못한다. 나의 상황이 얼마나 극복 불가능할 정도로 처참한지 이해할 수 없다"라고 말한단다. 네 누나 역시 내가 자신의 어려운 상황을 전혀 이해할 수 없을 거라고 굳게 믿고 있었다. 자신의 상황에 한 줄기의 희망도 보이지 않았기에, 내 조언이 그 어떤 도움도 주지 못할 것이라고 생각했단다. 하지만 나는 우리가 이 모든 상황과 환경을 이끌 수 있고, 만들어갈 수 있다고 확신한다. 우리는 완고하고 고집불통인 직장 상사, 문제만 일으키는 친척들, 반항하는 아이들, 배타적인 동료와 친구들, 또는 무관심한 직원들을 변화시킬 수 있다. 룸메이트도 당연히 변화시킬 수 있다!

우리는 완고하고 고집불통인 직장상사, 문제만 일으키는 친척들, 반항하는 아이들, 배타적인 동료와 친구들, 또는 무관심한 직원들을 변화시킬 수 있다.

《저항이 가장 적은 길(The Path of Least Resistance)》이라는 책은 내가 인생의 궁극적 목적 찾기에 대한 생각을 정립하는 데 큰 영향을 주었단다. 이 책의 저자 로버트 프리츠는 우리에게 어떠한 상황에 처해 있든간에 이런 질문을 던져보라고 권했다. "나는 과연 어떠한 결과를 창조해내길 원하는가?" 이 질문은 우리가 평상시 자주 자문해보는 질문, "내가 원하는 것을 어떻게 얻을 수 있는가?"와는 사뭇 다르다. 첫 번째 질문, "나는 과연 어떠한 결과를 창조해내길 원하는가?"는 목적과 결과에 초점을 맞추고 있다. 이것은 창조적인 삶을 이끌어내는 탄탄한 밑바탕이 된다. 반면 두 번째 질문인 "내가 원하는 것을 어떻게 얻을 수 있는가?"는 과정에 초점을 맞추고 있다. 이 질문은 자신을 매우 한정시키는 경향이 있어서, 우물 안의 개구리마냥 자기만 아는 현재의 자리에서 벗어나지 못하게 한다. 안녕과 편안함이 보장된 곳에 머물도록 유혹하는 것이다. 어쩌면 그 안녕과 편안함이라는 것은 우리가 무의식 속에서 만들어낸 달콤한 허상일지도 모르겠다.

이제 네 인생을 예로 삼아 이런 측면들을 생각해보았으면 한다. 분명 재미난 사실들을 발견함과 동시에 값진 경험을 하게 될 것이다.

목적과 결과에 몰입하라 – "나는 어떤 결과를 창조해내기 원하는가" 》

네가 있던 농구팀이 주 대회 우승을 차지했을 때, 네가 '파이프 스타 농구 캠프'로부터 초대장을 받은 걸 나는 기억하고 있다. 네가 이 제의를 받아들였다면, 넌 최고의 농구선수들과 함께 여러 대학의 농구 코치들에게 실력을 평가받을 수 있는 좋은 기회를 얻었을 것이다. 네가 초대되었을 때, 온 가족은 기뻐하며 들떠 있었다. 그런데 다음 날이었던가… 아침에 네가 부엌으로 걸어 들어와 캠프 불참을 선언했다. 그 순간 모두들 잠시 그 충격을 가다듬어야 했다. 나는 네게 캠프에 불참하는 이유를 물었지만, 네 대답은 사춘기 청소년의 뻔한 스토리였다.

"그냥 집에서 편안히 쉬면서 즐겨야죠!"

우리 모두는 네가 그 기회를 잡길 바라고 있었다. 하지만 우리는 네 감정을 속속들이 알 만큼 세심하지도 못했다. 지금 입장을 바꿔놓고 생각해보니, 아마도 캠프에 혼자 참가해야 하는 부담감과 새로운 환경에 적응해야 하는 일, 치열한 경쟁 속으로 자신을 떠미는 압박감이 이루 말할 수 없이 컸을 것 같다. 내가 너였더라도 그런 경쟁 속에 홀로 들어가길 두려워하고 꺼렸을 듯하다. 고생과 불편함에 맞서는 대신 스스로 이런 질문을 던졌을 테지. "내가 원하는 것을 어떻게 얻을 수 있는가?" 나 또한 마음 속 깊이 그런 불편함을 피하고 싶어했을 것 같다. 또한 실패에 대한 두려움 때문에 위험부담으로부터 자유로워지고 싶었을 것이다. 나 역시 그런 안 좋은 감정을 유발하는 상황을 원치 않을 것이기에, 너처럼 "그냥 집에서 편안히 쉬면서 즐겨야죠!"라고 대답했을 것이다.

반면에, 만약 그때 내가 네게 "너는 농구를 통해 어떠한 결과를 창조하고 이루어가고 싶니?" 하고 질문했다면 어땠을까? 좋은 대학에서 농구를

"이 세상에서 가장 위험한 것은 '바로 여기'에 편안히 안주하려는 생각이다."

계속하고 싶다고 대답하지 않았을까. 그랬다면 넌 대답과 동시에 그 기회에 대해 다시 생각하고 고려했을 것이다. 만약 네가 이루어내고 싶고 창조하고 싶은 결과에 대한 확신과 열정을 조금만 더 가지고 있었다면, 비록 위험부담과 불편함이 자신을 시험하더라도 더 높은 도전을 위해 당당히 그것과 맞섰을 것이다.

우리 모두는 간혹 후회스러운 결정을 내리곤 한다. 우리 모두가 너나 네 누나처럼 항상 "내가 원하는 것을 어떻게 얻을 수 있는가?"라는 질문에 매여 인생을 살아가기 때문이다. 우리는 늘 '저항이 가장 적은 길'로 가길 원하고 그러한 마음은 우리를 저항이 가장 적은 곳에만 머물게 붙잡아둔다. 그렇다면 우리는 스스로를 가두는 감옥을 만들어내는 데에만 부지런한 게 아닐까. 그리하여 삶에서 겪는 두려움들이 하나하나 쇠창살이 되어 우리를 가로막는 요소가 되고 있는 건 아닐까. 이런 스티커를 하나 만들어 자동차 범퍼에 붙이고 싶구나. "이 세상에서 가장 위험한 것은 '바로 여기'에 편안히 안주하려는 생각이다."

내가 말했듯이, 우리 모두는 정말로 너와 똑같다. 나는 매우 지적이고 똑똑하며, 높은 연봉을 받는 유능한 사람들과 함께, 대학교나 회사에서 많은 시간을 보낸다. 그렇지만 이런 곳에서도 다른 데서 볼 수 있는 것과 똑같은 현상을 종종 목격한다. 사람들이 자신이 만들어놓은 두려움과 무서움에 갇혀 지내는 것이다. 성공은 대학교 졸업장이나 높은 지위가 보장해주는 것이 아니다. 모든 인간은 자신이 만들어놓은 무서움에서 벗어나질 못하고 익숙함과 편안함이 있는 곳에 머물길 바란다. 수동적인 삶의 태도에 묶여 있는 것이다. 하지만 사실 그것이 각자에게 더 큰 고통이고, 이러한 고통은 주위 사람들에게까지 전해진단다. 다음 사례는 그러한 메시지를 잘 보여주는 이야기다.

목적은 바뀌지 않지만, 달성 방식은 수정될 수 있다 »»

최근 한 여성이 찾아와 내게 개인적인 상담을 요청했다. 우리는 아무도 없는 빈 사무실을 차지하고 앉아 대화를 시작했다. 그녀는 어느 회사의 마케팅 부서 팀장이었는데, 몇 마디 말을 잇다 말고는 눈가에 눈물을 머금었다. 그녀의 이야기는 이랬다.

그녀의 전임 상사는, MBA 출신의 유능한 인재들을 직원으로 많이 채용했고, 그런 결정은 회사에 큰 이익을 가져다주었다. 덕분에 그는 칭찬도 많이 받고, 동료들 사이에서도 선망의 대상이 되었다. 하지만 그가 회사를 떠난 뒤, 그녀는 믿기지 않는 사실을 알게 되었다. 그 전임 상사가 MBA 출신들에게 터무니없이 높은 조건을 제시해놓은 것이다. MBA 출신들은 채용 조건이 거짓임을 알게 되자 하나 둘씩 회사를 떠나기 시작했다. 방금 전에도 또 한 명의 MBA 출신이 사직서를 제출하고 나가버렸다고 그녀는 말했다.

그녀는 MBA 출신들이 회사를 떠나는 이유가 전임 상사 때문이란 사실을 모르는 사람들이 그녀의 잘못이라고 탓할까 봐서 너무나도 두렵다고 하소연했다. 그렇다고 회사측이 전임 상사의 제시조건을 충족시켜 MBA 출신들을 붙잡을 만한 재정 상태도 아니라고 했다. 그녀는 스스로 파지 않은 무덤 속으로 걸어 들어가야 하는 자신의 인생을 한탄했다.

나는 그녀에게, "어떠한 결과를 만들고 싶은지" 조심스럽게 물었다. 그녀는 MBA 출신들을 회사에 남아 있게 하고 싶지만 방법이 없다고 했다. 나는 그녀가 원하는 결과가 단지 MBA 출신들을 회사에 남아 있게 하는 것만은 아닐 거라고 확신에 차서 말했다. 그녀는 잠시 머뭇거렸다. 그 순간을 놓칠세라, 나는 곧바로 질문을 이어갔다.

"당신은 왜 이 회사에 있습니까? 그리고 당신이 이 회사에 있음으로 해서, 또한 회사가 당신을 채용함으로써 회사는 어떠한 유익과 변화를 얻을 수 있을까요?"

그녀의 눈에서 빛이 나기 시작했다.

"저에게는 확신에 찬 사명이 하나 있습니다. 저는 이 회사 전체의 문화를 바꾸고 싶습니다. 회사가 아니라 소비자가 주가 되는 기업으로 변화시키는 것이 제 소망이고 꿈입니다."

나는 어떻게 그 사명을 이룰 것인지 궁금해했고, 그녀는 자신의 생각 속에 잠재되어 있던 야무진 계획을 들려주었다. 나는 다시 그녀에게 그 계획을 성사시키기 위해 MBA 출신들이 절대적으로 필요한지에 대해 물었고, 그녀는 그렇다고 했다. 하지만 나는 그녀에게 한 번 더 질문을 던졌다.

"회사를 위해 헌신할 수 있고, 명석한 사람이 있다면, 당신의 계획을 성공으로 이끌 수 있다고 봅니다. 꼭 MBA 출신들과 함께해야만 하는 까닭은 무엇입니까?"

그녀는 잠시 놀라는 표정을 지어 보였지만, 이내 마음에 변화가 일어나기 시작한 것 같았다. 마침내 문제를 긍정적으로 바라보게 된 그녀는 속내를 털어놓았다.

"다른 사람들이 제가 MBA 출신들을 데리고 있지 못하는 모습을 보더라도 저를 도우면서 함께 일하려 할까요?"

"그러한 태도는 문제해결에 도움이 안 된다고 생각합니다. 그런데 동료들의 지지가 당신이 원하는 결과를 이루어내는 데 절대적으로 필요한 요소입니까?"

"네, 그렇습니다."

"그렇다면 어떻게 해야 당신의 목적을 이룰 수 있을 만큼의 지지를 얻어낼 수 있을까요?"

"글쎄요, 아마도 제가 원하는 목적을 동료들에게 확실히 인식시키면 가능하지 않을까요? 거듭된 대화와 토론을 통해 바꾸고 싶은 회사의 문화에 대해 점진적으로 이야기하는 거죠. 그리고 제가 가진 계획을 그들과 나누면서, MBA 출신들이 우리 회사나 우리가 가지고 있는 계획을 달성하는 데 절대적으로 필요하다는 것을 재확인시키는 겁니다. 물론 내 주위 동료들은 이미 그러한 사실들을 대강이나마 짐작하고 있습니다만……."

나는 그녀가 자신감을 회복하고 있는 것을 보았다. 우리의 대화는 약 삼십 분 정도 더 이어졌다. 이야기를 마치고 돌아가는 그녀의 모습은 대화를 나누기 전과는 딴판이었다. 나와의 대화를 통해 그녀는 자신의 궁극적인 목적을 되새겼다. 차분히 계획하고 준비한 그녀는, 변화에 대한 두려움을 몰아냄으로써 새로운 발걸음을 내딛을 수 있었다.

나만의 '인생 선언문' 만들기 »»

아들아, 우리가 여기서 배울 수 있는 것은 무엇일까. 우리는 자주 네 누나 쉐리처럼 '두려움'이나 '무서움'에 꽁꽁 갇혀버린다. 우리들 모두는 '고통의 편안함'에 안주하며, 그래서 정말로 해야 할 일과 노력을 망각한 채 살아간다. 그리고는 자신들의 행동을 부인하기 일쑤란다. 내면의 자신이 천천히 죽어가고 있음을 미처 깨닫지 못하는지도 모른다. 우리가 배우고 도전해야 할 것은, 당면한 문제해결에 대한 집착에서 벗어나 삶의 목적을 찾아가려는 노력이다. 그러한 노력이 이루어질 때, 우리들은 자신을 최고의 사람으로 만들 수 있다.

편지로 나에게 말했듯이, 너는 수업에 가기 싫어졌고 잠을 자는 시간도 많아졌다. 너 자신을 학대하기도 했고, 심지어는 자신이 쓰레기같이 여겨진다고 말했다. 나는 지금, 네가 갖고 있는 능력을 사용하지도 않고 낭비하는 것 같아 마음이 아프구나. 아버지가 보기에 너는 삶에 대한 동기나 목적이 매우 부족한 상태에 있다. 네가 스스로의 상황을 인지하고 변화시키고 싶어하면서도, 뜻대로 되지 않아 괴로워한다는 사실도 잘 알고 있다. 룸메이트와의 관계에 대해서도 만족하지 못하고 있다니, 아버지는 정말 가슴이 아프구나.

아버지는 네게 지금까지 살아오면서 가장 보람되고 뜻깊었던 경험들을 목록으로 만들어보라고 권하고 싶구나. 네가 주체가 되어, 분명한 목적 아래 이뤄낸 일들을 쭉 적어보렴. 그리고 질문해보아라.

"내가 인생을 능동적으로 산 적이 있었던가? 그것은 언제였던가?"

그리고 당시의 네 생활 패턴도 같이 적어보길 바란다. 이렇게 목록을 만들면, 너는 네가 지금까지 꽤 성공적인 삶을 살아왔음을 발견하게 될 것이다. 긍정적이고 희망을 주는 이런 기억들을 네 마음 속에 소중히 간직하면서, 네 삶의 목적과 목표를 조금씩 써내려가길 바란다. 처음에는 아주 짧게 한두 단락밖에 쓸 수 없을 것이다. 나의 인생 선언문을 참고하면서 작성해도 좋고, 아니면 아주 새로운 너만의 인생 목표를 세워보아도 좋다. 형식에 구애받을 필요도 없다. 단지, 네가 작성하면서 너 자신이 얼마나 귀하고 소중한 사람인지 알았으면 하는 게 내 바람이다.

간결한 목록도 좋고, 복잡한 목록도 좋다. 또한 지식,

아버지가 보기에 너는 삶에 대한 동기나 목적이 매우 부족한 상태에 있다. 네가 스스로의 상황을 인지하고 변화시키고 싶어하면서도, 뜻대로 되지 않아 괴로워한다는 사실도 잘 알고 있다. 아버지는 네게 우선, 지금까지 살아오면서 가장 보람되고 뜻깊었던 경험들을 목록으로 만들어보라고 권하고 싶구나.

체력, 사회생활, 가족, 직업, 영혼 등에 대해 '현재' 나 '미래' 와 같이 부분별, 시간별로 나누어 삶의 목적과 목표를 알아가고 세워가는 것도 좋은 방법이다. 그리고는 각각의 부분에서 네가 이루고 싶은 '현재의 결과' , '가까운 미래의 결과' , 그리고 '먼 미래의 결과' 는 무엇인지 질문해 보렴.

이런 아이디어들에 대해서는 다음 번에 더 다양하게 이야기해보고 싶구나. 이것이 아마도 네 인생 선언문을 작성하는 데 도움이 될 듯싶다. 아버지는 네가 이 편지에 대해 어떻게 생각하고 느끼는지 궁금하구나. 아버지가 편지에서 말한 것들을 네가 실행에 옮기려는 마음이 있는지도 아주 궁금하단다.

너를 진심으로 사랑하는,

아버지가.

세 번째 편지

평범함과 비범함에 관하여

"나처럼 행동하라"고 누구에게나 말할 수 있도록 노력하라. - 칸트

세 번째 편지

사랑하는 아들에게

지난 번 보내준 답장은 정말 고마웠다. 무슨 일에든 흥미를 가지려고 동기부여 하는 모습을 보니, 아버지로서 참 흐뭇하구나. 또한 내게 편지를 쓰기 위해, 너 자신을 채찍질하고 조금씩 성숙해가려 노력하는 모습에 가슴이 뭉클하다. 너는 자신에 대한 용기와 확신이 없다고 말했지만 아버지가 보기에는, 조금 주춤거리고 있긴 해도 중요한 삶의 깨달음을 얻고 있는 듯하다. 네가 보내준 아래의 편지는 정말이지 감동적이었단다.

저는 지금 인생의 중요한 교차로에 서 있다고 생각합니다. 지금까지 그래왔듯이 계속해서 어두운 길로 갈 것인지, 아니면 밝은 길을 가던 아주 예전의 제 자신으로 돌아갈 것인지 선택해야 한다는 걸 알고 있습니다. 미루기만 하고 외면했던 결정들을 이제는 해야 할 때라고 생각합니다. 아버지가 말씀하신 대로 삶의 목적을 찾아야 할 때인 것이죠. 아무런 목적도 없이 그저 막연히 긍정적이고 바른 행동만을 하는 건 너무 힘든 일임을 알게 됐습니다. 그리고 최근 들어 제 마음 속에 다시 사람들을 사랑하는 마음이 생기기 시작했습니다. 지난 8개월 동안, 저는 거의 모든 것을 부정적인 시각으로만 바라보았습니다. 특히 다른 사람들이 중요하게 여기는 것들에 대해 더욱 부정적이었습니다. 심각할 정도로 주위 사람들을 제 기준으로 판단하고 평가했으며, 세상은 언제나 불공평하다는 피해의식과 망상에 사로잡혀 있었습니다. 전에는 제 개인의 판단기준에 따라 사람을 사랑했는데, 지금은 아무런 이유 없이 모두를 미워합니다. 이런 저의 마음을 바꾸고 싶습니다.

인생의 모든 문제들은 근본적으로 답이 없다 »>

네가 자신의 과거와 미래를 확연히 구분하고, 소원해졌던 사람들과도 가까워지길 원하는 것에 아버지는 매우 힘을 얻고 있다. 네가 활달하고 사교성 있는 성격임에도 불구하고 이런 어려움에 처했다는 것에 아버지는 놀랐다.

네가 생각한 대로 목적의식을 되찾는 것은 아마도 큰 도움이 될 것이다. 당면한 문제를 해결하는 것보다 근본적인 인생의 목적을 찾는 것에 더 초점을 맞추어야 하는 이유를 설명해주는 글을 첨부하마. 지난 번 편지에서도 언급했던 로버트 프리츠의 글 중 한 부분이다.

"여러 가지의 집중적인 실험을 통해 알아본 결과 대부분의 문제는 우리가 풀 수 있는 수학 문제처럼 논리적이고 합리적이지가 못하다. 우리 중 누구도 살아가면서 문제의 직접적 해결을 이루어내지 못한다. 많은 세월을 오직 한 가지 연구에 전념한 심리학자 칼 융은 다음과 같은 매우 예리한 관찰을 했다. '인생에서 중요하고 커다란 문제들은 모두가 다 근본적으로 답이 없다. 그 문제들은 절대로 해결되거나 풀릴 수 없지만, 시간이 지날수록 변화된 모습으로 나타난다. 변화된 문제들에 대해선 새롭고 높은 차원의 관점과 인식이 필요하다. 환자가 더 높은 관점과 인식을 갖게 될 경우, 그는 그 높이의 평행선에서 더 새롭고 흥미로운 것을 발견하게 되고, 전에는 해결할 수 없을 것처럼 느껴지던 문제들도 그 심각성이 사라지면서 자연스레 환자의 인식에서 도태된다. 즉 문제가 논리적으로 풀리거나 해결되는 것은 아니지만, 나름대로 다른 새 경험에 묻혀 기억에서조차 사라진다는 것이다.'"

나를 놀라게 한 것은 우리가 삶에서 목적을 세우려 할 때 새롭고 강력한 경험을 하게 된다는 사실이다. 이러한 경험은 자신에서 그치지 않고 주위 사람들에게까지 영향을 준다. 사람들을 사랑하는 마음이 다시 생겨나고 있다는 네 말에 나는 매우 기뻤단다. 나 역시 사람들을 사랑하다가도 나의 상태나 여건에 따라 흔들렸던 적이 한두 번이 아니었다. 내가 기분이 좋고 자신감에 차 있을 때는 사람들을 배려하는 마음이나 참을성이 많아진단다. 우리가 변화하려고 마음먹을 때, 우리는 자신만이 아니라 주위 사람들에게까지도, 보람되고 사랑스러운 감정을 확산시킬 수 있게 된다. 그러한 좋은 감정은 다른 사람들에게 한층 더 강한 영향력을 끼치는 역할을 한단다.

세부적인 목표가 가진 함정 ›››

지난 번 편지에서 나는 내 인생 선언문을 동봉했다. 나는 처음 세 문단을 나의 목적과 목표를 쓰는 데 할애했다. 첫 문단에 나는 평범하지 않은, 창조적인 자세로 살겠다고 낯선 선언을 했다. 네가 보다시피, 나머지 두 문단에는 선언을 뒷받침하는 말을 썼다. 하지만 세세하고 자질구레한 목표들에 대해서는 그리 자세하게 언급하지 않았다.

젊은 시절, 내가 가야 할 곳이 어딘지 갈피를 잡으려 애쓰고 있을 때, 나는 여러 가지 세부적이고 짧은 목표들을 세웠다. 이를테면 프로젝트를 기한 안에 끝내겠다고 자신과 약속하는 것이었다. 왜냐 하면 콘크리트처럼 단단하고 확실한 성과를 이루어야겠다는 마음뿐이었기 때문이다. 물론 그런 명확한 목표를 세우는 것은 중요하다. 이것은 네게도 중요하다. 그러나 이보다 더 확실한 목표를 네 '인생 선언문'에 적어 넣길 바란다. 나는 정말로 중요한 것을 놓치지 않기 위해, 보다 세부적인 목표들은 나의 인생 선언문에서 지워나갔단다.

세부적인 목표를 이뤄나갈 때도 많은 보람과 기쁨을 느끼지만, 그것은 함정을 갖고 있다. 즉, 우리는 작은 기쁨에 도취되어 정작 중요한 인생의 비밀을 놓치는 일이 비일비재하다. 우리는 변화되고 성장해서 목표들을 하나하나 이루어내는 과정을 경험하고자 노력해야 한다.

나는 너희 농구팀이 주 대회에서 우승한 날을 기억한다. 우리는 미시간 대학의 경기장에서 걸어나오고 있었다. 사람들은 계속해서 우승의 기쁨에 환호하고 있었고, 그때 너는 내게 말했다.

"아버지, 저는 지금 모든 것이 끝나 마음이 아프고 기분이 안 좋아요. 꼭 무엇인가를 잃어버린 듯한 느낌이에요."

내 생각에 너는 우승을 위한 뜀박질이 더는 필요하지 않다는 것을 알고 있었던 것 같다.

목표를 향해 달려가는 노력과 그로 인해 새롭게 태어나는 관계들은 매우 즐거운 일이 아닐 수 없다. 인생의 가장 큰 보람은 우리가 목표를 향해 전진하고 있을 때와 더욱 나은 사람으로 성장하고 있을 때 느낄 수 있다. 나는 우리의 인생에서 이런 때를 '평범함을 초월한 상태'라고 부르고 싶구나. 이와 같은 상태일 때 우리는 삶의 보람을 가득 느끼며 자신을 높이 평가하게 된단다. 나 역시 이런 상태가 되었을 때 사람들에게 더욱 사랑으로 다가가게 되었고, 그들도 나로 인해 유익함을 얻었다.

우리 자신이 '평범함을 초월한 상태'일 때 우리는 삶의 보람을 느끼며, 자기 자신을 높이 평가하게 된다.

아들아, 그렇다면 과연 평범하지 않다는 것, 즉 '비범하다는 것'은 무슨 의미일까? 하나의 이야기를 들려주며 여기에 관한 내 생각을 너와 나누려고 한다.

못생긴 강아지 캔디가 특별한 강아지가 된 이유 >>>

내가 어렸을 때, 할아버지가 강아지 한 마리를 집으로 데려왔다. 우리는 그 강아지에게 '캔디'라는 이름을 지어주었다. 캔디는 어렸을 때 많이 아파서 거의 죽을 뻔했다가 기적적으로 살아났는데, 그 후 성격이 많이 달라졌다.

사실 캔디는 사람들에게 환영받을 만한 외모를 갖고 있지 못했다. 네가 만약 그 강아지를 실제로 보았다면, 곧바로 못생겼다고 말했을 것이다. 하지만 그 강아지는 매우 특이한 성격을 지니고 있었다. 사람들을 만나길 좋아했고 자기가 아는 사람을 만나면 자신의 모든 열정을 표출하다 못해 '열정덩어리'가 되어버릴 정도였다. 캔디는 꼬리를 흔드는 대신에, 자신의 몸 전체를 흔들어 반가움을 표현했다. 한번도 사람에게 달려든다거나 버릇없게 구는 법이 없었다. 꼭 만화에 나오는 스누피같이, 캔디는 사람을 만나 느끼는 자신의 행복을 상대방이 온몸으로 느낄 때까지 원을 그려가며 빙글빙글 돌았다. 이러한 캔디의 열정은 사람들에게 큰 영향을 끼쳤다. 사람들로 하여금 자신이 캔디에게 중요한 존재라는 것을 느끼게 해주었기 때문이다.

캔디를 만나는 사람들은 누구든 캔디를 좋아한다. 내 친구 중에 바비 석스라는 친구는 캔디를 만나기 전까지는 모든 강아지들을 무서워했다고 한다. 하지만 캔디는 그의 선입견을 완전히 바꿔놓았다. 우체부 아저씨도 우리집 방문을 즐거워했다. 우리집에 와서 캔디를 보고 나면 하루의 피로가 싹 가신다고 할 정도였단다. 한 보험회사 직원은 한 달에 한 번씩 돈을 받으러 오는데, 캔디가 안 보이면 어디 있는지 꼭 묻곤 했다. 캔디를 만나는 것이 수금을 하는 일만큼이나 중요한 일이 된 듯싶었다. 산책을 할 때, 캔디는 처음 보는 사람에게도 똑같은 기쁨을 표현하곤 했다. 마음이 차갑게 닫혀 있던 사람들까지도 캔디를 보면 마음이 녹아내릴 정도였단다.

이미 말했듯이 캔디의 모습은 그리 예쁘지 않았다. 하지만 모두들 캔디를 좋아했고, 아름답게 생각했단다. 그 강아지가 가진 내면의 아름다움이 외면의 모습까지도 아름답게 보이게 한 것이다. 또 한 가지 중요한 사실은 캔디의 행동이 평범하지 않았다는 것이다. 사람들의 발걸음을 멈추게 했고, 자신을 느끼게끔 만들었다.

캔디는 모든 사람들을 너무나 반가워했고, 그래서 사람들은 그 강아지가 자신을 기억하고 있다고 생각했다. 사람들은 캔디를 좋아하고, 캔디에게 긍정적인 반응을 보인다. 캔디는 평범함을 뛰어넘어 다른 이들에게 영향력을 미쳤고, 사람들을 변화시켰다! 너 또한 캔디를 보았다면, 아마도 "(외모는) 별로지만 뛰어난 강아지"라고 불렀을 것이다.

벨 커브의 오른쪽에 위치하라 >>>

지난 몇 년 동안 살아오면서 너는 내게 "때로는 평범함을 뛰어넘는 선택을 해야 한다"는 말을 자주 들었을 것이다. 하지만 내가 정확히 어떤 의도로 그 말을 했는지는 제대로 설명하지 않은 것 같구나. 잠시 벨 커브* 개념에 대해 생각해보자. 네가 다니는 학교에서도 이 벨 커브에 맞추어 점수를 매긴다. 이 굴곡선은 이름 그대로 종의 모양을 하고 있다. 굴곡선의 가운데 부분은 평균 점수, 즉 가장 일반적인 점수를 나타내며, 가장 많은 결과를 보인 점수들이 이 부분에 집중적으로 분포되어 있다. 굴곡선의 중앙으로부터 멀어지면 멀어질수록 더 적고 흔하지 않은 점수들을 발견하게 된다. 예를 들어 맞춤법 시험에서 반 평균 점수가 70점이라면, 학생들 대부분의 점수는 50점에서 90점 사이가 된다. 그리고 흔치 않게 몇몇의 학생들만 50점 이하와 90점 이상의 점수를 받는다.

벨 커브는 점수 분포도 이외에 다른 것에도 많이 쓰인다. 사람들의 공통적인 성격을 도출해낼 수도 있는데, 예컨대 나이, 지식, 힘, 미의 기준 등을 알 수 있다. 벨 커브는 사람들이 다양한 상황 속에서 어떻게 행동하는지를 보여준다. 맨 왼쪽 낮은 굴곡 부분에 속해 있는 사람들의 행적은

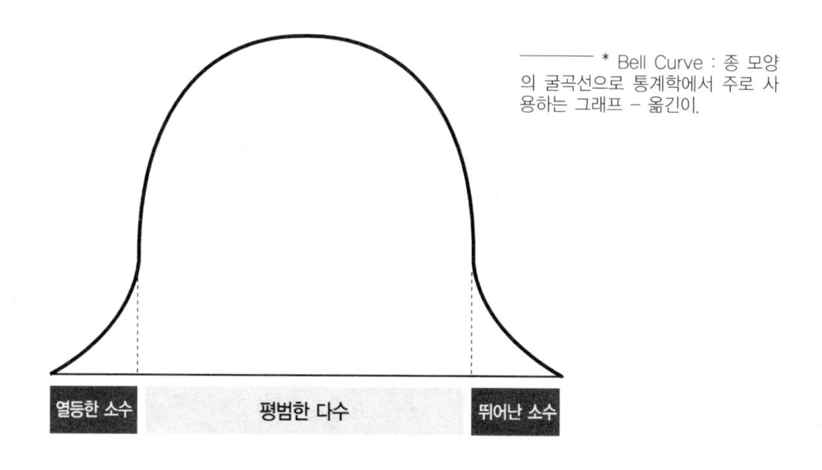

* Bell Curve : 종 모양의 굴곡선으로 통계학에서 주로 사용하는 그래프 – 옮긴이.

그다지 좋지 못한 것으로, 보통 여기에 속하는 사람은 어떤 장애를 가지고 있는 사람, 준비가 안 된 사람, 반항적인 사람이다. 사회는 이러한 커브의 맨 아래 왼쪽 끝에 속한 사람들에게 별로 좋지 않은 인상을 갖고 있는데, 범법자와 창녀 들이 여기에 속한다. 사회학자들은 이러한 문제를 연구하는 데 모든 노력을 아끼지 않고 있다. 실제로 사회학 전공자들이 두 번째로 중요하게 듣는 수업이 '사회적 일탈' 이라는 과목이다.

대부분의 사람들은 자신을 벨 커브의 가장 넓은 중앙 부분에 위치시킨다. 그들은 한 주 동안은 평균보다 조금 아래에 위치하다가, 다음 주는 평균보다 조금 위쪽에 위치하기도 한다. 그들의 삶에 대한 노력과 열정은 환경에 따라 크게 좌우된다. 사실상 사람들의 열정이나 성과는 그들 주위 사람들의 기대치를 따라가게 마련이다. 만약 주위 사람들이 그들의 점수가 낮을 것이라고 예상하면, 그들은 낮은 점수를 맞는다. 반면 주위 사람들이 높은 점수를 기대하면, 그들은 높은 점수를 얻어낸다. 이러한 현상이 사람들에게 '평균' 을 향해 달려가게 만들고 있다. 조금은 다르지만 충분히 같은 의미를 내포하고 있는 '평범' 이라는 단어도 이러한 의미를 내포하고 있다.

벨 커브의 오른쪽으로 갈수록 기울기가 커지면서 밑부분에 위치한 다른 그룹의 사람들을 볼 수 있다. 이 사람들은 다른 사람들보다 한걸음 더 앞서가 있다. 그들은 매우 영향력을 가진 사람들로서 평범함을 거부한 사람들이다. 나는 그들을 '뛰어남을 추구하는 극소수의 사람들' 이라고 부르고 싶다. 그들은 스스로 새롭고 긍정적인 기대를 품고 살아간다.

벨 커브의 오른쪽 밑부분에 위치한 사람들은 다른 사람들보다 한걸음 더 앞서가 있다. 그들은 매우 영향력을 가진 사람들로서 평범함을 거부한 사람들이다. 나는 그들을 '뛰어남을 추구하는 극소수의 사람들' 이라고 부르고 싶다.

'긍정적 일탈'을 추구하는 소수가 되라 »>

나는 사회학의 세 번째 과목으로 '긍정적 일탈(positive deviance)'이라는 수업을 만들어야겠다는 생각을 자주 했다. 언젠가 한번은 한 사회학자 앞에서 이 말을 썼더니, 그가 매우 격분하면서 반대 의사를 표명했다. '일탈(deviance)'이라는 단어의 뜻은 부정적이기 때문에 '긍정적'이라는 단어와 함께 쓸 수 없다는 것이었다.

나는 새로운 사실을 하나 배우게 되었다. 많은 사회학자들이 벨 커브의 중간 부분(평범한 사람)과 맨 왼쪽 부분(극소수의 실패자)에 대해서만 연구할 뿐 커브의 오른쪽 부분(뛰어난 극소수의 성공자)은 신경 쓰지 않는다는 것이다. 다만 몇 년 전부터 '긍정적 심리학(Positive Psychology)'이란 것이 새로 등장했다. 미시간에 있는 나와 내 동료들은 요즘 '긍정적 조직(Positive Organizing)'에 관한 연구에 많은 노력을 기울이고 있다. 우리는 긍정적 일탈에 대한 더 나은 그리고 역동적인 이해를 얻어내기 위해 노력하고 있다.

나는 어떻게 하면 커브의 오른쪽 부분에 위치한 삶을 살 수 있을까에 관심이 많다. 특히 어떻게 하면 지극히 평범한 사람이 자신의 한계를 극복하고 평범함을 뛰어넘는 선택을 할 수 있을까 연구하고 있다. 나는 '평균'이라고 이름지워진 대부분의 사람들이 그 평범함에서 뛰쳐나올 수 있다고 믿는다. 그들을 평범함에 안주시키는 요소들은 자신들이 가지고 있던 재능, 과거의 경험, 훈련, 환경이다. 하지만 누구나 원한다면 자신의 위치에서 커브의 오른쪽으로 조금씩 이동할 수 있다.

나는 '평균'이라고 이름지워진 대부분의 사람들이 그 평범함에서 뛰쳐나올 수 있다고 믿는다.

스포츠팀의 경우, 평범한 선수는 남들과 똑같이 연습하

'비범함' 이라는 단어의 뜻은 '평범하지 않다' 는 의미다. 즉 '평범함을 뛰어넘는다' 는 뜻이다. 우리는 세계를 무대로 뛰는 운동선수들을 보면서 이 단어의 의미를 피부로 느낀다. 그들의 진정한 비범성은 자신과의 내면적 싸움에서 시작된다.

고 자신과 비슷한 수준의 다른 선수들과 경기를 하고 집으로 돌아간다. 반면 세계를 무대로 뛰는 선수는 자신의 생활 및 음식 습관, 철학, 기술, 시간조절 등을 하나하나 철저히 분석한다. 그들은 작은 발전부터 차근차근 이루어가려고 피땀 흘리며 노력한다. 그들은 저항이 가장 적은 길에서 벗어나 낯설고 척박한 땅으로 떠나고, 또 떠난다. 그것은 불확실, 학습 · 훈련의 어려움, 그리고 변화에 따른 고통을 수반한다. 대부분의 사람들은 저항이 적은 길에서 떠나오고 싶어하지 않는다. 우리는 편안하고 익숙하게 길들어 있는, 그리고 고통이 가장 적은 길을 선호하게 마련이다.

저항이 적고 편안한 곳에서 떠나온 운동선수들은 뛰어난 선수로 자라날 것이다. 그들은 결국 벨 커브의 중앙에서 벗어나 진정한 변화와 발전을 경험하기 시작할 것이다. 그들은 더욱 연구하고 탐험할 것이며, 새로운 곳을 향해 뻗어나갈 것이다. 그러한 비범한 선수들은 결코 평범하지 않은, 색다른 길을 걷게 될 것이며 그들의 내면도 변화되어 재탄생할 것이다.

'비범함' 이라는 단어의 뜻은 '평범하지 않다' 는 의미다. 즉 '평범함을 뛰어넘는다' 는 뜻이다. 우리는 세계를 무대로 뛰는 운동선수들을 보면서 이 단어의 의미를 피부로 느낀다. 우리는 그들의 뛰어난 운동 실력을 보고 그가 평범하지 않은, 비범한 선수라는 것을 알게 된다. 하지만 그들의 진정한 비범성은 자신과의 내면적 싸움에서 시작된다. 그들은 자신을 최고로 만들겠다는 목표와 함께 그것을 이뤄내기 위해 이루 말할 수 없는 노력을 기울인다. 그들은 오직 자기 발전과 성장에 배고파한다. 그들은 자기 성장을 통해 세계를 변화시킨다. 스스로를 최고로 만들기 위한 노력을 기울일 때 우리는 변화하게 된다. 이것이 내가 전에 말한 "자신의 변화"이고, 로버트 프리츠가 말한 "인생의 새롭고 강한 욕구"이다.

비범한 사람은 자신을 계속해서 돌아보며 더 높은 목표를 향해 달려나가고 마침내 그것을 정복한다. 그는 자신의 한계를 넘어선다. 만약 저항이 없는 편안한 곳에만 머문다면, 그 누구도 자신의 잠재된 능력에 불을 붙일 수 없다. 우리는 우리 자신에게만 머물러 있지 말고 더 나은 목표를 위해 나아가야 하고 그래야만 삶의 보람과 새로운 힘을 얻을 수 있다. 자신을 뛰어넘어 삶의 승리를 경험할 때 우리는 자신의 귀중함을 인식하게 되고 나아가서 영향력을 행사할 수 있게 된다. 왜냐 하면 우리는 '긍정적인 일탈을 추구하는 뛰어난 소수'이기 때문이다.

여기서 한 가지 분명히 하고 싶은 것이 있다. 내가 말하는 '비범한 사람'이란 명예와 영광의 자리를 차지하는 것이라거나, 남들 눈에 성공한 사람으로 비쳐지는 것이 아니다. 자신에게 솔직해져야 한다는 것이다. 자신이 가진, 자기 말고는 아무도 모르는 잠재력을 모두 발견하고 이끌어내어 활용해야 한다는 것이다. 재미있는 사실은, 우리가 평범함을 뛰어넘으려다 실패할 경우, 오히려 자신에게 상처와 손해를 가져오게 된다는 점이다. 그때 우리의 내면은 서서히 죽어가고, 그 동안 내렸던 결정들에 대해 후회하기 시작한다. 그러면서 자신의 내면에서 잘 성장하고 있던 자아를 죽이고 평범한 자아의 자리로 되돌아가게 된다.

> 내가 말하는 '비범한 사람'이란 명예와 영광의 자리를 차지하는 것이라거나, 남들 눈에 성공한 사람으로 비쳐지는 것이 아니다. 자신에게 솔직해져야 한다는 것이다. 자기 말고는 아무도 모르는 잠재력을 모두 발견하고 이끌어내어 활용해야 한다는 것이다.

내 생각에 우리 모두는 본질적으로 비범함을 추구하고 그렇게 되도록 창조되어 있다. 그래서 우리가 그 목적을 달성시키지 못할 때, 마음 속의 무엇인가가 뒤틀려 쓸모없게 되고 만다. 우리는 벨 커브의 중간으로 되돌아가게 되고, 나중에는 우리의 평균적 자아마저 서서히 모습을 감추기 시작한다. 성장을 멈춘 인간은 점점 더 커브의 왼쪽으로 다가가면서 우울증에 시달리기 시작한다. 우리의 정신과 영혼은 성장하도록 디자인되어 있기 때문에 그러한 성장을 멈추면 우주의 법칙을 어기는 셈이 되고, 그럴 경우 삶의 나선형 선상에서 더 상승하지 못하고 그 자리에 머무르거나 추락하고 만다.

뛰어난 소수가 되는 법 ›››

내 동료 가운데 인도에 가서 테레사 수녀님을 인터뷰한 친구가 있었다. 그는 그녀에게 어떻게 그렇게 세상에 커다란 영향력을 미칠 수 있었냐고 질문했다. 그녀는 "나는 내가 가진 커다란 사랑을 아주 조그만 일에 쏟아부었을 뿐입니다"라고 대답했다. 그녀의 대답을 생각하고 있자니, 미시간 대학 초청 강의에서 맨 앞줄에 앉아 있던 작은 체구 여대생의 질문이 떠오르는구나. "내 말에 과연 어느 누가 귀기울이겠습니까?" 그녀의 질문에 대한 답은 "누구냐에 따라 다르다"이다. 테레사 수녀님 역시 매우 작은 체구를 가지고 있었다. 어떻게 그렇게 연약해 보이는 체구의 평범한 여성이, 인도의 가난한 환경에 파묻혀서 세계를 뒤흔드는 영향력을 보여줄 수 있었는가? 실상 그녀는 전혀 평범하지 않은 방법으로 살아갔다. 그녀는 '뛰어난 소수'였고, 그러한 그녀의 비범한 사랑은 세상을 변화시키기에 충분했다. 평범함을 뛰어넘는 행동은 평범한 사람들이 그 이상의 것을 바라보고 행동할 때 가능한 것이다.

테레사 수녀님은 평범한 사람이었다. 그러나 그녀는 결코 평범하지 않은 방법으로 살아갔다.

나는 굳게 믿는다. 모든 비범한 사람들은 사실은 비범

한 길로 가기를 선택한 지극히 평범한 사람들이라는 것을. 그들은 자신의 목적을 달성하기 위해 때로는 편집증 환자 같다는 소리까지 듣는다. 마이클 조던이 시카고불스 팀에서 마지막 경기를 펼칠 때 방송국 사람들이 그에게, "당신 친구 찰스 바클리가 내년 NBA 챔피언십에서 새로운 스타가 될 것 같으냐"고 물었다. 조던은 "내 생각에, 찰스는 그만한 우승과 영광을 차지할 만한 인격을 갖추지 못했다"라고 대꾸했다.

모든 비범한 사람들은 사실은 비범한 길로 가기를 선택한 지극히 평범한 사람들이다.

그는 찰스의 실력이 뒤떨어진다거나 부족하다고는 말하지 않았다. 바클리는 누구 못지않은 실력을 가지고 있었다. 그런 점에서는 벨 커브의 맨 오른쪽에 위치한 사람들 중 한 명일 것이다. 이론적으로만 따지자면, 그는 자신의 팀을 우승으로 이끌 만한 능력도 갖고 있었다. 하지만 NBA 리그의 최고 선수 열 명과 비교해보았을 때, 그 그룹에서 그의 재능은 평범하다고밖에 말할 수 없다. 필요한 재능은 갖추고 있지만 그것이 충분하지는 못하다고 꼬집으면서 조던은, 바클리가 훌륭한 선수이긴 하지만 자신의 목적을 위해 모든 것을 다 걸지는 않았다고 말했다. 비범한 사람은 자신이 추구하는 바를 정확히 이해하고 있어야 하며, 자신이 가지고 있는 재능과 능력을 적절하게 활용하여, 추구하는 바를 이루어낼 수 있어야 한다.

마지막으로 스스로에 대한 약속과 자신의 재능을 알맞게 조합시킬 수 있어야 한다. 예컨대, 조던은 NBA 역사상 가장 연습을 많이 하는 선수로 정평이 나 있으며, 래리 버드도 조던만큼 유명한 연습광이었다. 비범한 선수들은 모두 평범하면서도 자신의 목표를 위해서는 극단적인 사람들(extremists)이다. 그들은 자신의 친구나 동료들이 기울이는 노력보다 훨씬 더 많은 노력을 기울인다. 그들은 자신에게 보다 적극적이고, 열정

비범한 사람이 되기 위한 가장 중요한 길은 우리 자신 속에서 '최고의 나'를 찾는 데 전념하는 것이다. 그것은 우리가 현재보다 더 나은 사람이 되기 위한 성장 과정에 있을 때에만 나타난다.

적인 투자를 하는 사람들이다.

그런데 이 사례에는 약간의 위험 요소가 들어 있다. 내가 말하는 비범함이란 결코 경쟁에서 이기거나 좋은 성적으로 평가받는 것을 뜻하는 게 아니란 걸 네가 이해하길 바란다. 그것은 여러 가지 중 단지 하나일 뿐이다. 테레사 수녀님은 그 누구와도 경쟁하지 않고 비범함을 이루어낸 사람이었음을 잊지 말아라. 그녀는 단지 '봉사하기' 위해 열심히 일했다. 비범한 사람들은 자신의 목표를 세우되, 결과만이 아닌 그것을 이루어가는 과정과 그 일 자체를 사랑한단다. 이러한 모든 것들이 그들의 최종 목적을 달성하는 데 절대적 요소로 작용한다. 그리하여 긍정적이면서 '뛰어난 소수'가 되는 것이다.

비범한 사람이 되기 위한 가장 중요한 길은 우리 자신 속에서 '최고의 나(Best Self)'를 찾는 데 전념하는 것이다. 우리 모두는 기본적으로 평범한 자신과 주어진 상황에서부터 출발한다. 평범한 자아는 우리가 편안한 곳에 머물 때 확연히 드러난다. 하지만 비범하고 뛰어난 자아는 모습을 잘 드러내지 않는 경향이 있고, 나타났다가도 곧잘 사라지곤 한다. 그것은 우리가 현재보다 더 나은 사람이 되기 위한 성장 과정에 있을 때에만 나타난다. 성장을 멈추는 순간, 우리는 다시금 편안한 곳에 안주하게 된다. 그러면 '최고의 나'는 '평범한 나'로 변하게 되고, 그러는 사이 자신도 모르게 무엇인가를 막연히 바라며 우울증에 시달리게 된다.

나는 우리 모두가 더욱 성장해야 하며 배움을 멈추지 말아야 한다고 믿고 있다. 우리는 일반적으로 최고의 자아를 꿈꾼다. 그러한 모습을 이루기 위해서는 애쓰고 헌신하는 용기가 필요하다. 우리가 자신의 현재 모습에 만족하지 않고 보다 나은 자신의 모습을 바라보며 노력한다면 우리는 독창적인 사람으로 성장할 수 있다. 그때 비로소 우주가 우리를 가르치며 '나선형 선상'의 더 높은 곳으로 인도할 것이다.

언뜻 보기에 '뛰어난 소수'가 되기 위한 과정과 방법은 매우 우아해 보일 수도 있다. 하지만 거기에도 숨어 있는 위험 요소는 존재하며, 만약 우리가 '뛰어난 소수'가 되는 것을 선택한다면, 우리는 '소수(deviant)'라는 의미의 범주에 속할 수밖에 없다. '소수'는 '차별화된' 사람들이다. 그들은 벨 커브 중간, 평범한 평균에 속해 있지 않다. '다르다'라는 뜻을 보여주는 사람인만큼, 여기에 속한 우리는 다른 사람들의 예상과 기대에 어긋날 확률이 높다. 즉, 우리는 사회적 저항과 압박에 부딪히게 될 것이다. 우리들 중 어떤 사람은 초등학교 때 좋은 점수를 받았다는 이유로 반 친구들에게 괴롭힘을 당한 경험이 있을 것이다.

긍정적이고 뛰어난 소수들은 저항이 없는 편안한 길에서 떠나, 고통과 외로움을 겪을 수밖에 없다. 이러한 역경은 매우 다양한 현상으로 나타나고 있고, 오늘날에는 그것 자체가 위급한 문제로 대두되고 있다.

뛰어난 소수의 위기관리법 »»

나는 《삶에 대한 적응(Adaptation to Life)》이라는 책을 읽은 적이 있다. 하버드 대학교를 졸업한 학생들을 40년 동안 연구한 결과물인 이 책은 하버드 졸업생들의 생활을 모든 면에서 기록하고 있다. 그들은 '하버드 대학교 출신'이라는 이유로 졸업 후에도 좋은 직장을 잡아 많은 돈을 벌 수 있었다. 이러한 기준으로 볼 때, 그들은 모두 성공한 사람들이라고 말할 수 있다. 하지만 그들이 다 똑같지는 않았다. 그들은 전혀 다른 두 개의 그룹으로 나뉘었다. 연구조사 결과에 따르면, 그들도 보통 사람들

"네가 심긴 곳에서는 꼭 꽃을 피워라"는 말이 있다. 이는 우리에게 주어진 상황이 어떠하더라도, 우리 손에 쥐어진 카드가 아무리 나쁘더라도 그에 대한 반응을 잘 조절할 줄 알아야 한다는 뜻이다.

처럼 고난과 고통을 경험하면서 살아가고 있었다. 그들을 두 개의 그룹으로 나누는 기준은 바로 고통에 대한 그들의 반응 방식이었다.

첫 번째 그룹의 사람들은 자신의 고난을 자학을 통해서 잊어버리는 방법으로 대처하고 있었다. 또 다른 그룹의 사람들은 자신의 고난을 긍정적으로 대처하는 메커니즘을 사용하여 이겨내고 있었다. 가령 각 그룹에서 한 사람씩 자신의 아내를 잃었다고 해보자. 한 사람은 그 고통을 잊기 위해서 많은 양의 술을 마신다. 반면에 다른 그룹의 사람은 자신의 아내를 생각하며 사랑의 시를 쓴다. 전자는 자학하면서 고통을 이겨내고 후자는 긍정적인 메커니즘으로 이겨내는 것이다.

매우 작은 차이일 수 있지만, 너는 이것이 왜 그렇게 중요한지 알게 될 것이다. 자신을 자학하는 그룹은 긍정적 메커니즘을 사용하는 그룹보다 덜 행복하고, 덜 건강하며, 더 일찍 죽음에 대해 생각하게 된다. 확실한 차이를 보여주고 있는 것이다. 우리는 과연 어떻게 고난과 고통을 이겨낼 수 있을까? 오래 된 속담 중에 "만약 인생이 너에게 레몬을 건네 주거든, 레모네이드를 만들어라"는 말이 있다. 이것은 그저 케케묵은 속담이 아니라 중요한 인생의 원리를 담고 있는 말이다. 또한 "네가 심긴 곳에서는 꼭 꽃을 피워라"는 말이 있다. 이는 우리에게 주어진 상황이 어떠하더라도, 우리 손에 쥐어진 카드가 아무리 나빠도 그에 대한 반응을 잘 조절할 줄 알아야 한다는 뜻이다. 우리는 자신을 변화시킬 줄 알아야 한다. 그것이 바로 근본적인 변화의 출발점이다. 만약 우리 자신을 어떻게 변화시켜 상황에 대처할지 안다면, 그것은 우리가 어떤 존재가 될지 결정짓는 것이나 다름없다. 바로 네 누나 쉐리가 자신의 인생 목적을 선언문 형태로 작성한 것과 같은 이치다.

자신의 목적을 명확히 재정립하여 벨 커브의 오른쪽으로 이동하고자 노력할 때 우리는 더 나은 사람으로 변화될 것이다. 그리고 우리가 그런 변화의 길을 걸어갈 때, 우리를 둘러싼 세상까지도 변화시킬 수 있다. 여기서 나는 네 이해를 돕기 위해 하나의 이야기를 더 들려주려 한다.

네 엄마와 내가 결혼했을 때, 나는 대학원에 재학중이었고 매우 어렵사리 공부를 이어가고 있었다. 학업을 병행하면서, 가족을 먹여 살릴 돈을 벌어야 했기 때문이다. 학교 근처의 노동 현장에서 최저 임금을 받는 아르바이트로는 가계를 유지하기가 턱없이 부족했다. 그래서 조금 더 나은 돈벌이를 위해 '풀러 브러시(Fuller Brush)'라는 머리빗을 파는 회사에서 일하기로 마음먹었다. 내게는 가정집들을 일일이 방문하면서 회사 제품을 파는 일이 주어졌다. 하지만 이 일은 내게 하루에도 너무나 많은 거절과 좌절을 맛보게 했다.

매일 저녁 다섯시면 집을 나와 이웃 동네로 차를 몰고 간다. 억지로 나 자신을 첫 번째 집 문 앞으로 끌고 가야 하는 신세가 너무도 싫고 처량하게 느껴졌다. 열 집을 방문하면 대부분 열 번의 거절을 당한다. 결국 하던 일을 멈추고 말한다. 지금 나는 나 자신을 낭비하는 것이라고. 나는 "내가 찾아갔던 이웃이 안 좋았기 때문이야"라며 합리화시키느라 많은 시간을 보냈다. 하지만 나는 이 경험으로부터 새로운 사실을 깨달았다. 이웃이 잘못된 것이 아니라 내가 문제였던 것이다. 나는 주어진 각본만을 따랐기 때문에 당연하고 평범한 결과만을 얻은 것이다. 주어진 환경인 각본을 바꾸기에는 내가 너무 게을렀고 용기 또한 없었던 것 같다. 결국 나는 바뀌어야 했다.

나는 스스로를 변화시키는 나만의 노하우를 사용해서 이 상황을 극복하기 시작했단다. 우선 나는 발끝으로 몸을 지탱하면서 긴장감을 갖는다. 그리고는 두 눈을 감고 두 주먹은 꽉 쥔 채 스프링처럼 위아래로 마구 뛴다. 내 몸 속에 에너지가 역동적으로 흐르는 것을 느낄 때까지! 그런 다음 고객의 집 문 앞까지 단숨에 뛰어가서 노크를 한다(매우 우습게 들릴지 모르겠지만, 꽤 효과적인 방법이란다). 집 안에서 사람이 나오면, 나는 좋은 인상과 느낌으로 그들을 대했다. 그들에게 그 달의 신상품 샘플들을 나의 열정과 함께 건네며, 그들에게 이러한 서비스를 제공할 수 있게 되어 기쁘다는 표현을 한다. 그리고 어떻게 하면 그들에게 가장 필요한 도움을 줄 수 있는지 물어본다. 이렇게 스스로를 먼저 변화시키자 하룻밤에도 많이 팔면 열 집 중에 일곱 집은 성공했단다. 늘 좋은 성과를 거둔, 무척 놀라운 방법이었다.

거절하고 외면하던 사람들이 어떻게 나를 반겨주는 좋은 고객으로 바뀌었을까? 그것은 바로 내가 변화되었기 때문이다. 나는 나 자신을 움직일 수 있는 능동자, 조종자가 되었다. 언뜻 보기에는 내가 아니라, 나를 대하는 사람들을 변화시킨 것같이 보일 수 있으나, 사실은 그렇지가 않았다. 물론 그들은 나를 문전박대 하거나 집 안으로 들여 제품을 설명하게 할 수 있는 선택권을 갖고 있다. 하지만 평범한 사람이 평소의 자신보다 더 뛰어나고 나은 자세로 일에 임할 때, 그가 상대하는 주위 사람들의 생활습관까지도 변화시킬 수 있는 것이다. 자신이 추구할 수 있는 최고의 모습을 바라고 그렇게 변화하려는 자세는 자신이 속해 있는 사회까지 변화시킨다.

여기에는 패러독스가 하나 있다. 우리는 두 개의 다른 논쟁을 펼칠 수 있는데 하나는 세상이 우리를 조종한다는 것이고, 다른 하나는 우리가 세상을 조종한다는 것이다. 사실 서로 다른 이 두 개의 주장은 모두 맞는 말이다. 평범한 상황 속에서는, 평범한 사람이 문을 두드려 일반적인 반응을 얻어낸다. 세상이 그 사람을 조종하는 것이다. 하지만 내 경우처럼, 마음 가득 열정을 품은 사람은 보통 사람의 범주에서 벗어나게 된다. 따라서 그 사람이 문을 두드렸을 때의 상황은 더 이상 평범하지 않고, 상대방으로부터도 흔하디 흔한 평균적인 반응이 아닌 전혀 다른 반응을 얻어낼 수 있다. 그들은 지금까지 지내온 그들의 평범한 생활방식에서 벗어나 마음의 문을 열게 된다. 평범하지 않은 새로운 상황을 맞이했을 때 그들은 자신을 그 상황에 노출시키기 위해 새로운 자세를 갖추게 된다. 열정을 갖게 되고, 긍정적인 마음으로 그 상황에 임하게 되는 것이다. 그들에게 다가가는 우리에게 낯설고 무섭다는 부정적인 감정을 갖는 대신에, 긍정적인 감정을 갖게 된다. 이럴 때 우리는 벨 커브의 오른쪽으로 이동하게 되고 세상에 변화를 가져올 수 있게 되는 것이란다.

세일즈에 대해 사람들은 흔히, 고객을 잘 구슬러서 물건을 파는 구술 테크닉으로 치부하곤 한다. 그러나 이러한 관점은 잘못된 결론을 낼 수 있다. 우리는 긍정적으로 생각하는 사람이 되어야 한다. 그래야만 우리가 원하는 것을 사람들의 변화를 통해 얻을 수 있으니까 말이다.

내가 '풀러 브러시' 빗을 팔고 있을 때, 아주 급박한 하나의 동기가 마음 속에 자리하고 있었는데, 바로 가족의 생계를 위해서 돈을 벌어야 한다는 사실이다. 나는 물건을 팔고 그것으로 살림을 꾸려가기 위해 그 자리에 서 있었던 것이다. 이것이 나의 근본적인 동기로 작용할 때는 결단코 궁극적인 목적을 달성할 수 없다는 것을 뒤늦게야 깨달았다. 그러면 돈도 벌지 못하고 제품도 많이 팔지 못한다. 저조한 매출 실적밖에는 못 올리는 흔해빠진 세일즈맨으로 남고 마는 것이다. 내가 나 자신을 조종해서 마음 속

평범한 사람은 세상의 조종을 받는다. 그러나 마음 가득 열정을 품은 비범한 사람은 스스로 세상을 조종한다.

나태함을 박차고 나온다면, 나는 분명히 나 자신을 직접 지휘하는 지도자가 된다. 이것이 바로 모든 변화의 시작이다. 그러면서 우리는 다른 사람까지도 좀더 잘 들여다볼 수 있게 된다. 나의 노크에 문을 열어준 사람은 단순히 제품을 구입해서 돈벌이를 해주는 매개체가 아닌 것이다. 나는 그들에게 서비스를 제공해줄 수 있어 기뻤다. 나의 주된 목적이 그들을 사랑하는 것이 되고, 돈을 벌어 내 살림을 꾸려나가는 것은 부차적인 목적이 되었을 때, 나는 지속적인 변화를 경험할 수 있었다.

자신에게만 집중하던 눈을 다른 사람들에게로 돌리기로 마음먹는 것은 쉽지 않은 결심과 도약이다. 요즘처럼 극히 개인주의적인 삶을 살고 있는 현대인들로서는 다른 사람들에게 관심을 보이고 그들이 무엇을 원하는지 안다는 것은 힘든 일임에 분명하다. 세일즈 교육, 관리 교육 등 여러 교육에서도 자신이 중심이 되어 생각하고 집중하는 것이 당연하다. 우리는 주로 자신을 중심에 놓고 생각하기 때문에 다른 사람들이 원하는 것이 아닌, 우리가 원하는 목적을 얻어내야 한다는 강박관념에 사로잡힌다. 세일즈를 교육하는 사람들은 대부분 일차원적인 개인의 목적(돈 버는 일)만을 중시하여 고객들에게 제품을 파는 데만 급급하다. 이러한 세일즈 방식은 매우 논리적인 듯 보일지 모르지만, 실전에선 정작 실적을 올리지 못한다.

세상이 만들어놓은 인생 각본을 던져버려라 ›››

이제 조금 다른 관점에서, 자신의 내면을 먼저 변화시킨 후 다른 사람들에게 관심을 돌렸을 때 우리에게 어떠한 일이 일어나는지 알아보도록 하자. 우리는 아마도 다른 사람들에게 도움을 주려 할 것이다. 도움을 주고자 함으로써, 다른 사람과의 관계를 만들게 되고, 나아가 그들과 함께 서로의 관계를 탄탄히 다져나갈 수 있게 된다. 그러기 위해서는 서로를 존중해야 하고 구속하거나 구속되지 않아야 한다. 우리가 가질 수 있는 최고의 모습으로 그들에게 다가갈 때, 인생의 성숙한 목적을 달성해나가는 길로 그들을 인도할 수 있다. 서로를 격려하면서 함께 성장해나가는 것이다. 우리는 영리하게 고객을 현혹하고 조종함으로써 대걸레나 자동차를 구입하게 만드는 것보다 더 중요한 것, 즉 그들이 삶에서 느끼는 근본적인 필요와 요구를 제품을 통해 충족시키게 될 것이다. 그러나 이 개념이 모든 사람들에게 쉽게 받아들여지지는 않는다. 극소수의 사람만이 이러한 경험을 한다. 극소수의 사람만이 자신의 반복되는 삶을 변화시키려고 노력하기 때문이다.

변화를 두려워하고, 현재의 상태에 안주하는 것은 자연스런 현상이다. 네가 어렸을 때 일이 생각나는구나. 그때는 할로윈이었다. 너는 사탕을 얻기 위해 집집마다 문을 두드리며 "장난이냐 과자냐!(Trick or treat!)"라고 외쳤다. 그것은 평범하기 그지없는 말이어서, 얼마 후 나는 네게 "딴 아이들과는 다른, 새로운 말을 시도해보는 게 어떻겠니?"라고 조언했다. "문 앞에 가서 '안녕하세요, 행복하고 기쁜 저녁 시간 보내시길 바랍니다' 라고 말해보렴. 분명 오늘밤이 지나기 전에 너는 다른 아이보다 최소한 두 배 정도는 많은 사탕을 얻을 것이다."

너는 내가 말해준 새로운 아이디어에 시큰둥했다. 하지만 나는 다시 한 번 네게 권했고 너는 "네, 좋아요. 그렇게 해볼게요"라고 대답했다. 너의 그런 대답엔 "해볼게요, 아빠의 바보 같은 아이디어가 얼마나 좋은지 한번 보세요!"라는 의미가 담겨 있었단다. 그 다음에 방문할 집으로 향하는 네 얼굴은 당연히 일그러져 있었다. 그 집에서 돌아오는 너의 얼굴은 더욱 일그러져 있더구나. 임무를 마치고 돌아온 넌 내게 이렇게 말했다. "보세요. 다른 집에서처럼 겨우 한 개잖아요!"

사람들은 모두 자신이 줄곧 지내오던 익숙한 삶에서 떠나길 싫어한다. 모두가 짜여진 각본대로 말 잘 듣는 배우가 되려고 하는 것이다. 지극히 평범하고 일반적인 예상과 기대가 바로 이러한 사람들의 삶의 각본이 되는 것이다. 그러나 이렇듯 천편일률적인 각본은 사람들에게서 또 다른 가능성을 만들 기회를 앗아간단다. 사람들은 열정이 변화를 가져온다는 것을 잘 이해하지 못하고 있다. 또한 하려고 마음먹고 과감히 그 길을 선택하면, 열정을 성장시킬 수 있다는 사실을 잊고 있다.

누군가가 "제 정신이 아니다"라는 말을 정의하기를, "과거의 행동을 그대로 하면서 다른 결과를 희망하는 것"이라고 풀이한 것이 생각나는구나. 만약 누군가가 불행한 상황에 빠져 있다면, 그런 상황을 해결할 유일한 방법은 종전과는 다르게, 지금 당장 행동하는 방법밖에 없단다. 지금, 너의 머릿속에 있는 각본은 이러한 상황 속에서는 이렇게 행동해야 한다는 식상한 법칙만을 말해주고 있기 때문에 변화를 추구하기가 어려운 것이다. 하지만 우리가 우리 자신의 인생 각본에 어긋나게 행동하고 위반할 때 비로소 우리는 생활의 변화를 맛볼 수 있다. 현재 사용하고 있는 오래 된 각본이 온갖 불행한 일들로 가득 차 있다면, 최소한 행복해질 것이라는 가능성만이라도 추가하도록 노력해야 한다.

우리가 각자의 인생 각본을 위반할 때 비로소 우리는 생활의 변화를 맛볼 수 있다. 현재 사용하고 있는 오래 된 각본이 온갖 불행한 일들로 가득 차 있다면, 최소한 행복해질 것이라는 가능성만이라도 추가하도록 노력해야 한다.

행복하기 위해선 변화해야 한다. 너의 행동을 변화시킨다면, 너는 분명 변화할 것이다. 내가 나 자신을 변화시켰을 때 나는 더 많은 것을 배우면서 성장할 수 있었고, 그 과정에서 나는 내 삶이 말할 수 없는 열정과 사명으로 채워지는 것을 느낄 수 있었다. "열정을 가진다는 것은 하나님이 나와 함께 하신다는 것을 의미한다." 말 그대로 내가 열정을 마음에 품었을 때 내 주위의 사람들은 내게서 발산되는 열정을 느낄 수 있게 되며, 그 사랑의 힘과 따뜻함을 통해 굳게 닫혀 있던 마음의 문을 열게 될 것이다.

사람들을 열정 속에 빠뜨려라. 열정은 선택이지, 우연히 일어나는 일이 아니다.

변화를 향한 두 가지의 도전 >>>

아버지는 너에게 도전을 주고 싶다. 이것은 오래 전 할로윈 때 준 도전보다 훨씬 어려운 것이다. 하나는 전체적인 삶의 도전이고, 또 하나는 세부적인 삶에 대한 도전이다. 첫 번째로, 나는 네가 최소한 강아지 '캔디' 정도의 영향력을 갖기 위해 노력했으면 한다. 그 강아지는 자기가 만나는 모든 사람들에게 긍정적인 영향을 미쳤다. 사람들을 열정 속에 빠져들 수 있게 만들어라. 열정은 선택이지, 우연히 일어나는 일이 아니다. 그러므로 네가 이겨나가야 할 첫 번째 도전은 네가 만나는 모든 사람들을 긍정적인 에너지의 바다 속에 빠뜨리는 것이다.

또 다른 도전, 즉 세부적인 삶의 도전은 네가 만나는 사람들에게 특별한 관심을 쏟으라는 것이다. 네가 대학교에서 이루어야 할 사명은 네가 만나는 모든 사람들을 변화시키는 것이다. 그들이 자신의 삶의 의미를 찾도록 도와야 한다. 사람들은 얽히고설킨 관계 속에서도 서로에게 아무런 영향도 주지 못한 채 살아가고 있다. 그들은 남들이 자신에게 관심을 가져주길 바란다. 그렇지 않을 경우 그들은 실망하고 좌절한다. 평범한 삶을 사는 방법은 자신에게만 관심을 쏟으며 남들을 자신의 틀에 맞추는 것이다. 반대로, 비범한 삶을 사는 방법은 자신을 자신이 세운 인생의 궁극적 목표에 맞추고, 남들에게는 따뜻한 사랑과 관심을 쏟는 것이다. 당연히 후자 쪽이 보다 능률적이며 삶에 큰 보람을 주는 진리라고 할 수 있다.

너는 어쩌면 '아버지는 나에게 가식적이고 날조된 삶을 살라고 한다'고 생각할지 모르겠다. 남들과 다르고 더 나은 삶을 지향한다는 것은 보통 사람들이 생각하는 것과는 실상 많이 다르다. 평범한 사람들의 시선과 관점에 맞춰 바라보면, 이러한 삶은 진실성이 없는 것처럼 보일 수 있다. 그래서 평범한 사람들의 이론적 방법을 삶에 적용하면, 오직 사람들의 머릿속에 짜여진 각본 그대로 충실히 연기하고 그 시나리오 안에 영원히 머무르게 된다. 이렇게 제한된 각본에 충실한, 소위 진실하다고 하는 삶을 살아가기 위한 필요 조건은 결코 우릴 성장시키지 않는다. 그렇다면 우리는 어떻게 이러한 문제를 풀 수 있을까?

세상이 만들어놓은 각본에 충실한 삶을 살아가기 위한 필요조건은 결코 우릴 성장시키지 않는다. 그렇다면 우리는 어떻게 이러한 문제를 풀 수 있을까?

진실한 사람들은 습관적이고 일상화된 각본대로 살아가지 않는다는 것을 알아야 한다. 그들의 진실됨은 자신의 진실됨을 알고 자신이 누구인지를 확실히 알 때 입증되며, 그러한 사실로 인하여 우리는 놀라기도 한단다. 그들은 사회가 원하는 것이나 만들어놓은 방식에 자신의 행동을 꿰맞추지 않는다. 그들은 자기 자신을 스스로 움직이는 한편 다른 사람들에게도 더 큰 관심을 쏟으려고 한다. 그들에게선 말과 행동, 생활습관, 감정, 가치관이 적절히 조화되기 때문에, 그들이 남들보다 진실성을 갖추었다고 말하는 것이다.

너는 나를 닮아 매우 내성적인 성격을 지닌 것 같다. 많은 사람들이 열정은 네 엄마처럼 외향적인 성격의 소유자를 위한 것일 뿐이라고 믿고 있다. 하지만 나는 열정이란 누구에게나 똑같이 자라날 수 있다고 믿는다. 나 또한 꽤나 내성적인 성격이지만, 종종 마음 한 가득 열정을 품는단다.

학생들을 가르치러 수업에 들어갈 때, 나는 자주 나 자신을 변화시키고자 결심한단다. 내 삶의 궁극적 목적이 학생들의 삶을 변화시키는 것임을 명확히 진단하고 바라볼 때, 나는 그들이 진정으로 원하고 필요로 하는 것을 제공해주기 위해 혼신의 힘을 다해 집중할 수 있게 된다. 학생들과 대화를 나누고 토론할 때, 나는 뜨거운 열정을 느끼고 마음이 뿌듯해진단다. 나에게는 확실한 사명의식과 사랑이 있고, 학생들은 그것을 예민하게 감지한다. 나는 믿는다. 그것이 진정 '최고의 나' 라고!

네가 나의 도전을 심각하고 진지하게 받아들인다면, 네 주위의 모든 사람들도 너의 영향력에 힘입어 변화를 시작할 것이다. 너는 이것을 이루기 위해 그들을 '열정의 바다' 속에 빠뜨릴 것이다. 그리고 긍정적인 메커니즘을 찾아, 그들을 반복되는 지루한 삶의 각본 속에서 건져낼 수 있을 것이다. 너는 그들의 성장을 위해 네가 어떻게 도울지 그 방법을 찾게 될 것이다. 그러면서도 그들에게 잘 보이려 하지는 않을 것이다. 왜냐하면 지금의 너는 그들을 진정으로 돕고 싶어하는 순수한 진실을 갖고 있기 때문이다. 뿐만 아니라 너 자신도 더 높고 더 나은 목표를 달성하기 위해 열정적인 사람이 되어갈 것이다. 너는 평범한 사람이 아니기 때문에 평범한 생활을 하려 들지 않을 것이며, 네 나름의 창조적인 관계를 만들어갈 것이다. 사람들에게 좋은 감정과 감동을 전해주는 긍정적이고 생산적인 대화를 하려고 노력할 것이다.

만약 네가 이러한 일들을 이뤄나간다면, 전에는 경험하지 못한 새롭고 기이한 경험들을 하게 될 것임을 아버지는 이미 알고 있단다. 너는 사람들이 네게 이끌려 오는 것을 경험할 것이고, 그들 역시 이전과는 다르게 긍정적인 자세로 너를 대할 것이다. 그들은 네가 '뛰어난 소수' 라는 사실을 일깨워줄 것이며, 대중적 군중심리를 거슬러올라가는 네 용기에

'뛰어난 소수'는 사람들에게 이질감과 불편함을 준다. 그러나 좋은 일에 대한 보람에 힘입어 그러한 압력과 저항까지도 꿋꿋이 이겨나간다.

아낌없는 칭찬과 기쁨을 표할 것이다.

그리고 너는, 세상이 좋은 일을 하는 좋은 사람들로 구성되어 있음을 깨닫게 될 것이다. 이것은 분명 사실이다. 왜냐 하면 너 역시 좋은 일을 이루어가는 좋은 사람이기 때문이란다. 하지만 또 다른 어떤 사람들은 네게 시련을 줄지도 모른다. 그런 사람들이 너를 원래의 평범한 삶의 무대로 되돌려 놓으려 할지 모르니 조심해야 한다. '뛰어난 소수'는 많은 사람들에게 이질감과 불편함을 줄 수밖에 없기에 더욱 그렇다. 하지만 너는 아마도 좋은 일에 대한 보람과 기쁨에 힘을 얻어 그러한 압력과 저항까지도 꿋꿋이 이겨나가리라 믿는다.

또 한 가지 네가 알아야 할 점은 이러한 일을 이루어나갈 때 네 말 한마디 한마디가 권위를 지니게 되리라는 것이다. 많은 사람들이 네 말을 따르게 될 것이고, 너는 떠오르는 리더가 아닌 이미 떠오른, 매우 힘있는 리더가 되어 있을 것이다. 아들아, 너는 매우 진실되고 영향력 있는, 그리고 행복한 사람이란다. 그 사실을 언제나 명심하길 바란다. 이것이야말로 인생의 가장 크고 멋진 업적이고 명예이니까 말이다.

사랑한다,

아버지가.

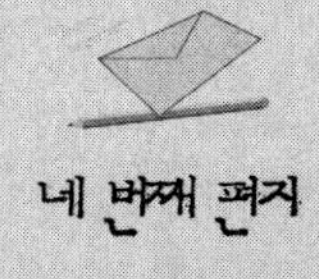

네 번째 편지

'최고의 나' 찾아내기

“최대의 승리는 자기 자신을 정복하는 것이다. 그리고 최대의 수치는 자기 자신에게 정복당하는 것이다.” - 플라톤

네 번째 편지

사랑하는 나의 아들 가렛에게

지난 번의 내 편지를 읽은 후 변화를 추구하는 것에 더욱 집중할 수 있었고, 그 일이 흥미로웠다는 말에 아버지는 아주 신이 나는구나. 나중을 위해 핵심적인 요점을 적어가면서 편지를 읽는 것은 퍽 좋은 아이디어라고 생각한다. 그럼으로써 마음에 와닿는 것들을 더욱 명확히 각인시킬 수 있을 것이고, 스스로 해답을 찾아가는 과정에서 더 많이 배우게 될 것이다. 그리고 또 하나, 나는 이번에 보내온 네 답장에서 매우 충격적인 내용을 발견했다.

아버지 편지의 처음 몇 장은 농구팀 코치였던 타운샌드를 떠올리게 했습니다. 그는 항상 평범하지 않은 삶의 자세를 견지해왔습니다. 그는 천재적인 재능을 타고났습니다. 하지만 그보다 저를 감동시킨 것은 그가 재능을 발휘해내는 방법이었습니다. 아버지는 그가 어렸을 적에 난독증(難讀症)이라는 독서장애를 경험했다는 사실을 알고 계셨나요? 그는 매우 절망적이었습니다. 그러나 그는 수없이 많은 실패와 좌절, 역경 속에서도 포기하지 않았고, 결국 대학의 문까지 통과했습니다.

그가 저에게 자신의 이야기를 들려주었을 때, 정말 아무 말도 할 수가 없더군요. 아버지도 이런 사람을 존경해야 한다고 생각하시죠? 그에 대해 얼마나 많은 생각을 하게 되었는지 모릅니다. 저는 그가 제게 이렇게 큰 영향을 주었는지 예전엔 미처 몰랐습니다.

내면의 자아를 주도하라 – 농구팀 코치 타운샌드 이야기 >>>

아버지는 네가 말한 농구팀 코치 타운샌드에 대해 너와 같은 생각을 가지고 있단다. 그는 평범하고 일반적인 삶을 살지 않은 매우 훌륭한 사례이고, 네 말대로 자신이 갖고 있던 재능을 아낌없이 다 사용했다고 본다. 그런데 나는 그가 난독증이라는 장애를 극복했다는 사실은 전혀 몰랐다.

그는 자신의 일을 효과적으로 성취하면서도, 다른 사람들과 좋은 인간관계를 유지했다. 코치로서 팀원들을 정신적으로 훈련시켰고, 경기의 승리를 이끌 뿐만 아니라, 팀원들과 인격적인 관계 속에서 사랑과 관심을 나누었다. 그는 내면의 자신을 움직일 줄 알았던 사람이고 다른 사람들에게 관심을 기울였던 사람이다. 그가 가진 또 하나의 특징은, 뭔가를 배울 때면 자신의 모든 것을 내걸었다는 것이다. 그는 끊임없이 책을 읽으며 공부했고, 운동연습 비디오를 보았으며, 스포츠 클리닉에도 열심히 다녔다.

사실 타운샌드는 내가 만난 어떤 코치 중에서도 가장 기억에 남는 사람이다. 그가 처음 농구 코치로 부임했을 때, 사람들은 그의 미식축구 코치 전적을 들이대며 농구를 모르는 사람이라고 맹비난을 퍼부었다. 4년이라는 세월이 흐른 지금, 그가 세운 작전의 성과는 다른 누구와 비교해도 뒤지지 않을

비범한 사람은 내면의 자아를 움직여 자신의 목적을 성취하면서 동시에 다른 사람들에게도 관심을 기울인다.

만큼 훌륭하다. 지난 마지막 시즌에 평론가들은 그가 모든 재능을 잃어가고 있다면서, 올해의 성적은 매우 안 좋을 것이라고 예상했다. 하지만 얼마 전 신문에서 확인한 그의 성적은 7승 1패라는 뛰어난 것이었다. 비범한 삶을 사는 사람은 누구나 성공을 맛본다. 설령 그러지 못하더라도, 실패의 경험 속에서 항상 배운다. 그리고는 마침내 성공을 이루어낸다. 나는 타운샌드의 삶이 왜 성공적일 수 있었는지 충분히 납득한다.

비범한 삶을 사는 사람은 누구나 성공을 맛본다. 설령 그러지 못하더라도 실패의 경험 속에서 항상 배운다. 그리고는 마침내 성공을 이루어낸다.

몇 달 전에 우리는 저녁식사에 타운샌드와 그의 아내 레이첼, 그리고 다른 여러 사람을 초대했다. 대화중에 나는 우리가 얘기해오던, 내면의 능동적 움직임과 다른 사람들에게 관심을 베푸는 것에 대해서 이야기하였다. 타운샌드는 이 두 가지의 뜻과 개념을 곰곰이 생각하더니, 자신의 경험담을 들려주었다.

그가 미시간 대학에 학생으로서 처음 발을 들여놓았을 때, 미식축구에 대한 그의 열정과 노력은 대단했다. 치열한 경쟁으로 인해 선수 생활은 날이 갈수록 힘들어졌지만, 코치에게 잘 보이고 좋은 인상을 주어 경기에서 더 많은 시간을 뛰기 위해 그는 쉴새없는 노력과 훈련을 계속했다. 그렇게 4년이라는 시간이 흘렀다. 그러던 그가 대학에서 다섯 번째 해를 맞았을 때, 그는 새로운 시각을 갖게 되었다. 코치에게 잘 보이기 위해서가 아닌, 다른 무엇을 위해 운동을 해야겠다는 것이었다. 이후 그는 코치의 생각에 신경 쓰거나 걱정하지 않았다. 그는 그때가 자신의 인생을 정의 내린 중요한 시간이었다고 말했다.

점차 그는 자기 내면을 주도하기 시작했다. 팀원들과 함께 경기 녹화 비디오를 볼 때였다고 한다. 자신의 실력이 미흡하다는 생각이 들면, 코치가 자기를 칭찬하더라도 거기에 만족하지 않고 자신이 무엇을 더 잘

했어야 했는지 반성했다. 반면 자신이 잘 했다고 생각했는데 코치의 질책을 받으면 스스로에게 남몰래 격려와 칭찬을 해주었다고 한다. 그는 스스로 자신의 코치가 된 것이다. 그는 외부에 의존하지 않고 내면의 지시에 따라 움직이기 시작했다. 그는 그것이 자신의 인생을 새롭게 변화시킨 가장 큰 사건이라고 말했다. 내 생각에 그는 자기 의지에 따라 움직임으로써 큰 기쁨을 느꼈던 것 같다. 타운샌드가 더 행복한 타운샌드를 만든 것이다. 그는 '최고의 나'를 찾아 실현해냈다.

프로 미식축구 선수로 활동한 지 몇 년이 지난 어느 날, 타운샌드는 맹연습을 하던 중 불현듯 프로 활동이 자신에게 아무런 즐거움도 주지 못한다는 것을 깨달았다. 그는 자기가 왜 거기 서 있는지 자문하기 시작했다. 그 질문의 답은 너무도 명백하게 '돈 때문'이었다! 자신도 눈치채지 못하는 사이에, 돈이란 매개체는 그를 '내면에 의한 움직임'에서 '외부에 의한 움직임'으로 바꿔놓았던 것이다. 타운샌드는 말했다.

"저는 흑인 가정에서 태어나 여섯 명의 형제들과 함께 자라왔고, 살아남기 위해서 항상 가족을 최우선으로 생각했습니다. 제가 미시간 대학에 입학했을 때, 우리 대학 미식축구팀이 아주 특별하게 느껴졌던 것은 모든 선수가, 자신이 아니라 팀에 우선순위를 두었기 때문입니다. 반면 제가 프로팀에 입단했을 때, 모든 선수들은 자기 자신만을 위해서 시합에 임하고 훈련했는데, 저는 거기에 매우 중요한 가치 하나가 빠져 있다는 것을 알게 되었습니다. 운동에 임하는 동기가 변화되었던 것입니다. 그래서 저는 지금 그런 실수를 하지 않으려 노력하고 있습니다. 고등학교 농구팀에서 저는 진정한 하나의 팀, 진정한 하나의 가족, 그리고 내 선수들에게 각자의 이익보다 더 높은, 이상적인 목표와 그에 따른 동기를 갖게 하고 싶습니다. 이것이 지금 제가 하는 일이고, 제 본연의 모습이라고 할 수 있습니다. 이런 일들은 나를 기쁘게 합니다. 왜냐 하면 선수들에게 기쁨을 주는 일이기 때문입니다."

타운샌드는 어느새 선수들이 저마다 '최고의 나'를 찾아낼 수 있도록 도와주는 일에 전문가가 되어 있었고, 그것이 바로 그가 가장 원하던 일이었던 것이다.

최고가 되기 위해 몸으로 부딪쳐 훈련하라! – 아마니 투머의 이야기 >>>

그날 이후 나는 〈앤 아보 신문(Ann Arbor News)〉에서 한 기사를 보게 되었다. 그것은 '아마니 투머'라는 미식축구 선수에 관한 기사였다. 너도 아마 그 사람이 미시간팀 소속이었던 걸 기억할 것이다. 그는 후반전을 위한 지명선수였다. 그만큼 팀의 승리와 위기 모면에 있어 중요한 포지션이었지만, 뉴욕 자이언츠에서 활동하던 세 번의 시즌 동안, 고작 44번의 패스를 받아내고 635야드만을 전진했을 뿐이었다. 그러나 곧 그는 부진한 실적을 딛고 일어나 자신의 팀을 특별한 팀으로 만드는 데 공헌했다. 1999년~2000년 시즌에서 그는 79번의 패스를 받아냈고 1,183야드를 진출해서 6번의 터치다운을 해냈다. 이런 성과로 인해 그의 소속 팀은 그 동안의 저조한 성적을 극복해낼 수 있었으며, 아마니 투머 자신 역시 NFL(미국 프로 미식축구 리그) 최고 선수 대열에 합류할 수 있었다.

그의 팀 동료 중 한 명은 "처음 몇 년 동안 그는 무엇인가에 사로잡혀 자신의 기량을 발휘하지 못하는 것 같았다. 하지만 그것이 무엇이건 간에 그는 그것을 찾아내 해결한 것임에 틀림없다"고 말했다. 그는 줄곧 뛰어난 재능과 기술을 가지고 있었다. 그렇다면 무엇이 변화하였는가? 어떠한 것이 변화를 가져왔단 말인가?

그의 변화에 대한 단서가 하나 있다. 〈앤 아보 신문〉의 기자는 투머의 훈련 내용을 기사로 썼다. 패스된 공이 그의 발 바로 옆에 떨어졌다. 그는 그 공을 받지 못하였고 수비수는 그를 땅으로 사정없이 내리꽂았다. 그는 제자리로 돌아와 자신의 손을 여러 각도에서 응시하면서 손의 위치를 조정하곤 했다. 나중에 기자로부터 들은 바에 의하면, 그는 어떻게 하면 그 패스를 성공적으로 받아낼 수 있는지 매우 열성적으로 연구했다고 한다. 그는 경기중에 공을 빼앗기지 않기 위해 어떻게 해야 했는지 스스로에게 끊임없이 되물었다고 한다. 기자는 그러한 투머의 행동이 전과는 많이 달라 보였다고 전한다.

예전의 투머는 잦은 실수로 인해 항상 벤치에 앉아 있었다. 하지만 1998년과 1999년 사이에 그는 큰 결심을 했다. 오프 시즌 때의 연습과 훈련에 총력을 기울였다. 지난 오프 시즌 때는 장거리 달리기에 매진하여 체력을 길렀고, 쿵푸를 배워 몸의 유연성을 길렀다. 그는 개인 트레이너를 고용해 자신의 훈련을 강화시켰고, 팀의 오프 시즌 훈련 프로그램에 더 열심히 참여했다.

타운샌드는 자기 인생에 가장 큰 변화를 가져오게 된 것은 바로 내면의 움직임과 지시에 초점을 맞추면서 '최고가 되기 위한 훈련' 에 몰입했기 때문이라고 말했다. 그리고 가장 중요한 것은 '경기를 사랑하는 마음' 이라고 했다. 투머에게도 그것은 마찬가지였다. 그 또한 자기 내면의 움직임을 중시하면서 삶과 일에 동기를 부여했다. 그는 자신을 훈련시키면서 점차 성장하기 시작했고 그로 인해 기쁨을 찾았다. 그는 스스로에게 이렇게 말했다.

"너는 오프 시즌 훈련을 사랑해야 한다. 마찬가지로 연습구장 또한 사랑해야 한다. 너는 항상 긴장을 늦추지 말고 어떻게 해서 지금 네가 서 있는 곳까지 오게 되었는지를 절대로 잊어서는 안 된다. 나는 계속해서 위로 향하고 싶다."

이것이야말로 한 사람이 배우고 성장하는 데 필수적인 내면의 서약이고 목적이다. 이런 사람들은 비범한 위치에 서기 위해 끊임없이 노력하고, 계속해서 최고의 모습을 지향한다. 그들은 자기 삶의 패턴을 연구하고, 새롭고 보다 나은 패턴을 찾아 개선한 다음 조심스럽게 변화한다. 또한 삶의 패턴이 바뀌기 전까지는 절대로 더 나은 결과를 희망하거나 바라지 않는다. 그렇다. 자기 삶의 패턴을 바꾸지 않은 채 더 나은 결과만을 희망하는 것은 제정신이 아닌 사람이나 하는 어리석은 짓이다. 그런데 이 어리석은 짓이 우리의 일상에서 너무도 쉽고 당연한 듯이 반복되고 있다.

자기 삶의 패턴을 바꾸지 않은 채 더 나은 결과만을 희망하는 것은 제정신이 아닌 사람이나 하는 어리석은 짓이다. 그런데 이 어리석은 짓이 우리의 일상에서 너무도 쉽고 당연한 듯이 반복되고 있다.

평범한 삶의 태도와 우울증에서 벗어나라 ›››

지난 번 보내온 편지를 통해 너는 매우 중요한 질문을 했는데, 아마도 위의 이야기들이 그 질문에 대한 답을 제시해주리라 생각한다. 네가 말했듯이, 너는 네 삶에 동기를 부여하기 위해 많은 노력을 하고 있다. 너는 내가 보낸 편지 내용에 공감은 하고 있으나 실제로 그 의지를 행동으로 옮기는 데 많은 어려움을 느끼고 있는 것 같구나. 하지만 그러한 어려움에도 불구하고 너는 아버지의 권유에 힘입어 다시는 이전의 모습으로 돌아가지 않겠다고 결심한 듯하다. 지금까지 경험해보지 않은 문제들에 대해 네가 새로운 도전을 시작하고 있는 것이다.

중요한 건, 네가 의지를 실천에 옮기기 위해 고민하기 시작했다는 것이다. 추수감사절을 맞아 집에 돌아온 너는 차 사고를 내고 매우 기분이 안 좋은 상태였다. 너는 "지난 17년 6개월 동안 나는 매우 행복했어요. 하지만 작년부터 내 인생은 비참해졌어요"라고 말했다. 아버지는 네 말에 공감한다. 나는 고등학교 3학년 가을 학기 시절의 너를 잊지 못한다. 너는 방학이면 항상 집에 돌아와 휴식을 취했고, 그래서 주위 사람들은 너더러 집에 가장 자주 가는 사람이라고 말했다. 그때 너의 동생 션이 너를 두고 했던 말이 기억나는구나. 션이 말하길, "우리 모두는 열심히 노력하며 힘들게 살아가는데, 형 가렛만 별 노력 없이 너무 쉽게 살아가는 것 같아요. 그러면서도 제일 크게 성공해요!"

나는 션의 말이 옳다고 생각한다. 네겐 늘 많은 사람들이 따랐고, 네 삶에는 언제나 좋은 일들로 가득했다. 그러나 지난 해에는 많은 어려움과 고통을 경험해야 했다. 그럼 과연 무엇이 너를 그렇게 변하게 했을까? 너는 첫 번째 편지에 이러한 이야기를 썼다. 학교가 더 이상 재미없고, 잠자는 시간만 늘어갔으며, 사람들은 네가 우울증에 빠졌다고 말한다고, 심지어는 너조차 스스로를 학대한다고 말이다.

다시 생각해봐도 아버지는 네가 매우 정확한 진단을 하고 있다고 생각한다. 너는 심각한 우울증에 시달리고 있다. 잠은 갈수록 늘어가고, 자신에게 화가 치밀어오른다. 모든 일에 의욕을 잃었고, 자신감도 사라졌다. 자신을 학대하는 사람들 중 대부분이 죄책감에 사로잡혀 있듯이 너 또한 그럴 것이다. 네가 무엇인가에 집중할 수 없는 것은 분명 우울증에서 오는 현상일 거라고 아버지는 믿고 있다. 여기에 덧붙여 몇 가지 생각해보아야 할 것이 있다.

첫 번째로, 우울증에 시달리는 것은 부끄러워하거나 창피해할 것이 못 된다. 우울증은 1,700만 명도 넘는 사람들에게 찾아오는 것이다. 그것은 한 인간의 약점이 아닌, 감기나 팔이 부러지는 것과 똑같은, 의학적으로 치료받아야 할 상처인 것이다. 우울증은 안 좋은 일들을 당할 때 주로 찾아오지만, 눈에 보이는 그 어떤 이유도 없이 서서히 나타나는 경우도 많다. 만약 어떤 사람이 자신의 다리가 부러지거나 계속해서 참을 수 없는 두통이 찾아온다면, 주저 없이 병원으로 달려가 치료를 받을 것이다. 하지만 어떠한 이유에서든 우울증에 걸렸을 때, 우리는 스스로에게 이렇게 말한다. "마음만 먹으면, 혼자서도 우울증에서 충분히 헤어날 수 있어." 이러한 생각은 우울증이 우리 안에 더 오래 머물도록 만든다. 사람들은 틀에 박힌 생활 패턴을 유지한 채, 새롭고 다른 결과를 소망하고 있다. 다시 한 번 말하지만 그것은 단지 노력 없이 소망만 품는 매우 평범하고 어리석은 현상이다.

우울증은 1,700만 명도 넘는 사람들에게 찾아오는 것으로, 감기나 팔이 부러지는 것과 똑같은, 의학적으로 치료받아야 할 상처이다. 우울증은 안 좋은 일을 당할 때 주로 찾아오지만, 눈에 보이는 그 어떤 이유도 없이 서서히 나타나는 경우도 많다.

두 번째로 내가 말하고 싶은 건, 우울증은 그리 어렵지 않게 치료할 수 있다는 것이다. 요즘에는 안전하고 효능이 뛰어난 약물 치료제들도 많이 나와 있다. 이러한 치료제들은 약 2주~8주 정도 복용해야 효능을 볼 수 있는데, 약물 치료를 할 경우 항상 의사의 정기적 진단을 받아야 하며, 처방전을 잘 따라야 한다. 또한 혼자 있는 것을 피하고 더 자주 사람들과 어울려 지내야 한다. 음식을 잘 먹고 정기적인 운동을 하는 것도 우울증을 이기는 데 매우 중요한 요소이다. 그리고, 술과 마약은 절대로 가까이해서는 안 된다.

지금 네가 겪고 있는 고통을 의사 선생님께 보이는 것도 하나의 좋은 방법일 것 같다. 사실 나는 네가 곧 의사 선생님께 상담을 신청할 것이라고 생각한다. 이런 말을 하는 건, 요즘 들어 네가 변화하고 있기 때문이란다. 너와 전화 통화를 할 때마다, 점차 긍정적이 되어가는 네 모습을 느끼면서 아버지는 매우 감사했다. 또한 네가 자신이 가지고 있는 문제들에서 한 발짝 뒤로 물러서서, 무엇인가 시도해보려 하는 모습에 많은 힘을 얻게 되었단다. 필요하다면, 나와 함께 의사 선생님께 찾아가보도록 하자.

지금 이 시점에서 가장 중요한 것은 행동을 취하는 일이다. 네가 우울증에서 헤어나오기 시작한다면, 이 편지에 적힌 대로 너는 무슨 일에든 집중하기가 훨씬 수월해질 것이며, 새로운 삶의 패턴을 찾기 위해 열심히 노력하게 될 것이다. 이것이 '도전'과 '동기부여'에 관한 너의 질문에 답이 되리라 생각한다.

나는 네게 이 말을 해주고 싶구나. 가끔은 너 스스로 너의 등을 쓰다듬어주라고 말이다. 너는 편지에서, 더 높은 도전을 위해 생활 패턴을 새롭게 바꾸려 한다고 했다. 네가 나와 열린 대화를 나누는 것 역시 새롭고 긍정적인 생활 패턴을 시도한 것이라 할 수 있다. 네가 지금은 네 안에서 자라는 긍정적인 싹을 볼 수 없을지 모르지만, 내가 보기엔 이미 조금씩 자라나고 있는 것 같구나. 잠깐 멈춘 것만으로 우리가 지금 어디까지 와 있는지, 우리가 이루어낸 좋은 일들이 무엇인지 정확히 파악하기란 쉽지 않다. 때때로 우리는 스스로 이루어낸 일들에 대해서도 자신 없어 할 때가 많단다. 하지만 나는 지금 우리가 하고 있는 것이 왜 중요하고 좋은 일인지 알고 있다. 무엇에 대해 '안다는 것'은 매우 중요한 힘의 원천이란다.

너는 아버지의 인생 선언문 중 '최고의 나'에 대해 적은 것을 기억하고 있을 것이다. 삶에서 목적을 잃어버렸을 때, 이 선언문은 두말할 것도 없이 큰 도움이 된다. 문제는, 우리의 인생이나 삶 자체가 '최고의 나'를 찾아내지 못할 정도로 복잡하다는 것이다. 최고의 자아를 한번도 명확히 찾지 못하고 인생을 낭비하는 일은 너무도 쉽고 흔한 일이다. 또 하나의 이야기를 들려주마.

나는 네게 이 말을 해주고 싶구나. 가끔은 너 스스로 너의 등을 쓰다듬어주라고 말이다.

'최고의 나'를 찾는 방법 – 주변 사람들에게 물어보기 >>>

버트 화이트헤드는 재정 고문관이다. 나와 내 동료들은 그를 초대해 우리 회사의 다음 목표를 어떠한 방향으로 설정해야 할지 진단해줄 것을 요청했다. 화이트헤드는 평범한 고문관이 아니다. 그는 틀에 박힌 것들을 고쳐주는 사람이다. 그날도 예외는 아니었다. 그는 기업가로서 우리 각자가 걷지 않고 뛰어가야 한다고, 그래야 일 년에 180일 정도는 일로부터 자유로워진다는 이야기로 시작했다. 이 말은 매우 이상하게 들렸지만 우리는 곧 그 말에 끌려들어가기 시작했다. 그가 그 나름의 철학에 대해 말하면 우리는 귀기울여 들었고, 그의 이론을 잘 따르려고 노력했다.

그가 말한 요점은 이랬다. 우리 동료 세 사람은 각자 개성이 뚜렷하며, 언제나 새로운 가치를 만들어내는 훌륭한 창조자다. 가치를 창조하기 때문에 우리가 지금 이 자리에 설 수 있는 것이다. 한편 그는 우리에게 각자의 부족한 점이 무엇인지 알아보길 권유했고, 우리는 부족한 점들을 찾아 목록으로 만들어 그에게 보여주었다. 그는 또한 우리에게 어떤 분야에 소질이 있는지를 물어보며 그것에 대해서도 분석해 오라고 했고 우리는 그렇게 했다. 그는 사람마다 독특한 기술과 능력을 지녔음을 강조하고 또 강조했다.

화이트헤드는 어째서 우리가 성공이라고 생각한 것이 오히려 실패를 가져올 수 있는지에 대해 이야기했다. 그의 말은 우리를 매우 긴장시켰다! 그가 말하길 우리는 각자가 소유한 기술과 능력을 발전시켜 성공을 이루어내고 있지만, 그 성공은 또 다른 기대와 환상을 만들어 우리를 가치 있는 일들로부터 멀어지게 한다고 했다. 그리하여 단지 우리가 하기 좋은 것이나, 가치는 별로 없어도 해내기는 쉬운 일들만을 하게끔 유도

한다고 했다.

그러면서 그는 우리가 만들어 온 목록에 대해 비판했다. 우리는 자기 자신에게 속고 있고 스스로가 만들어놓은 목록조차도 확신하지 못하고 있다는 것이었다. 그리고는 한 가지 과제를 더 내주었다. 우리 주위 사람들 중 자신을 가장 잘 알고 있다고 생각하는 사람들에게 자신의 장점과 능력을 물어보라는 것이었다. 사실 우리 셋 모두는 그런 과제가 편치 못했다. 하지만 나는 곧 생각했다. '내가 불편해하는 일인 것을 보니, 이것은 분명 가치가 있을 듯하다.'

집으로 돌아온 나는 방 안에 앉아 내가 아는 약 서른 명 정도의 명단을 적어내려갔다. 거기에는 가족, 오랜 친구들, 직장 동료들이 있었다. 몇몇은 오래 된 기억으로부터 나온 이름들이고, 몇몇은 현재 만나고 있는 사람들이다. 그들 모두는 나를 잘 알고 있었고, 적어도 그들만큼은 정직한 의견을 보내줄 것이라는 확신이 들었다. 나는 그들에게 이메일로 나의 과제에 대해 설명했고, 어떻게 하면 내가 가장 가치 있는 일들을 창조해낼 수 있을지, 그리고 내가 남다르게 가지고 있는 긍정적이고 유익한 성격은 무엇인지 물어보았다.

많은 답신이 오기 시작했고, 나는 그것을 매우 흥미롭게 읽어내려갔다. 약 서른다섯 통의 메일이 왔는데, 어떤 것들은 매우 짧고 명료했으며 어떤 것들은 매우 길었다. 어떤 사람들은 '이야기'를 보내오기도 했다. 나는 그 모든 답장들을 하나도 빠짐없이 간직하고 있다. 이 답장들은 아주 특별한 것이었다. 풍부한 내용을 담은 의견인 동시에 사람들이 생각하는 나의 내면 가치를 알려주는 것이기 때문이다. 그들의 답장은 일종의, 강렬한 형식의 감정서 혹은 인정서처럼 느껴졌다. '인정(appreciation)'이라는 단어는 네 가지의 다른 의미들을 갖고 있다. 그것은 긍정적으로 평가되고 받아들임, 감사의 마음, 이해와 인지, 발전과 향상이다. 이러한 모든 것들이 내가 답장들을 읽으면서 느낄 수 있었던 마음 속 경험이었다.

사람들이 쓴 편지를 통해 내가 그들에게 긍정적으로 받아들여지고 있음을 느꼈고, 나는 고마운 마음을 가질 수 있었다. 사람들이 나를 이해하며 나의 장점들을 인지하고 있음을 느낄 수 있었고, 무엇보다도 나 자신이 향상되고 있음을 알게 되었다. 답장들은 나를 겸손하게 만들면서도 자신감을 불어넣어, '최고의 나' 가 되고 싶은 마음을 더 자주 느끼게 해주었다.

놀라웠던 것은, 사람들이 나와 함께 겪었던 여러 가지 일들을 구체적인 사례로 써주었다는 점이다. 내가 어느 어머니에게 딸을 보다 효과적으로 이해할 수 있도록 도와준 일, 부서 회의에서 했던 이야기, 사람들을 가르치는 방법, 나와 의견이 다른 여성에게 화를 내지 않았던 일, 화가 난 관리부장에게 우리가 무엇을 잘못했는지를 말해달라며 대화의 문을 열었던 일… 나는 이러한 일들을 대부분 잊고 있었다. 이러한 일이 일어났을 당시에도 나는 이런 행동이 남다르거나 특별하다고 생각하지 않았다. 나는 단지 당연히 해야 할 일을 한 것뿐이라고 생각했다. 그런데 사람들은 이러한 일들을 잊지 않고 거기에 커다란 가치를 부여하고 있었다.

또 하나 흥미로운 점은 그들의 답장에서 공통적으로 언급되는 내용이 있다는 것이다. 사람들은 내가 가진 가치 창조의 패턴을 매우 동일한 눈으로 바라보고 있었다. 이것 또한 나를 놀라게 했다. 다른 상황과 환경에 처해 있는 여러 사람들이 내가 가진 '최고의 나' 를 똑같은 하나의 모습으로 바라보고 있었다니!

나는 이 답장들을 정리하고 분석하기 시작했다. 형식적이거나 꾸며진

'최고의 나' 찾아내기 >>>

'최고의 나(Best Self)'가 되기 위해 노력할 때 나는 창조적이 된다. 나는 내가 가진 생각과 삶의 목적을 이루는 데 열정적인 사람이다. 나는 끈기 있게 새로운 것을 추구하는 혁신적인 사람이다. 나는 놓쳐버린 기회나 지난 실패에 대해 생각하느라 에너지를 낭비하는 우를 범하지 않을 뿐만 아니라, 불확실한 것에 대해 쓸데없이 걱정하거나, 주위의 평가에 대해서도 지나치게 우려하지 않는다. 나는 방어적인 일에 힘을 소진하지 않을 것이며, 가능성 있고 중요하다고 생각되는 일에 중점적으로 몰두할 것이다.

나는 복합적인 이슈들을 한눈에 감잡을 수 있는 기준 틀을 갖고 있다. 나는 문제의 실체를 알고 있다. 나는 근본적으로 남다른 아이디어들을 찾아내어, 그것들을 일단 긍정하고 난 뒤 심사숙고하는 방법을 통해 완성시킬 것이다. 그래서 다른 사람들이 미처 생각지 못하는 것들을 이뤄갈 것이다. 나는 내부 지향적인 경향이 있으며, 그렇기 때문에 내 메시지는 신뢰받을 만하다. 나는 깊게 생각하며, 확신에 찬 말을 한다. 이런 방법을 통해 나는 사람의 마음을 움직여 이끌어내는 경험을 쌓는다.

나는 미래를 구체적인 그림으로 그려나가고, 그것을 통해 사람들에게 새로운 기회를 제시해줄 것이다. 이때 나는 비유와 예화를 적극 활용할 것이다. 내가 드는 비유와 사례들은 일상생활에서 자주 일어나는 것들로, 누구나 쉽게 이해할 수 있다. 생활 속의 경험을 바탕으로 한 이러한 이야기들은 사람들에게 행동과 변화의 동기를 부여해줄 것이다.

다른 사람들을 도와주면서 나는 그 사람들 속에 있는 위대한 가능성을 발견한다. 나는 그들을 격려하는 동시에 진정시킨다. 나는 사람들이 그들 자신의 핵심적인 아이디어와 감성과 가치들을 스스로 찾아낼 수 있게 도와준다. 나의 도움은 그들의 느낌과 생각을 스스로 명확히 하는 데 촉매 역할을 한다. 나는 그들이 새로운 가능성을 찾아 그것을 행동으로 옮길 수 있도록 용기를 찾아준다. 나는 그들에게 나의 관심과 열정을 쏟아붓지만 단지 조언자의 역할로 도움을 줄 뿐, 그들 스스로 자신을 움직이는 주체가 되게 한다.

주변 사람들에게 영향력을 행사함에 있어서, 나는 그들에게서 어떤 정해진 행동을 도출해내려고 하지 않는다. 단지 그들에게 새로운 삶의 방향만을 제시하고자 노력한다. 나는 사람들에게 내 인생을 답습하라고 요구하는 것이 아니라 내 인생 여정에 참여하라고 초대장을 띄우는 것이다. 인생의 여정에서 나는 진실을 추구한다. 바로 정직한 대화를 추구한다는 뜻이다. 나는 다른 사람들이 나와 함께하는 여행에 흥미 없어 하거나 다른 것에 관심을 갖는다고 해도 그들을 거부하거나 방어적인 태도로 대하지 않겠다. 관계는 갈등보다 훨씬 중요하고, 정직한 대화는 많은 것을 더 좋은 방향으로 개선시킨다는 사실을 나는 명확히 알고 있다. 그래야만 나는 자아를 절제하면서 다른 사람들의 비판을 정중히 경청하게 된다.

선생이자 중재자로서 나는 어떤 지식을 알려주는 것을 넘어서서 진정한 변화를 가져다주기 위해 최선을 다한다. 대화를 통해 나는 사람들이 자신의 생각을 명백히 나타내도록 유도한다. 그리고 그 생각들이 우리의 현실적인 지식이 되도록 함께 만들어나간다. 나는 그들의 추상적인 생각을 구체적인 생각으로 유도해내며, 그들의 객관적인 생각을 보다 주관적이고도 긴밀한 생각으로 완성시킨다. 나는 표면적인 징후는 무시하되, 이유와 원인에 초점을 맞춘다.

나는 날카로운 질문을 던져 개인이나 단체가 자신의 가장 어두운 현실과의 고통스런 투쟁을 회피하지 않고 바로 보고 직면할 수 있도록 돕는다. 이것이야말로 긴장을 고조시켜 변화에 필요한 에너지를 생성해내기 때문이다. 나는 사람들이 두려움으로부터 자유로워져서, 새로운 인생의 길을 포착하도록 도와준다. 이 모든 것을 통해 나는 통합과 성장, 개혁에 관한 메시지가 담긴 모델을 만들고자 한다.

말들은 가차없이 제외시켰다. 꽤 오랜 시간을 들여 항목을 분류하고 전체적인 구조를 만들었는데, 그 문서의 처음 다섯 쪽이 앞에 소개한 "'최고의 나' 찾아내기"라는 제목의 글이다.

이 문서는 평소의 내 모습보다 훨씬 강하게 표현되었다. 나는 내가 지닌 힘에 대해 많은 추측과 가정을 만들었지만, 어느 누구에게도 내가 가지고 있는 힘이 어떻게 보이는지에 대해 물어본 적은 없었다. 그것은 겸손이 아니라고 생각했기 때문이다. 사람들이 내게 보낸 편지는 평소 느껴보지 못한 독특한 감동과 영향을 주었다. 그때그때 분석해서 만든 이 문서를 읽고 또 읽을 때면, 어떤 역동적인 힘이 전해지는 것을 느낀다. 사람들의 사랑과 인정은 나를 일상적이고도 평범한 삶의 패턴에서 벗어나게 했단다. 나는 새로운 에너지로 가득 차게 되었고 또 다른 무언가를 시작하고 싶은 의욕이 샘솟았다.

이 글에는 그들의 답장이 왜 그렇게 큰 힘이 되었는지에 대한 또 다른 이유가 드러나 있다. 단지 사람들이 나를 인정해주어서만이 아닌 다른 것이 있다. 그들이 나에 대해서 말해준 것은 나의 일상적이고 평범한 모습, 수동적인 자세가 아니었다. 우리는 보통 자신의 약점과 실패만을 바라보는 경향이 있다. 나 또한 나 자신에 대한 후회와 부정적인 생각들에 사로잡혀 수많은 시간들을 낭비했다. 이런 감정은 너를 포함한 우리 모두가 느끼는 것이란다. 우리가 자신을 부정적으로 바라볼 경우, 우리는 스스로를 해결되어야 할 문젯거리로 보게 된다. 이 글은 나의 성공과 공헌에 대한 개인적인 것이다. 이것들은 내가 나 자신에게 가치를 부여하기 위해 작성되었다. 이 모든 것들은 내가 삶의 목표를 세우는 데 힌트를 주었으며 어떻게 행동하는 것이 나 자신의 최고의 모습인지도 알려주었다. 또한 내가 희망과 가능성을 품을 수 있도록 이끌었다. 한마디로, 더 낫고 더 긍정적인 변화를 가져올 수 있는 실마리가 되어준 것이다.

그 과정에서 나는 우리 삶에 깊숙이 숨겨진 부정적이고 자극적인 요소들을 더 많이 인지할 수 있었다. 우리는 주변 반응에 매우 민감하다. 그래서 다른 사람의 반응을 통해 문제점을 알아차리게 되고, 그런 다음엔 그것을 고치는 데 급급하다. 문제해결만을 최우선으로 하는 성향이 우리에게 깊이 스며 있기 때문이다. 반면 삶의 목적을 찾는 데는 순진하다고까지 말할 수 있다. 세상은 전적으로 문제해결에만 집중하기 때문에 그런 세상을 살아가면서 삶의 목적을 찾으려 할 경우 어느 누구도 반겨주지 않을 것이다. 세상은 반작용을 하는 곳이며, 궁극적 목적을 찾는 것은 반작용의 범위에 속할 수 없는 것이기 때문이다.

위대한 사람은 겸손하다 – '겸손함'에 대한 역동적인 재정의 ›››

우리가 궁극적 목적 찾기에 집중하기 시작하면, '겸손함'을 이야기하지 않을 수 없다. 만족스런 자기 모습이나 장점들을 명확히 알아가는 것은 다른 이들에게는 자만과 허풍에 빠져 있는 사람으로 보이기 일쑤다. 나 역시 그런 만족감으로 인한 자만심 때문에 죄책감을 느끼곤 한다. 만족감과 자기 자랑에 빠져 허풍을 떠는 것은 자신에 대한 진정한 확신이 없기 때문이다. 누군가에게 잘 보여야 한다는 강박관념에 사로잡히고 다른 사람들이 나를 부러워하고 존경하기만을 원하면 결국 진실되지 못한, 조작된 모습만을 보여주게 된다.

만족감과 자기 자랑에 빠져 허풍을 떠는 것은 자신에 대한 진정한 확신이 없기 때문이다. 누군가에게 잘 보여야 한다는 강박관념에 사로잡히고 다른 사람들이 나를 부러워하고 존경하기만을 원하면 결국 진실되지 못한, 조작된 모습만을 보여주게 된다.

하지만 사람들의 평가를 통해 내가 얻은 감동은 이것과는 전혀 다른 것이었다. 사람들에게서 오는 평가는 내가 긍정적으로 변하고 있다는 것을 알려준다. 그리고 다른 사람들과의 유대감을 느끼게 해준다. 나는 그들의 말을 통해 서로에 대한 사랑과 만족감을 확인할 수 있었으며, 이러한 관계 속에서 긍정적인 감정을 느낄 수 있다. 나 혼자만 느끼는 감정이 아닌, 나를 통해 주위로 퍼져나가는 감정으로 풍요로워지는 것이다.

나는 누군가가 존 러스킨*의 말을 다음과 같이 인용한 것을 기억한다.

"훌륭한 사람을 평가하는 첫 번째 기준은 겸손함이다. 이는 자신의 가능성을 의심하는 자기 비하를 말하는 것이 아니다. 진정으로 훌륭한 사람은 자신의 위대함을 내부에 머무르게 하지 않고 자신을 통해서 흘러나가게 한다. 그들은 다른 모든 개개인에게 신성함을 느끼며 어리석을 정도로 끝없이 자비를 베푼다."

나는 러스킨의 말을 이렇게 해석한다. 겸손함, 겸허함이라는 말은 사람들의 약점이나 자신 없음을 표현할 때 쓰이곤 한다. 하지만 진정한 의미의 겸손은 세상을 있는 그대로 바라보는 시각을 가진 사람에게서만 찾아볼 수 있다. 세상 모든 것은 수많은 관계 속에서 연결되고, 관계야말로 끊임없이 움직이는 힘의 집결지이다. 우리가 자신의 이상을 초월했을 때, 우리의 겉과 속이 일치될 때, 비로소 발전하고 성장한 하나됨을 경험하며 더욱 넓어진 관계를 체험할 수 있게 될 것이다. 이러한 상황에 이를 때 우리는 앞에서 말한 긍정적인 감정을 느낄 수 있게 된다.

하지만 그러한 감정은 우리가 자만하면서 추측했던 것과 같은, 자신의 의지로 선동하는 것이 아닌, 우리에게서 자연스럽게 퍼져나가는 것이다. 우리들이 의식할 수 없는 여러 상황 사이에 연결된 관계들을 통해 흘러들어오고 흘러나가는 것이다. 이것이 바로 다른 사람으로부터 평가를 받고

* John Ruskin : 1819년~1900년, 영국의 평론가 · 작가 · 종교개혁가 – 옮긴이.

자 할 때 필요한 자세이다. 우리가 가진 유익하고 긍정적인 가치들은 인간관계를 쌓거나 궁극적인 삶의 목적을 추구할 때, 자신의 재능을 통해서 자연스럽게 기여하게 된다.

겸손함은 무엇이든 있는 그대로 바라보는 올바른 시각에서 나오는 것이다. 그리고 세상이 가진 풍부함과의 연계를 통해 경외감에 절로 고개를 숙이게 되는 것이다. 그 속에서 관계지어진 자신을 경험하고 인식할 때 비로소 우리는 자신이 누구인지 명확히 알 수 있게 된다. 그것은 바로 자신의 부족함을 아는 동시에 잠재된 능력을 아는 것이다.

겸손함은 우리의 부족함과 함께 잠재된 능력을 일깨운다. 우리는 우주의 자원을 필요로 하는 의존자이다. 겸손함은 우리가 혼자가 아닌 여러 환경, 사람들과 관계맺을 때에만 성장할 수 있음을 알려준다. 그러한 관계에서 떨어져나갔을 때 우리는 겸손을 잃어버린다. 그것은 우리로 하여금, 진실성과 최고의 자아를 잃어버린 채 사회가 원하고 예상하는 대로, 겸손이 아닌 비굴한 모습으로 행동하게 만든다. 그리하여 세상의 예상과 기대에만 적당히 익숙하게 반응하고, 사람들의 생각에 맞추어 따르고 시늉하게 만든다.

가끔은 아주 진실된 자세로 자아를 초월할 때가 있다. 누군가와 또는 어떤 것과 깊은 교제 속에서 진실된 자세로 대하면, 수많은 가능성을 다시금 느끼게 된단다. 그러면 모든 것들이 이전과는 전혀 다르게 보인다. 나 자신이 매우 강해지면서도, 세상의 광대함과 비교할 때는 너무 작아 현미경으로만 식별이 가능한 커다란 우주의 티끌로 느껴진다. 나는 내가 가진 무한한 잠재력을 인지하는 동시에 완전한 무(無)로 치부될 수밖에 없는 미약한 존재임을 깨닫게 된다.

나는 스스로에게 겸손하고 온순하며 참을성을 가질 것을 제안했다.

왜냐 하면 누구나 세상과 연결되어 있기 때문이다. 나는 범우주적 현실, 그리고 힘과 함께 하나가 되었다. 내가 아무것도 아니라는 느낌을 받을 수 있었던 건 나 자신의 아집을 버리고 용해되었기 때문이다. 나는 내가 전적으로 의존적일 수밖에 없다는 것을 몸소 체험했다. 하지만 스스로가 무능력한 존재라고 느끼게 만드는 속임수에도 불구하고, 나는 내가 세상에 의해 조종당하고 있지 않다는 사실을 깨달았다. 나는 계속 진행되는 과정중에 있고, 끊임없이 변하는 우주와 세상 속에 사는 사람이다. 나는 이렇게 변하는 우주 속에서 성공적으로 살아갈 수 있으며, 그 사실이 내게는 더 높은 수준의 통제력을 가져다준다. 그리하여 나는 인생의 나선형 선상에서 위로 올라갈 수 있게 된다.

이러한 자각은 절대로 나를 나약하게 만들지 않았다. 반대로 내게 더 큰 힘과 용기를 갖게 해주었고, 아마 앞으로도 계속 그럴 것이다. 나는 '최고의 나' 가 원래부터 내가 이루어내야 할 숙명적인 모습임을 받아들이게 되었다. 나의 초라하고 실패한 모습은 한때의 과오이자 실수일 뿐이다. '최고의 나' 만이 진실이고 진리이다. 무엇을 보든 그것의 본질을 보는 것은 사실을 바로 보는 것과 같다. 내가 겸손하지 않았다면 나는 그것을 보지 못했을 것이다.

스콧 펙은 《아직도 가야 할 길(The Road Less Traveled)》이라는 책에서 진정한 힘이 발휘되면 인식의 깊이가 깊어지고, 그로 인해 삶의 기쁨도 배가될 것이라고 말했다. 또한 그는 사람들이 자기 자신에 대한 애착을 줄일수록 더욱 겸손해질 수 있을 것이라고 조언했다. 스콧 펙은 마음을 비우는 것은 이성간의 사랑과는 다른 종류의 사랑, 즉 하나의 '조용한 환희' 를 맛보는 것과 같다고 덧붙였다.

'최고의 나' 는 우리 모두의 숙명이다. 우리의 초라하고 실패한 모습은 한때의 과오이자 실수일 뿐이다. '최고의 나' 만이 진실이고 진리이다.

그러는 동안 매일 반복되는 세상은 우리에게 "당신이 이미 잘 하는 것 말고, 더욱 개선하고 발전시켜야 하는 것이 무엇인지 스스로 알아야 한다"고 말할 것이다. 이 사회는 인생을 해결되어야 할 문제로 가정하는 데 한몫하고 있는데, 사실 해결해나가야 할 문제는 인생 자체에 있는 것이 아니라 우리 자신에게 있다. 우리 삶은 문제들로 가득 채워져 있고, 그것들을 하나하나 풀어가는 주체는 우리이다.

해결해나가야 할 문제는 인생 자체에 있는 것이 아니라 우리 자신에게 있다. 우리 삶은 문제들로 가득 채워져 있고, 그것들을 하나하나 풀어가는 주체는 우리이다.

여기서 다시 삶의 목적 찾기에 대해 생각해보자. 네 누나 쉐리가 삶의 목표가 담긴 인생 선언문을 작성하면서 자신의 관점을 바꾸었던 것처럼 너 또한 나와의 편지 교환을 통해 천천히 네 '최고의 자아'를 찾아가고 있음을 기억하기 바란다.

'최고의 나'가 인간관계와 세상을 변화시킨다 »»

우리는 네트워크 속에서 살아가고 있으며 관계 속에서 존재한다. 우리가 각자 '최고의 나'로서 사람들과 관계 맺을 때, 모든 것은 변한다. 이러한 관계 속에서 우리는 최고의 것을 주변에 제공하기 위해서 최선을 다해야 하며, 이것은 아주 중요한 사랑의 계기가 된다. 자신이 구현할 수 있는 최고의 모습으로 주변 사람들에게 다가서는 것이야말로 사랑을 전하는 것이다. 우리가 사랑을 느낄 때 우리는 더 나은 미래를 희망할 수 있게 되며, 더 이상 수동적인 삶을 살지 않게 된다. 우리는 가치를 창조하는 창조자가 되어 발전하고자 하는 그룹이나 조직에 리더십을 발휘할 수 있게 된다.

우리는 자신이 생각한 대로만 행동하는 경향이 있다. 우리가 평범한

> 우리는 생각한 만큼만 행동하는 경향이 있다. 우리가 평범한 자신을 마음 속에 생각하면, 우리는 '평범한 나'만을 만들어낸다. 우리가 만약 '최고의 나'를 꿈꾸고 생각한다면, 그것이 우리가 창조할 자신의 모습이 된다.

자신을 마음 속에 생각하면, 우리는 '평범한 나'만을 만들어낸다. 우리가 만약 '최고의 나'를 꿈꾸고 생각한다면, 그것이 우리가 창조할 자신의 모습이 된다. 앞에서 말한 화이트헤드의 가르침처럼, 우리는 우리 자신의 최고의 모습을 정확히 알고 최선을 다해 추구해나가야 한다. 화이트헤드의 글을 통해, 나는 나의 어떠한 면을 사랑하는가 하고 자문해보았다. 우리가 다른 사람들의 이러한 질문에 답할 수 있을 때, 우리는 용기를 내어 스스로에게도 이 질문을 던질 수 있다.

내 생각에, 우리 모두는 이러한 질문을 한번도 심각하게 고려해보지 않았던 것 같다. 우리가 질의응답을 하는 과정에서 자신의 긍정적이며 훌륭한 장점들이 무엇인지 안다면 자신을 인정하게 되고, 품고만 있던 희망이 현실화되어 용기백배해질 것이다. 자신의 진정한 모습을 발견함으로써 진정한 겸손 또한 자연스럽게 생겨남을 경험할 것이다. 우리 자신이 최고가 되면, 우리는 세상을 움직일 수 있는 창조적인 힘을 얻게 된다. 이와 같이 우리가 스스로를 더욱 긍정적으로 사랑할 때, 다른 사람들 역시 우리에게 더욱 끌리고 호감을 갖게 되어, 우리를 믿고 따르는 단계에까지 이를 수 있게 된다.

나는 화이트헤드의 권유를 행동에 옮기면서, 나에 대한 사람들의 평가를 다시 생각해보았다. 어떻게 해서 나는 이러한 통찰력을 가질 수 있게 되었는가? 왜 나는 새로운 일을 시작하고 싶어했는가? 다른 사람들로부터 평가받은 나의 가치를 통해, 나는 '최고의 나'에 관한 중요한 정보들을 연결해 총체적인 하나의 모습을 만들어볼 수 있었다. 사람들의 평가와 반응에 귀기울인 것은 매우 잘 한 일이라고 생각한다. 그들의 평가는 실제 경험에서 나온 것으로, 내가 과거에 가지고 있던 최고 모습과 미래에 있을 최고 모습을 합쳐 하나로 볼 수 있게 해주었다.

이러한 통찰력은 나의 과거와 미래를 적절히 통합해주었으며, 억압된 에너지가 용솟음치게 만들어주었다. 이런 과정은 내게 힘을 주었고, 행동하고 싶은 의욕을 만들어주었다. 이렇듯 자신감이 자라나면서 나는 새로운 목적을 가진 새로운 관계의 가능성을 알게 되었다.

사람들이 우리를 인정하고 사랑할 때, 그 감정은 우리 안에 있는 최고의 모습을 끄집어낼 수 있도록 도와준다. 우리 주위의 많은 사람들은 우리를 인정하고 사랑하지만 정작 그러한 감정에 대해 직접 얼굴을 맞대고 말하는 것을 민망해한다. 우리 역시 그러한 것들을 물어볼 기회가 없다. 질문을 하는 것은 고정관념으로부터 벗어난다는 의미이다. 그러나 사람들은 이런 질문에 쉽게 마음을 열지 못한다.

내가 경영대학에서 서로에 대한 평가를 위주로 한 수업을 진행할 때도 사람들은 나와 똑같은 반응을 보였다. 하지만 그들은 일상생활 속에서 평가하고 평가받은 사람들이 서로 사랑하고 있다는 놀라운 사실을 발견했다. 이러한 기회가 주어지기 전에는 절대로 그 사실을 알 길이 없었다. 이상하게도 우리의 인생은 서로간에 원활한 커뮤니케이션을 하지 못하게끔 만들어져 있다.

나는, 너 또한 이런 방식으로 너 자신에 대해 진지하게 실험해보길 바란다. 너의 최고 모습에 대한 반응과 평가를 구해보라는 얘기다. 만약 너에 대한 평가를 주변 사람으로부터 얻어내기가 힘들다고 느낀다면, 내가 편지에 언급한 부분들만이라도 메모하여 주변 사람들과 대화를 나눠보렴. 언제 어떠한 상황에서 네가 유익한 가치를 드러냈는지, 그 가치를 어떻게 높였는지 생각해보고 얘기해보렴. 그때 그 상황이 어떠한 상황이었고, 네가 어떻게 행동함으로써 그들이 그렇게 느꼈는지에 대해 질문해

라. 가능하면 생각나는 모든 사람들에게 이러한 질문을 보내보거라. 이메일 주소록을 활용하는 것도 현명한 방법일 수 있겠구나. 답신이 오면, 복사 파일을 만들어서 그것을 분류해라. 그런 다음, 분류된 것들을 종합하여 '객관적 자기 분석표'로 문서화하길 바란다. 분명 너의 전체적인 모습을 좀더 정확하게 바라볼 수 있게 될 것이다. 나는 네가 내게도 위에 언급한 질문을 해주길 내심 바라고 있으며, 그러한 바람을 이 지면을 통하여 이루어보고 싶다.

"너는 정말로 훌륭한 사람이다" ›››

너는 하나님이 네게 천부적인 재능을 주셨다고 편지에 쓴 적이 있다. 그것은 사실이다. 너는 매우 총명한 아이였다. 네가 학교도 가기 전인 아주 어릴 적부터, 너의 총명함은 눈에 띄었단다. 너는 네 누나도 힘들어하는 것들을 쉽게 해냈으며, 학교 선생님은 초등학교 4학년 산수를 듣던 너를 즉시 8학년 수학(중학교 2학년 과정)으로 옮기라고 권유했다. 그 선생님은 너 같은 학생을 한번도 본 적이 없다고 말했을 정도다. 내가 가장 기분 좋았고, 잊을 수 없는 사건은 네 형이 학교 숙제를 하고 있을 때의 일이다. 네 형은 좀 복잡한 산수 문제를 큰소리로 읽고 있었는데, 문제의 마지막 문장을 채 읽기도 전에 텔레비전을 보던 네가 숫자 하나를 답으로 제시했다. 네 형은 "말도 안 되는 엉터리 답이야"라고 말했지. 그리고는 직접 문제를 풀기 시작했다. 약 오분 정도가 흘렀을까, 형은 믿을 수 없다며 네가 말했던 답이 자신이 푼 답과 일치한다고 말했다.

네 총명함을 가장 잘 느낄 수 있었던 것은 교내 특활 농구팀에서 뛰는 너를 내가 코치했을 때였다. 내가 5학년을 코치하고 있을 때, 너는 3학년이었음에도 불구하고 그들을 상대로 한 게임에서 좋은 실력을 보여주었다. 한번은 내가 교체선수로 너를 시합에 내보내겠다고 하자, 너는 원하는 포지션을 요구했다. 나는 이유를 물었고, 너는 네가 반드시 그 포지션에 나가야 하는 근거를 설명했단다. 그때 나는 네가 시합의 흐름을 정확하게 이해하고 있고, 해야 할 임무도 확실히 파악하고 있다는 사실에 놀랐단다. 너는 다른 사람들이 보지 못하는 것들을 보았고, 지금도 너의 그런 재능은 변함이 없다고 생각한다. 단지 그것을 극대화하기 위한 과정중에 있을 뿐이지.

너의 두 번째 힘은 누군가를 혹은 무엇인가를 사랑할 수 있는 마음을 가졌다는 것이다. 너는 어릴 때부터 사람들과 잘 어울렸고, 너의 사랑을 잘 나누어주었다. 너와 네 동생 트레비스, 둘 다 매우 어릴 때였다. 어려서부터 주위가 산만하고, 심리적인 불안으로 손가락을 빠는 습관을 가진 동생에게 다가가 그의 머리를 네 무릎 위에 누이고는 머리카락을 쓰다듬어주면서 마음의 안정을 취하도록 도와주기도 했단다. 여러 해 동안 너희 둘은 함께 앉아 교감을 나누길 좋아했단다.

또 네가 1학년이었을 때 담임 선생님은 이렇게 말했단다. "2년 동안 아이들을 가르쳐오면서, 저는 댁의 아드님 가렛처럼 똑똑하고 총명한 학생들을 더러 보았습니다. 하지만 똑똑하고 총명한데다 사회 적응력까지 뛰어난 아이는 본 적이 없습니다. 가렛은 자기 숙제가 끝나면 돌아다니면서 도움이 필요한 반 친구들을 도와줍니다. 이런 경우, 반 분위기는 어수선해집니다. 왜냐 하면 모든 아이들이 가렛과 함께하고 싶어하기 때문입니다. 우리 반 학생들은 모두 그를 사랑합니다."

또한 네가 고등학교 졸업 파티 전에 사진을 찍으러 갔던 때가 기억나는구나. 학부형 중 한 분이 나에게 "가렛의 아버지세요?" 하고 묻더구

나. 내가 그렇다고 대답하자, 그녀는 이어서 "모든 여학생들이 가렛을 좋아하는 것 아세요? 가렛이 모든 사람들에게 너무 친절하게 대해주거든요. 따뜻한 마음씨를 가진 학생인 것 같아요"라고 말했단다.

네가 처음으로 연애를 할 때였던 것 같다. 네 여자친구 아버지가 자신의 베트남전 참전 사실로 고민하고 있다는 사실을 네가 알게 되었지. 어느 날 너는 심각한 얼굴로 내게 와서는 베트남전에 대해 묻기 시작했다. 아마도 넌 그를 진정으로 이해하고 싶었던 것 같다. 그렇게 해서 우리는 깊은 대화를 나누게 되었지. 이렇듯 너는 항상 사람들에게 깊은 관심과 보살핌을 베풀었고, 사람들은 너의 사랑과 배려를 피부로 느낄 수 있었다. 너는 지금도 사랑의 힘으로 너의 가치를 높여가고 있는 중이란다.

너의 세 번째 특징 역시 사랑과 관련된 것이다. 너는 본래 욕심이 별로 없는 편이었다. 승패에 대해서도 대수롭지 않게 생각했다. 네가 고등학교 3학년이었을 때 처음 가졌던 두 번의 농구 경기는, 주전선수 다섯 명 중 세 명이 출전할 수 없는 상황에서 치러졌다. 너희 팀은 높은 득점을 올려야 했고, 너는 그것을 성공적으로 이루어냈다. 당시 너는 높은 점수를 낼 수 있는 능력이 충분했다. 하지만 네 반응은 이랬다. "득점 골을 내는 것은 제 임무가 아닙니다. 제 임무는 공을 잡아 다른 사람들이 득점할 수 있도록 적절한 패스를 해주는 것입니다. 그것이 바로 제가 팀을 위해 해야 하는 일입니다." 너는 너의 슛으로 결정적인 득점을 한 것에 연연하지 않았고, 단지 자신의 본연의 임무에 대해서만 얘기했을 뿐이었다. 너는 눈에 보이는 공헌으로 인정받으려 하거나, 그런 생각에 동요되지 않았다. 내 생각에 너는 너 자신을 잘 아는 깊은 감성을 지닌 것 같다. 너는 외부의 힘에 끌려가지 않는다. 다른 사람들에게 잘 보이려고 자신을 꾸미지도 않는다. 너는 있는 모습 그대로, 충실히 자신의 가치를 높여가고 있는 것이다.

마지막으로, 너는 자신의 에너지를 집중시킬 줄 아는 힘을 가지고 있단다. 네가 고등학교 3학년이었을 때, 이런 너의 능력은 주 농구대회를 통해 확실히 발산되었다. 대회가 시작되자 너는 엄청난 집중력으로 팽팽히 긴장되어 있었다. 그런데 지역 대회가 끝났을 때 너는 아무도 못 말릴 정도로 크게 울었다. 우승의 기쁨보다는 말할 수 없는 긴장감에서 해방되는 기쁨이 더 컸던 것이다. 준결승 후반전에서 너는 팀원들의 사기를 북돋아주면서 그들과 함께 경기에 몰입했다. 그 경기는 내가 이제껏 보아온 경기 중 가장 감격적인 후반전을 보여주었었다. 그 경기에서의 패배는 매우 큰 흔들림이 되었겠지만, 네 집중력은 놀라웠다. 네게는 목적을 향한 열정과 헌신의 힘이 있다. 너는 그러한 헌신을 통해서 네 가치를 높였고, 나아가서 다른 이들이 꿈을 이룰 수 있게 도왔다.

아들아! 너는 지금 우리가 나누는 이러한 대화를 통해 오히려 나의 가치를 높여주고 있단다. 아버지는 너와 의미 있는 대화를 나누길 원하고, 네게서 받는 답장이 너무나도 큰 기쁨이란다.

아들아! 너는 지금 우리가 나누는 이러한 대화를 통하여 오히려 나의 가치를 높여주고 있단다. 아버지는 너와 의미 있는 대화를 나누길 원하고, 네게서 받는 답장이 너무나도 큰 기쁨이란다. 내가 너를 얼마나 사랑하고 자랑스러워하는지 네가 알아주었으면 한다. 너는 정말로 훌륭한 사람이다.

너의 '탁월함'을 글로 표현하라 »»

대부분의 사람들은 자신의 장점을 남들로부터 평가받을 만한 용기를 갖고 있지 못하다. 남들에게 평가를 부탁하는 것은 그들에게는 상상 밖의 일이다. 너 역시 그러할 것이다.

여기에 자신의 장점을 최소한 다른 두 개의 유형으로 나눌 수 있는 방법이 있는데, 이것을 '탁월한 성과의 단면도(High-Performance Profile)'라고 부른단다.

'탁월한 성과의 단면도'는 남들로부터의 평가나 반응 없이도 만들 수 있다. 내 대학 동기이자 친구였던 제리 플랫처에게서 이러한 과정을 배울 수 있었다. 플랫처는 어떻게 하면 높은 성취 자세를 이끌어내어 활용할 수 있는지에 대한 책을 썼다. 그가 말하는 핵심은 이렇다.

"탁월한 성과에 대한 에피소드는 당신이 높은 수준의 성공을 경험했

탁월한 성과의 단면도 ›››

'최고의 나'를 추구할 때, 나는 의미 있는 상황으로 접근한다. 여기서 '의미 있는 상황'이란 시너지 효과와 장기적인 영향을 가져올 수 있는 잠재력을 지닌 환경을 말한다. 그러나 나는 그러한 상황 속에 억지로 들어가려 하지는 않는다. 그저 나의 능력과 신뢰를 기반으로 자연스레 초대될 뿐이다. 나는 논리적이고 활동적이며 남을 배려할 줄 아는 동료들과 함께할 것이다. 나는 하나의 체계를 이끌어가는 암시적인 과정과 구조를 이해하고자 한다. 나는 현재의 패러다임을 개혁시킬 강력한 일격을 찾고 있다. 그렇게 함으로써 나는 애매모호함을 극복할 수 있고, 부분들을 탐구할 수 있으며, 전체를 개념화할 수 있다. 이러한 관찰은 나로 하여금 도출된 것들간의 의사소통을 자신감 있고 열정적으로 할 수 있게 해준다. 사람들은 여러 가지를 바라보고 느낀다. 나는 사랑이 담긴 인간관계와 높은 목표를 향해 도전하는 정신, 다시 말해 힘을 부여받는 동시에 부여하는 것, 두 가지 모두를 바라고 있다. 이렇게 하면, 힘을 부여받는 능력 있는 사람들과의 공동체를 형성할 수 있다. 이러한 경험과 모험의 막바지에 접어들면, 나는 또다시 새로운 자극을 원하면서 변화를 추구하게 될 것이다. 새로운 모험을 향해 떠날 것이다.

을 때 생겨납니다."

네가 이상적으로 생각하는 에피소드란 한두 가지가 아닐 것이다. 운동, 사회생활, 일, 종교 등 삶의 여러 국면에서 나올 수 있다. 그러한 에피소드들을 식별한 후 각각에 대한 이야기들을 적되, 세부적인 내용들도 빠짐없이 기록하도록 노력해라. 어떻게 해서 너의 에피소드가 시작되었고, 무엇이 그 에피소드를 계속 진행시켰으며, 그리고 어떻게 끝났는지까지도 함께 기록해라.

다 적고 나면, 그 에피소드들을 종합하고 분석해서 공통되는 주제나 논지들을 찾도록 해라. 네가 이뤄낸 탁월한 성과에 관한 에피소드를 써내려갈 때, 우선은 대체로 일반적인 사항들을 쓰기 시작하는 것이 좋다. 만약 네가 어떤 에피소드 속에서 중요한 일을 했다면, 다른 에피소드들 속에서도 그 중요한 일을 했는지 아니면 그냥 잊고 빼먹었는지를 확인해야 한다. 만약 네가 시작 부분부터 어떤 패턴을 발견하면, 간략하게 그것에 대한 한 줄의 설명을 달아라. 아버지의 경우를 참조해보면 내가 그 글을 어떻게 시작해서 끝까지 이어갔는지 알 수 있을 것이다. 여기에는 어떠한 정답도 없다. '탁월한 성과의 단면도'의 모든 문장들은 그것을 쓴 사람에게만 의미 있는 것일 뿐이다.

탁월한 성과를 끌어내는 법 »»

'탁월한 성과의 단면도'를 작성하고 나면, 앞으로 다가올 일이나 프로젝트가 탁월한 성과를 가져오는 일들로 변화된다. 어디엔가 갇혀 우울증에 빠져 있으면, 자신의 '탁월한 성과의 단면도'를 재검토해야 한다. 그러면 자신이 얼마나 그 단면도와 동떨어진 생활을 하고 있는지 알게 될 것이다. 그리고 스스로가 현재 상황이나 자기 자신을 변화시킬 수 있을지, 그리하여 높은 성취를 이뤄내는 삶의 패턴 속으로 되돌아갈 수 있을지 고민해보아야 한다.

썩 괜찮은 방법 중 하나는 자신이 겪었던 것 가운데 최상의 에피소드 10~12가지 정도를 목록으로 작성해보는 것이다. 자세하게 적을 필요는 없다. 그냥 간단한 목록을 만드는 것이다. 그리고 질문해라.

"내가 '최고의 나' 였을 때, 과연 나는 어떠한 역할을 하는 사람으로서 그 상황 속에 있었는가?"

예를 들기 위해서, 이 질문의 답들을 내 경우에 적용해보았단다(옆의 표를 참조하렴). 이것이 내게 가장 큰 변화가 일어났을 때 내가 임했던 역할들이다. 사람들의 평가로 인해 확인된 이것들은 서로 중첩되어 있다. 만약 네가 외부로부터 이러한 확인과 인정을 받았다면, 그것은 시작이 좋다는 징조다. '최고의 나' 가 가진 성격을 여러 방법으로 개념화하려는 시도는, 외부적인 것들을 바라보는 데서부터 시작해야 한다.

'탁월한 성과를 끌어내는 역할 기법(High Performance Roles)' 은 '탁월한 성과의 단면도' 와 똑같이 실생활에 응용할 수 있다. 네가 무엇인가에 꽉 막혀서 헤어나오지 못할 때 역할 기법 목록을 통해 네 행동에 변화가 필요한지 그렇지 않은지 스스로에게 물어볼 수 있다.

네게 편지를 쓸 때면 나는 항상 '영향력' 에 초점을 맞추고자 노력한단다. 우리는 인생의 편안함 속에만 머물려고 한다. 반사적이고 수동적인 삶을 만드는 이러한 패턴은 우리를 우울증에 걸리게 만들고, 결국엔 의사를 찾아가게 만든다. 만약 우울증 때문이 아니라 단지 편안함과 안일함 속에서 허우적거리는 상태라면, 자신의 인생 목표를 보다 명백히 하고자 노력하고 행동해야 한다. 가장 의미 있고 보람된 인생은 우리가 비

탁월한 성과를 끌어내는 역할 기법 >>>

아래와 같은 전략적인 역할을 한 가지 이상 행사할 때, '최고의 나' 가 된다.

- 탐험가(Explorer) : 나는 혼돈의 가장자리에서 개인적이거나 집단적인 계몽을 추구한다.
- 포인트가드(Point guard) : 나는 각 부분의 합보다 더 큰 전체를 만들기 위해 노력한다.
- 면담자(Interviewer) : 나는 잠재된 집단의 소리를 듣는다.
- 공상가(Visionary) : 나는 알려지지 않은 필요성을 개념화한다.
- 촉진자(Facilitator) : 나는 감당하기에는 너무나 고통스러운 진실을 표면화시킨다.
- 이야기꾼(Storyteller) : 나는 사람들이 공감할 수 있는 것들을 공유함으로써 그들이 변화를 추구하도록 이끈다.
- 역할모델(Role model) : 나는 사람들이 진정한 자아를 성취하고 그것을 드러냄으로써 변화하도록 이끈다.
- 지도자(Leader) : 나는 사람들이 자발적인 노력을 통해 스스로 변화하도록 이끈다.

범한 삶의 자세를 가지고 살아갈 때 이루어지는 것이니까 말이다.

그러나 이 사실을 제대로 이해하기란 쉽지 않다. 자신과의 싸움을 이겨내고 발전을 거듭할 때 우리는 평범함을 뛰어넘은 비범함의 경지에 이른다. 이러한 승리를 맛볼 때가 바로 '최고의 나' 를 만나는 순간인 것이다. 타운샌드 코치와 같은 사람들은 비범한 모습으로 살아가는 것에 매우 익숙해져 있고, 투머 선수 같은 비범한 사람들은 누구보다도 열심히 노력한다. 그들은 항상 자신을 단련하고, 고통 속에서 즐거움을 찾고자 수양한다. 이런 즐거움이야말로 자신이 삶의 목적을 향해 움직이고 있다는 징조이자, 내적 성장을 나타내는 징표인 것이다.

가치를 창조하는 자기만의 방법을 아는 것은 매우 중요하다. 그 방법을 잘 이해한다면 그것을 더욱 효과적으로 추구할 수 있고, 그로써 여러 경우에서 실질적 변화를 가져올 수 있다. '영향력' 이란 바로 이런 것이다. 아버지는 지금 네가 동기부여에 관한 질문의 답을 찾아내기 시작했다고 생각한단다.

사랑한다, 아들아!

아버지가.

다섯 번째 편지

관계의 기술

"친구는 제2의 자기이다." - 아리스토텔레스

다섯 번째 편지

사랑하는 아들 가렛에게

편지 고맙게 잘 받았다. 여동생 크리스틴과 아주 사이좋게 지내는 것 같구나. 너랑 크리스틴이 차를 같이 쓰고 있다니 더할 나위 없이 좋은 일이다. 쉽지 않은 상황을 네가 동생과 잘 타협해서 이끌어가는 것을 보니 기쁘고 든든하다. 지난 번에 내가 쓴 편지에서 너는 아마니 투머의 이야기가 좋았다고 썼더구나. 네가 보내온 답장에는 번뜩이는 너의 관찰력이 잘 표현되어 있었다.

> 지난 번 보내주신 아버지의 편지를 재미있게 읽었습니다. 아마니 투머에 대한 이야기가 특히 좋았습니다. 그가 훈련 캠프와 사랑에 빠진 이야기는 아주 큰 감동을 주었습니다. 자신의 직업에 종사하거나 어떤 일을 할 때 그 수고를 아무도 몰라준다 해도, 항상 긍정적인 마음자세를 갖는 것은 중요하다고 생각합니다. 묵묵히 자신의 일에 최선을 다하면, 결국 주변 사람들 또한 그의 일하는 수준이 높아졌음을 알게 되리라는 깨달음을 얻었습니다.
>
> 고등학교 시절 오프 시즌 때 가졌던 저의 마음가짐은 주변에 많은

변화를 가져다주었던 게 사실입니다. 고등학교 1, 2학년 때는 매우 평범한 시즌을 보냈지요. 저를 포함해서 저희 팀은 오프 시즌을 위한 별다른 노력을 기울이지 않았습니다. 그저 각자가 팀에 대한 약간의 헌신과 노력을 했을 뿐입니다. 그러나 타운샌드 코치를 맞이하면서 모든 것이 달라지기 시작했습니다. 그가 온 후, 그러니까 제가 2, 3학년이던 시절은 아주 화끈했습니다. 저희 팀 모두가 체력단련실에서 여름 내내 더위와 씨름하며 지내야 했지요. 저희들 모두는 운동을 게을리하지 않았고, 힘과 지구력을 기르느라 열을 올리고 자신의 기술을 발전시키는 데 총력을 기울였습니다. 학교에서도 마찬가지 현상이 벌어졌습니다. 다른 사람들은 눈치도 채지 못하는 사소한 것까지 아주 중요한 일인 것처럼 해나가야 했지요. 제 생각엔 모든 일이 다 그런 것 같습니다. 아버지가 말씀하셨듯이, 연마와 수련을 사랑하게 된다면 인생은 더욱 발전적이 될 것입니다.

아버지가 편지에서 언급한 두 번째 논점은 우울증에 관한 것이었습니다. 저는 지난 수요일 난생 처음으로 정신과 의사를 찾아가 상담을 했습니다. 제게는 매우 어색하고 이상한 경험이 아닐 수 없었지요. 그곳에서 일종의 테스트를 치른 결과 의사 선생님은 "경미한 우울증 증세를 보이고 있다"고 말씀하셨습니다. 그런데 제 생각에 그 테스트는 매우 바보같이 보였습니다. 저는 그 테스트 용지에 우울증이 없었을 때든 지금이든, 언제나 같은 대답을 적었을 것 같습니다. 그렇다면, 제가 지금까지 살아오면서 늘 "경미한 우울증"을 갖고 있었다는 진단 결과가 나오는 것이지요. 그래서 저는 그 테스트 결과를 온전히 신뢰할 수 없었습니다. 모든 것이 장난 같았습니다. 저는 의사 선생님이 그 다음에 무슨 말을 할지 충분히 예측할 수 있었지요.

저는 지금 이 시점에 제가 무엇을 해야 할지 잘 모르겠습니다. 아마 다음 진료 시간에는 나아지겠지요. 자신의 훈련을 사랑하게 되기 직전의 투머처럼 지금 저도 잠시 주춤하고 있는지도 모릅니다. 어쩌면 저는 제가 해야 할 일들을 하지 않은 채 애꿎게도 다름 사람 탓만 하고 있는지 모릅니다. 저는 아직도 부정적인 생각과 감정에 사로잡혀, 마땅히 할 일을 하지 못하고 있습니다. 모든 일을 미루고 또 미루게 됩니다. 아직도 매 시간마다 잠을 자고 싶어하는 저를 보면 화가 납니다. 실제로도 많은 시간을 잠으로 흘려보내고 있습니다.

우리는 모두 관계 속에서 영향력을 주고받으며 살아간다 ›››

네가 쓴 편지의 이 부분은 매우 중요한 요소들을 포함하고 있다. 무엇을 '아는' 것과 '하는' 것은 어떻게 다를까. 아들아, 내 생각에 너를 성장시킨 이 원리를 너는 이미 잘 이해하고 있는 듯 보이는구나. 그렇다면, 이제 문제는 곧바로 행동에 돌입하는 데 있다.

지난 몇 년 새, 너는 일하고 싶어하고 움직이고 싶어하는 네 본연의 역동성을 잃어버렸다. 너뿐 아니라 우리 모두가, 무엇을 해야 하는지 모를 때가 많다. 안다 하더라도, 자신이 아는 대로 살아가지 못할 때가 너무나 많단다. 모두들 한번쯤은 용기를 잃어본 적이 있으며, 우울증에 빠지기도 한다. 그러한 상황에 처할 때, 우리는 제자리에 묶여 앞으로 전진할 수 없게 되고, 그렇기 때문에 다른 사람들의 도움을 절대적으로 필요로 하게 된다.

우리는 모두 한번쯤은 용기를 잃어본 적이 있으며, 우울증에 빠지기도 한다. 그러한 상황에 처할 때, 우리는 제자리에 묶여 앞으로 전진할 수 없게 되고, 그렇기 때문에 다른 사람들의 도움을 절대적으로 필요로 하게 된다.

나는 정신과 의사인 캐시 디엘 박사와 이야기를 나눈

적이 있다. 그녀가 권면하길, 우울증에 걸렸을 때는 안간힘을 써서라도 도움을 받을 수 있는 외적 통로를 지속적으로 열어놓아야 한다더구나. 그녀는 더 많은 대화를 나눌 수 있도록 적극적인 사회생활을 하는 것이 중요하다고 말했다. 그러나 우울증에 시달리기 시작하면 우리는 일단 그러한 사회생활로부터 자신을 단절시킨다. 그녀는 자신의 우울증 환자들에게 더 활발히 사회생활에 참여하라고 당부하며 용기를 북돋아준다고 했다.

이것이 바로 네가 편지에서 말했던 것과는 다른 점이다. 너는 과거엔 사람들을 사랑했었다고 말하면서, 그러나 최근 들어서는 주위 사람들에 대해 부정적인 감정이 더 크게 자리잡고 있다고 했다. 이런 점을 고치기 위한 한 가지 방법은 사회생활을 통해 자신을 수양하는 것이다. 자신을 훈련하고 단련시키기 위해서는 자기 자신 안에 갇혀 있는 대신, 밖으로 뛰쳐나가 사회적 인간관계 속에서 융합되어야 한다.

자신을 훈련하고 단련시키기 위해서는 자기 자신 안에 갇혀 있는 대신, 밖으로 뛰쳐나가 사회적 인간관계 속에서 융합되어야 한다.

너는 내가 편지에 쓴 중요한 내용들이 타운샌드 코치를 떠올리게 한다고 말했다. 편지의 요점이 개인이 세상에 미치는 긍정적 영향력에 관한 것이었기 때문에 그랬던 것 같구나. 훌륭한 코치는 자신의 선수들이 개인의 수양(개개인이 최고의 자아실현을 할 수 있도록 이끌어내는 것)과 공동체의 협동정신(팀워크)을 통해, 세상에 영향을 미치도록 가르친다(이 경우는 승리를 이끌어내는 것을 말한다). 운동선수들의 경우 모두가 자기 최고의 모습('최고의 나')을 유지하고 그러한 방향으로 계속 변화해야 한다. 그리고 그러한 최고의 모습들이 다른 선수들의 최고 모습들과 잘 융합되어야 한다. 그래야 좋은 결과를 낳을 수 있다.

네가 말했듯이, 자신을 가장 잘 아는 사람에게 '최고의 나'에 대해 평가해달라고 하는 것이 얼마나 두려운 일인지 나도 알고 있다. 그것은 규칙이라는 영역을 벗어나는 일이기 때문이다. 그러면서도 그러한 평가와 반응은 우리가 어떻게 하면 긍정적 변화를 경험할 수 있는지 가르쳐주는, 말할 수 없이 귀하고 가치 있는 것이 되기도 한다. 나는 네가 보내준 답장 중에서 이 부분이 특히 좋더구나.

저는 아버지가 다른 사람들에게 영향을 주었던 경험에 대해 쓰신 것을 무척 흥미롭게 읽었습니다. 그리고 많은 생각을 했습니다. 우리가 잘 알지도 못하는 남들의 인생에 얼마나 큰 영향력을 행사할 수 있는지 놀라울 따름입니다. 저는 얼마 전 제 고등학교 농구팀원이었던 한 친구에게서 이메일을 받았습니다. 그 편지는 제게 아버지가 말씀하신 것과 굉장히 비슷한 기분을 느끼게 해주었습니다. 그는 우리가 처음 만난 때부터 함께 운동을 하게 된 사연 등을 이야기하면서, 단란한 가정 속에서 가족의 후원을 받으며 사는 내게 질투심을 느꼈었다고 고백했습니다. 그 친구의 아버지는 그가 어렸을 때 세상을 떠나셨고, 그로 인해 인생은 항상 외롭고 쓸쓸한 것이라고 느끼게 되었다고 했습니다. 그러나 시간이 흐르면서, 그의 감정은 바뀌기 시작했습니다. 그가 말하길, 제가 그의 친형제처럼 느껴졌고, 자신이 마치 우리 가족의 한 사람이 된 듯 긴밀한 유대감을 갖게 되었다고 합니다. 그래서 더는 질투심을 느낄 필요가 없어졌다고 했습니다. 저에 대한 감정을 솔직하게 이야기한 그 친구의 편지를 읽고 저는 큰 감동을 받았습니다. 그리고 아버지의 편지를 받고 나서 저 또한 주위 사람들이 내게 얼마나 소중하고 의미 있는 존재인지 그들에게 알려주고 싶어졌습니다.

우리는 때때로 다른 사람들에게 깊은 영향을 주곤 한다. 아무리 사소한 일일지라도 우리의 행동에 의해 주변 사람들은 영향을 받을 수 있단다. 아버지는 네가 친구에게서 그런 편지를 받았다는 게 기쁘다. 그리고 네가 다른 사람들에게 네 마음을 알리고 싶어하는 것 역시 매우 즐거운 일이 아닐 수 없구나. 네가 말했듯이, 만약 모든 사람들이 다른 이들이 원하는 대로 주위의 기대에 부응하기 위해 노력한다면, 서로가 서로의 최고의 모습을 평가해주고 그로 인해 만족감을 나누게 될 것이다. 그리고 이것은 세상을 더 나은 곳으로 만드는 아주 훌륭한 방법이 될 것이다.

어느 아버지와 아들 이야기 ›››

나는 지난 몇 주간 너를 많이 생각하게 하는 값진 경험을 했다. 아버지와 아들의 관계에 대해 집중적으로 토론하는 한 세미나에 참석할 기회를 얻었는데, 세미나를 주최한 측에서 여러 명의 남성들을 인터뷰한 비디오를 보여주더구나. 그 비디오에 출연한 남성들은, 그들의 아버지들은 절대로 자기들에게 사랑을 표현하지 않는다고 말했다. 그들은 아버지가 자신의 생활에 전혀 관심을 갖고 있지 않고, 그들 역시 자신들의 인생 속에서 아버지의 모습을 전혀 찾아볼 수 없다고 했다. 그들 대부분은 이러한 하소연과 함께 심상치 않은 감정들을 애써 억누르고 있었다. 시간이 흘렀음에도 몇몇 사람들은 지워지지 않는 상처와 서운함을 자기 마음 속에서 떨쳐내지 못하고 있었다. 실제로 그들은 자기 아버지에 대한 이야기를 꺼내는 일조차 매우 힘겨워 보이더구나.

내가 보기에 대부분의 아버지들은 자식들과 풍부하게 대화하고 감정을 나누는 것에 실패했다. 그래서 많은 아이들은 자신의 아버지에 대해서 제대로 알 길이 없었다. 그들은 때때로 이러한 현실에 격분한다. 그러면서도 그들 역시, 나중에 아버지가 되면 자신의 아버지와 똑같은 모습으로 악순환을 반복하게 된다.

비디오에 나온 남자 중에 리차드라는 사람이 있었다. 그는 자신의 아버지가 얼마나 좋은 사람인지에 대해 말하기 시작했다. 하지만 정작 그의 어린 시절 기억 속에는 아버지가 거의 존재하지 않았다. 그가 기억하는 것이라고는 리차드가 운동경기를 하는 모습을 아버지가 딱 한번 지켜보았다는 것, 그리고 아버지가 사무실에 자신을 두 번 데려갔다는 게 고작이었다. 이 아버지의 사고방식 속에는 자녀는 어머니가 길러야 하는 것, 즉 육아란 전적으로 어머니의 의무와 책임이라는 생각이 박혀 있었던 것 같다. 리차드의 아버지는 살림을 꾸려가기 위한 돈을 버는 것만이 자신의 몫이라고 생각했던 것이다.

대학에 들어가서야, 리차드는 자신이 아버지에게 화가 나 있다는 사실을 깨달았다. 그 후부터 방학에 집을 찾을 때면 으레 도착한 후 30분 이내에 아버지와 격렬한 말싸움을 벌이곤 했다. 그러던 중 그의 친구 하나가 리차드에게 이런 조언을 해주었다. 아버지와 언쟁을 피하고 싶다면, 리차드 자신의 행동을 변화시킬 필요가 있다고 말이다. 이후 리차드는 친구의 조언에 따라 변화를 시작했다. 그는 아버지에게 더는 기대를 하지 않았고, 기대가 줄어감에 따라 자신의 화도 줄어드는 것을 발견했다. 차츰 그들의 싸움은 줄어들었다. 또한 리차드는 자신이 부자 관계의 주도자가 되기로 마음먹었다.

그는 아버지와의 대화를 시작하기에 앞서 자신을 먼저 훈련시켰다. 이러한 그의 결심은 매우 성공적으로 실행되어 몇 년이 흐른 뒤 그들의 관계는 엄청난 발전을 이루었다. 요즘 리차드는 일 년 중 이틀은 한적한 호텔에서 아버지와 둘만의 시간을 갖는다고 한다. 그는 현재 아버지와 자신이 얼마나 건강한 대화를 나누고 있는지, 그들의 관계가 얼마나 발전하고 성장했는지 이야기했다. 그는 아버지와 자신이 서로에 대해 더욱 잘 알게 되었고, 이제 서로를 사랑하게 되었다고 말했다.

네게 이 이야기를 들려주는 이유는 여러 가지다. 첫 번째로, 이 이야기는 아버지와 아들 모두가 원하는데도 불구하고 어떻게 해야 대화를 나누고 관계를 발전시킬 수 있는지 모르는 무지함에 대해 말해주고 있다. 사실 사람들은 모두 깊은 교제를 원한다. 그러려면 서로를 깊이 알고 진정으로 사랑해야 한다. 깊은 교제가 이루어지는 사랑의 관계 속에서 우리는 서로를 성장시키고 발전시키는 행동에 착수하는 것이다. 이러한 관계는 매우 경이롭지만, 실행하기란 좀체로 힘들다.

대다수의 사람들은 자신의 삶에서 피해자인양 살고 있다. 그들은 대부분 아버지로부터 학대와 깊은 상처를 받았으며, 무의식중에 화를 품고 살고 있다. 그런데 그들 역시 자신의 아버지가 그랬던 것처럼 자녀에게 같은 패턴을 반복한다. 아버지와 아들 간의 분리는 이렇듯 끊임없이 되풀이되고 있는 것이다. 사람들은 "내가 무엇을 할 수 있겠느냐? 그저 세상 돌아가는 대로 사는 것이다. 내가 변화를 가져올 수는 없다"라고 말한다. 다시 말해 그들은 결과에 대해 불평을 하면서도, 그 결과를 초래하는 생활습관과 행동은 바꾸려 하지 않는 것이다.

리차드의 얘기에 따르면, 그 자신도 처음에는 피해의식에 사로잡혀 있었다고 한다. 하지만 그는 자신을 변화시킴으로써 오래도록 지속되던 삶의 패턴을 바꾸었다. 그는 아버지와 깊은 교제를 맺는 것을 선택했다. 그때부터 그는 아버지의 문제점을 보지 않았고, 그 자신 또한 피해자에서

대다수의 사람들은 자신의 삶에서 피해자인양 살고 있다. 그들은 결과에 대해 불평하면서도, 그 결과를 초래하는 생활습관과 행동은 바꾸려 하지 않는 것이다.

긍정적인 '뛰어난 소수'로 변화되었다. 그는 벨 커브의 오른쪽으로 이동했으며 평범함을 뛰어넘는 비범한 사람이 되었다. 그는 아버지와의 깊은 교제를 그 누구보다 '스스로에게' 허락한 것이다.

내가 너와 이렇게 편지를 주고받는 것을 좋아하는 이유 중 하나는 바로 이것이 우리에게 깊은 교제를 제공하기 때문이다. 이 편지들을 통해, 너와 나는 더 깊은 사랑을 나눌 수 있게 되었다. 이 편지를 계기로 네가 내 삶을 더욱 빛나게 하고 있고, 나를 성장시켰다. 아버지가 너를 사랑하고 그리워한다는 것을 꼭 알아주었으면 한다.

'깊은 교제'란 무엇인가 – 조니 밀러의 특이한 골프 강의 >>>

내 책장에는 지금 조니 밀러의 골프 강의 비디오가 꽂혀 있다. 조니 밀러의 골프 강의는 매우 특이하다. 보통의 골프 코치들은 '골프채 바르게 쥐는 법'에서부터 '정확한 백스윙', '올바른 마무리 포즈' 등을 강조한다. 이들은 학생들에게 수만 가지의 스윙 전술에 대하여 가르친다. 그러나 밀러는 남들과는 다른 측면에 더 심혈을 기울인다. 그는 클럽이 공에 닫는 그 순간에 모든 정신을 집중하느라 여념이 없다. 그는 자신의 장년 시기를 이와 같은 짧은 순간, 즉 클럽과 공이 만나는 찰나를 공부하는데 썼다고 한다. 그는 자신이 그 방면에서 박사학위를 받아 마땅하다고 너스레를 떨기도 한다. 실제로 그는 스윙에서 공과 클럽이 만나는 순간에 관한 한 매우 깊은 지식을 가지고 있고, 그것이 골프에 가장 큰 도움이 된다고 주장하고 있다. 어떤 이는 밀러를 평범하지 않은 지혜를 가르치는 가장 훌륭한 교사라고 말한다.

나도 그러한 만남, 접촉의 순간에 대해 큰 관심을 갖고 있다. 내 손에 나는 그러한 만남, 접촉의 순간에 대해 큰 관심을 갖고 있다. 내 손에 땀을 쥐게 하는 것은 바로 깊은 교제가 이루어지는 그 순간이다. 이러한 교제는 인생에서 매우 중요한 역할을 한다.

땀을 쥐게 하는 것은 바로 깊은 교제가 이루어지는 그 순간이다. 이러한 교제는 인생에서 매우 중요한 역할을 한다. 만약 우리가 그것을 이해한다면, 골프 스윙보다 훨씬 중요한 많은 일들을 개선시킬 수 있다. 깊은 교제법을 잘 터득한다면, 우리는 남들에게 가치 있는 기여를 하는 비범한 삶을 살게 된다.

정신과 의사는 우울증 환자를 도울 때, 환자들에게 사회적인 인간관계를 긍정적으로 지켜나가도록 훈련시키고 그에 필요한 용기를 심어준다고 했다. 이건 우리 모두에게 매우 중요한 메시지이다. 그러나 문제는 우리의 관계들이 우리가 소망하는 방향으로만 흘러가지는 않는다는 것이다. 우리는 표면적이고 부정적인 관계를 형성하는 경우가 더 많다. 깊은 교제는 긍정적이고 성숙한 관계를 만들고 늘 그것을 지향한다. 이것이 바로 리차드가 그의 아버지와의 관계에서 선택했던 길이다. 그는 부정적인 관계를 긍정적인 관계로 바꾸었고, 그리하여 더욱 성숙한 삶을 살게 되었다.

너의 두 번째 편지에서, 나는 네가 많이 바빠지고 있다는 걸 느낄 수 있었다. 그리고 너 자신에 대해 좀더 긍정적인 감정을 가지게 되었다는 것도 느낄 수 있겠더구나. 주위 사람들과의 관계가 좋아진다는 것은 매우 바람직한 일이라고 생각한다. 좋은 관계를 유지하는 것은 인생에 있어서 가장 어려운 일 중 하나이기 때문이다.

이 사실을 뒷받침해주는 하나의 사례가 최근에 듣게 되는, 점점 더 높아지는 이혼율이다. 결혼, 연애, 우정에 있어서 실패 경험을 가진 사람들은 마음 속에 깊은 상처를 입는다. 그 중 어떤 사람들은 그런 상처가 평생토록 치유되지 않기도 한다. 여자친구에게 거절당한 어느 고등학생은 자신의 남은 일생 전부를 그 상처에 파묻은 채 괴롭게 지낸다. 또 어떤 이들은 다시는 그 누구도 사랑하지 않겠다며, 마음의 문을 닫아버린다.

정신과 의사의 말에 따르면, 정신이 건강한 사람이란 '일을 할 수 있고 사랑을 할 수 있는 사람'이다. 우울증에 걸린 사람들은 생산력이 저하되고 사람들과의 관계에 무관심해진다. 이런 점에서 나는, 너의 첫 번째 편지와 최근 편지 사이에 분명한 차이점이 생겼음을 느꼈단다.

사람들과 대화를 하다 보면, 긍정적인 인간관계를 유지하기가 왜 그렇게 어렵느냐는 질문이 쏟아진다. 왜 그렇게 어려울까. 아마 관계란 것이 늘 변화하는 것이기 때문일 게다. 이러한 변화를 맞을 때 관계 속에는 여러 충돌과 대립이 생겨나고, 그러면서 많은 관계들이 실패로 끝나곤 한다. 관계를 이루고 있는 구성원들이 이러한 충돌과 대립을 어떻게 생산적인 방법으로 전환해야 하는지 모르기 때문이다.

관계 속의 갈등을 해결하는 법 – 이집트로 떠난 젊은 부부 이야기 >>>

여기, 피터 커스텐범이 소개한 젊은 부부의 이야기가 있다. 그는 〈패스트 컴퍼니(Fast Company)〉라는 잡지와의 인터뷰에서 자신이 가치관을 정립하는 데 큰 영향을 받은 한 편의 이야기를 소개했다.

남편의 승진과 전근으로 인해 이집트 카이로로 이사를 가야 했던 젊은 부부가 있다. 집으로 돌아온 남편은 아내에게 이 소식을 전하며 매우 기뻐했지만 아내는 그리 달가워하지 않는 얼굴이었다. 그녀는 강경한 어조로, 갓 태어난 아기를 카이로로 데려갈 순 없다고 말했다. 전근을 가고 싶으면 혼자 가라는 뜻이었다. 이 상황은 부부 사이에 심각한 갈등을 빚었다. 만약 남편이 승진을 포기한다면, 그는 평생토록 아내가 자신의 탄탄한 미래를 망쳤다고 원망하며 살아야 할 것이다. 반면, 아내가 카이로로 따라간다면, 남편이 자신과 아기에게 무관심하고 무책임한 것을 불평하며 평생토록 그를 불신할 게 분명하다. 이러한 갈등을 해소하고 해결할 방법은 매우 근본적인 질문들을 자문해보는 것뿐이다.

"남편의 승진이 남편만의 직업 경력이 되는 것인가 아니면 부부 모두에게 좋은 경력인가? 갓난아기는 아내의 아기인가 아니면 부부의 아기인가? 남편과 아내는 각자 행동하는 개인인가 아니면 하나로 움직이는 한 팀인가? 우리 부부는 어디에 가장 가치를 두고 사는가?"

이러한 질문들은 변형하거나 적용해보기 쉬운 질문들로서, 경우에 따라 새로운 답들을 끌어낸다. 남편의 직업 경력은 아내에게도 매우 중요하다. 가장으로서 남편이 가지고 있는 책임과 본분 역시 매우 중요한 것이다. 이러한 질문들에 대한 답안들이 명백히 떠오를 때 변화는 찾아온다. 결국 그들은 각각 자신의 모습에 대해 새로운 정의를 내리게 되었고, 서로에 대한 아무런 원망 없이 카이로로 향할 수 있었다. 왜냐 하면 그들은 이제 '우리'라는 확실한 바탕 위에서 움직이게 되었기 때문이다. '어떻게'라는 질문에 대한 결정이 '무엇을'이라는 질문에 대한 결정보다 더 중요해지기 시작한 것이다.

이것은 인간관계를 가진 사람이라면 누구나 흔히 경험할 수 있는 갈등이다. 너와 나, 너와 형제, 너와 여자친구, 그리고 너와 룸메이트 사이에도 이러한 갈등이 생길 수 있다. 인생에는 언제 어떻게 나타날지 모르는 수많은 갈등이 잠재해 있다. 이러한 갈등이 찾아올 때면 대체로 우리는 움츠리기부터 한다. 하지만 경우에 따라서는 갈등 속에 뛰어들어 논쟁을 펼치고, 우리들이 가지고 있는 힘, 권력, 통치력을 행사하려 들기도 한다. 그리하여 힘의 충돌과 격앙된 감정에 의해 관계가 병들기도 한다. 각각의 사람들은 자신이 필요로 하는 것들이 남들이 필요로 하는 것들과 얽혀 있다고 생각한다. 따라서 그들은 대립을 해결하기 위해서는 오직 한 가지 방법밖에 없다고 생각한다. 즉, 한 사람은 이기고 다른 한 사람은 지는 것이다. 결국 둘 모두가 이기기 위해서는 관계를 맺고 있는 사람들이 더 멀리 내다보면서 천천히 변화를 이끌어내야 한다.

인생에는 언제 어떻게 나타날지 모르는 수많은 갈등들이 잠재해 있다. 이러한 갈등이 찾아올 때면 대체로 우리는 움츠리기부터 한다. 그리고 대립을 해결하는 방법은 한 사람은 이기고 다른 한 사람은 지는 한 가지 방법밖에 없다고 생각한다.

우리가 자신의 목적을 명백히 한다면 발전은 필연적인 결과가 된다. 그러한 발전 요소를 통해 우리는 '더 새롭고 더 강한 인생의 자극'을 받는 것이다. 네 누나 쉐리 또한 '문제해결(problem-solving)'에서 '목적 찾기(purpose-finding)'로 관점을 옮김으로써 이러한 자극을 받을 수 있었다. 내 생각엔 이런 일들이 지금 너에게도 일어나기 시작한 것 같구나.

커스텐범 코치가 들려준 이야기에서도 이와 같은 현상이 일어났다. 그 부부는 그들 본연의 목적, 즉 각자 개개인의 목적이 아닌 한 팀으로서의 '부부의 목적'으로 돌아간 것이다. 그들은 더욱 근본적인 질문들을 하기에 이르렀다. 우리는 개개인인가, 아니면 하나의 팀인가? 이러한 상황 논리는 여기서 그치지 않고, 우리로 하여금 다른 질문들을 하게 만든다. 우리가 만약 하나의 팀이라면, 우리의 관계는 어떤 방식으로 존재해야 하는가? 만약 우리가 개인 자신의 목적보다 더욱 우선되는 목적을 가지고 있다면, 그것은 현시점에서 무엇을 의미하는가? 우리의 목적은 무엇인가? 우리는 과연 그 목적에 혼신을 다하고 있는가? 만약 그 질문에 '예'라고 대답한다면, 이 사실은 우리들의 사고방식을 어떤 식으로 변화시키겠는가? 우리는 어떠한 커플이고, 어떤 그룹이며, 또 어떤 조직인지 묻게 만들 것이다. 그리고 질문은 계속해서 이어질 것이다. 우리는 무엇이 되고 싶은가? 우리들은 공통의 목적을 위해 개인의 희생을 감수할 마음의 준비가 되어 있는가? 이러한 질문들은 가치와 목적을 더욱 명백히 함으로써 우리들로 하여금 더욱 발전적이고 성장하는 삶을 살도록 만든다.

커스텐범이 말한 것과 같이, 그들 부부는 '깊이 묻혀 있던 것을 인지함'으로써 각자의 진정한 역할을 명확히 알게 되었다. 이 부부는 더욱 성숙한 책임의식과 힘있는 관계를 얻게 되었고, 각자의 내면이 성장함에 따라 그들의 관계 또한 성장했다.

커스텐범은 매우 중요한 점을 지적했다. "이 이야기는 극단의 상황을 적당히 조절하는 것이 우리에게 아무런 해결책이 될 수 없다는 것을 가르쳐주고 있으며, 굳이 해결책이 있다면 개인의 태도와 자세를 바꾸는 것뿐임을 알려준다." 그가 말한 극단이란 정반대 되는 특성, 힘, 치우침, 형태 등이 만날 때 발생한다. 이 부부의 관계에서는 '직업 경력'과 '아기 보호'를 향한 관점의 치우침이 존재하고 있었으며, 정반대 되는 특성이 각각 극단성을 만들어냈다. 커스텐범은 이러한 극단성을 조절하고 다루기 위한 첫 단계는 반대되는 특성들을 있는 그대로 보고 이해하는 것이라고 말한다. 그리고, 그 다음 단계에서는 두 개의 양 극단이 가진 진실성을 모두 고려해야 한다고 했다.

틀에 박히고 평범하기 그지없는 생각으로는 양 극단을 동시에 바라볼 수 없다. 그 대신, 오직 '둘 중 하나만'이라는 시각을 갖게 한다. 카이로로 향했던 부부의 경우에도 처음에는 한 명은 이기고, 또 다른 한 명은 패배하는 '윈-루즈(win-lose)'의 의견 대립이 있었다. 한편 양 극단을 동시에 바라보는 시각은 반대되는 양상을 한꺼번에 인지하고 이해할 수 있게 한다. 또한 서로를 이어주는 공통된 가치들을 찾아내도록 이끈다. 이러한 시각은 한층 더 깊은 이해의 단계로 이끌어 양쪽 모두가 이기는

'윈-윈(win-win)' 의 해결책을 구하게 만든다.

> 양 극단을 동시에 바라보는 시각은 반대되는 양상을 한꺼번에 인지하여 서로를 이어주는 공통된 가치들을 찾아내도록 이끈다. 그리하여 양쪽 모두가 이기는 '윈-윈(win-win)' 의 해결책을 구하게 만든다.

여기, 이런 부분에 대한 보다 종합적인 생각을 보여주는 글이 있다. 스콧 피츠제럴드는 《평판(The Crack-Up)》이라는 책에서 "수재를 판정하는 기준은, 두 가지의 정반대 되고 대립되는 생각들을 마음 속에 동시에 품을 수 있는 능력과 그것을 성공적으로 수행하는 능력을 갖고 있느냐이다"라고 썼다. 우리 사회에서 이러한 종합적 사고는 소위 관점과 패러다임, 혹은 사고방식의 변화를 수반한다.

이 글은 문제해결책보다 더 중요한 것, 즉 우리가 지녀야 할 삶의 자세, 사고방식, 존재양식을 강조한다. 관계 속에서 변화를 추구할 때 우리는 내면적 지시에 따르는 능동자가 되고 동시에 다른 사람들에게도 관심을 쏟게 된다. 우리는 관계 속에서만 존재하고, 관계의 질이 우리 삶의 질을 결정하기 때문이다.

너와 나, 우리의 관계를 생각해보렴. 나는 우리가 편지를 주고받기 시작한 이후, 많은 변화가 찾아오고 있음을 느낀단다. 너와 전화로 통화할 때, 크리스마스에 네가 집에 머무를 때, 우리가 예전보다 더 많은 사랑을 나누고 있다고 느낀단다. 그리고 그 변화는 너와 나만이 아닌 가족 전체에게 좋은 영향을 미치고 있다고 확신한다. 더 많은 사랑을 느끼고 경험하는 때야말로 삶이 더 풍부해지고 건강해지는 때이다. 덕분에 지금 나는 나와 다른 사람들에게 더 좋은 감정을 갖게 되었다.

너에게 첫 편지를 쓰려고 할 때, 솔직히 개인적으로 많은 노력이 필요했단다. 너 또한 내 편지에 답장하기 위해 쉽지 않은 결심과 노력이 필요했을 것이다. 이렇게 함께 노력해가면서, 우리는 이 새로운 생활 패턴을 자연스럽게 받아들이게 되었다. 새로운 생활습관은 곧 우리에게 변화를 우리는 인생의 많은 시간을 피상적인 교제와 만남들로 낭비하고 있다. 우리가 더 자주 깊게 교제하고 그런 만남을 지속시킨다면, 우리의 삶은 한결 더 풍부해지고 건강해질 것이다.

추구하게 만들었으며, 새로운 지각능력을 선사했다. 우리가 이러한 지각능력과 자각심을 넓혀감에 따라 점차 새로운 가능성이 열렸고, 더 깊은 내면의 만남과 교제가 이루어질 수 있게 되었다.

우리는 인생의 많은 시간을 피상적인 교제와 만남들로 낭비하고 있다. 우리가 더 자주 깊게 교제하고 그런 만남을 지속시켜나간다면, 우리들의 삶은 한결 더 풍부해지고 건강해질 것이다. 너와의 깊은 교제는 나로 하여금 평범함을 뛰어넘는 비범한 삶, 심오한 가능성(profound possibility)이 존재하는 삶을 살도록 만들고 있다. 심오한 가능성이란 한정된 자원과 끝없는 대립 속에서 살아가는 것을 거부하고, 계속해서 성장하고 자신의 자원을 더 늘려가는 삶을 능동적으로 선택하는 것을 말한다. 그렇게 우리는 지금, 인생의 나선형 계단을 밟아 올라가고 있는 중이다.

나는 커스텐범의 이 말을 좋아한다. “당신의 인생에서 양 극단성을 함께 붙잡고 씨름하다 보면, 당신은 오만함이나 자기합리화의 습관을 없앨 수 있을 것이다. 그리고 착각 속에 빠져 있던 자신의 우스운 모습을 발견하게 될 것이다.” 이 우스운 착각이 우리로 하여금 반복되는 생활 속에서 이기적으로 세상을 바라보고 또 그렇게 살아가도록 유도하고 있다.

벨 커브의 중간 부분에서 놀랍게도 우리는 진화론적 대립과 갈등을 엿볼 수 있다. 우리가 경험하는 대부분의 갈등들은, 인간의 오만함과 자기합리화의 망상에서 빚어진 경쟁 속에서 생겨난다. 우리는 어떠한 수단과 방법을 동원해서라도 항상 이기고 싶어한다. 이러한 자세로 세상을 살아갈 때 우리는 이기적이고 수동적인 삶을 살아가게 된다. 이러한 자기합리화의 착각으로부터 벗어나고 싶다면, 즉시 양 극단을 모두 바라볼 수 있는 넓은 시각을 가져야 한다. 물론 이것은 쉽지 않은 일이다. 끊임없이 자신을 되돌아보아야 하고, 명확한 목적을 세워야 하며, 왜 다른 이들과의 관계가 소중한지에 대해서도 정확히 알아야 한다. 다시 말해 서로가 연결되어 있다는 사실을 '진정으로' 깨달아야 하고, 자신의 이기적인 어리석음에 대해서도 깨우쳐야 한다. 우리의 '지나친 자기애' 가 우스운 착각이요, 치명적이고 해를 가져다주는 환상이 될 수 있는 것이다.

우리는 어떠한 수단과 방법을 동원해서라도 항상 이기고 싶어한다. 이럴 때 우리는 이기적이고 수동적인 삶을 살아가게 된다. 이러한 자기합리화의 착각에서 벗어나고 싶다면, 즉시 양 극단을 모두 바라볼 수 있는 넓은 시각을 가져야 한다.

나는 또한 커스텐범의 이런 생각을 좋아한다. "그 메시지를 받아들이는 즉시, 당신은 더 신뢰받는 인격체로 바뀌는 것이다." 우리가 단순한 문제해결의 욕망에서 벗어나, 더 본질적인 목적을 명확히 인식함으로써 지나친 자기애의 착각과 환상을 떠나보낸다면, 그 순간 우리는 변화하기 시작한다. 한마디로 그것은 수동적이고 의타적인 자아를 향해 "환상을 품지 말라"고 명령하는 일이다. 그 대신 우리는 남들을 배려하고 영향력을 끼치는 능동적인 사람으로 다시 태어난다. 네 누나 쉐리 역시 한때 자기 연민에 빠져 허우적거렸다. 그러나 목적을 확실히 인식한 이후, 누나는 상상하지 못한 새로운 힘을 얻었고 더 신뢰받는 인격체로 변모되었다. 다른 사람들에게도 누나는 완전히 다른 모습으로 다가왔고, 그래서 누나가 무슨 말을 하든 거기에 집중했다. 누나 자신의 변화가 곧이어 타인의 변화까지 불러일으킨 것이다.

커스텐범이 소개한 이야기 속의 부부는 심오한 교제를 이루어냈다. 내 생각에는 너와 나의 관계 역시 점점 더 심오한 교제로 나아가고 있는 것 같다. '심오한' 이란 단어는 '매우 깊은, 지적이고 감정적인 깊은 교감' 이라는 뜻을 갖고 있다. 그 부부가 서로에게 자신들의 관계에 대해서 심오한 질문들을 던졌을 때, 그들은 더욱 깊이 서로를 이해할 수 있었다. 부부로서 각자의 진정한 정체성을 깨달은 그들의 감정은 긍정적으로 바뀌었으며, 서로의 관계에 대한 굳은 믿음이 뒤따랐다. 그들은 개인의 행복이 서로를 연결시켜준다는 것을 이해하게 되었다. 사람들은 다른 사람들과의 심오한 교제를 이뤄나가는 법을 배우면서 성장한다. 이렇듯 우리는 인간관계에 대해서도 더 깊이 생각하는 법을 배워야 한다. 우리는 관계에 있어서 현자(賢者)가 되어야 하는 것이다.

너와 나는 대학 농구 중계방송을 같이 보면서, 때때로 아나운서에 대한 불평을 늘어놓곤 했다. 실력 없는 아나운서들은 대체로 눈에 잘 보이는 것들만을 본다. 그래서 표면적으로 드러나는 것들에 대한 관찰이 그들이 말하는 내용의 대부분을 차지하게 마련이다. 우리는 이러한 사람들을 벨 커브의 왼쪽에 위치시킨다. 반면 자신의 일에 있어서 가장 이상적인 성과를 올리는 사람들이 있다. 그들은 우리를 불쾌하게 하지 않는 대신 우리를 감동시킨다. 이런 달인들은 벨 커브의 맨오른쪽에서 우리와 마주한다.

아나운서 빌리 패커가 그런 달인 중의 한 사람이다. 그의 성격을 좋아하는 사람도 있고 그렇지 않은 사람도 있다. 하지만 그가 농구 경기를 중계할 때면, 그가 정말로 깊고 넓게 보고 있다는 것을 누구나 실감하게 된다. 그는 엄청난 집중력으로 남들이 미처 보지 못하는 신호들까지 놓치지 않고, 그 누구보다 빨리 경기의 흐름과 패턴을 꿰뚫는다. 나는 그의 통찰력에 놀라움을 금할 길이 없다. 그를 따라올 자, 아무도 없다!

우리 인생의 길에서도 여러 유형의 사람들을 찾아볼 수 있다. 표면적으로 드러나는 일들만을 겨우 이해하는 풋내기들도 있을 것이고, 평범한 전문가들로서 그저 적당한 수준만을 맞춰가는 사람들도 있을 것이다. 그리고 드물게는 거장이라고 불릴 만한 사람들이 있을 것이다. 그들은 무엇이 조직을 움직이는지 꿰뚫어보고 이해한다. 우리는 역동적인 심연과 만나야 한다. 그리하여 심오한 가능성을 이해하는 달인의 삶을 살아야 한다. 이러한 성과들을 이뤄냈을 때 비로소 우리는 자신감을 가질 수 있고, 남들에게 심오한 공헌(proofound contribution)을 할 만큼의 비범한 삶을 살 수 있다.

두 편의 SF 영화를 통해 풀어보는 관계의 퍼즐 ›››

이제 나는 대부분의 사람들이 이해하지 못하는 부분에 대해 더 생각해 보려 한다. 여기에 네가 좋아하는 굉장히 어려운 퍼즐이 하나 있다. "지구 역사상 가장 중요한 날짜는 언제인가?" 이전에 읽은 역사책의 내용을 더듬어 아무리 기억해내려고 해도 이 문제의 해답을 찾기란 쉽지 않다.

그 답은 2063년 4월 4일이다! 영화 〈퍼스트 콘택트(First Contact)〉에 나오는 우주선 엔터프라이즈 호 선원의 말에 따르면, 이 날이 바로 모든 것이 다 변한 후, 인간이 처음으로 지구 밖의 문명인들을 만나 인사를 나눈 '첫날'이라고 한다. 따라서 이날에는 다른 어떤 날보다도 더 많은 가치가 생성된다고 한다.

영화 〈퍼스트 콘택트〉에서 엔터프라이즈 호는 악당 보그를 잡으러 가기 위해서 24세기를 떠나 2063년 과거로 향한다. 그때는 세계 제3차 대전이 끝난 직후이고, 지구에는 소수의 사람들만이 살아남아 있다. 4월 4일은 함장 제프렘 콕켄이 처음 워프 스피드*로 항해할 수 있는 우주선을 발사시킨 날이다. 콕켄은 사업가로서 새로운 가치를 창조해 돈을 벌어들이려고 혈안이 되어 있는 사람이다. 그런데 애초에 의도한 것과는 다른

*warp speed : 빛의 속도보다 빠른 속도 – 옮긴이.

결과가 벌어졌다. 그가 우주선을 쏘아올렸을 때, 벌칸이라는 별의 우주선이 정찰차 지구를 지나고 있었다. 벌칸의 우주선은 콕켄이 남겨놓은 워프 흔적을 탐지하고는 지구가 자신들이 생각했던 것보다 훨씬 발전된 별이라고 생각한다. 그리하여 벌칸인들은 지구와의 첫 만남(contact)을 시도하기로 마음먹는다.

이 영화는 큰 충격과 영향력에 대해 묘사하고 있다. 영화 속에서 사람들의 사고방식이나 생활 패턴은 극적으로 변화된다. 기술 또한 놀라운 속도로 성장, 발전한다. 모든 인간들은 더 가치 있는 목적을 소망하는 마음과 더욱 살기 좋은 우주로 발전하길 바라는 마음에서 하나로 뭉칠 수 있게 된다. 가난과 질병, 전쟁은 사라진다. 영화 속 미래에서 2063년 4월 4일은 인간의 역사에 큰 획을 긋는, 개혁의 전환점으로 묘사된다.

불행히도 우리는 이야기의 시작과 결말만을 볼 수 있다. 벌칸인들이 도착했을 때 우주는 이미 변화되어 있었다. 이들의 첫 만남이 실제로 어땠는지는 알 길이 없다. 그냥 추측만 할 뿐이다. 하지만 여기서 우리는 하나의 질문을 던지게 된다. 과연 그 만남의 과정이 쉽고 평탄하게 진행되었겠느냐 하는 것이다.

같은 주제를 다룬 또 다른 영화에서 우리는 몇 가지 단서들을 얻어낼 수 있다. 조디 포스터가 열연한 영화 〈콘택트〉는 한 젊은 과학자가 지구 밖 다른 별과의 의사소통에 사로잡혀 있는 이야기에서 출발한다. 많은 노력 끝에, 그녀는 외계로부터 오는 메시지들을 분석할 수 있게 되었다. 바로 교신이 이루어지는 순간이다. 그런데 이 놀라운 순간을 전하는 언론은 오히려 인간의 마음에 엄청난 불안감을 심어주었다. 이 문제로 어떤 단체는 데모를 하기 시작했고, 정부는 자신의 이익을 보호하느라 급급했다. 기업들 역시 많은 갈등과 대립, 혼돈을 만드는 데 한몫했다. 그들은 전략적으로 유리한 위치에 서기 위해 정부에게 갖가지 압력을 가했고, 과학자들은 과학자들대로 교신을 이뤄낸 성과를 가로채기 위해 음모를 꾀하기 바빴다. 국가안전보장 기관과 정부 기관들은 서로 충돌하는 모습만을 보여주었다. 지구 외부와의 만남은 인간이 꿈꾸었던 대로 진행되지 않았다. 영화는 오히려 그 기대를 처참히 무너뜨렸다.

두 개의 다른 문화가 만날 때는 반드시 혼돈, 긴장, 대립, 고통이 뒤따른다. 그러나 이러한 대혼란을 겪으며 형성된 새로운 문화는 이전 것과는 현저히 다른 본질적 차이를 보인다.

이 두 개의 극적인 이야기들을 함께 살펴보자. 우선, 지구 바깥과의 교신이 이루어졌다. 두 개의 다른 문화가 만날 때는 반드시 더 많은 혼돈, 긴장, 대립, 고통이 뒤따른다. 하지만 이러한 대혼란은 새로운 시스템을 형성하게 마련이다. 새로운 문화는 이전 것과는 현저히 다른 본질적 차이를 보인다. 더욱 강해진 내면적 특성들(전쟁과 질병과 가난이 사라짐)을 보일 것이며, 나아가서는 외부적으로 더 많이 공헌할 수 있는 가능성(세상의 발전)을 소유할 것이다.

이 이야기는 커스텐범이 들려준 부부의 이야기와 상황만 바뀌었을 뿐 매우 흡사하다. 새로운 상황은 늘 결단을 요구하는 것이다. 이 부부가 처음에 각자의 이익만을 추구했을 때는, 그들 사이에 혼란과 긴장, 대립, 고통이 있었다. 그러나 그들이 서로의 관계가 가진 가치와 목적을 명확히 찾아서 문제를 다시 바라보았을 때는 자신들의 결혼 생활에 대해 이전보다 더 큰 책임 의식을 공유할 수 있었다. 두 사람 모두 성숙하고 변화했기 때문에 서로를 존중하게 되었으며 그와 동시에 그들의 관계 속에서 자신은 단지 한 명의 참여자라는 분명한 사실을 인식하게 되었다. 그렇게 그 둘은 능동적으로 융화되어 일체된 모습을 만들어갔다. 변화를 겪으면서 그들 부부는 한층 더 성장한 것이다.

이렇듯 변화의 경험과 그 과정은 매우 중요하다. 우리 삶 속에서 진정한 가치가 어떻게 실질적으로 창조되는지를 보여주는 것이기 때문이다. 나는 두 개의 이질적인 시스템이 만나서 서로 스며들 때가 바로 인생에 이로운 발전을 가져다주는 중요한 시기라고 생각한다. 하지만 우리 개개인의 삶의 국면에서 바라보면, 이러한 만남이나 접촉에 노출되는 것을 많은 이들이 위험하다고 생각하며 꺼리는 걸 알 수 있다. 더 깊은 교제에 대한 두려움 속에서 살고 있기 때문에, 결국 우리는 표면적이고 상투적인 관계만을 형성해나가며 그것이 전부인 것처럼 살아갈 수밖에 없게 된다. 깊은 교제는 분명 우리 삶의 질을 확연히 발전시킬 수 있다. 그렇기 때문에 우리는 더 많은 시간을 들여서라도 만남이란 과연 무엇인지, 서로를 어떻게 더 깊이 이해할 것인지, 그러한 상호 침투작용 속에서 어떻게 변화할 것인지에 대한 개념들을 확실히 이해하려고 노력해야 한다.

구별 → 융합 → 변형의 경이로운 과정들 »»

여기, 도토리와 흙이 있다. 나무에서 떨어진 도토리는 금세 껍질이 깨진다. 그 순간 흙의 영양분과 도토리의 껍질이 서로 반응하기 시작한다. 흙과 도토리는 새로운 변화 속에서 하나로 재창조되는 것이다. 도토리보다 더욱 복잡한 식물체인 떡갈나무는 더더욱 상호 침투작용을 통해 성장한다. 이러한 법칙은 사람의 경우에도 마찬가지이다. 정자와 난자는 각각 다른 독립적인 존재이다. 하지만 도토리와 흙이 그랬던 것처럼 정자와 난자는 서로 결합하여 상호 작용하는 하나의 개체로 변화한다. 그들이 서로 침투작용을 일으켰을 때, 또 하나의 새로운 생명이 탄생하는 것이다. 개체간의 상호 침투작용은 '심오한 변형'을 가져온다. 하나의 단순한 세포가 진화하여 복잡한 인간의 몸을 만들어내듯이.

'변형(transformation)' 이란, 상태 또는 형태의 변화 그리고 기능의 변화를 뜻하는 말이다. 이것은 때때로 극적인 대비와 전환, 변성, 변질, 변신을 일으킨다. 변화(alteration)는 간혹 매우 신비적이어서 우리의 이해력을 넘어서기도 한다. 우리는 도토리와 흙의 결합체에서 떡갈나무가 자라나고, 정자와 난자의 결합체로부터 인간의 육체가 태어나는 것을 보면서 그저 경이로울 따름이다. 하지만 이와 비슷한 일들이 물리적 세계에서는 계속해서 일어나고 있다. 이 과정에는 몇 가지 중요한 요소들이 있는데, 구별(differentiation), 융합(integration) 또는 상호 침투작용, 변형이 그것이다. 첫째, 구별이란 성질이 확연히 다른 두 개의 개체나 시스템이 있음을 말한다. 도토리와 흙은 종류가 전혀 다른 개체이다. 정자 또한 난자와 매우 다른 개체이다. 둘째, 융합이란 두 개의 다른 개체가 서로 연결되는 것을 말한다. 두 개의 개체가 상호 침투작용을 할 때 서로 반응하고 융합되어 하나의 커다란 개체로 변한다. 껍질이 깨진 도토리는 흙과 상호 작용을 일으킨다. 정자는 난자와 결합하여 하나의 새로운 개체를 만들어낸다. 그런 다음, 변형이 일어나는 것이다. 상호 침투작용은 완전히 새로운 개체의 탄생을 이끌어낸다. 그래서 우리는 새로 자라나는 떡갈나무와 새로 태어난 아기를 보면서 놀라움을 느낀다.

우리는 도토리와 흙의 결합체에서 떡갈나무가 자라나고, 정자와 난자의 결합체로부터 인간의 육체가 태어나는 것을 보면서 그저 경이로울 따름이다. 이러한 물리적 과정에는 몇 가지 중요한 요소들이 있는데 구별, 융합 또는 상호 침투작용, 변형이 그것이다.

뛰어난 인물들의 양 방향 사고법을 배워라 »»

구별, 융합, 변형은 자연적 변화의 과정이다. 이러한 과정은 떡갈나무와 아기만이 아닌 모든 자연의 섭리 안에서 찾아볼 수 있는데, 예컨대 우리의 사고(思考) 역시 그러하다.

사회과학자 알버트 로덴버그는 음악, 과학, 미술, 문학과 같은 여러 분야에서 가장 뛰어난 사람들을 종합적으로 분석하여 그들의 공통점을 찾아냈는데, 그들 모두는 '야누스적 식견'을 가지고 있었다. 야누스는 두 개의 얼굴을 가진 로마의 신으로, 양 방향을 동시에 바라볼 수 있다. 그러므로 야누스적 식견이란 두 개의 반대되는 아이디어나 발상을 동시에 간파할 수 있는 능력을 말한다.

아인슈타인은 자기 인생에 있어서 가장 행복한 때는, "하나의 물체가 동시에 움직이면서도 움직이지 않고 있는 것을 인지할 수 있을 때"라고 말했다. 우리가 만약 지붕 위에 올라가서 한 손으로는 자동차 열쇠를, 또 다른 한 손으로는 돌 하나를 떨어뜨린다고 가정하자. 그렇다면, 돌의 입장에서 열쇠는 움직이지 않는 것이지만, 지붕과 땅의 입장에서 볼 때는 움직이고 있는 것이 된다. 이것이 아인슈타인의 상대성 이론에 첫 씨앗이 되었다.

로덴버그의 연구에 따르면, 두 개의 정반대 되는 아이디어나 구성요소를 융합시키는 방법을 발견한 사람이 그 분야에서 뛰어난 거장 혹은 창시자가 될 수 있었다고 한다. 인간행동 연구에 있어, 융합과 차별화는 다양한 심리현상의 분석에 매우 중요한 과정이다. 심리학자들은 결정을 내리는 과정에서 나타나는 '인식의 복잡성'에 대해서 말하곤 하는데, 그것은 바로 아이디어나 발상을 구별하고 통합할 수 있는 능력을 가리킨다 (앞에서 언급한 피츠제럴드의 말을 되새겨보렴).

인식의 복잡성을 연구하는 사람들은 모든 인간이 자신이 경험한 활동 분야에서 더 깊은 '인식의 복잡성'을 갖는다고 주장한다. 뇌 전문의는 뇌에 대해서 무용 강사보다 인식의 복잡성을 더 많이 가지고 있다. 반대로 무용 강사는 무용에 대해서 뇌 전문의보다 더욱 깊은 인식의 복잡성을 소유하고 있다. 이와 마찬가지로 실력 있는 사람들은 그렇지 않은 사람들이 보지 못하는 것을 볼 수 있는 눈을 가지고 있다. 경험이 더 많은 사람은 보통 사람이 할 수 없는, 구별되는 것들을 융합시킬 줄 아는 역량을 갖고 있다. 또, 음악의 대가라면 구별된 패턴의 음악들을 매우 창조적으로 융합시켜 새로운 음악을 만들어낸다. 결과적으로, 자기 분야에서 인식의 복잡성이 큰 사람일수록 더 나은 결정을 내릴 수 있으므로 더 좋은 성과를 이룰 수 있다는 것이다. 다시 말해, 여러 가지 개별적인 발상들을 구별하고 그들을 새롭게 융합할 수 있는 역량을 갖춘 사람들은 자기 분야에서 더 많은 가치를 생산해낼 수 있고 최선의 결과를 끌어낼 수 있다. 그러한 사람들은 자신이 속해 있는 조직에 더 큰 가치를 제공할 수 있는 잠재력을 갖춘 셈이다.

실력이 있는 사람들은 그렇지 않은 사람들이 보지 못하는 것을 볼 줄 아는 눈을 가지고 있다. 경험이 더 많은 사람은 보통 사람이 할 수 없는, 구별되는 것들을 융합시킬 줄 아는 역량을 갖고 있다.

네가 농구 경기의 흐름을 잘 파악하여 재빨리 경기를 진행시킬 수 있었던 건, 네가 다른 사람이 보지 못하는 기회를 포착했기 때문이다. 너는 경기를 더욱 창조적인 방법으로 이끌었으며, 경기의 흐름을 변화시켰다. 사람들은 네가 매우 똑똑한 선수라고 칭찬했다. 너는 분명, 적어도 농구 경기에 있어서 만큼은 매우 깊은 '인식의 복잡성' 을 소유하고 있었던 것이다. 하지만 누군가 네게 악기를 건네 주었다면, 전혀 달랐을 것이다. 왜냐하면 상대적으로 그 분야에서는 너의 능력이 부족하기 때문이다.

관계 속에서 차별화와 융합의 과정을 훈련하라! »>

차별화와 융합의 과정은 인간관계에서도 중요한 부분을 차지한다. 영향력 있는 리더는 놀라운 자질을 갖추고 있다. 오래 전, 이 방면의 연구자들은 '사람' 에게 초점을 맞춘 리더십(person-focused leadership)과 '일' 에 초점을 맞춘 리더십(task-focused leadership)을 구별해 보여준 적이 있다.

지난 수십 년간 연구원들은 이 두 가지 스타일이 가진 각각의 효과에 대해 조사하고 분석했다. 그런데 최근 어떤 리더들은 이 두 가지 스타일을 동시에 함께 사용한다는 것이 밝혀졌다. 이들이 두 가지 스타일 모두를 사용할 수 있게 되었다는 것은, 그들의 역량이 변화했다는 것과 같다. 그들은 일과 사람의 중요성을 모두 이해하여 새로운 가치를 창조해냈다. 즉, 일에서도 양보 없는 성과를 거두는 동시에 사람들에게도 아낌없는 격려와 위안을 보낼 줄 알게 된 것이다.

우리는 여기서 한 가지 중요한 점을 살펴보아야 한다. 일과 사람, 모두에 초점을 둘 수 있는 영향력 있는 리더들을 찾기란, 매우 유능한 연구원들에게도 결코 간단한 일이 아니었다. 연구원들은 그런 리더들을 찾기 위해 매우 긴 시간을 투자해야 했다. 왜냐 하면, 그 연구원들 역시 사람에게만 관심을 두거나 일에만 관심을 두는, 평범한 두 개의 틀에 묶여 있었기 때문이다. 그들조차 두 개의 전혀 다른 발상을 융합시키는 건 자연스럽지 못하다고 인식했던 것이다. 그러므로 그들은 자신들이 신중하게 연구하던 현상의 주요 핵심이었음에도 불구하고, 정작 자신들부터가 그러한 상호 침투작용을 연구에 적용시키지 못했다.

> 뛰어난 리더들은 일과 사람의 중요성을 모두 이해하여 새로운 가치를 창조해낸다. 즉, 일에서도 양보 없는 성과를 거두는 동시에 사람들에게도 아낌없는 격려와 위안을 보낼 줄 아는 것이다.

이렇듯 구별되어 있는 각각의 발상들을 한데 융합하는 일은, 비록 그것이 바로 눈앞에서 왔다갔다한다 해도 붙잡아 실행시키기가 매우 어려운 일임에 틀림없다. 만약 구별된 발상들을 융합하는 것이 창조의 핵심이고, 좋은 결정을 내리는 것이며, 영향력 있는 리더십이라면 그것은 바로 단체와 조직 내에서도 마찬가지로 작용한다고 볼 수 있다. 나는 경영 분야에서도 이와 같은 현상을 본다. 성공하는 기업은 그렇지 않은 기업보다 더 많이 '구별되어' 있으면서도 더 많이 '융합되어' 있다. 조직이 자라나면서, 그것은 서서히 더 많은 부서로 세분화되고 더더욱 구별된다(판매, 생산, 인적자원 등). 이러한 부서들은 각각 저마다의 목적과 구조에 따라, 사람을 대하는 방식에 따라, 그리고 시간에 따라 다른 특성과 역할을 맡게 된다. 이러한 각각의 팀이나 부서가 융합을 이루기 위해서는 말할 수 없는 어려움이 뒤따른다. 그러나 고도의 복잡성을 유지하면서 더 많이 구별되어 있는 기업들이 더 잘 융합되어 있고 또 그들 대부분이 성공적인 결과를 산출해내고 있다.

성공하는 기업은 그렇지 않은 기업보다 더 많이 '구별되어' 있으면서도 더 많이 '융합되어' 있다.

구별, 융합, 그리고 상호 침투작용은 우리 삶의 모든 국면에서 일어난다. 그리고 그러한 요소들이 우리 자신의 가치를 찾아주는 역할을 하곤 한다. 그런데 간혹 사람들은 이미 일어난 일을 회고할 때, 그 과정에서 가장 중요한 사건인 '상호 침투작용'에 대해서는 삭제하거나 생략해버리곤 하는 것 같다. 아마도 그 과정을 상세히 묘사하고 이해시키는 데 상당한 어려움이 뒤따르기 때문인 것 같다.

충돌을 피하지 말아라 »»

나는 소규모 기업을 이십여 년간 경영해온 한 친구를 알고 있다. 그의 기업은 이제 상당한 규모를 이루었고, 그 친구는 자신이 성취한 것에 대한 자신감으로 가득 차 있었다. 그는 자신을 창조적인 리더로 보고 있었으며, 앞으로 다가올, 첨단기술에 의해 움직이는 발달한 미래를 내다볼 줄 아는 능력을 갖춘 리더로 생각하고 있기도 했다.

사업을 해오면서 그는 여러 번 모험적인 결정을 내렸고, 그 결과 그의 기업은 엄청난 성장을 경험했다. 그럼에도 불구하고 그는 자기 자신이 세부적인 사항까지 챙길 수 있는 훌륭한 '관리자' 라고 생각하지는 않았다. 이러한 자가 진단을 내린 그는 자신의 부족함을 보완해줄 사람을 찾기로 마음먹었다. 자신이 가장 중요하다고 생각하는 사업부에 한 여성을 본부장으로 고용했다. 그녀는 매우 꼼꼼했고, 직원들이 쉬지 않고 일하도록 만드는 사람이었다. 시간이 지날수록 그녀는 눈에 띄는 성과를 올렸고, 그 친구는 그녀를 채용한 것을 무척이나 만족스러워했다.

하지만 문제가 발생했다. 내 친구는 형제들과 함께 사업을 경영하고 있었는데, 그들이 혁신(innovation)과 복지(caring), 안정(stability)이 매우 중요시되는 조직에 그녀가 부적합하다며 반대하기 시작한 것이다. 그녀가 직원들을 잘 부리는 것은 결과에만 집착하는 것이고, 그래서 직원들과 잘 안 맞는다는 것이었다. 그리하여 그들은 그녀를 해고하라며 지속적인 압력을 넣었다. 친구는 고민과 갈등에 빠져 고통스러워했다. 나는 그런 그에게 왜 고통을 참고만 있느냐고 물었다. 그의 대답은 매우 간단했다. "이렇게 하는 것이 사업에서는 제일 좋은 방법이니까."

그는 그 여성을 고용함으로써 차별화를 가져왔지만, 그녀는 사람들의 평범한 기대를 넘어서 있었다. 그녀의 일하는 방식은 대립과 충돌을 야기했으며, 각각의 구별된 조직들(여성 본부장과 사장의 형제들)은 서로를 밀어내려고만 했다. 하지만 그들은 결코 자기들 뜻대로 그녀를 내쫓을 수 없었다. 그 쌍방을 사장인 내 친구가 강력한 연결고리가 되어 융합시키고 있었기 때문이다.

결과적으로 볼 때, 이러한 갈등이 사장인 그 친구에게는 매우 큰 고민거리겠지만, 이 조직은 이러한 긴장감과 교묘한 융합에 힘입어 오히려 더 나은 성과를 창출했다. 친구는 회사의 이익을 위해 자기 고통의 값을 치를 준비가 되어 있었다. 그에게 가장 중요한 목표는 회사의 성공이었기 때문이다. 만약 회사가 사장 중심으로 융합되지 못했거나, 확신이 적은 사람에 의해서 휘둘렸다면, 아마도 그 여사원은 해고될 수밖에 없었을 것이다. 그것이 저항이 가장 적은 길일 것이기 때문이다. 그 길로 들어서면, 비록 형제들과의 긴장이나 부서 내부간의 대립은 사라졌겠지만, 회사는 결과적으로 손해를 입었을 것이다.

나의 친구는 자신이 만들어내고 싶은 결과가 무엇인지 명확히 알고 있었다. 그는 목적이 분명했으며, 자신이 누구인지에 대해서도 객관적이고 확실한 눈으로 바라보고 있었다. 그는 구별된 각각의 개체들이 잘 융합될 수 있도록 자신을 희생했다. 그를 중심으로 한 융합은 깊은 교제 또는 상호 침투작용을 지탱시켰다. 그가 바로 도토리와 흙을 섞는 기계장치의 역할을 했던 것이고, 그것이 궁극적으로 떡갈나무 한 그루를 자라나게 했다.

이것이 바로 창조자들이 해야 하는 일들 중 하나이다. 그들은 떡갈나무를 만들기 위해서 필요한 것들을 먼저 알아야 한다. 카이로로 향했던 부부에게는 가정이 바로 떡갈나무였고, 듀크 대학의 떡갈나무는 우승 팀이 되는 것이었다. 사업을 경영함에 있어서는 이익을 가져오는 회사가 바로 떡갈나무인 것이다. 이러한 모든 것이 바로 변형의 구체적인 과정이다. 우리가 만약 이러한 과정을 잘 이해한다면, 비범하고 뛰어난 삶을 사는 데 도움이 될 것이다.

하지만 아버지는 네게, 이러한 변형이 항상 쉽게 일어난다는 환상을 심어주고 싶지는 않다. 모든 도토리가 다 떡갈나무가 되는 것은 아니란다. 대부분의 가정생활 역시 깊은 교제로 이어지지 못하는 경우가 허다하다. 대부분의 농구팀들은 우승을 하지 못하고, 대다수의 기업들은 더 나은 기업으로 성장하지 못하고 있다. 대부분의 아버지들은, 자신을 화나게 하고 상처를 주는 자기 아버지의 모습을 똑같이 되풀이하고 있다.

거듭 말하지만, 사람들은 자신이 처해 있는 편안하고 안일한 상태에서 벗어나길 꺼려한다. 그들은 남과 다른 삶의 영역 속으로 뛰어들길 거부한다. 그 대신 이기적인 마음에서 비롯된 경쟁과 분투 속에서 창조가 아닌 파멸을 결과물로 얻고 있다. 많은 사람들이 어떻게 깊은 교제를 창조할 수 있는지 모르고 있다. 어느 누구도 조니 밀러가 골프를 가르치는 것처럼, 이 깊이 있는 만남에 관해 가르쳐주지 않고 있기 때문이다.

그래서 나는 네게 편지를 쓴다. 오늘 편지에서 내가 네게 제안한, 네게는 다소 낯선 이 원리들을 지속적으로 연구하고 삶에 적용시킨다면, 너와 나는 더 깊은 교제를 창조할 수 있는 생각과 행동들을 하게 될 것이다. 내 꿈은, 너와 내가 깊은 교제를 통해서 지금보다 나은 '우리'가 되는 것이란다.

사랑한다,

아버지가.

여섯 번째 편지

경쟁과 충돌을 활용하는 법

"세 사람이 한자리에 모이면 그 의견이 모두 다르다. 당신의 의견이 비록 옳다고 하더라도 무리하게 남을 설득시키려고 하는 것은 현명하지 않다." - 스피노자

여섯 번째 편지

사랑하는 아들 가렛에게

답장 잘 받았다. 너는 한 분야에 전문적으로 뛰어난 사람이 되고 싶다고 했다. 너는 시스템을 이해하여 움직이는 사람이 되고 싶다고 했다. 확신하건대, 모든 젊은이가 너와 같은 생각을 한단다. 하지만 변화를 가져오고 싶어하면서도 좌절감을 느끼기 십상이다. 사람들이 우울증에 걸리는 이유 중 하나는 깊은 교제와 삶의 목적의식을 잃어버렸기 때문이다. 그들은 자신이 서 있는 곳에서 어떻게 하면 조직을 움직일 수 있는지 알지도 이해하지도 못한다.

내 생각에, 너는 이미 전문가적인 식견으로 조직을 이끄는 뛰어난 사람이란다. 네 편지를 읽으면서 나는 네가 그 사실을 스스로 인지하기를 바라는 마음이었다. 고등학교 시절에 너는 네가 속한 조직을 깊이 이해했고 이끌었다. 너는 농구 실력으로나 대인 관계에 있어서나 모두 훌륭했다. 너는 자아를 잘 지켜나가면서도 동시에 주위 사람들과의 관계 또한 소중히 여겨 관심과 사랑을 베풀었다. 너는 네 능력과 사랑을 잘 융합시킨 훌륭한 리더이자 구성원이었다. 너는 자연에 순응하는 본능과 달인의 창조적인 능력을 동시에 갖추고 있었던 것이다.

침묵과 협상하는 방법 >>>

너는 지금 시간과 시간 사이에 서 있다. 내 친구 중 한 명이 그러한 시간과 시간 사이를 '일시적인 침묵(lull)' 이라고 불렀던 것을 기억한다. 그러한 침묵은 우리의 의욕을 꺾는다. '일시적인 침묵' 은 행동을 멈추는 것을 의미하며 생산의 중단을 뜻하기 때문이다. 이러한 침묵은 심장박동 후 이어지는 그 다음 박동 사이의 짧은 침묵과 같다고 할 수 있다. 그러므로 이러한 일시적 침묵이 없다면, 심장박동도 존재할 수 없을 것이다!

재즈 음악가인 마일즈 데이비스는 음악에 있어서 침묵의 고요함 역시 소리만큼이나 중요하다고 말했다. 침묵은 긍정적인 측면도 갖고 있는 것이다. 내가 늘 강조점을 찍는 '변화' 에도 심장박동과 같은 율동적 리듬이 있다. 우리의 삶 속에서 정기적인 주기나 리듬을 마주할 때면, 침묵은 항상 거기에 함께 존재한다. 침묵이야말로 리듬을 이루는 데 절대적인 요소인 것이다.

너는 지금 익숙했던 과거와 결별하기 위해 노력하고 있다. 그것은 매우 어려운 일이란다. 특히 새로운 목적이나 이유, 사명을 발견하기 전이나 어떤 변화를 가져와야 할지 알기 전에는 더욱 어렵다. 너는 지금 네가 새로이 서야 할 땅이 어디인지 알아가고 있는 과정에 있단다. 네 사명이 무엇이며 네가 설정한 목적을 어디에 어떻게 쓸 것인지 알아가는 중인 것이다. 지금 이 순간에도, 수백 만의 사람들이 너와 똑같은 과정을 겪고 있을 것이다.

내가 늘 강조점을 찍는 '변화' 에도 심장박동과 같은 율동적 리듬이 있다. 우리의 삶 속에서 정기적인 주기나 리듬을 마주할 때면, 침묵은 항상 거기에 함께 존재한다. 침묵이야말로 리듬을 이루는 데 절대적인 요소인 것이다.

그러므로 너는 이 침묵과도 같은 시간에, 그 침묵과 협상하는 방법을 알아야 한다. 그래야만 네 인생의 방향을 바로잡을 수 있다. 사람들은, 침묵이 변화를 이뤄나가는 과정에서 매우 절대적인 필요 요소임을 간과하곤 한다. 자신이 침묵에 빠졌다는 사실 때문에 인해 좌절하고 낙망하는 사람들이 많다. 지난 번 편지에서 내가 강조한 '구별'과 '융합'이란 바로 이런 침묵을 말하는 것이었단다. 즉, 침묵이야말로 '깊은 교제'의 밑거름이고, 마음에서 우러나오는 헌신의 기초가 된다. 또한 영향력 있는 사람이 되기 위해 구별과 융합이 왜 꼭 필요한지도 알게 해준다.

사랑하는 아들아! 나는 네가 의사 선생님과의 정신분석 상담이 별 효과가 없었다고 쓴 것을 읽고는 매우 유감스러웠다. 네 말에 따르면, 상담시간 내내 의사 선생님은 자신의 의견만을 끊임없이 제시했고, 그 이야기를 듣는 동안 너는 어서 빨리 상담이 끝나기만을 원했다고 했다. 역설적이게도, 그 의사 선생님은 자기 분야에서 뛰어난 명의는 아닌 것 같구나. 그는 어떻게 해야 깊은 교제를 나눌 수 있는지 잘 모르는 듯하다. 게다가 네가 정신과 치료에 대해 부정적인 선입견을 갖고 상담에 임했다면, 선생님에게 너는 매우 대응하기 어려운 상담자 중 한 사람이었을 게 분명하다. 하지만 나는 네가 그런 부정적인 태도로 상담에 임했다고 단정짓고 싶지는 않다. 전문가로서 그는 도움을 얻기 위해 찾아오는 사람들과의 깊은 교제를 이끌어내야 한다. 그것이 돈을 받고 일하는 그의 몫인 것이고, 전문가로서의 책무인 것이다. 그러나 불행하게도 전문가라고 불리는 사람들 중에는, 숙련가도 있지만 경험이 부족한 초보자도 있다. 진정한 장인은 몇 안 되는 것이 현실이다. 장인이 되기 위해서는 그 밑바탕에 말할 수 없이 힘든 자신과의 약속과 결심이 있어야 한다. 그리고 자신을 사람들의 뼈아픈 비판 속에 노출시킬 수 있어야 하며, 새로운 패턴을 만들어낼 만큼의 장인이 되기 위해서는 그 밑바탕에 말할 수 없이 힘든 자신과의 약속과 결심이 있어야 한다. 그리고 자신을 뼈아픈 비판 속에 노출시킬 수 있어야 하며, 새로운 패턴을 만들어낼 만큼의 용기를 지녀야 한다.

용기를 지녀야 한다.

나는 의사 선생님과의 상담을 그만두겠다는 네 말을 염려했지만, 너의 모든 선택들이 대부분 긍정적으로 변화하고 있다는 데서 기쁨을 느낀단다. 나는 네가 천천히 너의 본래 모습을 찾아가고 있음에 자신감을 얻는다. 아마 네 동생 크리스틴과 함께 지내면서, 그리고 다른 친구들과의 우정을 만들어가면서, 긍정적인 영향을 받는 것 같다. 이러한 모든 상호 작용은 우울증에 빠져 있을 때의 나쁜 습관을 깨뜨려준다. 너는 이제 자신과의 싸움에서 승리하는 삶의 기쁨을 맛보기 시작할 것이다. 이제 너 스스로, 네 우울증 증세를 주의 깊게 관찰해봤으면 한다. 만약 앞으로도 계속해서 마음에 뭔가 불편한 것들이 차 있다고 느낀다면, 넌 다시 전문가들의 도움을 받아야 하고, 몸의 화학적 균형을 맞추기 위해 약도 복용해야 할 것이다. 너 스스로 지금 너의 상태를 어떻게 진단하고 있는지 궁금하구나. 우울증이 조금씩 줄어들고 있는 것 같니?

답장에서, 리차드와 그의 아버지 이야기를 흥미 있게 읽었다는 얘기에 기뻤다. 아마도 그 이야기가 깊은 교제에 대해 잘 보여준 사례로 느껴진 것 같구나. 나도 그 이야기를 듣고 많은 생각을 했었단다. 그 이야기를 통해, 우리가 피해자 의식을 갖고 살았을 때를 생각해볼 수 있겠더구나. 그때에도 역시 우리는 또 다른 길을 선택할 수 있는 가능성을 항상 보유하고 있다는 생각이 들었다. 우리는 불평할 수 있을 뿐만 아니라, 그런 나쁜 상황을 충분히 이해하고 변화시킬 수 있다.

또한 너는 인간관계에 대한 흥미로운 이야기들을 해주었다. 특히 카이로로 향한 부부 이야기를 언급하면서, 자신으로부터 멀리 떨어져 있는 사람들과 관계를 유지하는 것이 무척 힘들다고 했다.

아버지의 편지 중에 저를 가장 놀라게 한 것은 바로 카이로로 떠나는 부부에 관한 이야기입니다. 그 이야기는 제가 많은 생각을 하도록 만들었습니다. 원활한 커뮤니케이션이 존재하지 않는 관계가 얼마나 쉽게 파괴될 수 있는지 깨달았습니다. 또한 이 이야기는 우정을 비롯한, 관계가 주는 소중함이 얼마나 쉽게 잊혀질 수 있는지에 대해서도 생각하게 했습니다. 그리고 어떤 방향으로 노력하느냐에 따라 상대방이 어떻게 영향을 받고 달라지는지도, 그 부부의 결말을 통해서 알게 되었습니다. 만약 그들이 평소에 해왔던 대로, 충분히 생각해보지 않고 행동을 취했다면 아마 훨씬 큰 고통을 오랜 시간 동안 겪어야 했을 것입니다.

저는 지금, 제가 소중하게 생각하는 사람들과의 단단하고 충실한 관계를 유지하기 위해 노력하고 있습니다. 솔직히 말하면, 그런 관계를 유지하는 일이 쉽지 않다는 것을 깨닫고 있는 중이지요. 특히 제가 가장 소중하게 생각하는 사람들과 너무 멀리 떨어져 있었다는 생각이 듭니다. 아버지와 어머니가 매우 그립고 동생 트레비스도 그립습니다. 그리고 여동생 세라도 무척 보고 싶습니다. 가장 친하게 지냈었는데… 지금은 세라의 미소와 작고 귀여운 손이 그리울 뿐입니다. 아버지가 언급하신 조디 포스터의 영화처럼 우리 사이에 많은 다툼이 있긴 했지만, 그러면서도 우리는 정말 허물없는 오누이였지요. 이렇게 서로 떨어져 있는 것이 매우 마음 아픕니다.

목적을 명확히 하고, 대립하는 가치들을 융합시켜라 ›››

너의 답장을 읽고 있자니, 네게 두 가지의 작은 도전이 필요하다는 생각이 들더구나. 첫 번째 도전은 지리적으로 멀리 떨어진 사람과 어떻게 의미 있는 관계를 지속시킬지에 관한 것이다. 두 번째는 어떻게 해야 현재의 자리에서 항상 의미 있는 관계를 만들 수 있는가에 관한 것이다. 이것은 네가 스스로 극복해내야 할 도전 과제란다. 너는 사람들과의 관계가 너무나도 쉽게 파괴될 수 있다고 했다. 따라서 사람들과 깊은 교제를 유지하기 위해 적지 않은 자아 성찰과 자기 수양이 필요하다는 것을 깨닫게 되었다. 이런 노력이 바로 풍족한 삶을 영위해나가는 열쇠다. 우리를 둘러싼 관계를 아름답게 지켜나가기 위해 애쓸 때 우리는 행복해질 수 있다. 우리는 여기서 다시 '목적을 명확히 하라' 는 이슈를 접할 수 있게 된단다.

변화를 거친다는 것은 항상 무섭고 두렵게 여겨진다. 그 변화로 인해 우리의 옛 모습이 파괴되기 때문이다. 확신하건대 대부분의 사람들이 자신의 인생을 전진시키지 못하는 이유는 바로 이 때문이다. 고등학교에서 대학으로 옮겨가는 시기가 네게는 그러한 변화의 시기였다고 생각한다.

나는 매우 총명한 사람을 알고 지낸 적이 있었다. 그는 참신하고 훌륭한 아이디어들을 많이 갖고 있었다. 하지만 그는 성공의 문턱에서 매번 바보 같은 행동을 반복함으로써 기회를 날려버리곤 했다. 그를 지켜보면서 나는 한 가지 새로운 사실을 깨달았다. 그는 성공을 두려워하고 있었던 것이다. 무의식 속에 숨겨진 두려움이 중요한 프로젝트를 방해한 것이다. 그는 불안한 것을 싫어했다. 그에겐 자기 자신을 불확실한 곳으로 이끌고 모험에 뛰어들 용기가 부족했다. 그래서 그는 인생의 다음 단계로 나아가지 못하고, 늘 제자리에서만 머물렀다.

내가 쓴 편지를 읽으면서 너는 아마 이 아버지가 얼마나 '인생의 목적 찾기' 를 강조하는지 충분히 느꼈을 것이다. 하지만 더 높은 목적을 찾고자 노력하고 그것을 추구해나가는 것은 아무리 강조해도 모자란다. 특히 너처럼 '변화의 시기'에 처한 청년에게는 더욱더 중요한 문제다. 이 시기에는, 목적을 얼마나 명확히 하느냐에 따라 너의 성장과 행복이 결정된다고 해도 과언이 아니다. 우리가 어떤 결과를 원하는지 분명히 파악하고 있다면, 그 명확한 비전이야말로 우리 자신을 '익숙한 편안함'에서 끌어낼 수 있는 동기가 되어줄 것이다.

청년 시기에 목적을 얼마나 명확히 하느냐에 따라 너의 성장과 행복이 결정된다고 해도 과언이 아니다. 우리가 어떤 결과를 원하는지 분명히 파악하고 있다면, 그 명확한 비전이야말로 우리를 '익숙한 편안함'에서 끌어낼 수 있는 동기가 되어준다.

우리는 안전하게 살고 싶기 때문에 밤마다 문을 잠근 후에야 잠자리에 든다. 우리는 돈에 많은 가치를 부여하며 살고 있기 때문에 오늘도 일자리를 찾아 길거리를 헤매곤 한다. 또한 우리는 건강을 위해 규칙적으로 운동한다. 이렇듯 우리의 모든 결심과 결단은 자신이 가진 어떤 '가치관'을 바탕으로 만들어지고 있다. 자신에게 중요하다고 생각되는 것들, 즉 가치 있는 것들에 맞추어 선택과 결정을 내리는 것이다.

그러나 가치관을 바탕으로 목적을 추구하는 것에는 분명 불합리한 요소들도 존재한다는 사실을 알아야 한다. 우선, 긍정적인 가치를 추구함에 있어서 어쩔 수 없이 대립하는 가치가 생길 수 있다. 이런 경우 우리는 마음 속으로 흥정을 하지 않을 수 없다. 어떤 사람들은 이러한 현상을 '극단적 대립'이라고 부른다. 다시, 카이로로 가는 문제에 직면한 앞의 부부 이야기를 예로 들면, 부인은 아기에 초점을 맞추고 있었고 남편은 자신의 직업경력에 초점을 맞추고 있었다. 아기와, 남편의 직업경력은 모두 긍정적인 가치들이었다.

인생을 살다 보면 많은 국면에서 이런 '갈등'에 처하게 된다. 아니, 어쩌면 인생에는 이런 양 극단의 긴장이 언제나 존재한다. 그래선지 역사적으로 위대한 인물들 대부분은 이 양 극단성에 관심을 두곤 했다. 중국과 인도의 위대한 스승들은 이러한 양 극단성을 통해 중요한 깨달음을 판이하게 대립되는 가치들간의 긍정적인 긴장 상태를 더 잘 이해할 때, 우리는 넓은 안목으로 세상과 자기 자신을 바라볼 수 있게 된다.

얻어, 다른 이들에게 이러한 '역설'을 해결하는 방법을 가르쳤다. 예수 그리스도의 사역(ministry) 역시 우리들의 삶에 영향을 주는 역설을 요구하고 있다. 판이하게 대립되는 가치들간의 긍정적인 긴장 상태를 더 잘 이해할 때, 우리는 양 극단 모두를 함께 고려하는 넓은 안목으로 세상과 자기 자신을 바라볼 수 있게 된다.

목적을 이뤄나갈 때 조심해야 할 함정들 ›››

불행하게도 우리들의 생각은 다분히 '형식적인 측면'에 사로잡혀 있다. 그저 자기가 원하는 가치만을 찾아 빠른 결정을 내리고자 하고, 자신을 합리화함으로써 그 가치와 행동까지도 정당화하려 한다. 그리하여 누군가 자신의 가치를 문제삼을 경우 심히 불쾌해하며, 만약 반대 의견까지 제시될 경우에는 더더욱 분개한다.

때때로 우리는 편안함과 안일함에서 벗어나 숭고하고 위대한 목적을 달성하기 위해 야심 찬 결심을 하곤 한다. 그렇지만, 목적을 달성해가는 과정에서 도저히 이해할 수 없는 일들이 벌어져 곤욕을 치르기도 한다. 우리가 추구했던 긍정적 가치가 역설적이게도 부정적인 것으로 둔갑하기도 하고, 좋은 결과를 위해 애썼던 우리의 노력이 오히려 우리들을 파괴하기도 한다.

그 예로, 최근 임신중절 합법화 '지지자'와 '반대자'들 간에 일어났던 논쟁을 들 수 있겠구나. 임신중절 합법화 반대자들을 옹호한다면 그것은 매우 고결하고 숭고한 자세를 취하는 것이라 할 수 있다. 하지만 이들 가운데 소수의 극단론자들은 '생명'에 궁극의 가치를 둠으로써, 임신중절

술을 시술한 의사들에 대한 법적 처리를 살인자들과 똑같은 수준으로 요구한다. 생명의 존귀함을 논하면서 그들 또한 의사들을 '살인자'로 몰아가고 있는 것이다. 그들은 긍정적 가치를 추구했지만, 그들의 행동 양상은 정반대의 부정적인 모습으로 나타났다. 이렇듯 어떤 가치를 추구한다는 것은 때로 가치를 추구하는 사람을 눈멀게 하여, 그 자신을 파멸로 몰아가기도 한다.

또 한 예로, 내가 정부의 만연한 부정부패에 화가 나 있다고 치자. 정직한 정부를 원하는 나는, 내가 직접 정부의 일을 하기로 마음먹었다. 이런 목표를 설정한 나는, 정부에 들어가기 위해 영향력 있는 인맥을 구축하고자 노력할 것이고, 여러 가지 흥정을 해나갈 것이다. 그리하여 내가 선출될 즈음이면, 나는 나의 이익을 추구하는 동시에 남들의 이익과는 맞서고 있을 확률이 높다. 시간이 흐르면 흐를수록 나는 더욱 부패할 것이고, 결국 내가 이전에 비판했던 정치인들의 자리를 내가 다시 메운 꼴밖에 안 될 것이다. 나 자신의 부패에 스스로 눈이 멀어버리는 것이다.

정치인들을 욕하기는 쉽다. 남의 부부싸움에 대해 말하고 그들의 좁은 속내를 비판하는 것 역시 쉬운 일이다. 그러나 우리 자신을 돌아보는 것은 매우 어렵다. 우리가 단순히 긍정적 가치만을 좇는다고 해서 모든 결과가 긍정적이 되는 것은 아니다. 지나친 자기 가치 추구는 경우에 따라 자신을 파괴하기도 하고, 자신의 눈을 가로막아 잘못조차 깨닫지 못하게 만들곤 한다. 자기 자신을 객관적으로 들여다보기에는 이미 너무 많은 투자를 해버렸기 때문이다.

마크 트웨인은 이렇게 말한 적이 있다. "당신 자신을 파멸로 이끌어간다는 사실을 알고 모르고가 중요한 게 아니다. 스스로를 파멸로 이끌어갈 수 있다는 점을 당신이 진실로 믿지 않는다는 게 중요하다." 나는 이 말을 자주 되새긴다. 누군가가 우리에게 내키지 않는 방향을 제안하면 그 순간 우리는 매우 언짢아한다. 우리는 시간이 더 지나서야 자신에게 묻는다. "어떻게 하면 변화할 수 있을까?" 그때 다른 사람이 옳았다는 것을 알게 되더라도 그 제안을 인정하려 하지 않는다. 왜냐 하면 우리는 자신의 방법에 대한 확신을 갖고 있고, 답은 언제나 하나뿐이라고 고집하기 때문이다.

네 엄마와 함께 차를 타고 누군가를 마중하러 갈 때였다. 어떤 길에서 내가 좌회전을 하자, 네 엄마가 비명 섞인 목소리로 외쳤다. "아니에요, 직진으로 가세요. 그래야 더 빨라요!" 네 엄마가 이렇게 말했을 때는 이미 내가 좌회전을 해버린 다음이었다. 그런데 문제는 이런 일들이 꽤 자주 일어났다는 것이다. 차 안에서의 비생산적인 논쟁은 우리를 무기력하게 만들었다. 어느 방향으로 가건 빨리 가봐야 몇 초 차이일 테니까 말이다. 하지만 대부분의 사람들은 자신의 의견이 최고라고 생각하는 한, 한 발자국도 물러서려 들지 않는다.

나는 내 전문 분야에서 늘 새로운 대안을 찾기 위해 연구하고 노력해 왔다. 몇 년 전 나는 학교 동료인 존 로바우라는 사람과 함께 '서로 경쟁하는 긍정적인 가치들' 의 구조를 개발했다. 이것은, 영향력 있는 조직이 되려면 경쟁관계에 있는 여러 긍정적 가치들을 잘 융합해야 한다는 이론에 기반하고 있다. 영향력 있는 조직은 각각 구별되어 있는 동시에, 또한 잘 융합되어 있는 조직이라는 뜻이다. 나는 이 이론을 다른 여러 분야에 적용해보았다. 그리고 최근 몇 년 사이에는 킴 카메론과 제프 데그라프, 앤한 타코와 함께 이 모델을 더욱 확장시켰다.

홀로닉스 모델이란 무엇인가? ›››

우리는 이 일을 위해 '홀로닉스(Wholonics)' 라는 단어를 창조해냈다. '전체적인 비전' 을 제시하고 있기 때문에 나는 이 단어를 좋아한다. 이것은 '각각의 다른 부분을 조합하여 보다 조직적이고 효과적인 새로운 하나를 만들 수 있다' 는 뜻을 갖는다. 우리는 조직 내의 긍정적이거나 부정적인 압력과 긴장들을 진단하고, 부정적인 것들은 긍정적으로 재정의하며, 대립하는 각각의 긍정적 가치들을 융합하는 방법을 찾아내는 도구를 만들고 싶었다. 흥미로운 사실은 이러한 구조가 큰 조직에도 효과적이지만, 개개인의 삶에도 하나의 모범적인 모델로 작용할 수 있다는 점이다.

아래의 그림은 네 개의 분면(分面)에 여러 가지 행동양식들이 적혀 있다.

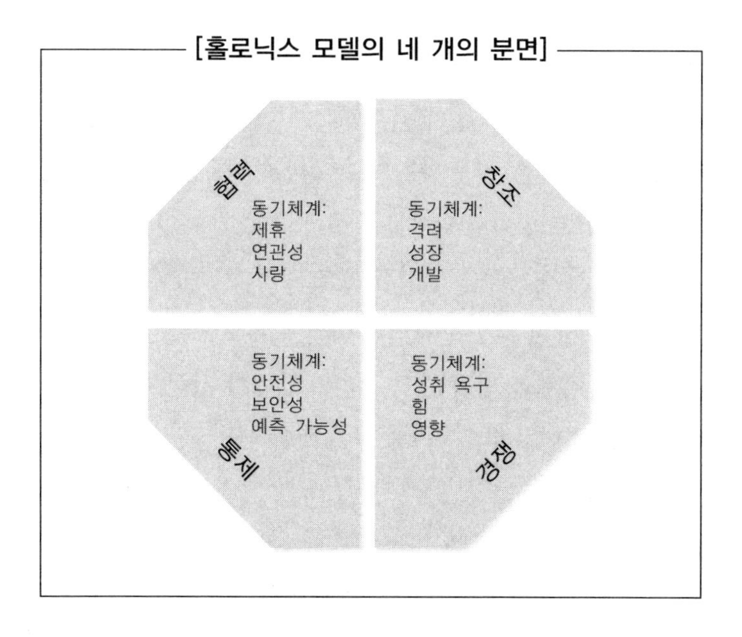

[홀로닉스 모델의 네 개의 분면]

우리는 각각의 사분면에 경쟁(Compete), 통제(Control), 협력(Collaborate), 창조(Create)라는 행위를 표현해주는 단어들을 표시했으며, 이때 건강하고 역동적인 조직은 항상 움직이고 변화한다는 사실을 상기했다. 우리는 이 네 개의 분면을 가장 기초적인 삶의 동기부여 요소로 삼았다.

• **경쟁**—인생을 살아감에 있어서 뭔가 성취해내는 힘을 얻기 위해 꼭 필요한 요소들이 있다. 자원을 획득하기 위한 치열한 경쟁 속에서 '성취' 는 더욱 강조되는 요소이고, 성취하기 위해서 경쟁 또한 필요하다. A 학점을 받기 위해서는 다른 학생들보다 공부를 잘 해야 하고, 운동 경기에서 우승을 하려면 상대 팀의 실력을 능가해야 하는 것이다.

• **통제**—삶의 여정에서 우리는 때로 안정감을 느껴야 하는데, 스스로에 대한 통제력을 지니고 있을 때 가장 안정감을 느낄 수 있다. 우리는 우리가 처한 환경을 인식하고 이해해야만 어떤 통제력을 지닐 수 있고, 그런 환경 속에 머무를 때 우리의 지식과 기술을 보장받을 수 있다. 사람이란 자신이 알고 있는 것을 능률적으로 반복 사용하기 때문이다. 우리의 안정감은 앞으로 일어날 일들을 자신이 통제할 수 있다는 자신감에서 비롯된다. 너는 네가 농구를 열심히 했을 때의 값진 경험을 기억할 것이다. 너를 포함한 팀원 모두는 자신의 능력에 대해 안정감을 느낄 때까지 오랜 시간 동안 훈련을 반복했다. 우리의 기술이 서툴거나 지식이 부족하다면 제 몫을 제대로 발휘하지 못하는 것이다.

• **협력**—우리는 양육받고 사랑받는다는 것, 남들로부터 인정받고 그들의 관심 속에 머물러 있다는 느낌을 받아야 행복하다. 그러므로 우리

는 계속해서 의미 있는 관계를 가져야 하며, 그들과의 깊은 교제를 지켜나가야 한다. 서로 돕고 지지하며 후원해주는 것은 삶의 매우 중요한 요소 중 하나이다. 협력 속에서 우리는 서로를 생각하는 습관과 믿음 안에서 결합력을 증진시키는 법을 배우고 준비해야 한다. 운동 팀의 경우, 경쟁 속에서 상대 팀을 눌렀다는 사실에 승리감을 맛본다. 마찬가지로 더 높은 수준의 협력, 팀워크, 또는 각 팀원들간의 결속력을 보유하고 있는 팀도 똑같은 결과를 가져올 수 있다.

• **창조**—마지막으로 우리에겐 자극과 격려, 발전, 성장이 필요하다. 살아 있는 개체란 성장하는 개체를 뜻한다. 정체나 죽음을 피하기 위해 우리들 개체는 쉬지 않고 성장, 발전해야 한다. 끊임없이 변화해야 하고, 변화시켜야 한다는 뜻이다. 하지만 여기에는 '변화란 우리가 지켜왔던 편안함과 안일함에서 벗어나 새로운 것을 추구한다' 라는 도전이 뒤따른다. 이러한 배움과 성장의 과정은 새로움을 추구하는 것과 일맥상통한다. 너의 운동 경험과 연결해서 생각해보자. 훌륭한 실적을 올리기 위해선 반드시 창조적인 요소가 뒤따라야 했다. 너는 게임의 흐름을 주도했다. 흐름을 주도한다는 것은 상대 팀의 실적과 작전을 미리 분석, 파악하여 그들의 전략에 대해 창조적으로 대처하는 것이다. 그렇게 함으로써 우리는 혁신적으로 대처할 수 있지만, 변화가 없는 상대 팀은 우리의 새로운 패턴에 적응하지 못해 실패할 수 있다.

홀로닉스 모델을 적용할 때 주의할 점 >>>

홀로닉스 모델에서 각각의 사분면은 인간의 가장 기본적인 필요 요소를 나타낸다. 그런데 유형에 따라 한 분면의 요소에만 탁월한 사람들이 많다. 우리 모두가 똑같은 시각으로 인생을 살아가지는 않기 때문에 이것은 자연스러운 결과다. 그러나 이러한 차이들이 바로 인생의 문제들을 야기시킨다.

• **경쟁**—운동 코치의 예를 들어보자. 너무나 많은 코치들이 '경쟁' 의 분면에 붙어 있느라 다른 것을 놓치는 경향이 있다. 그들은 결국 승리의 환상에 사로잡혀 그 외의 것들은 망각하기 일쑤다. 그들은 상대 팀을 지배하려고만 든다. 그들은 오직 한 가지, 승리에만 집착하며 그러한 욕망이 확대되어 상대 팀만이 아닌 다른 모두를 지배하려 들게 된다. 상대 팀이든, 자신의 선수든, 그들의 귀에다 소리를 질러대며 무엇인가를 강요하는 사람들은 모두 이 범주에 속한다고 볼 수 있다. 일반적으로 사람들은 경쟁에만 집착하는 이런 유형의 사람들을 거부하며 저항한단다. 그러나 이런 코치들에게 조언을 해보아도 먹혀들지가 않는다. 그들은 자신이 옳다고 생각하는 것만 '믿고 있기' 때문이다. 우리는 바비 나이트가 이러한 이유로 실직하는 것을 지켜보았다. 그에게는 '지배하는 것' 만이 지도 철학이었단다.

• **협력**—바비 나이트 코치와 정반대 되는 경우는 코치가 삶의 철학을 '협력' 의 분면 위에 두는 것이다. 이러한 사람은 성품이 매우 따뜻하고 남을 잘 돌보아준다. 선수들을 지도함에 있어서 그들에게 많은 자유를 허용한다. 대부분의 선수들이 이런 코치와 함께 훈련하는 것을 좋아한다. 하지만 이러 스타일의 코치가 가진 약점은 바로 그 '지나친 관대함' 이다. 팀원들에게 절대적으로 필요한 기강을 바로 세울 수가 없기 때문

이다. 너와 내가 존경하는 스티브 피셔 역시 일자리를 잃었다. 왜냐 하면, 다른 사람들이 보기에 그는 자신이 맡은 프로그램에서 통제력을 갖지 못했기 때문이다. 협력적인 시각으로만 접근하는 사람들은 가혹하고 지배적인 것에 지나치게 예민해 지는 경향이 있다.

• **통제**—어떤 사람들은 인생에서 '통제'의 분면에 많은 중요성을 둔다. 그들은 자신의 위신을 세우는 것에 가장 크게 신경 쓴다. 오랜 수양과 훈련을 통해, 그들은 일상의 섬세하고 작은 일에까지 성실함과 철저함을 보여준다. 그들은 틀에 박힌 일과와 일정에도 매우 충실하다. 이런 성향을 가진 운동 코치들은 전략적인 적응훈련을 충실히 시키면서, 선수들이 잘 적응할 수 있도록 지도한다. 그 결과, 이 팀은 '기름칠 잘 된 훈련기계' 처럼 변하게 된다. 하지만 이러한 팀에도 문제점은 있다. '기계적인 팀'의 경우는 상대 팀이나 외부 전문가들에 의해 그 전략이 쉽게 노출된다. 상대 팀은 이 팀이 경기를 어떻게 펼칠지 알 수 있기 때문에, 게임 전략에서 유리한 자리를 차지한다. 그런데 이런 상황의 가장 큰 문제점은 그 어떤 비평이나 평가를 통해서도 코치를 변화시키기가 어렵다는 점이다. 이런 코치일수록 자신이 옳다는 것을 너무나 '확신하기' 때문이다.

• **창조**—또 어떤 이들은 삶의 무게를 '창조'의 분면에 기울인다. 그들은 꿈을 꾸고 앞을 내다본다. 그들은 큰 것을 바라본다. 유행의 변화를 재빨리 눈치채고 그것을 자신에게 적용시킨다. 그들은 자발적이면서 즉흥적이다. 하지만 여기에도 문제점은 존재한다. 그들은 자기 수양이 부족하다. 그들은 남들보다 빨리 지루함을 느끼며, 사소한 일이나 기초를

다지는 일로 시간을 보내는 걸 싫어하는 경향이 있다. 그들은 철저하지 못하고 성실하지 못한 모습으로 인해 비난받지만, 그런 채찍을 무시하고 심지어 저항한다. 그들 역시, 자신이 옳다고 '믿고 있기' 때문이다.

왜 홀로닉스 모델이 중요한가? 이 모든 것이 '구별'과 '융합'이란 단어와 연결되어 있기 때문이다. 우리는 보통 대비되고 대립되는 생각들을 융합하는 것이, 그것들을 구별하는 것보다 더 어려운 일이라고 느낀다. 우리는 대립되는 생각들을 항상 멀리 떨어뜨려놓아야 한다고 무의식적으로 생각한다. 그것들을 한 곳으로 모으는 것은 우리들의 절대적 안전과 질서, 예측 가능성을 침해하는 것이라 생각한다. 우리는 편안함과 안일함의 영역 속에 머물기를 간절히 소망한다. 대립되고 상반되는 아이디어들의 융합에 따르는 여러 가지 부작용은 바로 '불확신'과 '혼란'과 '충돌'이다. 우리들 마음 한구석에는 이런 생각이 자리잡고 있다. '혼돈이란 본래부터 나쁜 것이다. 그러므로 우리는 반드시 이것을 피하거나 통제해야만 한다.'

혼돈을 없애는 한 가지 방법은 충돌이 없는 세상을 창조하는 것이다. 기본적으로 우리 모두는 이렇게 하기 위해 노력해왔다. 우리는 자신의 가치를 세상에 드러낼 때마다, 그것이 긍정적인 가치와 대립할 만한 여지는 없는지 탐색하고, 있다면 자신이 원하는 그것을 철저히 배제시킨다.

어떤 가치가 가장 중요한가? – 홀로닉스로 점검해보는 보이스카웃 수칙 >>>

네가 보이스카웃 활동을 하던 시절을 기억하니? 비록 너는 보이스카웃이 되는 것을 탐탁지 않아 했지만, 아직까지도 '보이스카웃 수칙'을 외울 수 있을 것이다. "보이스카웃은 신뢰할 만하며, 충성스럽고, 도움이 되고, 친근하며, 친절하고, 예의바르고, 순종적이다. 또한 기운차며, 검약하고, 용감하며, 청결하고, 경건하다."

이것은 매우 이상적인 소년들을 형상화한 신념이다. 그러나 그 이상적인 소년들을 홀로닉스의 사분면에 걸러 분석해보면 어떠한 결과가 나올까? 내 생각에 보이스카웃 수칙을 만든 사람들은 분명 자신이 매우 넓은 시야를 가졌다고 생각할 것이다. 하지만 사실은 별로 그렇지 못했다. 보이스카웃 수칙이 '관계'와 '믿음'에 많은 가치를 부여했을 때, '경쟁'과 '힘'의 부분에는 그다지 가치를 부여하지 못했다. 더군다나 아무도 발견하지 못한 새로운 길을 탐험하는 '창조'의 의지와 '꿈'에 대해서는 전혀 가치를 두지 않고 있다.

멀리 내다보지 못하는 사람은, 어른들의 권위에 의해서 만들어진 틀 안에 머무는 보이스카웃을 모범적이고 이상적인 모델로 본다. 만약 보이스카웃의 신조가 '창조적이고, 독립적이며, 힘과 자기 결단력을 갖추고, 도전적이면서, 강하고, 또한 호기심이 많고, 현실적이며, 현명하고, 열광적이며, 개방적이고, 참여적이어야 한다'라고 한다면 어떨까.

위에 언급한 내용들이 너무 분석에 치우친 접근 방법으로 여겨지지

협력(관계)	도움이 되고, 친근하며, 예의바르고, 친절하며, 기운차다
창조(꿈)	—
통제(믿음)	신뢰할 만하며, 충성스럽고, 순종적이며, 검약하고, 청결하며, 경건하다
경쟁(힘)	용감하다

않기를 바란다. 왜냐 하면 이것이 함축하고 있는 의미는 매우 현실성이 있기 때문이다. 예를 들어 한 소년이 가난에 찌들어 궁핍하게 살고 있다고 가정하자. 그는 본능적으로 자신의 생존은 '통제' 가 아닌, 오직 오른쪽 두 개의 분면인 '경쟁' 과 '창조' 에 달려 있다고 믿을 것이다.

보이스카웃의 기본 가치와 그 활동들을 낮게 평가하고 싶은 마음은 추호도 없음을 알아주길 바란다. 그들은 많은 공헌을 했고 지금도 그렇게 하고 있다. 나는 단지 보이스카웃의 신조를 하나의 예로 사용한 것뿐이다. 나는 보이스카웃의 신조를 분석하면서, 우리 모두가 자신이 원하는 미래를 명확하고 또렷하게 규정짓는 시도에 대해 이야기하고 싶었다.

우리는 명백히 규정할 수 없는 가정이나 추측을 반영하는 가치들까지도 함부로 단정지으려는 경향이 있다. 최근에 한 라디오 방송에서 어느 여성의 인터뷰를 들었다. 그녀는 성경을 토대로 부모가 아이들을 어떻게 교육시켜야 하는지에 관한 책을 썼는데, 그 책에서 중요시한 가치들은 모두 '통제' 의 분면에 속해 있었다. 성경을 토대로 글을 쓴 또 다른 어느 저자는, 가치들을 또 다른 하나의 분면에만 집어넣고는 그것이 전부라는 듯 주장했다. 문제는 성경에 있는 것이 아니라 그것을 해석하는 사람에게서 비롯된다. 그러나 우리 또한 이들과 별반 다르지 않다. 우리 모두는 이들과 마찬가지로 행동해왔다. 우리는 자신이 가장 가치를 두는 것만을 기준으로, 즉 맹목적인 눈으로 옳고그름을 판단하려 든다. 다시 말해 우리는 반대편 분면의 전혀 다른 가치들은 무시하는 것이다.

이런 면에서 홀로닉스 모델은 우리가 간과하는 것들을 발견할 수 있도록 도움을 준다. 우리 자신이나 조직을 향해서 우리는 이렇게 자문할 수 있다. "사분면 중 어떤 면이 우리에게 부족한가? 그리고 그것은 내게 어떤 의미인가?"

우리는 자신이 좋아하거나 이해하는 가치들에 대해서는 매우 공격적인 자세로 옹호하면서, 논쟁까지 불사한다. 그런 동시에 우리들을 안일함과 편안함의 영역에 머물지 못하게 하는 것, 즉 우리가 기대하는 영역에 잘 들어맞지 않는 것에는 거칠게 반대하며 거부한다. 그것이 우리 삶의 현실이다. 의지와 목적을 가지고 행동할 때 우리는 우리가 원하고 지향하는 인생의 목표를 달성하기 위해 자신이 '믿고 있는' 것이 바로 최고이자 최선의 길이라고 고집피운다. 질서와 통제에 가장 큰 가치를 두는 한 관리자는 "우리는 어떠한 개인적인 행위도 용납하지 않는다"고 말하곤 한다. 이 말은 어느 누구도 주도권을 행사하길 원치 않는다는 말이며 그가 '권한 위임' 이나 '변화' 를 전면적으로 거부하고 있다는 말이다. 그 역도 물론 가능하다. 관리자가 질서는 거부하고 변화만을 중요시한다면, 그는 "우리는 더 이상 관료적이어서는 안 된다"고 말할 것이다. 그러면서 관리자는 질서와 통제, 그리고 예측 가능성을 강하게 비난할 것이다.

홀로닉스는 우리가 간과하는 것들을 발견할 수 있도록 도움을 준다. 우리 자신이나 조직을 향해서 우리는 이렇게 자문할 수 있다. "사분면 중 어떤 면이 우리에게 나타나지 않고 있는가? 그리고 그것은 내게 무엇을 의미하는가?"

장자의 '균형과 타협' 론 ›››

그레고리 베이트슨이라는 사람은 '스키즈모제네시스(schismogenesis)' 라는 새로운 단어를 만들어냈다. 이 단어는 '분리의 창조' 를 뜻하며, 논쟁이나 이론적 측면 혹은 관점의 측면에서 비추어보면 '시작(genesis)으로부터의 분리(schismo)' 를 뜻한다. 거의 모든 논쟁에 있어서, 하나의 가치는 또 다른 유익하고 건설적인 반대 의견과의 구별을 통해 선택된다. 베이트슨과 같은 생각은 고대 중국의 현자인 장자에게서도 찾아볼 수 있다. 장자는 이 개념을 매우 정확히 이해하고 있었다. 그는 우리가 다른 것들을 배제한 채 어떠한 하나의 특성에만 강조점과 중요성을 두면 균형을 잃게 된다고 예리하게 짚었다. 장자는 우리의 생각이나 관념이 경직된 패턴들 속에 갇혀 있으면 우리 자신이 억압을 받아 변질되고, 참신성을 잃게 된다면서, 상반된 것들을 잘 혼합하여 조화를 이뤄내야 한다고 주장했다. 장자의 이런 가르침에 대해, 내가 좋아하는 니들맨과 애펠바움은 다음과 같은 해석을 달았다.

"마음과 정신이 어느 한 가지 요소에만 붙들려 있거나(이것은 '좋은' 현상이다), 은연중에 또는 표면적으로 상반되는 요소를 거부하면(이것은 '나쁜' 현상이다), 우리는 우리가 훌륭하게 간직해오던 모습, 어떤 동요도 없이 안정되어 있던 그 본래의 모습을 잃게 된다. 이러한 부분적인 판단에 대한 신뢰가 높아질수록, 우리는 자연의 법칙으로부터 더욱 소외당하게 되고, 나아가 자연의 법칙 바깥으로 자신을 내몰게 된다."

장자는 상반되는 관념들이 함께 공존하도록 허락하는 것이 균형을 창조하는 것이라고 믿었고, 그것이야말로 "한 번에 양쪽 다를 얻는 것이다"라고 덧붙였다. 그는, 우리가 각각 건설적이고 유익한, 그러나 상반되는 의견을 융합할 때 더 많은 가치를 창조할 것이라고도 말했다. 장자의 논리를 검토한 연구자들은, 세상이 진정으로 필요로 하는 것은 '균형과 타협'이라고 결론지었다. 하지만 이것이 진정한 해답인가? 항상 그렇지는 않다. 왜냐 하면 사람들은 때로 이 논리를 자신과의 타협을 위한 도구로 생각하기 때문이다. 이러한 타협은 항상 실패로 이어진다. 우리가 자신의 편안함과 안일함의 영역 속에 머무를 때 일어나는 현상이 바로 이것이다.

장자는 상반되는 관념들이 함께 공존하도록 허락하는 것이 균형을 창조하는 것이라고 믿었고, 그것이야말로 "한 번에 양쪽 다를 얻는 것이다"라고 덧붙였다.

목적을 위한 굳은 결심이 균형을 잡아준다 ›››

우리는 궁극적인 목적을 찾음으로써 기존의 편안함과 안일함의 영역에서 벗어나 열정적 감각을 얻어낼 수 있다. 우리 자신은 타협했기 때문이 아니라, 우리가 가치를 두는 목적을 위해 굳게 결심했기 때문에 균형이 잡혀 있는 것이다. 이 교훈은 아주 중요하다. 목적을 추구할 때, 우리는 무엇이 진실인지 알고 싶어한다. 그것이 부정적인 평가일지라도 그렇다. 우리는 평소에 우리가 별로 가치를 두지 않았던 홀로닉스 분면으로부터의 평가도 알고 싶어한다. 우리는 늘 어딘가로 움직이고 있기 때문에 적당한 균형을 유지한다. 우리는 가고 싶은 곳으로 가기 위해, 필요한 모든 새로운 지식과 기술에 자신을 열어둔다.

홀로닉스의 모델로 적용해봄직한 어떤 사람이 생각나는구나. 내 친구인 그는 "나는 '창조'의 분면에는 매우 강하지만, '통제'의 분면에 속한 세세함 따위에는 전혀 신경을 쓰지 못한다네"라고 말했다. 나는 그에게 도전을 주기 위해 대화를 이어갔다. "나는 자네 말에 동의하지 않네. 자네는 곡을 쓰는 것을 좋아하고, 나는 분명 자네가 곡을 쓸 때, 매우 세세한 것들까지 신경을 쓴다는 걸 잘 알고 있네." 그는 매우 놀란 표정을 지었다. 잠시 침묵이 흐른 뒤, 그는 "자네 말이 맞군!" 하고 동의했다. 그는 내게 어떻게 그걸 알았냐고 물었다. 나는 "우리가 자신의 핵심적인 목적을 달성해나갈 때, 우리가 하고 싶은 일을 할 때, 우리는 마침내 역동 속에서 균형을 잡을 수 있게 되지. 홀로닉스 모델 속의 구별되어 있던 것들을 제 스스로 융합한다는 말이네" 하고 대답했다.

가렛아! 네가 농구 경기에서 속공으로 뛸 때를 떠올려보렴. 너는 그 순간, 통제와 질서 안에 머물러야 했지만, 그것은 곧 창조적인 성과로 이어졌다. 너는 또한 팀원들 모두와 긴밀히 연결되어야 하고, 그들에게 반응해야 했다. 하지만 그러면서도 너는 네가 해야 할 일에 대해 높은 집중력을 갖고 있었다. 너는 구별되어 있으면서도 융합되어 있었던 것이다. 너는 미래를 창조함에 있어서 아주 열정적인 사람이다. 지금도 너는 창조를 계속 해나가고 있다. 너는 네가 창조의 달인이 되기 위한 기본적 요소들을 이미 잘 알고 있다는 사실을 알고 있니? 너는 운동을 비롯한 여러 경험을 통해 이 모든 과정을 벌써 다 겪은 거란다.

부정적인 영역을 피하라 »»

색안경을 쓴 채 바라본 '가치'는 우리를 부정적인 영역으로 들어가게 만들기 쉽단다. 아무리 긍정적인 가치일지라도 상반된 다른 가치들로부터 분리시킨 채 공격적으로 추구한다면 매우 위험하고 부정적인 결과를 낳는다.

회사의 예를 들어보자꾸나. '협력'의 분면에 위치한 '관계'의 가치만을 추구한다면 어떻게 될까? 그 외의 다른 분면에 위치한 가치들에 대한 그 어떤 융합도 없이 단지 '협력'과 '관계'만을 추구한다면, 그 조직은 아마도 일하는 장소라기보다는 컨트리 클럽과 같은 유락시설과 비슷해져버릴 것이다. 나는 이러한 현상을 '무책임한 컨트리 클럽' 패턴이라고 부른단다(옆의 도표를 참조하길 바란다). 이와 똑같은 법칙을 개개인에게 적용시키면, 친절하고 상냥한 코치나 리더일수록 엄격하지 못하고 방종해지는 경향을 볼 수 있다. '협력'의 분면과 상반되는 분면만을 강조한 경우에는 '강압적인 노동착취형 공장'이 탄생된다. 그곳의 관리자는 강압적인 폭군과 같으며, 코치로 말하자면 거만한 지배자 스타일의 코치가 여기에 해당할 것이다. 또한 '창조' 만을 강조하는 코치라면 그는 단지 '꿈만 꾸는 사람' 으로 전락하게 된다.

부정적인 영역에 발을 들여놓기는 너무나 쉽다. 게다가 우리는 부정적 영역 안에 머물고 있으면서도 그 사실을 인지하지 못할 때가 많다. 경영학에서는 위험을 무릅쓰는 창조적 기업가들을 좋은 사례로 많이 든다. 이런 사람은 놀라운 아이디어를 창출하여 곧잘 회사를 창업하곤 한다. 그리고는 여덟 명 정도의 사람들이 어느 가정집 차고 안에서 어두운 불빛을 밝혀가며 벤처 사업을 시작한다. 사람들은 희망과 열정으로 가득 차서, 온갖 수고와 노력을 아끼지 않는다. 그들의 근본 목적은 회사를 성장시키

[조직적 가치에 대한 홀로닉스 모델]

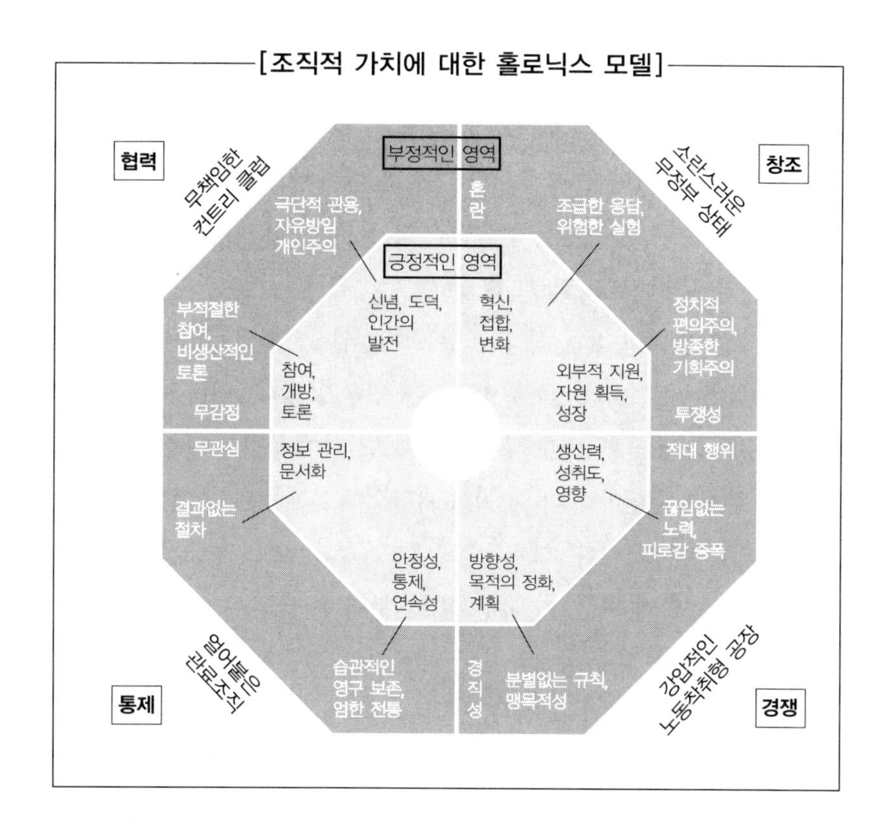

는 것이었고, 그들은 창조적이 되기 위해 최선의 노력을 기울인다. 만약 그들에게 이 시점에서 성공이 다가왔다면, 앞으로는 더 큰 도약이 그들을 기다리고 있을 것이다. 그들은 사무실을 차고에서 빌딩으로 옮길 것이며, 이제는 여든 명 이상의 사람들이 일을 하게 될 것이다.

그러나 새로운 환경과 상황이 주어지면 새로운 문제점도 생겨나게 마련이다. 여든 명의 직원에 부합하는 적절한 관리와 대등한 상호 작용이 필요하다. 조직은 더 전문적인 관리자를 요구할 것이며, 더 나은 정보 시스템, 그리고 더 영향력 있는 회계 툴을 필요로 할 것이다. 이 시점에 다다르면 종종 반대와 저항도 생긴다. 모험적 성향이 강한 기업가는 무엇이든 '관료주의적' 성격을 띠는 부분이 있으면 비난을 퍼부을 것이다. 기업가는 동전 한 닢조차도 회사의 성장을 위해서만 투자해야 한다고 주장하면서 논쟁할 것이다. 때때로 이러한 논쟁은 열정적인 발언과 함께, 모두에게 과거의 '차고 시절' 이야기를 되새기게 한다. 회사가 어떻게 해서 여기까지 오게 되었는지, '창조'의 분면에 얼마나 많은 열정으로 반응했는지에 대해서도 되새긴다.

종종 조직은 계속적인 성장을 추구하고 권장하면서, 조직의 구조를 유지하기 위해 필요한 것들을 간과하는 경우가 많다. 조직은 성공하면 성공할수록 그에 따른, 보다 나은 조직으로서의 대등하고 상호적인 의사소통 구조를 갖추어야 한다. 조직이 커질수록 문제들은 더 자주 더 강렬하게 나타나기 때문이다. 회사의 직원들은 '통제' 분면의 긍정적인 가치를 발견할 수 없게 되고, 그래서 '창조' 분면 속에 깊이 빠져들게 된다. 그리고 마침내 무정부 상태와 같은 무질서와 혼란으로 떠밀려내려가게 된다. 이 시점에 이르면 그 회사는 전보다 더 적은 양의 가치들만을 생산하게 된다.

이런 경우, 창업 멤버인 기업가들은 자신들의 일자리를 잃어버리고 이사회로부터 해고당하기도 한다. 이렇듯 창조적인 사람들이 조금씩 기업을 떠나기 시작하고, 새로운 리더들이 대신 들어와서 그 기업을 살리기 시작한다. 그러면 가치들은 다시금 증가한다. 그러자 그들은 자신이 이뤄낸 성과를 자랑하며 "더는 그딴 놈들 따위 필요없어"라고 말한다. 이렇게 되면 기업은 너무나도 빨리 신선함을 잃어버리게 되고, 급기야 '통제'의 분면에서조차 가장자리로 미끄러져나가게 된다. 이것은 소비자의 변화무쌍한 기호를 재빨리 수용할 수 있는 창조적 능력을 보유한 사람들이 조직에 없기 때문이기도 하다. 사실 이 경우, 소비자는 이들의 적(敵)이라고 말해도 과언이 아니다. 기업은 점점 더 적은 양의 가치만을 생산할 수밖에 없는 사실에 버거워한다. 만약 이 기업이 끝까지 살아남는다면 또 다른 대개혁이 일어날 것이다. 그리고 똑같은 상황이 주기적으로 반복될 것이다. 이 시나리오에 등장하는 모든 사람들은 자신의 상황이 특별하고 유일한 것이라고 믿는 경향을 갖고 있다.

바비 나이트와 스티브 피셔가 실직한 것에 대해서 말했던 걸 기억해보렴. 한 사람은 '경쟁'과 '통제'의 분면에만 천착하여 지나치게 압도적이고 완고한 성격 탓에 해고되었고, 또 다른 한 사람은 '협력' 분면에만 치중한 나머지 관대함은 풍부한 반면 자신이 맡은 프로그램을 통제할 능력을 갖고 있지 못해 해고되었다.

잘 모르는 사이, 너와 나 역시 비슷한 실수를 저지를 수 있다. 우리는 각각을 구별시키는 능력과 영향력 있게 융합하는 자질을 타고나지 못했기 때문에 부정적인 영역에 쉽게 빠져든다. 성공적으로 융합된 가치들이 상반되는 긍정적 가치들을 필요로 할 때 의견충돌과 대립은 필수적이다. 내 생각에 이것은 방위 반응(fight-on-flight response)을 자극하는 것으로, 역사 이래 자생적으로 존재해온 것이라고 본다. 안타깝게도 우리는 상반되는 것들을 어떻게 받아들일지 알지 못하며, 어떻게 해야 그러한 대립에서 파생되는 에너지를 허용할 수 있는지 알지 못한다.

만약 우리가 여기서 한 걸음 더 나아가, 비록 상반되는 가치이고 반대되는 의견일지라도 그것을 건설적으로 융합시키고자 마음을 연다면 우리는 분명 문제해결만을 위한 자세에서 벗어나 궁극적인 질문 하나를 던질 수 있게 될 것이다. "무엇이 내가 창조해내고 싶은 결과인가?"

홀로닉스의 목적은 건설적인 반대 의견을 받아들이고 융합함으로써 '의도적'으로 사람들의 복잡성을 증가시켜, 그들을 더욱 영향력 있게 만드는 것이다. 뿐만 아니라 수동적인 삶의 자세에서 창조적인 태도로 바뀐 삶을 살도록 도와주는 것이다. 평범한 생각으로는 두 곳을 바라볼 수 없다. 평범한 논설로는 건설적인 반대 의견들을 융합할 수 있을 만큼 마음을 열 수 없다. 우리는 자신에게 이미 주어진 가치 하나만을, 역효과를 가져올 때까지 추구하고 또 추구하고 있는 것이다. 허나 만약 우리가 운이 좋다면 우리는 그 가치와 상반되는 가치나 의견까지도 함께 바라보고 추구할 수 있게 될 것이다.

우리는 자신의 눈앞에 닥친 문제를 해결하느라 골몰한다. 이 과정에서 우리는 자신을 환경으로부터, 그리고 그 환경에 함께 속해 있는 사람들로부터 구별시킨다. 그럼으로써 세상 속에서 융합의 관계를 잃어버리고 사는 경향이 있다. 환경과 어우러져 능동적으로 무엇을 행한다기보다는, 그저 주위 환경에 휘둘려 무언가를 행하곤 하는 것이다. 또한 우리는 더 높은 목적을 향해 함께 나아가는 것을 거부하곤 한다. '카이로로 향한 부부' 이야기에서 그 남편도 처음

홀로닉스의 목적은 건설적인 반대 의견을 받아들이고 융합함으로써 '의도적'으로 사람들의 복잡성을 증가시켜, 그들을 더욱 영향력 있게 만드는 것이다. 뿐만 아니라 수동적인 삶의 자세에서 창조적인 태도로 바뀐 삶을 살도록 도와주는 것이다.

엔 이런 식의 아집을 보였다. "글쎄, 나는 네가 좋아하든 싫어하든 간에 카이로에 가서 내 일을 할 거다!" 여기서 가치는 단지 승낙의 여부에만 달려 있다. 건강한 관계를 위한 것도 아니요, 공통으로 바라고 소망하는 결과를 위한 협동적 창조도 아닌 자기만의 아집인 것이다.

우리가 우리의 의도에 대한 저항과 긴장으로부터 자신을 단절시킬 때, 우리는 우리 자신이 질문의 끊을 수 없는 한 부분이라는 것을 잊게 된다. 목적은 과정이나 관계보다 더 중요하다. 상대에게 승낙만을 요구할 때 돌아오는 피드백의 연결고리들을 인식하지 못함으로써, 우리는 대인관계와 자신의 소중한 어떤 부분까지 파괴하고 있는지도 모른다. 그러나 이러한 사실에까지 우리의 눈은 가려져 있기 쉽다. 이렇게 스스로를 속이면 속일수록 누구보다도 우리 자신이 더 위험해진다는 사실을 깨달아야만 한다. 자신이 속해 있는 환경에서 스스로가 절대적인 필요 요소가 아니라고 생각하고 있다면, 그것은 곧 우리가 그 환경을 파괴하고 있다는 뜻이다. 아니, 그 환경을 파괴한다기보다 자기 자신을 파괴한다고 보아야 할 것이다. 우리는 어쩌면, 이런 식으로 악마의 패턴에 귀속되어 가고 있는지도 모른다.

경쟁과 충돌을 어떻게 극복할 것인가 – 새끼오리와 백조 이야기 >>>

내가 전에 이 이야기를 들려주었는지 잘 기억이 안 나는구나. 지난 해 어느 봄날이었다. 나는 뒤뜰에서 거위와 오리 들이 자그마한 연못에서 수영하고 있는 것을 지켜보고 있었단다. 그 무리들 중에 새로 어미가 된 오리 몇 마리가 꽤나 자랑스런 몸짓으로, 막 태어난 새끼들과 함께 수영을 하고 있었다. 그런데 그 근처에 한 마리의 수컷 백조가 있었단다. 백조는 자신의 짝이 둥지를 틀고 있는 사이 자신의 영토를 분명히 하기 위해 매우 거친 행동을 보였다. 시간이 좀 지나자 그 수컷 백조는 꽤 온순해졌고, 그래서 나는 그 다음에 무슨 일이 벌어질지 전혀 예상하지 못했다.

엄마오리가 새끼오리들과 함께 물 위를 지날 때였다. 따가운 여름 햇볕처럼 갑자기 수컷 백조가 오리 무리 한가운데로 뛰어들어 위협을 가했다. 평화로이 수영을 즐기던 오리 가족은 혼비백산하여 사방으로 흩어졌다. 엄마오리는 부랴부랴 새끼오리들을 모아들였는데, 그러던 중 안타깝게도 새끼오리 한 마리가 홀로 떨어졌다. 수컷 백조는 엄마오리와 혼자 남은 새끼오리 사이를 갈라놓기 시작했다. 새끼오리가 엄마오리가 있는 곳으로 헤엄쳐 가려고 할 때마다 위협하고 방해하면서 연못가로 밀어붙이는 것이다. 엄마오리도 백조를 공격해보았지만 역부족이었다. 나는 백조를 향해 소리치면서 무엇인가 던질 물건을 찾고 있었다. 그 순간, 겁먹은 새끼오리가 물 속으로 들어갔고, 목이 긴 백조도 곧바로 뒤쫓아 들어갔다. 그리고는 입으로 새끼오리를 물어 죽여 내동댕이친 후 다른 곳으로 헤엄쳐서 가버렸다. 갈피를 잡지 못한 엄마오리는 죽은 새끼오리 곁을 떠날 줄 몰랐다. 한참 후에야 자신을 필요로 하는 다른 새끼오리들에게로 돌아갔다.

이 광경은 내게 충격이었다. 나는 그 일이 있은 다음 사흘 동안 백조의 난폭한 행동에 감정적으로 반응했다. 백조의 행동은 세상에서 흔히 일어나고 있는 여러 나쁜 일들을 보여주는 것 같았다. 나는 처참한 결과를 몰고 오는 사람들간의 충돌에 대해 생각했다. 직장 속에서, 똑똑하지만 영향력을 행사하지 못하는 사람들은 삶을 두려워하면서 어떻게든 조직의 자원과 지원을 얻기 위해 서로 다투고 겨룬다. 그들은 무엇을 두려워하는가? 조직의 백조들, 더 크고 힘센 새들이 그들의 새끼들을 혹은 그들 자신을 먹어치우는 것을 두려워하는 것이다. 그들은 조직의 생태가 '진화론적 경쟁'으로 이뤄져 있기 때문에 자칫하면 먹이가 되기 십상이라고 말한다. 우리는 항상 서로가 서로를 의지하며 믿음을 쌓아가는 것이 좋다고 말하지만 실은 자신이 지휘권을 보장받지 않으면 안 된다고 생각한다. 살아남기 위해서 너는 뛰어난 기술을 가진 문제해결사가 되어야 하고, 영리한 정치인이 될 줄도 알아야 한다. 아니면 그렇게라도 보여져야 하는 것이다. 이렇듯 세상의 평범하고 일반적인 관점에 따르면, 우리는 무조건 살아남아야만 한다. 그것이 세상의 기준이다. 살아남기 위해서는 힘과 권력을 손에 넣어야 하고 지휘권을 유지해야 한다. 인생은 정치와 경제를 거래하는 기초 연습장이자, 자원을 놓고 경쟁을 벌이는 싸움판이다. 자동차 범퍼 스티커에도 쓰여 있듯이, "가장 많은 장난감을 가지고 죽는 사람이 승리자"이다.

연못 사건을 보면서 화가 났던 가장 큰 이유는, 전문인으로서의 내 삶을 떠올리게 되었기 때문이다. 내 삶의 목적은 다른 사람들을 도와 그들이 방금 내가 말한 것과 같은 무서운 추측들을 넘어서도록 만드는 것이다. 나는 약 30년의 세월을 보내면서 어떻게 하면 사람들이 외부의 지시에 의해 움직이는 의타적이고 수동적인 자신을 버리고, 내면의 지시(자기 의지)를 따르며, 동시에 다른 사람들에게도 관심을 쏟을 수 있는지를 연구했다. 또한 어떻게 해야 사람들의 자연스러운 가치 선택이, 자신의 개인 중심적인 것에서 집단을 먼저 생각하는 조직 중심으로 바뀔 수 있는지에 대해서 연구했다. 하지만 이것은 쉬운 일이 아니었다. 진화론적 세계관은 '사실'에 기초를 두고 있다. 연못에서는 새끼오리가 백조에 의해 죽었다. 하지만 우리의 세계관 속에서 우리가 만일 다른 의견, 즉 건설적인 반대 의견을 융화시키지 못하면 연못에서 일어난 사건보다 더 위험한 일이 벌어질 수 있다.

나 역시 개인적으로 진화론적 세계관을 받아들였던 적이 있다. 그럴 때면, 두려움이 나를 가득 채우고 수동적으로 변하게 되면서 삶의 의미나 목적을 상실한다. 이상하게도 부정적인 감정들만을 유발하는 행동들을 하게 되며 해묵은 현실에만 머문다. 그러면 죽음의 울타리가 아주 서서히 나를 둘러싸는 듯한 느낌을 받는다. 나는 성장하지도 변화하지도 않았다. 나는 더욱더 불안해지고 그럴수록 외부로부터 오는 지시에 이끌려 스스로에 대한 집착만 커져갔다. 나의 과거나 미래는 융합되지 않았으며, 나 자신의 이야기조차 이해할 수가 없었다. 자아를 잃어버리고, 나 자신으로부터 멀어지게 된 것이다. 어떠한 행동을 취해야 하는지 알면서도 행동을 취하는 것이 불가능했고 나는 곧 우울증에 걸렸다.

이때 더욱 위험한 일은 나 스스로 이러한 현실을 전면 부정해버리는 것이다. 이러한 부정은 나로 하여금 자신의 책임을 회피하도록 만든다. 또한 스스로에 대한 동정심과 합리화 속에서 몸부림치게 만든다. 따라서 더는 이러한 상황에 머물러 있으면 안 되었다. 이럴수록 서서히 덮쳐오는 부정적이고 암울한 죽음의 분위기에서 벗어나, 내면 깊은 곳에서부터 변화를 향해 이동해야만 했다. 하지만 목적을 찾는 것과 변화를 가져오는 것은 그런 상황에 처한 나로서는 정말 불가능하게 느껴졌다.

이러한 시점에서 나의 전략들은 여러 갈래로 나뉘었다. “안정성이 존재하지 않는 한 완전한 변화를 이룰 수 없다.” 이러한 역설적 사실에서 나는 자유로워질 수 없었으며, 따라서 내 삶에 변화가 일어나지 않는 한 나는 안정된 삶을 살 수 없었다. 전략적으로 우리는 매우 특별하고 역동적인 방법으로 안정성을 추구하지 않으면 안 된다. 그것은 바로 ‘삶의 목적 찾기’이다. 삶의 목적을 제대로 찾은 자만이 안정성을 추구할 수 있다는 뜻이다.

자신의 가치와 목적을 명확히 하고 그것을 찾았다면, 이젠 현재 처한 그곳에서부터 변화를 창조해야 한다. 안정성의 중심을 찾고자 하는 우리의 목적의식과 질서의식은 불확실성 속에서의 위험 요소를 감수할 수 있게 만든다. 그리하여 우리는 보다 성숙한 고결함을 느낄 수 있게 된다. 우리의 과거와 현재는 다시 연결된다. 우리는 자신이 누구인지 이해한다. 우리는 어려운 현실에서도 의연한 태도를 취하는 새로운 자신을 갖는다. 우리의 자각과 인식은 확장되었고, 우리는 한결 힘을 얻는다. 그리고, 다른 사람들에게 힘을 전해주는 사람이 되어, 의타적인 행동이 아닌 능동적인 행동을 하게 된다. 우리는 협동을 통해 뭔가를 창조해내며 그로써 새로운 자원들이 우리에게 흘러들어온다. 비로소 우리는 평범한 동기와 의지에서 벗어날 수 있게 되는 것이다. 또한 우리는 최고의 자아를 작동시켜 긍정적인 감정으로 자신을 가득 메울 수 있다.

변화를 경험함으로써 우리는 다른 시각을 가지고 세계를 본다. 그때 우리는 풍족한 자원으로 가득한 세계 속의 자신을 발견할 수 있을 것이다. 자신의 목적을 추구하는 데 있어서 우리는 수동적으로 반응하지 않게 되었고, 스스로 선택해나가기 시작했다. 우리는 때때로 자연적인 것을 거스르는 선택을 하기도 한다. 예를 들어 이별의 아픔을 고통으로 느끼는 대신에 '떠나간 기쁨' 으로 받아들이고, 만남의 기쁨을 마냥 기뻐하는 대신에 어떤 '새로운 고통' 으로서 선택하는 것이다.

실제로 생존은 자연의 제1법칙이 아니다. 자연의 제1법칙은 우주 전체가 더 복잡하고 높은 수준으로 끌어올려지고 발전되는 것이다. 이와 같은 발달을 촉진시키기 위해서 우리는 주변 사람과 이 사회에 대한 심오한 공헌을 창조하고 실천해야 한다. 이러한 세심한 자각이 가능해질 때,

우리는 비로소 개인 자신의 생존에 대한 집착에서 벗어날 수 있다.

미하이 칙센트미하이의 행동 법칙 »»

진실은 이러하단다. 인생의 연못에는 분명 백조들이 존재한다. 그리고 그들은 우리의 아기들을 공격하기 위해 달려들 것이다. 높은 수준의 전문성을 요구하는, 이러한 정치적 세계는 매우 위험한 장소라고 할 수 있다. 이 모든 것이 현실이고 이 현실은 우리를 두려움으로 이끌고 간다. 그러나 전문성을 띤 정치적 현실을 받아들이더라도, 순응하지 않고 현실을 초월하는 것 역시 가능하다. 우리가 그처럼 높은 수준에 올라섰을 때, 우리는 선과 악의 새로운 정의에 놀라지 않을 수 없을 것이다. 여기에 매우 훌륭한 심리학자인 미하이 칙센트미하이의 글을 인용한다.

"엔트로피*나 악(evil)은 바로 '초기 디폴트 상태(the default state)'라고 할 수 있다. 이것은 어떠한 일이 행해졌을 때의 실행완료 상태로, 보전시키지 않으면 변형을 주기 전의 원래 상태로 되돌아가는 것을 말한다. 즉, 행동이 보전되도록 하는 것이 '선(good)'이다. 이것은 변화를 추구하는 대부분의 조직 시스템에 필요한 핵심 요소로서, '경직되지 않는 질서'를 제공한다. 미래를 생각할 때 이것은 전반적인 유익함을 가져다주고 감정적 안정을 지원해준다. 선은 우리들이 타성을 이겨나갈 수 있게 해주는 창조적인 힘이다. 이 힘은 인간의 의식 속에서 변화의 필요성을 이끌어준다. 어느 한 조직체계가 새로운 행동지침을 이행하기 위해서는 항상 더 많은 어려움을 겪어야만 하고, 많은 에너지와 노력이 요구된

* Entropy : 자연의 변화는 항상 일정한 양으로 증가된다는 물리량 법칙. 통계학의 입장에서 볼 때 엔트로피 증가의 원리는 확률이 적은 질서정연한 상태에서 확률이 큰 무질서한 상태로 분자운동이 이동해가는 자연현상으로 해석한다 – 옮긴이.

다. 바로 이러한 충분한 능력을 소유하는 것이 한 조직체계가 보유해야 할 최소한의 미덕인 것이다."

미하이 칙센트미하이는 인생에 있어 '초기 디폴트 상태'가 바로 엔트로피이며 '서서히 찾아오는 죽음'이라고 강조했다. 그러한 죽음, 곧 조직이 정체 상태에 머무는 것을 허용하는 엔트로피 현상은 모든 조직체계에서 나타난다. 너와 나에게서도, 단체나 큰 조직들에서도 빈번히 발생한다. 자연의 모든 조직체계가 이 엔트로피 현상을 받아들이고 있는 것이다. 이러한 현상으로부터 우리를 보호하기 위해서는 우리가 '선'이라고 부르는, 아주 특별한 행동을 취해야 한다.

여기서 우리는 이 특별한 행동이 깊은 교제로부터 파생된다는 사실을 정확히 알아야 한다. 이것이 바로 홀로닉스 개념의 열쇠이다. 우리는 '경직되지 않는 질서'를 통해 변화와 불변화로 차별화된 개념들을 통합시킬 수 있다. 선은 변화를 주장하고 지지하는 와중에도 질서를 존중하고 보존하는 행위이다. 그리고 '변화를 추구하는 대부분의 조직체계들이 필요로 하는 핵심 요소'이다. 그러므로 우리가 질서를 보존하는 것과 변화를 만들어가는 것은, 우리 주위의 모든 변화하는 조직체계들에 큰 가치를 부여한다.

우리가 '선한 행위'에 동참하면 문제해결에만 집착하지 않게 된다. 우리는 선택의 창조자들이다. 우리는 변화에 수반되는 고통을 두려워하지 않는다. 이렇듯 '최고의 나'가 실현되는 때는 바로 자기 내면의 지시를 따르는 때이자 남들에게 더욱 관심을 쏟게 되는 때이다. 이로써 우리 자신은 세상과 연결된 상태로 접어들게 되고, '다가올 미래, 전반적인 유익, 그리고 타인의 감정적인 평안 상태'를 인식하게 된다. 다시 말해, 우리가 지극히 개인적인 변화를 만들었더라도, 그것은 더욱 융합된 관계,

'최고의 나'가 실현되는 때는 바로 자기 내면의 지시를 따르는 때이자 남들에게 더욱 관심을 쏟게 되는 때이다.

우리와 다른 이들 모두에게 유익을 주는 힘있는 커뮤니티를 창조하게 한다. 과거의 변질된 관계를 과감히 떠나보내고 이러한 신선하고 새로운 관계 속으로 흡수되게 하는 것이다.

'최고의 나'와 하나가 되기 위해서는 너와 내가 모두 변해야 한다. 자신의 변화를 만들어냄으로써, '조직의 새로운 훈련에 따라' 행동할 수 있고, 현실과 도덕성의 더 높은 곳을 향해 나아갈 수 있다. 엔트로피를 막연히 따라가기보다는 자기계발과 발견에 힘쓰고, 새롭고 더 높은 질서를 주장해야 할 것이다. 이것은 내면에 잠재된 가능성을 펼쳐내는 것이다. 우리는 지금 낡은 조직 구성의 방법에서 새로운 조직 구성의 방법으로 이동해가고 있다. 이것이 바로 목적의 정화 작용에 의한 전진, 용기의 훈련, 그리고 새로이 발전된 사람이 되는 것, 즉 '최고의 나'가 되는 것이다. 네가 이루어나가야 할 몫이 이것이다.

과연 우리 중 어느 누가 이러한 일들을 혼자서 해낼 수 있을지 의문스럽구나. 때때로 우리는 도움을 필요로 한다. 그리고 그것은 매우 당연한 것이다. 중요한 것은 바로, 우리가 변화의 과정 속에 있다는 것이다. 그럴 때 우리는 장인의 경지에 올라 삶의 참된 기쁨을 체험할 수 있는 것이다.

사랑한다. 아들아!

아버지가.

일곱 번째 편지

진정한 변화를 위한 행동 법칙

"인생은 하나의 실험이다. 실험이 많아질수록 당신은 더 좋은 사람이 된다." - 에머슨

일곱 번째 편지

사랑하는 아들 가렛에게

보내준 답장 고맙다. 지난 번 네 편지에서 가장 먼저 마음에 와닿은 부분은 이것이다.

> 저는 부정적인 영역에 머물러 있었던 것 같습니다. 주변의 어떤 이들은 저 스스로 이런 부정적인 영역을 만들었다고도 합니다. 제가 예전의 삶의 패턴을 버림으로써 더 많은 문제에 직면하게 됐다는 아버지의 지적에 동의합니다. 과거에는 제가 위치한 자리에서 제 자신의 모습에 만족했고 매우 행복하다고 생각했습니다. 변화를 겪는다는 것은 거의 모든 이들에게 쉽지 않은 일이겠지만, 이러한 변화를 겪어가는 과정이 저는 유독 힘들게 느껴졌습니다.

사실 모든 사람이 다 너와 같단다. 우리 모두 너처럼 부정적인 영역을 경험한단다. 네 말대로 너는 스스로 그러한 영역을 만들었던 것이다. 어쩌면 네가 미처 인지하지 못하는 더 깊은 부분에 부정적인 영역이 만들어졌는지도 모른다. 우리가 자꾸 이러한 영역을 만드는 이유는, 이것만이 우리를 내면으로 이끄는 길이라고 생각하기 때문이다. 하지만 이것은 우리가 처한 상황과 우리 주변의 관계에 의해 만들어지기도 한다. 우리는 우리가 살아가고 있는 현실을 만들고, 각자가 처한 환경과 관계에 따라 상호 작용을 하면서 살아간다. 따라서, 보다 정확히 말하자면, 네 환경이나 관계들이 너와 함께 그런 부정적인 영역을 만들고 있는 것이다.

너는 답장에서 네 지난 삶의 형태에 대하여 언급했는데, 이 부분이 나에게 많은 것을 생각하게 하는구나. 몇몇 사람들만이 네가 고등학교 때 느꼈던 행복감의 정도를 느끼며 살아간단다. 네가 리더로서, 혹은 조언자로서 주변 사람들에게 활력을 불어넣어, 그들이 부정적 영역에서 벗어날 수 있도록 이끌던 사람이었음을 기억한다. 고등학교와 집을 떠나 대학으로 간다는 것은 가장 크고 중요한 삶의 변화라고 할 수 있는데, 이때 자신을 잘 관리하고 적응하는 것이 쉽지 않았을 것이다.

심리학자 제임스 프로차스카의 고백 >>>

나는 네가 혼자가 아니라는 사실을 깨닫기 바란다. 그리고 네가 처한 상황과 유사한 환경은 다른 수많은 사람들도 경험하는 것임을 알았으면 한다. 특별한 변화가 요구되는 시기에 오히려 부정적인 일상의 틀에 빠져드는 것은 너무나 당연한 일인지도 모른다. 술, 마약, 흡연, 과식, 잠, 돈, 권력, 지위, 섹스, 포르노, 도박, 게으름 등은 부정적인 요소들이 삶의 중앙에 위치하도록 부추기는 일상적 요소들이란다. 이러한 부정적인 일상들은 삶의 생명력을 빼앗아 '자아 파괴'로까지 몰고 갈 수 있으며, 그 과정에서 우리는 희망을 잃어버리고

술, 마약, 흡연, 과식, 잠, 돈, 권력, 지위, 섹스, 포르노, 도박, 게으름 등은 부정적인 요소들이 삶의 중앙에 위치하도록 부추기는 일상적 요소들이란다. 이러한 부정적인 일상들은 삶의 생명력을 앗아간다.

우울증에 빠지게 된다. 때때로 우리는 자신이 바라는 '최고의 나'를 상상조차 하지 못하고 자포자기하곤 한다. 네가 관심을 가질 만한 일례를 들려주려고 하는데, 심리학자 제임스 프로차스카가 쓴 글이다. 그는 고등학교를 졸업할 때 자신이 경험한 부정적 감정과 우울증의 느낌에 대해 이렇게 기술했다.

"내 인생이 내리막길에 있다고 확신한 순간, 나는 모든 일을 걱정하며 우울하고 냉소적이 되었다. 내가 심리적 스트레스를 마지막으로 극복했을 때, 나는 내 삶과 나 자신을 포기하지 않고 극복해냈음에 감사했다.

하지만 그때 나는 삶의 교훈에 대해 충분히 배우지 못했다. 그 후 대학을 졸업하고 대학원 진학을 준비하였는데 이 선택은 좋지 않은 결과를 가져다주었다. 나는 다시금 절망적인 느낌에 빠졌으며 과음과 과식에다, 잠자는 시간도 늘기 시작했다. 나는 임상심리학자가 되기 위한 훈련을 받고 있었는데, 나의 이런 행동과 습관을 학교 동기들과 교수님이 알게 될까봐 두렵고 걱정스러웠다. 그래서 외부의 도움으로부터 나 자신의 문을 굳게 닫아버렸으며, 이러한 행동으로 인해 더 괴롭고 혼란스러워졌다.

다행스럽게도, 나는 가족과 친구들이 사는 곳과 가까운 대학에 진학할 수 있었다. 내가 이 두 번째 어려운 시기를 극복했을 때, 나는 첫 번째 어려운 시기에 삶에 대해 더 깨우치지 못했던 것을 후회했다. 이런 경험을 서너 번쯤 하고 나서야 마침내 나는 자신을 변화시키는 능력을 포기하면 삶은 그냥 지나가버릴 뿐이라는 것을 배우게 되었다."

프로차스카 박사는 고등학교를 마친 후 자신의 삶이 내리막길일지도 모른다는 두려움으로 인해 감정적 고뇌를 경험했다. 이러한 두려움은 일순간이나마 우리를 마비시키고, 미래를 긍정적으로 바라볼 수 없게 만든다. 이 같은 두려움은 삶에 대한 반발감을 갖게 하고, 자기 자신을 문제가 가득한 삶 속으로 내몰아 마침내는 걱정과 우울, 냉소만이 가득 찬 삶을 살도록 만든다. 일반적으로 이 세상 모든 사람들이 살아가면서 한두 번쯤은 이런 경험을 한다.

프로차스카 박사는 자신의 우울증을 단계적으로 해결해나갈 수 있었지만, 또 다른 어려운 상황과 문제를 경험하게 되었다. 그는 이 어려운 시기에서 도피하고자 과음과 과식, 잠에 빠져들었다. 이와 같이 일반적인 문제 회피는 우리의 궁극적 목적 추구를 방해하고, 더 나아가 '최고의 나'를 창조하는 데 어렵게 만든다. 그는 점점 더 자신의 목적을 달성하기 힘들어졌고, 주위 친구들이나 교수님들이 숨기고 싶은 자신의 행동을 알게 될지 모른다는 두려움으로 인해 자신에게 도움을 줄 직접적인 길을 의도적으로 차단했으며, 이러한 사회적 지원의 손실은 프로차스카 박사가 다시금 나쁜 습관에 빠지도록 만들었다. 그는 좌절할 수밖에 없었고 더욱 혼란스러워졌다.

네가 왜 기존에 가지고 있던 바람직한 주변 관계들을 뒤로했는지 다시 한 번 잘 생각해보기 바란다. 이 부분에 대해서는 내가 직접적인 도움을 줄 수 없을 것 같구나. 너는 대학에 입학한 후 새로운 룸메이트와 함께 생활하게 되었다. 네가 처한 이러한 상황에 대해 힘들고 어렵게만 생각할지 모르지만, 우리가 살아가는 삶 속에서 이러한 사회적 설정들은 아주 중요하단다. 우리가 살아가는 현실은 삶 속에서 마주치는 주변 사람들과 함께하는 상호 작용을 통해 만들어지기 때문이다. 나는 내가 가르치는 학생들에게도 자신이 처한 상황을 잘 관리하라고 강조하면서 함께 생활하게 될 룸메이트와 어떻게 지내고 어떤 결과를 만들어갈지 깊이 생각해보라고 권유한단다. 왜냐 하면, 우리는 우리의 성장을 도와줄 사회적 환경과 관계를 만들어가야 하기 때문이다. 하지만 많은 학생들은 이러한 변화를 관리하는 것에 대해 별로 중요하게 생각하지 않으며, 이럴 경우 대다수의 사람들이 자신이 처한 상황을 관리해보려는 시도조차 하지 않은 채 삶을 헛되이 보낼 수 있단다. 너는 대학에서 보낸 첫 번째 학기를 생각하며 스스로에게 실망스럽다고 했지. 나는 너의 이런 답변이 오히려 다행스럽게 여겨진단다. 한 가지 더 바라자면, 나는 네가 스스로에 대해 실망스럽게 여긴 그 느낌과 감정을, 앞으로 다가올 새로운 사회적 환경과 삶을 관리하는 데 활용했으면 싶다.

자신을 변화시킬 수 있는 능력과 가능성을 포기할 때, 삶은 그저 무의미하게 지나갈 뿐이다.

프로차스카는 자신이 처했던 어려운 상황들을 벗어나게 됐지만, 공교롭게도 그와 비슷한 상황을 두 번이나 더 겪었다. 그는 첫 번째 경험을 통해 문제해결에 대해 제대로 배우지 못한 자신을 우둔하다고 생각했음에도 불구하고, 또 그와 유사한 경험을 반복했단다. 그러다가 마침내 프로차스카 박사는 '자신을 변화시킬 수 있는 능력과 가능성을 포기할 때, 삶은 그저 무의미하게 지나갈 뿐이다' 라는 문장을 마음 속에 깊이 새기게 되었다. 후회 없는 인생을 살기 위해서는 변화를 위한 개인의 능력을 포기하지 말고 끊임없이 개발시키고 유지해야 한다. 그러기 위해서는 자신의 부정적인 삶의 패턴을 극복하여 지속적으로 긍정적인 삶을 유지하는 것이 중요하단다.

변화를 위해 필요한 삶의 안정성 – 긍정적인 일과에 충실하라 ›››

각 개인이 '최고의 나' 를 실현한다는 것은 항상 변화하면서 성장하겠다는 의미이며, 삶의 양 극단성을 어떻게 극복할 것인지 배우겠다는 의미이기도 하다. 대부분의 모든 사람들과 마찬가지로 나 또한 종종 내 삶의 부정적인 공간에 갇히기도 하며, 이때마다 나의 삶은 활기를 잃어버린단다. 여기서 이른바 '변화의 모순'이 발생한다.

변화를 추진하기 위해서는 좀더 안정적일 필요가 있다. 그러나 이 '안정적'이란 말은 활기를 잃은 삶을 뜻하는 게 아니다. 자신이 처한 상황에서 한 단계 발전하고 변화하기 위해서는 먼저 현재 처한 상황에서 안정적이어야 한다는 뜻이다. 이상적인 세계에서는 사람들이 안정적이면서 동시에 적응력이 있게 된다. 그렇기 때문에 우리는 정반대의 극과 극인 요소들을 통합하는 '중간 합류점'을 찾아내야 한단다.

여기서 일상적으로 해야 하는 일과(日課)의 역할이 등장한다. 그 특성에 비추어볼 때, 일과란 쉽게 조직화되거나 습관화됨으로써 자연스럽게 습득된 활동이나 경험을 뜻한다. 이것에 관한 아주 좋은 예가 생각나는구나. 네가 고등학교 농구팀에 있을 때 코치가 정기적으로 헬스클럽에서 체력을 단련하라고 지시했던 것 기억나니? 헬스클럽에서의 정기적인 체력 단련은 근육을 강화하기 위한 하나의 일과라고 할 수 있다. 네가 체력단련의 일과를 너의 삶 속에 잘 안정시킨다면, 근력을 지속적으로 향상시킬 수 있게 된다. 이렇게 향상된 근력은 농구선수로서 네가 코트 위에서 잘 적응할 수 있게 만들어준다. 근력이 강화된 너는 농구 코트 위에서 더 다양한 역할을 할 수 있으며, 어떠한 전략을 쓰든간에 농구 시합을 성공적으로 이끌어갈 역량과 선택의 폭이 넓어진다. 결과적으로 이러한 긍정적인 일과가 너에게 자유의 범위를 넓혀준 것이란다.

변화를 추진하기 위해서는 좀더 안정적일 필요가 있다. 그러나 이 '안정적'이란 말은 활기를 잃은 삶을 뜻하는 게 아니다. 자신이 처한 상황에서 한 단계 발전하고 변화하기 위해서는 먼저 현재 처한 상황에서 안정적이어야 한다는 뜻이다.

나도 가끔 좌절감을 느끼곤 하는데, 이는 내가 삶의 의미를 잃어버리는 것과 적지 않은 관계가 있단다. 중요한 긍정적 일과로부터 벗어나는 시간이 늘어날 때, 나는 오히려 나 자신을 재평가하고, 나의 인생 선언문에 비추어 잘 하고 있는지 나름의 성적표를 매겨보곤 한단다. 나의 인생 선언문 중 '일상생활 체크 리스트' 라는 항목이 있는데, 이제 이것에 대해 설명하고자 한다.

일상생활 체크 리스트 »»

이런 일들을 성취하기 위해서, 나는 규칙적으로 운동하고, 식사습관을 조절하며, 신체를 단련하고, 공부하며, 기도하고, 불성실함을 지양하며, 영감을 체험하고, 가족을 사랑하고, 다른 사람을 사랑하며, 창조적인 욕구를 위해 일찍 일어나며, 약속을 잘 지키고, 전문가로서 일에 집중하며, 규모 있게 재정을 관리하고, 취미생활을 즐긴다.

이런 포괄적인 '일상생활 체크 리스트' 는 나의 일반적인 일과가 계획한 대로 잘 진행되고 있는지 한눈에 파악할 수 있게 도와준단다. 만약 내가 '일상생활 체크 리스트' 상의 모든 부분을 충족시키고 있다면, 나는 내 삶에 잘 적응하여 안정적인 생활을 하고 있는 것이라고 볼 수 있다. 만약 내가 이러한 사항들을 충족시키지 못하고 있다면 내가 게을리하고 지키지 못했던 부분들에 대해 좀더 강하게 다그치며 고쳐나가야 할 것이다. 솔직하게 고백하자면 나 역시 예전에는 위에 언급한 체크 리스트의 항목들만으로는 내 삶을 원하는 방향으로 이끌어나가기 부족했던 적이 있고, 그로 인해 더 깊은 좌절의 나락으로 떨어져보기도 했단다. 이런 상황은 부정적인 삶의 연속 혹은 탐닉, 패배의식 등이 가득한 어두운 웅덩이 안에 갇혀 있는 것이나 마찬가지다.

부정적인 일상에서 어떻게 빠져나올까? – 변화의 여섯 단계 >>>

부정적인 일상에 빠져 있을 때, 우리는 비범한 삶의 자세를 소유하는 것과 수동적 삶의 자세를 소유하는 것 간의 차이를 보다 깊이 이해할 수 있게 된다. 삶의 문제해결에서 삶의 목적 찾기로 그 첫걸음을 뗄 수 있게 되는 것이다. 하지만 여러 가지 문제가 반복적으로 발생하면, 우리는 두려움을 떨치기 위해 음주, 마약, 흡연, 과식, 잠, 돈, 권력, 지위, 섹스, 포르노, 도박, 게으름 같은 것에 빠져들게 된다. 이러한 요소들은 삶에 대한 감각을 무디게 하는 무서운 악의 유혹이 될 확률이 높다. 우리는 이러한 유혹 앞에 우리 삶을 포기하고 두손 들게 될 것이며, 마침내는 유혹의 노예로 전락할 수도 있다. 두말할 나위도 없이, 우리는 희망 대신 절망을 짊어지고 살아갈 수밖에 없게 된단다. 이렇게 되면 우리는 자아에 대한 통제력을 상실하게 되겠지만 그렇다고 해서 모두 잃어버리는 것은 아니다. 그러니, 아주 깊은 절망의 구렁텅이에 빠져도 변화의 '가능성'은 존재한다는 사실을 명심하기 바란다.

젊은 시절 경험한 우울증에 대해 글을 쓴 제임스 프로차스카 박사는 존 노크로스와 카를로 디클레멘트라는 학자와 함께 로드아일랜드 대학에서 사람들이 부정적인 환경이나 일상, 여러 가지 탐닉들에서 어떻게 빠져나오는지를 1년 넘게 연구했다. 프로차스카 박사팀은 이러한 문제를 해결하기 위해 나타나는 모든 변화는 자아의 변화와 깊은 관계가 있다는 사실을 발견했다. 문제를 해결하기 위해 전문가의 도움을 찾는 사람들이 있다고 하더라도, 문제해결을 위한 변화를 추구하는 데 있어 최종적인 결정은 스스로 내려야 하기 때문에 자아의 변화는 문제해결의 핵심이다. 이 연구조사 결과를 통해 도출된 자아 변화에 대한 통찰력은 매우 유용하더구나. 몇 가지 주안점들을 한번 살펴보기로 하자.

프로차스카 박사팀이 이 프로젝트 연구를 위하여 인터뷰를 실시했을 때, 성공적인 자아 변화를 이루어낸 사람들의 대다수가 문제해결을 위한 변화의 절차를 아주 간단한 것처럼 말했다. 심지어는 어느 날 아침 잠자리에서 일어나서 "결심했어!"라고 말하는 사람도 적지 않았다. 이렇게 말하는 인터뷰 응답자 중 대부분이 변화의 절차에 대해 어느 날 갑자기 결심해서 이루었다고 믿고 있지만, 실제로는 그 이상의 요소들이 포함되어 있단다.

프로차스카 박사팀은, 성공적인 변화를 이루어낸 사람들이 다음과 같은 여섯 단계의 변화 과정을 거친 것을 발견했다. 여섯 단계는 사전 심사숙고 단계, 심사숙고 단계, 준비 단계, 실행 단계, 지속 · 유지 단계, 종료 단계로 구성되어 있다. 심한 우울증에 시달리는 사람들은 반드시 이 여섯 단계를 거쳐야 하며, 금연을 하고 싶어하는 사람이나 체중 조절을 위해 다이어트를 하고자 하는 사람 또한 이런 단계를 거쳐야 한다. 모든 사람들이 어떠한 형태로든 이 여섯 단계를 거치지 않을 수 없을 정도로, 이 과정은 사람들에게 보편적으로 적용된다.

대부분의 사람들이 실행과 변화를 동등하게 여기기 때문에 앞서 설명한 여섯 단계를 인지하지 못하는 경우가 많은데, 여기서 우리가 잊지 말아야 할 것은 우리가 변화를 추구하고 진행하는 과정에서 80퍼센트 이상의 시간이 비(非)실행 단계라는 것이다. 성공적인 자아 변화를 이루기 위해서는 변화를 시도하는 우리가 어떠한 단계에 위치하고 있는지 매순간 인지해야 하며, 이는 각 단계에서 각기 다른 전략을 적용하기 위해 아주 중요하다. 만약 우리가 특정 단계에서 적합하지 않은

프로차스카 박사팀은, 성공적인 변화를 이루어낸 사람들이 사전 심사숙고 단계, 심사숙고 단계, 준비 단계, 실행 단계, 지속 · 유지 단계, 종료 단계의 여섯 단계를 밟았음을 발견했다.

전략을 사용한다면 성공에 도달할 수 없을 것이다. 각 단계별로 적용해야 할 전략들은 다음의 표와 같으며, 어떻게 적용됐는지는 각 단계별로 설명하기로 하자.

[변화를 실행하기 위한 9가지 전략]

단계	목표	방법[a]
의식의 고취	자기 자신과 당면 문제에 대한 정보 획득	관찰, 직시, 해석, 독서 치료
사회적 선택의 자유	문제를 감소시키는 사회적 행동 대안 마련	억압당하던 권리의 옹호, 권한 부여, 정책 개입
감정 환기	문제와 해결책에 대한 경험, 감정의 표현	심리극 치료, 역할 연기
자기 재평가	문제에 대한 자신의 감정과 생각을 분석	가치 정화 작업, 감정적 경험의 교정
신념 · 헌신	변화를 가져올 수 있는 행동에 대한 신념을 획득	의사결정 치료, 신년 계획 쓰기, 실존 분석적 정신 요법
긍정적 대체	문제 있는 행동 양상을 긍정적인 방안으로 대체	휴식, 민감성 제거, 자기 주장, 긍정적인 자기 진술
주변 환경 관리	문제 있는 행동을 유발시키는 요소 회피	환경 재정립(주류 또는 살찌는 음식 제거), 위험 요소 회피
보상	변화를 가져왔을 때, 스스로나 다른 이들에게 칭찬이나 상을 받음	조건부 계약, 공공연하게 혹은 은밀하게 보상받기
주변의 도움	자기를 도와줄 누군가에게 도움을 요청	사회적 지원, 그룹 치료, 스스로 도움

a : 전문 상담치료사들이 사용하는 전문 치료 요법(출처 : 프로차스카, 노크로스, 디클레멘트, 《변화 프로그램(Changing for good)》.

• **사전 심사숙고 단계**—이 단계에 처한 사람들은 여러 가지 문제를 갖고 있으면서도 그 문제를 문제로 인식하지 못한다. 이 단계에 있는 사

람들은 부정적인 일과나 행동에 묶여 있다고 볼 수 있다. 이때 주변 사람들은 그의 상태를 정확하게 문제로 인식하는 데 반해 당사자만 모르는 경우가 많다. 문제를 가진 당사자가 인지하지 못하기 때문에 자신이 처한 상황이나 행동에 대해 어떠한 변화의 의지도 갖지 않는다. 예컨대 어떤 사람이 매일 밤 퇴근 후 집에 오면 밥을 먹고 텔레비전을 보다가 잠을 잘 뿐, 가족이나 다른 이웃들을 포함한 어떤 것에도 관심을 가지고 있지 않다고 생각해보자. 사전 심사숙고 단계에 있는 이 사람은 자신이 취하는 행동들이 주위의 다른 사람에게 나쁜 영향을 끼칠 수도 있다는 걸 알지 못하며, 그렇기 때문에 주위의 어떤 권유나 제안도 거부할 것이다. 이 사람이 만약 어떤 것에 변화의 필요성을 느낀다면 그것은 아마도 주위 사람들이 자신에게 불평하거나 비난하는 행동을 멈추었으면 하는 것일 뿐이다.

'저항'과 '거부'라는 두 단어가 아마도 이 단계에서 가장 일반적일 거라고 본다. 만약 이 사람이 어떠한 치료를 통해 상황을 마무리한다면, 그 결과는 아마도 그에게 직접적인 영향력을 끼치는 직장상사, 배우자, 친구들의 압력에 의한 단기적인 처방일 것이다. 이럴 경우, 사람들은 그의 치료에 상당히 비협조적이며 그 역시 어떤 핑계를 들어서라도 변화를 위한 치료를 그만두고자 할 것이다. 너는 지난 번 답장에서 '정신과 의사에게 별 기대를 하지 않았으며 그저 치료 행위를 멈추기를 바랄 뿐이다'라고 언급한 적이 있다. 그런 너의 생각은 사전 심사숙고 단계에 처했을 때 나타나는 아주 흔한 반응이라고 할 수 있다.

흥미로운 것은 우리가 사전 심사숙고 단계에 있을 때 자포자기하기 쉽다는 사실이다. 이는 우리 스스로가 각자의 문제를 절망적이라고 생각하기 때문이다. 그래서 이 단계에 있을 때는 누구나 거부 성향을 강하게 드러낸다. 또한 우리가 겪고 있는 절망적 상황에 굴복하게 되며, 우리가 문제점을 스스로 인식하기까지 어려움은 점점 더 커진다. 그럼에도 불구하고 이 단계에서의 긍정적인 부분을 들여다보자면, 우리가 이 자포자기 상황을 얼마나 부담스러워하는가에 상관없이 결국은 우리가 변화할 수 있다는 것이다. 이러한 상황 인식 자체가 희망적인 가능성의 잠재적 발단이 될 수 있다는 것이다.

어떤 사람들은 이 단계에서는 문제를 해결하기 위한 변화를 시도하는 것이 불가능하다고 믿는다. 또 어떤 사람들은 그 문제들로 인해 최악의 상황에 처해야만 주변의 도움을 받아 문제를 극복하고 변화를 추구한다고 주장한다. 하지만 이것은, 우리의 문제들이 눈덩이같이 불어나는 성향이 있어서 시간이 지날수록 변화를 추구하기가 더욱 어렵게 된다는 것을 간과한 주장이다. 그렇기 때문에 우리는 쉽지 않더라도 이 단계에 있는 주변 사람들을 도와주어야 하며, 그들이 변화를 추구하도록 하기 위해 우리가 먼저 변화하고 그 변화를 이끌어나가야 한다.

이 단계에서는 문제에 대해 더 많은 점들을 알아내기 위한 '의식의 고취'와 긍정적인 환경을 찾아내는 '사회적 선택의 자유', 이 두 개의 전략만이 유용한 것 같다. 나는 네가 자아의 발견을 해나가면서 보다 긍정적인 사고를 가진 사람들과 관계를 맺음으로써 긍정적인 사회 환경을 찾아내기 바란다. 네가 보내온 편지를 읽어보니, 너는 이제 자포자기의 상황을 있는 그대로 받아들이기 시작함으로써, 사전 심사숙고 단계를 막 벗어나는 시기인 것 같구나.

• **심사숙고 단계**—내 경우, 어떤 행동을 취해야겠다고 생각한 순간부터 심사숙고의 단계로 접어들기 시작했다. 아마도 이때 내가 나 자신에

대한 생각과 느낌에서 변화를 시도한 것 같다. 내가 어떠한 변화를 추구할 준비가 되어 있지 않았음에도 불구하고 나는 새로운 정보(사실)들을 바라보기 시작했단다. 너는 내가 최종적인 결과뿐만 아니라, 이러한 변화를 추구하기 위한 방법에 대해서도 알고 있었을 것이라 생각하겠지만, 나는 그때 어떠한 준비도 되어 있지 않았다. 프로차스카 박사팀은 심사숙고 단계에서 금연을 시도하려는 대부분의 흡연자가 실패에 대한 두려움과 끊임없는 자기 방어적 변명으로 2년 정도의 시간을 허비하게 된다는 사실에 흥미를 가졌다. 나는 심사숙고 단계에서 벗어난 사람들이 문제해결에만 집착하는 것에서 멀어져 근본적인 해답을 찾는 쪽으로 움직인다는 흥미로운 사실을 발견했다. 이는 내가 과거에만 집착하는 것에서 벗어나 미래에 집중할 때 겪은 개인적인 경험과도 일치한다.

'의식 고취'와 '사회적 선택의 자유', '감정 환기', '자기 재평가'의 네 가지 문제해결 전략이 이 단계에서는 상당히 유용하다. '감정 환기'는 '생각'하는 것에서 탈피하여 느낌과 경험, 자신이 처한 문제에 대한 감정을 '표현'하는 것으로 전환한다는 의미이고, '자기 재평가'란 자기 자신의 문제에 대한 자기 느낌과 감정을 분석한다는 의미이다.

네가 달라지고 싶다고 느낀다면 너는 이미 이 단계에 접어든 것이다. 너는 이제 네가 겪은 우울증에 대해 얘기하는 데 관심을 갖기 시작했으며, 이 사실은 네가 보내온 편지에서 드러난단다. 너는 아직 변화를 위한 '행동을 취할' 준비는 되어 있지 않지만, 변화를 향해 천천히 나아가고 있는 거란다.

• **준비 단계**—이 단계는 매우 흥미롭다. 이 시점에서 대부분의 사람들은 한 달 내에 어떠한 행동을 취하겠다고 계획한다. 이 단계는 자기 헌

신과 이를 추구하기 위한 준비뿐만 아니라, 변화에 대한 불안감 등등에도 영향을 받는다. 개인적인 경험에 비추어보면, 나는 이 단계에서 변화를 향한 여정을 떠나기 위해 최종 준비를 했던 것 같다. 심지어 몇 가지 변화를 시도하기도 했으며, 부정적인 태도를 버리고 변화를 위한 정보들을 수집하기 시작했으며, 나쁜 습관들을 조금씩 버리기 시작했다. 이러한 긍정적인 변화들이 내 일상 속에 나타나기 시작했지만, 완벽한 준비를 갖추었던 것은 아니다.

이 단계야말로 변화를 위한 준비에 있어서 가장 중요한 단계다. 문제해결 전략 중 '의식의 고취'는 이 단계에서 별 도움이 되지 않는다만, '사회적 선택의 자유'와 '감정 환기', '자기 재평가'는 유용하다. 여기에 추가로 사용될 수 있는 방법이 '자기 헌신'이다. 이것은 개인의 능력에 대한 믿음과 행동을 취하기 위한 선택을 내리는 신념의 결정력을 의미한다.

• **실행 단계**—이 단계는 새로운 행동양식을 보이기 시작하는 때를 말한다. 흡연자가 담배를 꺾어버리거나, 알코올 중독자가 술을 변기에 쏟아버릴 때 이 실행 단계에 접어든 것으로 볼 수 있다. 이 단계에서는, 행동양식의 변화가 가시적으로 나타나기 때문에 주변 사람들도 뭔가 달라지고 있음을 인지하고는 이러한 변화를 격려하고 도와주게 된다. 실행단계에 있어서 밖에 서서 단순하게 상황을 바라보기만 하는 방관자로 임한다면, 이 실행 단계 이전에 어떠한 변화에 기인하여 지금의 상황에 왔고 앞으로 어떻게 진행될지 이해하기 어려울 뿐 아니라 이러한 사실조차 인지하기 힘들게 된다. 이러한 사실을 이해하고 인지하고 있어야만 문제해결을 위한 변화를 시도할 때 여러 가지로 도움을 받을 수 있을 것이다.

내 추측으로는 네가 2주쯤 전부터 이 실행 단계에 접어든 것 같고, 아마도 이 사실을 너 또한 느꼈으리라 본다. 네가 의사 선생님을 만나고, 의사 선생님의 지시를 따르기 시작했다는 것 자체가 아주 중요한 첫걸음이라고 할 수 있다. 네 누나 쉐리는 네가 스스로 결정하고 행동하는 것을 보고 매우 즐거워했고, 그런 네게 관심을 갖고 있었으며, 너와 함께 이러한 부분에 대해 이야기를 나누고 싶어했단다. 처음에 네가 문제를 치료하고자 할 때를 상기해보렴. 문제를 해결하는 과정을 그만두기 위해 의사 선생님의 치료 행위와 접근 방식을 문제삼았다. 그렇게 핑계를 대던 모습과 비교해보면 지금의 너는 상당히 긍정적인 방향으로 변화했음을 알 수 있을 것이다. 그런 일이 있은 지 2주가 지나서 집에 왔을 때 너는 새 의사 선생님의 치료 과정에 보다 적극적으로 참여하겠다는 의지를 보여주었다.

나는 너의 새로운 행동양식을 긍정적으로 생각한다. 점점 나아지는 네 모습을 보니 기쁘기 그지없구나. 사실 너는 끊임없이 변화하고 있는 것이다. 한 사람의 관찰자로서는 변화의 지속성을 이해하기가 쉽지 않다. 왜냐 하면, 그들은 실행 단계 이전 단계들 역시 변화 과정의 한 부분이라는 것을 잘 이해하지 못하기 때문이다. 이 실행 단계에서는 자신의 문제점에 대한 파악이나 평가는 더 이상 중요시되지 않고, 대신 환경 선택의 자유와 자발적인 의지가 더 중요해진다. 그리고 다음 네 가지의 추가적인 진행 절차들과 연계시키는 것이 이 시점에서 매우 중요하다.

(1) **보상**: 보상은 네가 성취한 부분에 대해 스스로 인정하고 격려해주는 것이다. 이러한 방법들은 너 스스로 혹은 주변의 사람들에게서 제시받을 수 있는데, 양쪽 모두에게서 제시받는 것이 가장 이상적이라고 할 수 있

다. 예를 들면, 네가 가시적인 작은 목표를 정하고, 그 목표를 성취할 때마다 너 자신에게 어떠한 형태로든 보상을 하겠다고 다짐하는 것이다. 체중 조절을 위해 다이어트를 하고 있는 사람이라면 목표 체중에 다다랐을 때 새 옷을 사입는 식이다.

(2) **긍정적 대체** : 긍정적 대체는 사람이 가지고 있는 부정적인 행동습관을 긍정적인 습관으로 대체하는 것을 뜻한다. 가령 금연을 결심한 흡연자가 담배 대신 껌을 씹는 것이다. 나의 경우, 내가 가진 부정적인 행동습관들에 대한 목록을 만들고 각 해당 목록마다 긍정적인 방향으로 대체 가능한 부분을 가려내어 변화를 시도한 것이 가장 성공적이었던 듯하구나. 네 경우는 지나친 수면을 대신할 체계적인 훈련 프로그램을 택하는 게 도움이 되리라 생각한다.

(3) **주변 환경 관리** : 이것은 주변 환경을 평상시의 부정적인 행동습관을 유발시키지 않는 환경으로 바꾸는 것을 말한다. 즉, 긍정적으로 변화된 새로운 행동양식들을 실행시킬 수 있는 장소에서 시간을 보내도록 자신의 일정을 통제하는 것을 의미한다. 금주를 결심한 알코올 중독자라면 아예 술자리를 피하는 것이 상책인 것처럼 말이다. 네가 교내에서 생활하던 환경을 박차고 나가기를 결심한 순간에 주변 환경 관리는 이미 실행 단계에 접어든 것이며, 네가 보다 긍정적인 사람들과 시간을 보내기를 결심하고 실행한 순간부터 너는 주변 환경 관리를 훌륭하게 활용하고 있는 것이란다. 또는 네가 집에 있을 때, 긍정적인 기회를 제공해주려고 노력하는 가족과 함께 시간을 보내는 것이 바로 주변 환경 관리이다. 이러한 단계에서 우리는 '최고의 나'를 만들기 위해 협동하고 노력할 수 있게 된다.

(4) **주변의 도움** : 이것은 자신이 느끼고 있는 절망과 좌절, 부정적인 부분들에 대하여 속시원히 터놓고 얘기하며 상의할 수 있는 사람에게 도움을 요청하는 행위를 가리킨다. 다시 말해 네가 꿈꾸고 있는 미래의 비전을 이룰 수 있도록 주변에 도움을 청하는 것이다. 대부분의 사람들은 누군가가 자신에게 도움을 요청할 경우 망설임 없이 적극적으로 도와주려는 경향이 있단다.

• **유지 단계**—이 단계쯤에 이르면 변화는 네가 단순하게 어떠한 행동을 취하는 것만으로는 지속되지 못한다. 앞의 여러 행동 단계를 거친 다음에는 필연적으로 이 유지 단계에 접어들게 되는데 이 단계에 이르면 이전의 단계에서 이루어놓은 모든 것들을 보다 튼튼하게 결속시켜야 한다. 프로차스카 박사가 고등학교를 졸업하면서 우울증에 빠졌을 때, 일시적으로는 그것을 극복했으나 우울증 재발을 예방하는 방법은 충분히 배우지 못했다고 한 고백을 잊지 말길 바란다. 그는 문제의 초기 증상과 부정적 영역에서 벗어나는 방법을 익히기 위해서 이런 과정을 네 번이나 겪어야만 했다고 했다. 그만큼 유지 단계는 중요하다. 이 단계는 매우 짧을 수도 있고, 평생 동안 지속될 수도 있다. 그리고 이 단계에서 앞서 소개한 삶의 신념과 보상, 대체, 주변 환경 관리, 원조 관계 등이 효과적인 운영 메커니즘으로서 큰 역할을 하게 된다.

• **종료 단계**—이 단계에서는 부정적인 삶의 패턴들에 대한 욕구를 이미 모두 지워버렸기 때문에 더 이상 오래 된 나쁜 습관과 행동양식들이 유혹이 되지 못하며, 다시는 유혹에 빠지지 않을 것이라는 확신도 갖게 된다. 마침내 자기 자신의 모든 문제를 극복하는 쾌거를 이루어낸 것이

다. 하지만 이 종료 단계에서는 사람마다 각자의 승리감을 다르게 관리한다. 어떤 사람은 흡연이란 벽을 완벽하게 정복하고 극복하여 흡연에 대한 어떠한 욕구도 갖지 않게 되는 반면에, 어떠한 사람은 이십 년간의 금연 이후에도 흡연이 주는 만족감을 간절하게 동경하며 살아간단다. 이러한 사람들의 경우는 종료 단계로 접어든 것이 아니라 유지 단계에 남아 있는 것이다. 이러한 행동양식들은 흡연자뿐만 아니라 알코올 중독자, 심지어는 체중 조절을 시도하는 사람들에게서도 나타난다.

우리들 중 소수만이 이러한 단계들을 일직선상에서 순차적으로 밟아나간다. 프로차스카 박사의 연구팀에 의하면, 위와 같은 일들은 우리 사회 20퍼센트의 구성원에게만 일어날 수 있다고 한다. 일정한 순서나 절차 없이 이루어지는 각 단계들의 연속에서 어떠한 단계에서는 남들보다 뛰어나게 잘 할 수 있고, 어떤 단계에서는 남들보다 못 할 수도 있다. 변화를 추구하기 위해서는 아주 많은 에너지와 시간과 돈이 소요되지만, 사람들은 종종 변화를 시도할 때 필요한 제반 사항들에 대해 과소평가하는 경향이 있는 것 같다. 이러한 이유로 평범하고 일반적인 사람들 대부분은 각 단계들에서 시작과 그만두기를 반복하며, 하나의 목표를 가지고 변화를 시도하면서 많게는 여섯 번씩이나 위에 언급한 모든 단계들을 거친다고 한다.

변화의 진행 과정은 나선형이다 »»

두 달 전쯤 너와 여러 번 통화한 기억이 나는구나. 너와 대화를 나눌수록 네게 아주 많은 변화가 일어나고 있음을 알 수 있었고, 네가 변화하기 위해 목표를 가지고 한 발짝씩 나아가고 있으며, 변화를 시도하기 위한 행동을 취하려 하는 것을 느꼈단다. 하지만 때로는 어느샌가 네가 다시금 제자리로 돌아오거나 의욕을 잃는 등 예전의 부정적인 모습으로 돌아가려는 듯해서 실망도 했단다. 하지만 프로차스카 박사팀이 개발한 '변화의 나선형 진행 과정' 모델을 통해 네가 사실은 긍정적인 방향으로 변해가고 있음을 확신할 수 있었다. 이 모델이 어떤 것인지 설명해주마.

프로차스카 박사는 긍정적인 삶으로 가는 발전 과정을 두 개의 축을 가진 '나선형 진행 과정'으로 설명했다. 수평적인 축을 중심으로 놓고 보자면 우리는 이 나선형 진행 과정상에서 전진과 후퇴를 반복한다. 이것은 상당히 실망스런 얘기일지도 모르겠다만 우리가 미처 깨닫지 못하는 아주 긍정적인 점이 있단다. 그것은 바로 이 나선형 진행 과정은 수직적으로도 움직인다는 것이다. 수평선상에서는 전진과 후퇴만 반복하는 것처럼 보이지만, 결과적으로는 변화의 목표를 달성하기 위하여 꾸준히 위로 올라간다는 것이다. 그렇기 때문에, 우리가 수평선상에서 전진과 후퇴를 반복하는 것은 인생을 배워가는 데 있어서 아주 중요한 한 부분이라고 할 수 있다. 나는 이렇게 수평선상에서 전진과 후퇴를 반복하고 있는 것처럼 보이는 지금의 네가 언젠가는 수직적 상승에 다다르리라 믿고 있다.

변화를 추구하는 것은 수많은 실패와 좌절을 동반하는, 쉽지 않은 과정이란다. 실패와 맞닥뜨려질 때, 우리는 좌절이나 수치심 같은 부정적인 감정을 가지게 된다. 만약 우리가 이러한 실패와 좌절(수평선상에서의 후퇴)이 지극히 일반적인 과정의 한 부분임을 깨닫지 못하면 자포자기하고 낙심하여 무너져내리게 될 것이다. 하지만 이러한 실패와 좌절을 성장 혹은 변화를 성공적으로 추구하기 위해 겪어야 할 필연적인 과정의

[변화의 나선형 진행 과정]

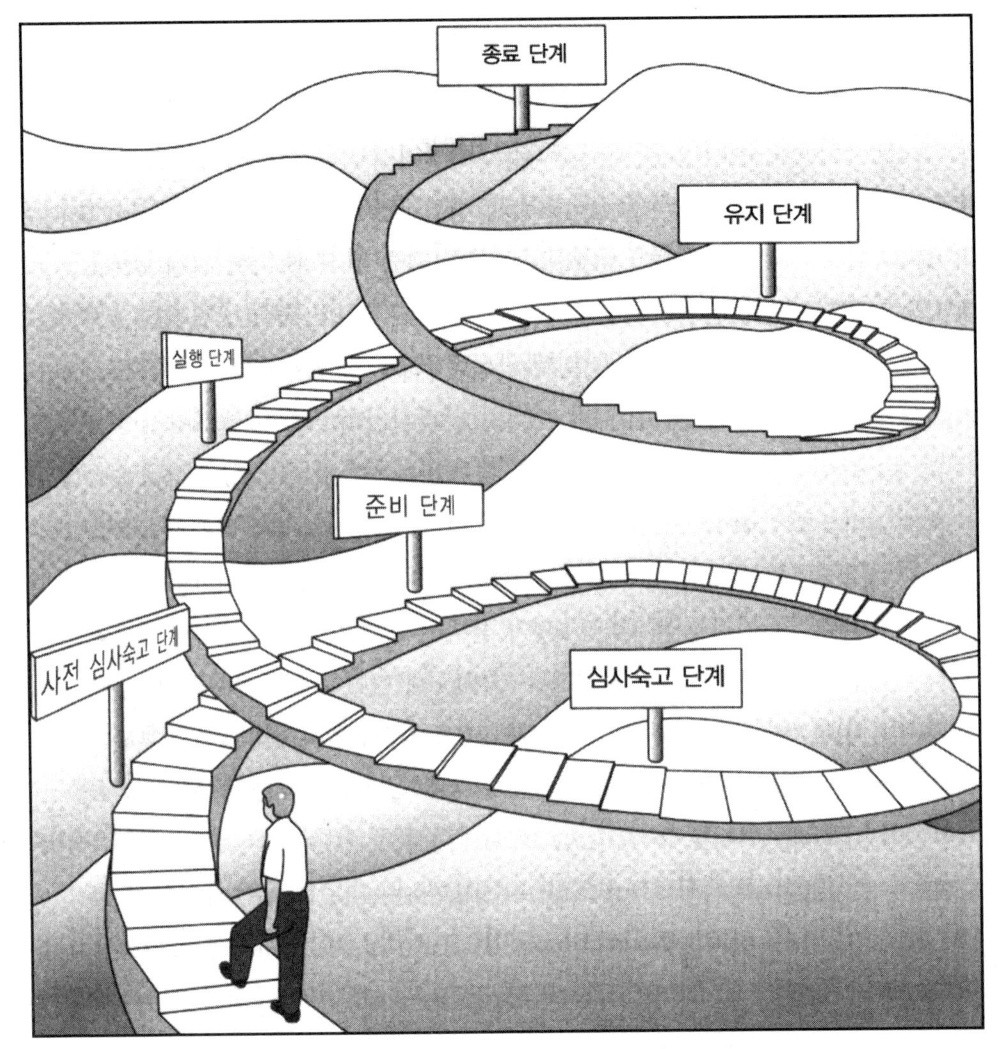

*출처 : 프로차스카, 노크로스, 디클레멘트, 앞의 책.

하나로 인정한다면 우리는 보다 긍정적으로 변화를 이어 갈 수 있으리라 믿는다. 다시 한 번 강조하지만, 너는 지금 더 큰 목적을 위해 스스로에 대해 배워나가고 있는 중이며, 동시에 네 안에 잠재되어 있는 재능과 역량을 키워나가는 과정에 있단다. 행동을 취한 후 별 진전 없이 실패만을 맛보더라도 그것은 아무런 행동도 취하지 않은 것보다 훨씬 바람직한 일이란다. 실패를 맛본 후, 그 실패를 거름삼아 계속적인 도전을 하는 사람들은 그렇지 않은 사람에 비해서 6개월 이내에 성공할 확률이 두 배나 높기 때문이다. 여기서 우리가 배울 점이 명확하게 드러나는데, 그것은 바로 실패에 초점을 맞추지 말라는 것이다. 실베스타 스탤론이 주연한 영화 〈록키〉의 주인공처럼 실패와 좌절을 두려워하지 않고 다시 링 위에 올라가는 사람이 되길 바라고, 건강 홍보 포스터에 나와 있는 표어처럼 "절대 포기하지 말아라!"

실패를 맛본 후, 그 실패를 거름삼아 계속적인 도전을 하는 사람들은 그렇지 않은 사람에 비해서 6개월 이내에 성공할 확률이 두 배나 높다.

변화된 미래를 위해 피해야 할 것과 추구해야 할 것들 »»

부정적인 행동양식들은 상호 연관성을 가지고 있다. 흡연과 음주, 과식 등으로부터의 탈출을 가로막는 가장 큰 요인은 심리적인 고통이다. 게다가 이들 사이에는 깊은 상호 연관성이 있기 때문에, 어떤 사람이 금연을 하는 중에 과식을 하거나 체중을 조절하려고 시도하면 쉽게 다시 담배에 손이 가게 된다. 흡연자 중에 음주를 즐기는 사람은 금연에 실패하고 다시 담배를 피우게 될 확률이 그렇지 않은 사람보다 두 배나 높다.

우리의 일상생활 속에는 이보다 더 많은 예들이 있다. 사람들은 일반적으로, 하나의 부정적인 습관을 버리게 되면 다른 것을 취함으로써 이

전에 버린 습관을 대체하려는 경향이 있다. 여기서 내가 하고 싶은 말은, 네가 영구적인 변화를 추구하고자 한다면 심리적인 고통의 근본 이유와 함께, 우리 삶 속의 모든 것들은 어떠한 형태로든 상호 연관성을 맺고 있다는 사실을 잊지 말아야 한다는 것이다. 우리는 우리 자신의 내면 깊은 곳을 바라볼 필요가 있다.

개인의 의지력이나 신념이 부족하기 때문에 성공적인 변화를 이루어내지 못한다는 견해가 있으나, 개인의 신념은 변화를 실행하기 위한 아홉 가지 전략 중 하나일 뿐이다. 따라서 개인의 의지력이나 신념에만 의존한다면 실패할 수밖에 없다.

'균형 있는 비전', '자기 재평가' 도 변화를 이끌어내는 전략 중 하나이다. 실제로 자기 재평가는 두 가지 형태를 취하게 되는데, 하나는 현재의 자기 모습에 초점을 맞춘 것이고 또 다른 하나는 미래의 모습에 초점을 맞춘 것이다. 현재에 초점을 맞춘 것은 개인의 나쁜 특성이나 감정에 주로 호소하며, 미래에 초점을 맞춘 것은 보다 행복하고 건강하게 변화될 모습을 그려낸다. 가장 효과적인 평가는 두 가지를 모두 고려하는 것이다.

부정적인 모습이 우리를 현재로부터 밀어내는 동안에, 긍정적인 모습은 우리를 미래로 이끌어낸다. 사람들 대부분이 자신의 '문제' 에 대한 의견을 구하는 반면, 극소수의 사람만이 자신의 가능성 있는 미래를 생각하며 자신이 이룰 수 있는 '최고의 모습' 에 대한 의견을 구한다. 다시 말해 사람들은 모두 다 똑같은 핵심 원칙에서 출발하여, 단순한 문제해결을 지양하고 목적 찾기를 추구해야 할 필요성이 있는 것이다. 그렇게 한다면 우리들은 모두 보다 나은 미래에 대한

영구적인 변화를 추구하고자 한다면 심리적인 고통의 근본 이유, 즉 우리 삶 속의 모든 것들은 어떠한 형태로든 상호 연관성을 맺고 있다는 사실을 잊지 말아야 한다. 우리는 우리 자신의 내면 깊은 곳을 바라볼 필요가 있다.

그림을 우리 마음 속에 그려볼 수 있게 될 것이다.

• **근심**—어느 누구도 변화를 통해 성공적인 삶을 영위할 거라는 확실한 보증을 가질 수 없기 때문에, 변화는 항상 불확실성을 내재하고 있다. 그렇기 때문에 변화를 기피하는 것은 어쩌면 매우 자연스러운 일일지도 모른다. 사람들은 실패로부터 자기 자신을 보호하고자 하기 때문에, 변화를 추구하는 시도를 지연시키곤 한다. 특히 자신의 삶을 변화시키기 위해 확고한 신념을 갖는 것은 결코 쉬운 일이 아니다. 하지만 이러한 어려움을 극복하기 위한 다섯 가지 지침이 있다.

① 실천 가능한 작은 일들을 계획하라.
② 계획한 일을 너무 서두르거나 지연시키지 않기 위해서, 변화의 첫발을 내디딜 특정한 날짜를 정하라.
③ 주변 사람들에게 당신의 결심과 신념을 알려라. 그들이 당신의 결심이 성공적으로 이뤄지길 기대한다는 사실만으로도, 당신은 충분한 동기를 부여받을 것이며, 혹시라도 다시 어려움을 겪고 실패에 부닥칠 때 도움을 받을 것이다.
④ 큰 수술을 받을 때처럼 철저하게 준비하라. 변화를 시도하는 것은 아주 큰 외과수술을 받는 것과 비슷한 심리적 무게를 감당해야 하는 것이기 때문에, 당신과 주변 사람들은 이 일에 높은 우선순위를 부여해야 한다.
⑤ 당신만의 실천 계획을 수립하라. 자신만의 실천 계획을 수립함으로써 실천 가능성을 높일 수 있다.

• **포기**—대부분의 변화는 변화를 시도하는 사람들에게 무언가 중요한 것 혹은 중요하다고 여겨왔던 것을 포기하라고 요구하며, 이것이 중요한 변화를 지속적으로 유지하는 데 걸림돌이 되곤 한다. 내가 알코올 중독자라면, 나의 알코올 중독 증세로 인하여 가정이 파괴될 것이며 직장 또한 잃게 될 것이다. 이러한 내가 만약 술을 끊게 된다면, 이는 과거 오랜 기간 동안 내가 믿고 움켜쥐고 있던 무언가를 잃어버린다는 것을 의미한다. 정말로 변화하려고 한다면, 우리가 믿고 움켜쥐고 있던 나쁜 습관과 행동을 포기함으로써 겪는 슬픔을 극복해내야만 한다. 자신이 가지고 있던 습관이나 좋아하던 것들을 그리워하고 잊지 못하는 것은 자연스러운 일이다. 술집에서 친구들과 술을 마시면서 우정을 과시하던 알코올 중독자가 술집에 가는 것을 포기하고 나서도 자신이 즐기던 음주 문화를 그리워하며 괴로워하는 것처럼 말이다.

내가 생각하기에는, 네가 고등학교를 졸업하여 그 동안 가치를 부여하고 소중하게 생각했던 모든 것들을 뒤로하고 떠나면서 모든 것을 잃어버린 것 같은 슬픔을 느꼈던 것 같다.

• **봉사**—유지 단계 안에서 도움을 주는 것들 중 하나가 남에게 봉사하는 것이다. 네 심리적 갈등과 정신적 상처가 치료되기 시작한다면, 너는 건강하고 흠이 없는 자신을 발견하게 될 것이다. 그때 너의 관심은 남을 돕는 일로 기울게 된다. 너는 돌봄과 동정, 사랑의 관계를 만들어가기 시작한다. 이러한 관계 속에서는 도움을 준 사람도 받은 사람도 모두 치유를 얻게 된다. 남을 돕는 봉사에 초점을 둔다면, 우리는 각자의 문제를 치료하는 과정에서 더 빠른 효과를 경험하게 될 것이다.

• **사회적 네트워크**—사람들은 모두 단체나 사회적 네트워크 속에서 살아가고 있다. 우리가 몸담고 있는 단체들은 규범과 가치, 역할을 가지고 있다. 어떠한 단체에 속해 있든 우리는 특정한 방식으로 그 역할을 수행할 것을 요구받는다. 그렇기 때문에 우리가 변화를 시도하고자 고려할 때면, 친구나 가족과 같이 우리 주변의 중요한 사람들로부터 오는 반응을 걱정하게 된다. 이러한 두려움은 때로 적극적인 행동을 가로막는다. 이런 두려움을 안은 채 네가 만약 변화를 시도하고 추진하면, 주위 사람들의 반응과 기대에 호응하고 싶어하는 마음 때문에 실패할 가능성이 있다. 그렇기 때문에 사회적 네트워크를 고려하는 것은 매우 중요하다. 너는 변화를 성공적으로 도출하고 성공적인 삶을 살기 위해서, 필요하다면 너를 도와주고 지지해줄 사람들, 가족이나 친구가 아닌 전혀 새로운 사회적 네트워크를 찾을 필요가 있다.

'어리석은 자유'에 관하여 »»

프로차스카 박사 연구팀의 연구 내용 중에서 내가 가장 큰 의미를 부여하는 것, 즉 '자유'에 대하여 이야기하고 싶구나. 우리는 지적 능력을 가진 인간임에도 불구하고, 우리를 위태롭게 하거나 파괴할 문제들에 대해 인지하는 것을 의식적으로 거부하며 살아간다. 이 사실은 내게 매우 충격적이었다. 우리는 스스로를 제어하는 일보다 차라리 고통받고 고생하는 쪽을 택한다. 우리가 가지고 있는 환상을 제어함에 있어서는 더욱 그렇다. 우리들 대부분은 "결과와 상관없이, 어느 누구도 나에게 무엇을 하라고 명령할 수 없다"고 말할 것이다. 이러한 표현에 대하여 프로차스카 박사 연구팀은 책임 있는 자유에 반대되는 어리석은 자유라고 설명한다.

지난 번 편지에서 너는 스스로를 바라보는 것이 얼마나 어려운지에 대해 언급했다. 네가 얼마나 빈틈없이 자신을 관리할 수 있을지, 그리고 너의 가치와 믿음을 관찰하고, 그것들이 원하던 방향에서 벗어났는지를 파악하는 것이 얼마나 도전적인지에 대해서도 언급했다. 심지어 다른 사람들은 너와 같은 문제를 겪지 않고도 잘 살아가고 있다고 생각하면서, 너의 현실을 받아들이지 못하는 것 같더구나.

우리는 가끔 삶과 자기 자신을 그 무엇으로도 제어하지 못하게 만든다. 가령, 뭔가 해야 할 결정을 미룬다거나 스스로 포기하는 것 등은 다른 사람에 대한 우리 자신의 영향력을 행사하는 한 방법이 되기도 한다. 누군가가 우리에게 책임을 수반한 결정을 내리도록 요구할 때도 그것의 중요성과는 상관없이 간단히 포기해버리고 만다. 예컨대 누군가가 네게 "연극 같이 볼래? 예매를 해야 하니까, 볼지 안 볼지 결정해줄래?" 하고 물어볼 수 있다. 그러면 너는 "그래? 그럼, 난 안 갈래" 하고 대답하는 식이다. 결정을 지연하거나 포기해버림으로써 긍정적인 경험을 할 수 있는 기회를 그냥 지나치는 것이다. 이런 사람들은 대부분 저항이 가장 적은 방법을 선호하는 사람들로서, 자신만의 안락한 공간 안에 빠져 살아가게 된다. 이렇게 바람직하지 못한 삶 속에 정체되어 살아가기 때문에 자주 좌절하거나 우울증에 빠질 수밖에 없게 된다. 이러한 '어리석은 자유'는 절대로 진정한 자유가 아니며, 단지 자기 자신을 구금하는 행위일 뿐이다.

누군가가 네게 "연극 같이 볼래? 예매를 해야 하니까, 볼지 안 볼지 결정해줄래?" 하고 물어볼 수 있다. 그러면 너는 "그래? 그럼, 난 안 갈래" 하고 대답한다. 결정을 지연하거나 포기해버림으로써 긍정적인 경험을 할 수 있는 기회를 그냥 지나치는 것이다.

작년에 네가 처음으로 우울증에 빠졌을 때, 네 엄마는 네 미래를 다듬을 수 있는 몇 가지 결정들을 가지고 너에게 다가갔었다. 코치에게 네 진로를 위해서 각 대학의 선수 선발 담당자들과 이야기하기를 요청했으며, 네가 그들과 접할 수 있는 기회를 만들기도 했고, 대학교에 네 입학원서를 보내고, 대학에 가서는 누구와 어디서 살 것인지 등에 대해 네 의견을 구하기도 했다. 이러한 사항들은 불확실성과 애매성을 전제로 한 특정한 수준의 개인 헌신을 요구한다. 이러한 요구들에 대해 일반적으로 사람들은 결정을 지연시키거나 포기해버린다. 물론 그런 결정은 저항이 적은 방법이었으나, 결과적으로는 혼돈과 자포자기를 가져온다. 어리석은 자유는 진정한 자유가 절대 아니기 때문이다.

홀로닉스의 관점에서 볼 때 이 '어리석은 자유'는 우리의 긍정적인 가치(자유)를 부끄럽게 여기게 하며, 긍정적인 책임을 차단한다. 그렇기 때문에 이것을 진정한 자유라고 생각하면 우리들은 부정적인 영역 안에 머물면서 방어적인 자세를 취하게 되며, 변화에 대한 그 어떤 제안도 거부하게 될 것이다.

우리가 문제해결의 단계를 지나서 "나는 어떠한 결과를 만들고 싶은가?"라는 질문에 대답할 수 있다면, 우리는 바람직한 결과를 만들어낼 수 있는 상황에 좀더 가까이 다가갈 수 있게 된다. 그리고는 진정한 자유를 찾을 수 있게 된다. 우리는 향상된 능력을 깨닫게 되며 보다 훌륭한 해결책을 개발하게 된다. 그렇게 되면, 우리는 보다 쉽게 우리의 문제를 뒤로 하고 전진할 수 있게 된다. 우리가 목적을 향해서 전진해나가면 우리는 자신을 극복한 일종의 성취감을 맛보게 될 것이며, 늘 우리를 얽어매던 '우울'이라는 단어가 '희망'이라는 단어로 바뀌게 될 것이다. 보다 나은 주변 환경을 만들어가면서 우리는 자신감을 가지고 앞으로 나아갈 수 있게 된다. 그리고 우리 모두는 인지 능력을 증진시키기 위해 스스로에 대해 인식하고 학습하는 것을 보다 긍정적으로 받아들일 것이다.

우리가 목적을 향해서 전진해나가면 우리는 자신을 극복한 일종의 성취감을 맛보게 될 것이며, 늘 우리를 얽어매던 '우울'이라는 단어가 '희망'이라는 단어로 바뀌게 될 것이다.

책임이 따르는 자유야말로 '최고의 나'를 만든다 »>

어리석은 자유는 본래 반동적이다. 반면에 책임이 따르는 자유는 우리를 비범하거나 창조적인 존재로 이끌어 우리들 각자를 '최고의 나'로 만든다. 로버트 프리츠에 의하면 이러한 창조자들은 긍정적이거나 부정적인 감정에 치우치지 않는다. 이들은 자신이 가야 할 방향을 명확히 알고 있기 때문에, 감정에 치우치지 않고 창조하는 것이 가능하다. 현실에 대해 인식할 줄 알기 때문에 긍정적 의견과 부정적 의견을 동시에 추구한다. 한마디로 말해, '최고의 나'를 창조하는 사람들은 어떠한 결과를 만들어내고 싶은지 알고 있고, 그 과정에서 이러한 요소들을 적극적으로 반영할 줄 안다는 것이다. 그들은 실패나 실수를 두려워하는 대신에 그것을 받아들이고 학습한다.

책임과 자유를 동시에 행하는 것은 진정한 자유가 존재하는 이 창조적 단계에서만 가능하며, 이때 우리는 보다 편안하고 긍정적으로 다른 사람들의 도움을 받아들일 수 있게 된다. 이쯤 되면 자신이 누구인지 명확히 알고 있어서 어떠한 통제나 조정에 대해서도 두려움이 없기 때문이다. 이것은 다시 말해 통제받거나 조정당하지 않게 되었다는 의미이며, 우리가 뛰어난 존재로서 살게 될 경우 어떤 권한이든 자유로이 사용할 수 있게 된다는 의미이다.

가렛, 네 경우 아주 열정적인 부모를 가진 편이란다. 그렇기 때문에 우리는 너를 통제하고 싶어하는 거란다. 우리는 네 상황을 점검하고 통제하려는 감정들을 억제하고자 매우 많은 노력을 하지만 결과적으로는 항상 어떤 영향력을 행사하면서 통제하는 것으로 마무리되곤 하지. 게다가 너는 아주 열정적인 형제들에게 둘러싸여 있다.

너는 스스로에 대해 확실히 인식하려고 노력했다. 하지만 그것은 네 특정 부분에 대해서만 확실한 것처럼 보이더구나. 하지만 아버지도 더는 걱정하지 않는단다. 지난 한 해 동안, 나는 '통제하는 것' 에 대해 많은 생각을 했다. 나는 일상생활 속에서 이러한 통제를 최소화하려고 시도했지만, 잘 안 되더구나. 예를 들어, 네가 예전에 라스베이거스에서 열리는 농구감독 세미나에 참석하고 싶다고 얘기했을 때, 나는 네게 세미나에 참여하고자 하는 이유와 목표 등에 대해 논리적인 대답을 요구했다. 그 다음 날 나는 네 엄마에게서, 네가 나의 기대를 충족시킬 자신이 없기 때문에 농구감독 세미나에 참석하는 것을 포기해버렸다는 이야기를 들었다. 지금 와서 되돌아보면 너는 단지 감독과 감독이 하는 일에 대해 더 많은 정보를 접하고 싶었을 뿐이고, 그러한 정보들이 진로 결정을 도와줄 것이라고만 막연하게 생각했던 것 같다. 그때만 해도 너는 진로에 대해 진지하게 고민하고 헌신하려는 준비가 되어 있지 않았다.

그래서 나는 네게 몇 가지를 요구했고, 행동과 헌신을 촉구했다. 하지만 그것이 네게는 스트레스와 강요로 받아들여졌고, 나는 큰 충격을 받았다. 그러면서도 여전히 내가 너를 힘든 상황으로 몰아갔다는 사실을 인정하지 않고 있었다. 하지만 지금은 그때의 내 실수를 인정하고 있고, 모든 일을 너의 관점에서 생각하고자 노력하고 있단다. 내 나름대로는 '진심 어린 질문' 이라고 생각한 부분들도 받아들이는 네 입장에서는 '통제' 를 요구하는 것으로 생각될 수 있는 것이다. 이 점에 대해 나는 상당히 미안하게 생각하고 있다. 내가 훌륭한 부모로 너에게 다가가기까지 얼마나 더 많은 시간이 걸릴지 확신할 수는 없지만, 아마도 그 점에 있어서만큼은 지금의 내가 성장을 위한 사전 심사숙고 단계에 머무르고 있지 않나 싶다.

책임 있는 자유를 누리는 방법 - 운동하고, 학습하고, 기도하라 ›››

나는 이제 책임 있는 자유에 대해 보다 구체적으로 이야기해보려 한다. 나는 평소 내 행동양식 중에서 희망찬 에너지를 제공하는 긍정적인 부분을 찾아내는 것으로 이 단계를 시작한단다. '긍정적인 삶의 일상화'는 사람들이 지속적으로 성장할 수 있도록 안정시키는 조직화된 실행이라고 할 수 있다. 앞에서도 말했지만, 나는 우울함을 느끼거나 삶의 의미를 잃어버릴 때마다, 내가 중요한 일과를 빠뜨리고 있지는 않은지 점검한단다. 내 일상생활을 점검하기 위한 전략적 체크 리스트인 이 자기 평가 방법은 나를, 나아가야 할 바람직한 방향으로 다시금 인도해준다.

내가 사용하는 자기 평가의 첫 번째 항목은 운동과 식사조절이다. 따뜻한 날씨가 시작될 때부터 종종 몇 킬로미터씩 네 엄마와 산책을 하기도 하고 골프 가방을 직접 들고 열여덟 홀을 돌기도 하면서 건강 유지를 위해 노력한단다. 또한 운동을 할 때는 식사조절도 겸한다. 하지만 11월에 접어들면 그 동안 진행해오던 운동과 식사조절을 소홀히 하게 되고 날씨가 추워지면 집 밖으로 나가는 것조차 하지 않으며, 결국은 운동을 그만둔 채 우울한 감정을 느끼기 시작하고 겨울 동면을 준비하려는 듯 맥주 따위를 마시기 시작한다. 운동을 그만두면 금세 6킬로그램씩 살이 찌고 여름부터 지켜오던 자기계발 훈련으로부터 갑자기 자유로워지기 시작한다. 점차 나는 불만족스러워지기 시작하며, 비범한 삶의 모습으로 나아가는 것이 더욱 힘들어지기 시작한다.

스스로를 분석할 때 운동과 식사조절은 여러 중요한 사항들 중 하나일 뿐이지만, 우울한 시기를 극복하기 위해 나는 이 두 가지에 대해 특히 새로운 결심을 하게 된다. 이러한 결심을 지키고 실행하기 전까지는 심리 상태가 결코 좋아지지 않는단다. 이유와 분석, 훈련, 구조 등은 나를 점차 책임 있는 자유에 더욱 근접하게 이끌어주며 이는 나 자신을 성장시키고 보다 좋은 느낌을 갖게 해준단다.

내 몸도 점차 노화되기 시작하면서, 많은 기능이 저하되는 걸 느낀단다. 이러한 이유로 나는 골프가 내 몸에 가장 적합한 운동이라는 결론을 내렸다. 골프야말로 내 몸이 견뎌낼 수 있는 유일한 운동이라는 것이지. 하지만 골프 실력을 향상시키기 위해서는 많은 연습이 요구되고, 그 연습 결과는 아주 천천히, 실력의 한계를 여러 번 절감하고 나서야 나타난다. 골프연습을 하면서 내 건강은 한결 좋아졌고, 실력도 늘었다. 그 사실에 나는 기쁨과 만족을 느꼈다.

자신을 보다 나은 모습으로 변화시키기 위해 각오를 다지고 자기 훈련을 늘려나감으로 인해, 무엇인가를 창조할 수 있는 능력을 증가시킬 수 있게 된 것이다. 만약 운동을 통해 건강을 돌보지 않았다면, 나는 금세 자신감을 잃었을 것이다. 그래서 나는 자신감을 잃거나 힘이 들 때마다 그렇게 만드는 요인을 분석하고 각오를 새롭게 다지며 자기 자신과의 약속을 만든다. 이러한 약속은 긍정적인 결과를 이끌어내는 에너지를 창출하는 데 아주 중요한 도구란다.

심리적인 훈련 또한 매우 중요한 요소 중 하나다. 나는 조직적인 학습 프로그램을 수행할 때면 마음이 확장되는 것을 느낀다. 이러한 프로그램은 운동이 내 신체 능력을 향상시키는 것과 마찬가지로 나의 심리적인 능력을 향상시킨다. 개인적으로 나는 뭔가 배우는 것을 참 좋아하지만 여러 가지 일정이나 출장으로 바쁜 와중에서는 종종 아무것도 배우지 않고 있음을 느끼곤 한단다. 이럴 때면 항상 나 자신에게 배움과 연구에 대한 새로운 약속을 만들고 독려하게 되는데, 네 또래의 젊은 사람들의 경우에는 네가 가진 잠재력을 훈련시켜라. 배움이란 누구에게나 아주 값진 경험이며, 개인의 삶에 큰 기쁨을 가져다주는 훌륭한 삶의 요소란다.

이러한 부분을 정의하여 밝히는 것이 쉽지 않을 것이라고 생각된다.

학교에서는 배움이나 공부가 당연히 해야만 하는 의무이기 때문에, 너는 학위를 얻는다는 단순한 목표 아래 전공과목들을 공부해왔을 것이며, 각각의 독특한 자질과 역량을 가지고 있는 선생님들이 네 지식의 넓이를 그나마 넓혀주었을 것이다. 이러한 공부는 어떻게 보면 상당히 고역스러운 것이라고 할 수 있지만, 너 자신을 위한 교육이니 게을리하지 말고 최선의 노력을 다하라고 충고해주고 싶구나. 누구보다도 너 자신에게 "궁극적으로 어떤 결과를 만들고 싶은지" 물어보면서 좀더 유망한 길을 찾기 바란다. 그 후에 네가 가진 잠재력을 훈련시켜라. 배움이란 누구에게나 아주 값진 경험이며, 개인의 삶에 큰 기쁨을 가져다주는 훌륭한 삶의 요소란다. 우리에게 기쁨을 주는 이 핵심 자원을 나는 아버지로서 너와 함께 나누고 싶구나.

'기도'라는 단어는 우리 삶 속에서 매우 중요한 역할을 차지하고 있다. 그럼에도 많은 사람들이 자주 언급하지 않는 것 중 하나란다. 나는 깊이 있는 기도가 훌륭한 자기 훈련이 될 수 있다고 생각하는데, 그 이유는 그것 자체가 잘 훈련된 '말하기'와 '듣기'이기 때문이다. 기도는 내게 있어서 아주 훌륭한 '일과'로서 다른 일상적이고 평범한 일과에서 벗어나도록 이끈다. 고결함과 순수함으로부터 벌어졌던 틈을 다시 이어주는 것이 바로 기도생활인 것이다. 잘 훈련된 묵상과 기도는 방어적이고 위선적이었던 내 모습을 바로잡아준다. 우리는 모두 자기 위선적이며, 어느새 이러한 모습을 감추는 데 전문가가 되어버렸다. 이것은 종종 우리의 성장과 발전을 저해한다. 나는, 나의 감춰진 위선을 발견하고도 그것을 정당화함으로써 창피해하지 않은 적이 있다. 고결함과 순수함으로부터 스스로 멀어져가는 과정이 바로 이런 것이다. 기도는 이러한 틈새를 분석해서 좁혀나가도록 도와 가장 빨리 변화의 궤도 위에 다시 설 수 있도록 해주는 중요한 요소이다. 나는 지치고 힘들 때마다 자신이 정직하지 못하다는 사실을 직시하고 인정하려고 노력한다. 이러한 사실을 바라보는 노력이 실은 아주 큰 차이를 가져온단다.

사회적 성공이 가정생활의 실패를 보상해주진 않는다 »»

마지막으로, 다른 종류의 훈련을 요구하는 가정생활의 변화가 남아 있다. 나와 같은 전문직 종사자의 세계는 가정을 파괴하도록 디자인되어 있다고 해도 과언이 아니다. 그만큼 가정생활은 매우 실질적이며 고통스럽기까지 하단다. 가정은 우리가 어떻게 사랑과 관심을 가지고 살아가야 하는지에 대해 가르쳐주는 훌륭한 병원이라고 할 수 있는데, 만약 가정에서 성공할 수 있는 사람이라면 다른 어떤 곳에서도 성공할 수 있을 것이다. 하지만 가정에서 성공적으로 살아가기 위해서 자신을 훈련시키는 고통은 매우 현실적인 일인 반면에, 가정에서 바라보는 전문직의 세계는 매우 유혹적이다.

나는 '사회적 성공이 가정생활의 실패를 보상해주진 않는다' 라는 말을 좋아한다. 이 말은 본질을 드러낸다. 많은 사람들이 자신의 가정이 무너지는 것에 대한 핑계로 "전문직 종사자로서 살아가기 때문"이라고 말한다. 너도 이런 불행한 경우를 꽤 보았을 것이다. 네가 이미 알고 있듯이, 나도 때때로 가장으로서 내가 맡은 역할을 제대로 수행하지 못하면서까지 일에 빠져 있곤 했다. 가정에 소홀해짐으로써 가장 사랑하는 사람들과의 관계가 악화되기도 했다. 가정이라는 요소에 대해 검토하는 것 가정은 우리가 어떻게 사랑과 관심을 가지고 살아가야 하는지에 대하여 가르쳐주는 훌륭한 병원이다. 가정에서 성공할 수 있는 사람이라면 다른 어떤 곳에서도 성공할 수 있을 것이다.

은 나의 변화에 아주 큰 도움을 주었으며, 내가 자신에 대한 훈련 강도를 높이고 내가 필요로 하는 것을 실행하게끔 이끌어주었단다.

가정을 돌보는 것과 다른 사람을 위해서 봉사하는 것은, 상당히 유사한 일이다. 나는 종종 내 일에만 관심을 보이는 경향이 있으며 그 일에만 너무 열중했다. 그렇기 때문에 나의 궁극적인 도전은 주변의 다른 사람에게 관심을 보이면서도 어떻게 하면 생산적 삶을 살 수 있을까 하는 것이다. 나의 일에 최선을 다하면서 주변 사람들을 사랑하게 될 때 내 삶은 더욱 윤택해지며 가치 있게 될 것이다.

내가 이 편지로 너와 여러 가지 이야기를 나누면서 내 직업 또한 더 풍요로워짐을 느낀단다. 슬럼프에 빠질 때면 오히려 나는 주변 사람들의 필요에 내가 얼마나 관심을 갖고 기여했는지를 점검하는데, 이렇게 하는 것이 그 슬럼프에서 빠져나오는 데 곧잘 도움이 되곤 한단다. 그래서 이기적으로 나 자신에게만 관심이 쏠릴 때마다, 나는 즉시 다른 사람들에게로 그 관심을 돌리려고 노력한단다.

이른 아침, 황금 시간을 활용하라 ›››

이른 아침 시간을 활용하여 창의적인 일을 하는 것은 굉장히 좋은 훈련이다. 사회학 분야에서 세계적으로 저명한 학자인 친구가 있단다. 그 친구는 왕성한 생산력을 지니고 있는데, 그 비결은 매일 새벽 네시에 일어나 책을 읽고 글을 쓰는 것이었다. 점심시간부터 온갖 미팅에 참석하고 강의까지 하는데도, 그는 이른 아침 시간을 '황금시간' 이라고 표현한단다. 몇 년 전까지만 해도 이 친구의 이러한 행동양식에 대해, '너무 무리하는 것은 아닌가' 생각했었는데, 지금에 와서는 나도 그 친구의 행동양식을 따라가게 되었단다. 만약 우리가 인간의 창의력에 가장 효율적인 이른 아침 시간을 능률적으로 활용할 수 있다면, 원하는 삶을 살 수 있다. 반대로 소중한 아침 시간이 며칠 동안 방해받는다면, 창의적인 생산력에 대한 감각을 잃어버리게 된다. 대부분의 사람들이 이른 아침의 창의적인 생산력을 그들이 생각하는 것 이상으로 실생활에 적용할 수 있다. 만약 우리가 이른 아침 시간을 적절하게 활용하면서 창의적인 사고를 요하는 작업들을 진행한다면, 우리의 삶은 훨씬 윤택해질 것이다.

"아니오"라고 말할 수 있어야 한다 »»

지금까지 언급한 모든 부분들은 우리의 헌신과 결심을 관리하는 것과 연관되어 있단다. 전문직 종사자들은 말한다. "더욱 많이 성공하기 위해서는 더욱 많은 시간을 할애하라고 요구하는 무엇인가가 있다" 너는 처음에 많은 기회가 주어지는 것이 좋은 일이라고 생각했지만, 얼마 지나지 않아 기회가 많이 주어질수록 외부 일정에 의해 통제당하는 너 자신을 발견했을 것이다. 이렇게 외부의 바쁜 일정에 쫓기면 스스로가 누구인지에 대한 감각마저 잃어버리게 된다. 이렇게 되면, 성공을 위해 네가 해야 할 일을 할 시간조차 없어지며, 당연히 그 일을 통한 기쁨마저 사라지게 된다. 그렇기 때문에 주어지는 수많은 기회, 특히 금전적인 보상이 주어지는 기회들에 대해 때로는 "아니오"라고 말할 수 있어야 한단다.

내가 아는 유일한 자기 관리 방법은 자기 자신을 명확히 이해함으로써 삶의 우선순위를 기준으로 훈련하는 것이다. 그래야만 아주 유혹적인 것들

내가 아는 유일한 자기 관리 방법은 자기 자신에 대해 명확히 이해하고 삶의 우선순위를 기준으로 훈련하는 것이다. 그래야만 아주 유혹적인 것들이나 주변의 강한 사회적 압력에도 "아니오"라고 말할 수 있게 된다.

이나 주변의 강한 사회적 압력에도 "아니오"라고 말할 수 있게 된단다. 나는 수많은 기회들 앞에서 능동적인 자기 의지를 관리할 수 있는 선택만을 해야 했다. 내가 종종 슬럼프에 빠지는 이유는 자기 헌신과 결심을 위한 스케줄과 외부에서 요구해오는 무작위의 목적이 대립할 때 그 속에 빠져 허우적거렸기 때문이란다. 이런 때일수록 일어나고 있는 상황들을 정확히 이해하여 시간을 잘 관리해야만 한단다.

전문성을 가지고 집중하는 것은 매우 어렵다. 내가 종사하는 컨설팅 분야는 크게 강의, 연구조사, 컨설팅 세 분야로 나뉘는데, 각각의 분야는 아주 다양한 종류의 활동들을 요구한다. 이러한 여러 가지 일들을 나열하는 건 쉽다. 그러나 실제로 일의 전문적인 목적과 성취를 위한 프로젝트에 대해서 정확하게 이해하여 가장 생산적이고 실현 가능한 방법을 추구하는 것은 중요하고도 어렵다. 이런 일들은 막상 알면서도 실천하지 못하는 경우가 많으며, 이럴 때마다 나는 무엇인가 중요한 것을 잃어가는 느낌을 갖는다. 그럴수록 나는 스스로에 대해 더욱 집중한다. 그러면서 나아진다.

돈을 관리하는 방법 >>>

현대인의 삶 속에서 금전적인 부분에 대한 훈련은 그 어느 때보다 중요하게 인식되고 있단다. 돈은 시간만큼이나 소중한 것이며, 많은 수요를 갖고 있다. 이러한 수요는 공급을 고갈시킬 수도 있다. 금전적인 부분에 있어 명확한 우선순위와 잘 짜여진 소비 계획을 갖지 못한 사람들은 빚을 갚느라 자유를 희생하면서 정신 없이 삶을 마감하게 되곤 한다.

금전관리에 있어서 내가 생각하는 키워드는 이것이다. "돈은 하나의 수단일 뿐 최종 목적이 아니다." 돈이란 것은 개인의 가치를 평가하고 측정하는 기준이 될 수 없단다. 만약 어떤 사람이 자신의 삶의 목적을 명확히 알고 있다면, 얼마만큼의 돈이 필요할지에 대해서도 명확히 알 수 있다는 게 내 생각이다. 만약 사람이 자신의 욕구를 잘 관리할 수 있다면 보다 적은 돈으로도 더 행복하게 살아갈 수 있을 것이다. 한마디로, 나의 욕구를 재정적인 부분에 맞춰 잘 관리했을 때, 남부럽지 않게 좋은 삶을 살았다고 자부한다.

만약 어떤 사람이 자신의 삶의 목적을 명확히 알고 있다면, 얼마만큼의 돈이 필요할지에 대해서도 명확히 알 수 있다는 게 내 생각이다.

취미생활을 즐겨라 >>>

적절한 여가 활용을 통한 취미생활은 사람들이 쉽게 잊고 살아가는 부분이란다. 몇 년 전에 '전국 경영학회 세미나'에 패널로 참석했을 때, 암 진단 판정을 받고 시한부 인생을 살아가는 두 명의 초청 강사가 나와서 특강을 했다. 그들은 마음 깊은 곳에서부터 우러나오는 이야기를 했으며 참석자들도 다들 열중하고 들었단다. 두 명의 강사는 예전에 비해 지금은 취미생활에 많은 시간을 할애하고 있다고 한목소리로 말했다. 이들은 충분한 취미생활을 즐기지 못한 채 일에만 전념했던 것을 후회하고 있었다.

나 또한 내 직장 동료 중 한 명이 심장발작을 일으켰을 때 이들 두 강사와 똑같은 결론을 내렸단다. 내 직장 동료와 나는 비슷한 일정을 가지고 일해왔는데, 그의 병은 내가 삶 속에서 무엇을 하고 있는지에 대해 성찰하고 평가하게 만들었다. 나는 보다 체계적인 취미생활을 해야겠다고 결심했으며, 지난 몇 년간 그것을 위해서 많은 시간을 할애해왔다. 그런

데 역설적이게도, 취미생활을 즐기자 나는 과거 어느 때보다도 생산적이며 창의적으로 일하게 되었단다. 성공을 위해서는 누구보다 바쁘게 그리고 끊임없이 일해야 한다고들 생각하는데 이건 아주 잘못된 미신이다. 현실에서는 이런 잘못된 미신을 절대로 받아들일 필요가 없다. 그 후로 나는, 슬럼프에 빠질 때마다 취미생활을 재점검함으로써 큰 도움을 받곤 했다.

긍정적인 일과를 점검하여 에너지를 극대화하라 ›››

긍정적인 일과를 점검한다는 건, 긍정적인 훈련을 점검하는 것과 같단다. 이러한 점검은 자신의 에너지를 표현하는 하나의 기준을 제공하기 때문에, 이를 통해 더 좋은 삶을 살아갈 수 있다. 내 에너지가 이러한 점검 활동을 거칠 때, 그 결과는 보다 긍정적인 효과를 드러낸다. 그래서 이런 점검을 끝내고 나면 기분이 좋아지고, 더 왕성한 에너지를 느낀다. 책임 있는 자유는 나 자신을 몇 배로 성장시키고, 스스로에 대해 더 긍정하게 만든다. 반대로 내가 자기 파괴적인 행동양식에 빠져들고, 앞서 말한 부정적인 중독들에서 벗어나지 않으면, 에너지는 사라져버릴 것이다. 모든 것이 수포로 돌아간다는 말이다. 긍정적인 성과를 보지 않고, 고통의 원인을 자기 자신에게 돌리면 모든 현실이 부정적으로 느껴져 결국 부정적인 세상에서 살아가게 될 것이다. 이런 세상에서는 각자가 가진 에너지를 사용하기가 매우 힘들어진다. 내가 어리석은 자유를 부끄러워할 때에만, 비로소 나는 비범한 삶의 길에 첫발을 내딛게 되며, 삶을 즐길 수 있게 된다.

지금까지 언급한 개념에 대한 보다 수준 높은 이해를 돕기 위해 네가 지난 번 보낸 편지글 중 일부를 인용한다.

> 저는 많은 코치들이 자신에게 맡겨진 선수들을 최상의 선수로 키우지 못하는 것을 봅니다. 많은 팀이 훌륭한 선수들을 보유하고 있지만, 그 선수들은 오히려 코치 때문에 평범함을 뛰어넘지 못합니다. 반면에 지극히 평범한 선수들로 구성되어 있지만, 훌륭한 시스템과 코치를 보유하고 있는 프린스턴 대학 같은 곳도 있습니다.

뛰어난 관찰력이 돋보이는 이 글은 변화를 끌어내는 것에 관한 아주 훌륭한 사례다. 소수의 훌륭한 감독들은 선수들이 잠재능력을 초월한 능력을 발휘하게 만드는 반면, 어떤 감독들은 선수가 지닌 기본 역량조차 활용하지 못하는 경우가 적지 않다. 팀이 성공하기 위해서는 변화가 수반되어야만 한다. 개인적으로 우수한 성적을 올리려는 자세를 버리고, 팀의 능력과 기술, 헌신이 바탕이 된 조화로운 팀으로 성장해야 한다. 팀원들은 책임 있는 자유를 활용하는 방법을 배워야 하는데, 이는 개인의 에너지와 앞에서 언급한 훈련들을 접목함으로써 가능하다. 훌륭한 감독은 선수들에게 훌륭한 시스템을 제공하며, 개인 능력과 시스템이 완벽하게 조화를 이루는 팀으로 이끌어간단다. 훌륭한 감독은 팀원이 보유한 가치를 어떻게 구별시키는 동시에 조화시켜야 할지 알고 있기 때문에 변화를 도출해낼 수 있다.

대부분의 사람들은 성장하는 과정 속에서 너와 같은 변화의 각 단계를 거쳐왔으며, 자기 자신과의 싸움에서 승리를 경험했단다. 이 사람들은 부정적인 영역과 비범한 삶의 자세, 잠재능력의 특성에 대해 이해하고, 그것을 삶에 어떻게 적용해야 할지를 알고 있다. 요약하자면 이러한 사람들은 홀로닉스의 구조와 개념을 어떻게 적용해야 하는지 알고 있는 것이다. 이 편지에 쓴 내용들이 네게 실질적인 도움을 주었으면 좋겠구나.

진심으로 너를 사랑한단다,

사랑하는 아버지가.

여덟 번째 편지

홀로닉스 모델을 삶에 적용하라

"진정으로 강한 사람은 치열하면서도 온화한 사람이다. 또한 이상주의자인 동시에 현실주의자여야 한다." - 마틴 루터 킹

여덟 번째 편지

사랑하는 가렛에게

지난 번 편지는 매우 편안한 마음으로 썼단다. 편지를 쓰면서 너와 하나가 된 듯했고, 내 마음에 너를 향한 사랑이 가득 차 있었다. 편지를 써 내려가면서, 하나하나의 글들이 너에게 긍정적인 가치를 심어줄 거라는 기대감에 북받치는 기쁨을 금할 길이 없더구나. 이렇게 썼던 편지가 네게도 가장 흥미로운 편지들 중 하나였다니 나로선 더할 나위 없이 감사하다. 너의 이번 답장 역시 내게 말할 수 없는 기쁨이었단다. 특별히 네가 말하는, 변화의 나선형 모델이 주는 가치와 너 자신의 삶의 동기에 대한 분석은 나의 관심을 끌기에 충분했다.

첫 번째로 아버지와 논의하고 싶은 것은 프로차스카 박사팀이 발전시킨 나선형 모델입니다. 저 또한 그 단계들이 제 삶에 중요하다고 생각됩니다. 지금 저는 분명히 아버지께서 말씀하신 사전 심사숙고 단계와 심사숙고 단계를 지나왔다고 확신하고 있습니다. 그리고 준비 단계와 행동 단계에도 잠깐은 발을 들여놓았을 것입니다. 하지만 만약 제가 정말로 그 단계에 도달했던 거라면, 지금은 다시 이전 단계로 뒷걸음질친 것이 분명합니다. 제 생각엔 아버지가 말씀하신 모델의 나선형 선상에서 수평적인 전진과 후퇴를 반복하면서 수직 상승을 이루지 못하고 있는 듯합니다. 이 과정 속에서 아마도 제 자신에 대해 더 많은 것들을 배우고 있고, 어쩌면 정말로 조금씩은 위로 향하면서 성장하고, 성공하기 위한 준비를 하고 있는지도 모릅니다. 그러나 아직 확신은 없습니다. 전보다는 훨씬 나아졌지만 여전히 자신감이 부족한 듯합니다. 다시금 제자리로 돌아가는 재발(relapse)의 개념은 이 시점에서 매우 중요하게 여겨집니다.

사실 저는, 아버지가 편지에서 소개하신 '자기 변화(self-change)' 모델이 맞지 않다고 느꼈습니다. 아버지가 '모든 사람들은 종종 제자리로 돌아간다' 고 썼던 부분을 읽기 전까지는요. 하지만 대부분의 사람들이 그렇다는 말씀에 제 마음이 조금 가벼워졌습니다. 제가 아버지께서 생각하시는 만큼의 성과를 이루었는지는 확신할 수 없지만, 그래도 변화를 심사숙고하고 있다는 것만은 확신합니다. 이것은 매우 긍정적인 현상인 것 같습니다. 부정적인 측면은 제가 아직까지도 실질적인 변화를 이끌어낼 만큼의 노력을 기울이고 있지 못하다는 것입니다. 저는 현재 시점에서 더 움직이지 못하고 갇혀 있음을 느낍니다. 그 이유가 무엇인지는 잘 모르겠습니다.

하지만 행복까지는 아니더라도, 제가 서 있는 이 단계에서 마음의 평온함을 느낄 수 있어서 기쁩니다. 또한 신기한 것은 무의식중에 변화를 거부하는 제 숨은 마음을 알게 되었다는 것입니다. 왜냐 하면 변화하지 않고 우울한 상태에 머물 때, 주위 사람들로부터 오는 관심과 걱정이 싫지 않기 때문입니다. 이것은 매우 이기적인 모습인 듯하지만 솔직한 제 심정이고, 사실 저는 더 솔직해지고 싶습니다.

관심이론 – 빗나간 행동을 통한 관심 끌어내기 >>>

너는 편지에서 네가 아직 변화를 실행하지 못하고 있으며 내가 예상한 것보다 많이 뒤처져 있다고 언급했더구나. 만약 그것이 사실이라 하더라도, 네가 변화하는 과정중이라는 나의 확신에는 변함이 없단다.

우선 너의 편지는 매우 강한 자기 성찰과 인식으로 가득 차 있다. 너는 현실을 직시하면서, "지금의 내가 서 있는 그 단계에서 비록 행복하지는 않지만, 평온함을 느끼고 있다"고 말했다. 또한 주위로부터 관심과 걱정을 받는 것이 좋아서 변화하고 싶은 마음과 의지가 사그라들어 그냥 지금의 상태로 남고 싶다고 솔직히 고백했다. 이것은 매우 용감한 선언이다. 그리고 너는 또 하나의 중요한 동기부여 요소에 대해 언급했다. 너는 네가 불행한 삶을 살아가는 대신 사랑하는 주위 사람들에게 많은 관심을 받는다고 말했다. 가정상담 전문가들의 말에 따르면 네가 보여주는 이러한 현상은 '관심이론' 이라고 불린다더구나.

사람들은 절대적으로 관심과 관계를 필요로 하며 살아간다. 개인의 발전과 성장이 관계 안에서 이루어지기 때문이다. 갓 태어난 아기들은 사람들과의 육체적 접촉을 상실하면 죽음을 맞는다. 그리고 모든 사람들은 다른 이들로부터 오는 관심을 잃으면 정신적 · 심리적 죽음을 맞는다. 그래서 사람들은 다른 이들로부터 관심을 얻기 위해 무섭게 노력하고, 때로는 과격해지기도 하는 거란다. 어린이들이 부모나 가족의 기대를 저버리고 빗나가는 현상도 실은 무의식중에 가족들로부터 더 많은 관심을 얻어내기 위함이란다.

네 동생 크리스틴이 열두 살이었을 때, 계단에서 굴러떨어진 일이 있단다. 크리스틴이 비명을 지르기 전까지는 아무도 그런 상황을 알아채지 못하고 있었지. 크리스틴은 우리에게 움직일 수 없다고 말했고 우리는 즉시 앰뷸런스를 불렀다. 긴급히 병원으로 후송된 네 동생은 여러 가지 검사를 받았다. 그때 내 마음은 너무나 안타깝고 아팠다.

10년이 지나서야 크리스틴은 그 당시의 일에 대해 좀더 자세히 말해주더구나. 자신이 계단에서 굴러 바닥에 떨어졌을 때 아무도 자신을 발견한 사람이 없었다고 말이다. 크리스틴은 사람들에게 관심을 얻어야겠다고 생각했고, 그래서 처절한 비명과 함께 사고를 일부러 더 비극적으로 설명했다고 한다. 크리스틴이 10년이나 지나서 이 이야기를 한 것은 정말이지 현명한 행동이 아닐 수 없다.

그러나 '빗나간 행동을 통한 관심' 이 크리스틴 이야기처럼 늘 웃어넘길 수 있는 수준은 아니란다. 어쩌면 그들은 자기 스스로 '그 빗나감' 에 대한 보상을 치르고 있는지도 모른다. 네가 고등학교 때 했던 단체 활동을 생각해보렴. 서로 동질감을 발전시키기 위해 어떤 일을 했었는지 말이다. 좀 다른 예이기는 하지만, 콜로라도에서 같은 학교에 다니는 두 학생이 서로를 향해 총을 난사한 사건을 생각해보아라. 그들이 얼마나 멀리 빗나갔으며, 얼마나 처참하고 고통스러운 비극을 모두에게 안겨주었는지…….

관심과 배반에 관한 욕구는 가끔은 서로 협력해서 일어나기도 한다. 지난 편지에서 나는 '어리석은 자유' 에 대해 이야기했다. 어리석은 자유의 값은 상상할 수 없을 정도로 비싸게 지불해야 할 때가 많단다. 너는 내게 쓴 답장에서, 의지력이 삶의 중요한 가치라는 것을 어렸을 때부터 깨달았노라고 말했다. 너는 의지력의 중요성을 강조하면서, 심지어는 그것이 인생의 전부라고까지 말했다. 네가 강한 의지력을 소유하고 있었기에 매순간 다가오는 부도덕한 유혹을 뿌리칠 수 있었다고 했다. 그리고 너는, "그런데 이제 저는 그 의지력이 매우 약해졌다는 것을 깨달았습니다. 제가 생각했던 것만큼 그리 강하지가 못합니다. 또한 그리 현명하거나 지혜롭지도 못한 것 같습니다"라고 말했다. 너는 이러한 부정적인 깨달음에 사로잡혀 "게으르고 늑장부리는 나쁜 씨앗이 마음 속에 뿌려졌다"고도 이야기했다.

내 생각에 우리들은 종종 자기패배적인 선택을 한다. 네가 스스로 지적했듯이(그리고 우리 모두가 그러하듯이) 너는 어리석은 자유를 행해오고 있었다. 네 경우는 긍정적인 요소들(의지력과 지혜)이 부정적인 요소들(게으르고 늑장부리고 싶은 마음)과 연결되어 있었다. 의지력과 지혜로부터 오는 긍정적 요소만이 목적과 신념에서 오는 또 다른 긍정적 요소와 융합될 수 있단다. 짐작컨대, 너의 지난 한 해는 퍽 만족스러웠을 것이다. 너는 긍정적인 '뛰어난 소수'이면서도(사실 '뛰어난 소수'는 그리 많은 관심을 필요로 하지 않지만) 유달리 많은 관심을 받았고 즐거워했다. '뛰어난 소수'들에게는 삶의 목적을 추구하고 그에 따른 일들을 해나가는 것 자체가 이미 보상이다. 그 보상은 내적이고 정신적인 것이다. 이것은 우리가 현실로부터의 관계를 끊고 서서히 죽음의 문에 가까이 가는 식의 부정적인 빗나감을 통해 관심을 끄는 것과 똑같은 효과를 가져온다.

나는 지금 이 편지를 이스탄불에서 쓰고 있단다. 흑해의 아름다운 전경이 눈앞에 펼쳐져 있지. 이틀 전 이스탄불을 관광하면서, 그들의 역사에 감탄사를 연발할 수밖에 없었단다. 그들은 수백 년의 역사가 아닌, 수천 년의 역사를 갖고 있다. 이스탄불은 세상의 중심지 중 하나로서 동쪽과 서쪽이 만나는, 전략상 매우 중요한 곳에 위치하고 있다. 나는 이곳에서 뛰어난 공예품들을 눈으로 직접 볼 수 있었고 종교, 전쟁, 무역, 기술 발달에 관한 많은 이야기를 들을 수 있었다. 문화간의 충돌과 다른 여러 종족들간의 결합, 그리고 믿기 어려운 기이한 사건들에 관해 들었는데 참으로 놀라운 이야기들이 많더구나.

여행중 가장 강하게 느낀 사실은, 인간의 역사가 하나의 선으로만 이어져오는 직선형이 아니라는 것이다. 오히려 '변화의 나선형 진행 과정'과 많이 닮았더구나. 인간의 발전은 전진과 후퇴를 반복하는 것이지만, 한 발자국 뒤로 물러서서 바라보면 위로 상승하고 있음을 한눈에 볼 수 있다. 이스탄불의 역사를 살펴보면서, 나는 내가 예전 편지에서 언급했던 두 영화, 〈퍼스트 콘택트〉와 〈콘택트〉를 머릿속에서 지울 수가 없더구나. 이 두 영화는 소위 '문화충돌'에 대해 이야기하고 있다. 이스탄불에서 들은 이야기들 역시 문화충돌에 관한 것이었다. 그만큼 이러한 '충돌'은 언제 어디서나 일어나고 있는 것이다.

사업이나 경영에 있어서도 문화충돌이 일어난다는 사실을 알고 있니? 네 인생과 나의 인생, 그리고 우리 모두의 인생 역시 끊임없이 충돌하고 진화하는 가치체계들이란다. 우리는 전진하다가도 낙심하거나 실패하고, 그것을 통해 배우고 또다시 전진한다. 아마도 우리가 겪을 수 있는 최악의 상황은 용기를 잃고는 하던 일을 그만두는 것일 게다. "변화할 수 있는 자신의 가능성을 포기할 때 삶은 단지 지나갈 뿐이다"라는 말을 다시 한 번 떠올려보렴. 학습하고 변화하기를 멈추는 순간 우리는 타락하는 길로 접어들 것이며, 결국 자신을 싫어하게 될 수밖에 없다. 우리 인간은, 성장하고 공헌할 때 최고의 기쁨을 느끼게끔 창조되어 있단다.

사업이나 경영에 있어서도 문화충돌이 일어난다. 네 인생과 나의 인생, 그리고 우리 모두의 인생 역시 끊임없이 충돌하고 진화하는 가치체계들이다.

홀로닉스 리더십 – 변화를 끌어내는 지도자가 되는 법 >>>

일상적인 경험들 속에서 어떤 일을 '공헌'으로까지 발전시키기란 분명 쉽지 않다. 그러기 위해선 상당한 지도력이 요구된다. 내가 보낸 첫 편지에서 대부분의 사람들이 새로운 변화를 만들어내고 싶어한다고 지적했었다. 오늘은, 어떻게 하면 그런 변화를 만들 수 있고 지도력을 키울 수 있는지에 대해 집중적으로 이야기하고 싶구나.

나는 네게 새로운 지도력을 일러주고 싶다. 그것을 나는 '홀로닉스 리더십(Wholonics Leadership)'이라고 부른단다. 만약 네가 이것을 바로 이해하고 실제 삶에 적용시킨다면 분명 적지 않은 가치를 부여받을 것이며, 더욱 공헌하는 삶을 살 수 있을 것이다.

내가 여기 이스탄불에 온 이유는 현지 제약회사와 함께 일하기 위해서다. 관리자들은 나에게 자신들이 어떻게 하면 더욱 협력하는 방향으로 나아갈 수 있는지 조언을 청했다. 그들은 생산 속도를 높이기 위해서 여러 프로그램을 적용시켜보았으나 성공하지 못했다. 왜냐 하면 조직 내의 여러 그룹들에 제안된 변화들이 회사의 직접적인 이익과는 상반되는 것이었기 때문이다. 이 조직이 진화해갈수록 조직의 최소 구성단위들은 더욱 구별될 것이고, 지방자치 단체들처럼 각자의 이익, 가치, 문화만을 생각하게 될 것이다. 결국 자신들의 이익을 위해 경쟁과 충돌, 대립이 빈번히 일어날 수밖에 없게 된다. 내 경험으로 볼 때 이것은 피할 수 없는 필연적 과정이다.

> 나는 네게 새로운 지도력을 일러주고 싶다. 그것은 바로 '홀로닉스 리더십'이다. 만약 네가 이것을 바로 이해하고 실제 삶에 적용시킨다면 분명 적지 않은 가치를 부여받을 것이며, 더욱 공헌하는 삶을 살 수 있을 것이다.

대부분의 단체와 조직은 그들의 잠재력과 가능성을 활용하지 못하는 경향이 있다. 개개인이 눈앞의 이익과 욕심 너머의 것을 바라보지 못하기 때문이다. 내가 30년 세월 동안 개인과 조직에 대해 배운 것을 한 문장으로 줄인다면, 바로 이것이다. "인간이 자신의 이익을 모색하고 추구하는 것은 지극히 자연스러운 일이다."

결론적으로 말해, 대부분의 조직이나 팀들은 이 제약회사와 비슷하다. 조직 내적으로 많은 경쟁이 일어나고 있고, 이것이 회사 전체를 약화시키거나 심지어는 파괴하기도 한다. 개개인이 자기 이익만을 추구함으로써 불거지는 조직 내면의 경쟁과 충돌, 그리고 대립의 패턴을 결속력 있는 협동체제로 바꾸는 것이 바로 지도자들의 몫이다. 우리는 그러한 사람들을 가리켜 '변형을 추구하는 지도자'라고 부른단다. 그들은 단체나 조직을 변화시켜 더욱 탁월한 성과를 이루어내도록 이끈다.

이러한 좋은 예는 뉴욕 닉스 농구팀 코치 펫 라일리의 이야기다. 그의 팀은 한때 치열한 경쟁과 파벌간의 대립 때문에 예측할 수 없는 길로 빠져들었다. 이러한 대립과 경쟁은 선수들간에 부정적인 눈으로 서로를 바라보게 만들었고, 더 심한 경쟁을 야기했다. 그리하여 그들은 부정적인 영역에 들어섰다.

결국 어느 날, 코치인 라일리가 나섰다. 그의 개입은 팀을 변화시키는데 큰 몫을 했다. 라일리는 선수들을 불러모아놓고 각각의 포지션이 갖는 성격과 특성에 대해 설명했다. 그는 선수들이 포지션별로 모여 앉도록 의자를 다시 정렬시켰다. 매우 간단하면서 도식적인, 눈앞에 여실히 드러나는 살아 있는 학습이었다. 라일리는 그가 전달하고자 하는 메시지를 모두가 이해하기 쉽게 풀었다. 선수들이 자기 창조를 위해 선택한 길임에도 불구하고, 제대로 보지 못하고 있는 지금의 현실을 그는 매우 생생하게 보여주었다. 하지만 사실 이러한 평가와 반응은 늘 노여움과 저항을 가져온단다. 그들 역시 같은 반응을 보였다. 그들은 자신의 어리석은 자유를 바라보는 것이 즐겁지가 않았던 것이다. 라일리는 긍정적 가치, 인내, 개방, 팀 정신, 융합을 이끌어내는 가치들에 대해 선수들에게 이야기해주었다.

뉴욕 닉스 농구팀은 아직 살아 있었다. 그러나 서서히 찾아오는 죽음에 한 발짝씩 다가가고 있었다. 그들에겐 새로운 무엇인가가 절실히 필요했다. 라일리의 개입은 팀의 변화에 중요한 역할을 했고, 마침내 팀이 결승전에 진출하는 데 결정적인 기여를 했다.

극소수의 코치나 관리자들만이 라일리처럼 변형을 추구한다. 그들은 다른 사람들이 각자의 이익을 뛰어넘어 궁극적 삶의 목적이나 조직의 목적을 주시하게 만든다. 바로 이것이야말로 인간의 가능성에 영양분을 공급하는 '심오한 공헌' 이다. 여기서 엔트로피는 우리들을 구별시켜 붕괴로 이끄는 작용을 한다. 우리는 그것을 이겨나가야 하는 것이다. 개별적인 모든 인간은 단체로서, 조직으로서, 나아가 문화로서 발전해나가며 상호 침투작용을 한다. 개개인은 자신이 더 높은 목적을 향해 배워나가고 있고, 그 과정에서 공헌한다고 느낄 때 성장하는 것이다. 그러기 위해 구별된 것들은 반드시 융합되어야 하고, 구별된 개인들이 융합되기 위해서는 변형을 추구하는 지도력이 필요하다.

변형의 지도력, 어떻게 키울 것인가? »»

변형의 지도력에 관한 수백 가지의 실험을 통해 산출된 최종적인 결론은, 대부분의 사람들은 변형적이지 못하다는 것이다. 이러한 사람들 중에서 권위 있는 사람들을 가리켜 사회학자들은 '대가를 바라는 지도력' 을 행사하는 사람이라고 부른다. 이러한 관리자들은 사람들 모두가 자기 이익을 가장 중시한다고 단정한다. 이들은 목표를 명확히 하고 직원들에게 일에 대한 잘잘못을 상벌로서 확실히 심어준다. 나이가 많은 사람들, 최고경영자나 장군들은 그들이 속한 조직에서 가장 높은 직위를 차지하고 있다. 하지만 단지 그러한 이유로 그들을 진정한 지도자라 말할 순 없다. 그들은 단지 가치를 보존하는 관리자일 뿐 그 이상도 그 이하도 될 수 없는 것이다. 가치를 창조하기 위해서는 변형을 가져올 수 있어야 한다.

변형의 지도자는 사람들을 각자의 이익 추구에서 공동의 이익 추구로 이끌어낸다. 그러한 지도자는 상벌, 그리고 타인의 간섭이 개인의 자존심을 방해하는 요소란 것을 잘 알고 있다. 그들의 목표는 사람들을 도와 그들이 자발적으로 일하도록 발전시키는 것이다. 바로 확실한 결심을 끌어내는 것이다. 이러한 지도자들은 사람들에게서 자신이 의도한 것보다 더 많은 것을 얻어낸다. 때로는 그들이 가능하다고 생각했던 것 이상의 결과를 만든다. 그들은 어떻게 이런 일을 할 수 있을까? 라일리의 사례를 표본으로 해서 '변형의 지도력'을 가졌다고 평가받은 사람들의 특성에 대해 자세히 살펴보도록 하자.

우선 그들은 확실한 결심을 본보기삼아 신뢰를 증진시켰다. 그들은 바른 행동과 좋은 말만을 하기로 했다. 그리고 융합을 시도했다. 또한 그들은 목적을 깊이 있게 추구하기로 약속했으며, 그것을 실천에 옮기기로 했다. 확실함을 갖기 위해서는 확실한 신념이 뒤따라야 한다. 그들은 남들에게 요구하기 전에 먼저 자신들이 모범이 되기로 마음먹었다. 펫 라일리가 팀의 저항에 부딪쳤을 때, 자신부터 굳건한 신념의 모범적인 모습을 보여주었던 것처럼.

변형의 지도자는 사람들을 각자의 이익 추구에서 공동의 이익 추구로 이끌어낸다. 그들의 목표는 사람들을 도와 그들이 자발적으로 일하도록 발전시키는 것이다.

두 번째로, 변형을 추구하는 지도자들은 새로운 가능성을 사람들의 마음 속에 심어주었다. 그들은 하고자 하는 일에 의미를 부여하면서 다양한 미래를 보여주었고, 열정과 낙관적 사고, 영감을 불어넣어주었다. 그들은 예사롭지 않은 패턴에 대해 깊이 연구했고, 그 근본적인 이유에 대해서도 이성적으로 분석했다. 그들은 변화를 포용하면서도 질서를 잃지 않았다. 그들은 현실과 가능성을 융합하듯이 과거와 미래를 융합시켰고, 다른 사람들에게 근거 있는 비전을 제공함으로써 그들이 더 훌륭하고 더 나은 삶의 목적을 품을 수 있게 만들었다. 라일리가 바로 이러한 일을 한 것이다.

세 번째로, 변형을 추구하는 지도자들은 패턴에 대해 정의하고 가능성을 재정립하며, 다른 사람들이 이와 같은 것을 실천할 수 있도록 자극함으로써 여러 가지를 추측해보고 그것에 대해 끊임없이 질문한다. 그들은 솔선수범해서 모험심을 발휘하며, 열린 마음으로 새로운 아이디어들을 수용한다. 그리고 사람들에게도 마음의 문을 열어 새로운 것들을 시도해보라고 권한다. 그렇다고 해서 그 리더들이 변덕스럽다거나 제멋대로라는 것은 아니다. 그들은 스스로 안정적일 뿐만 아니라, 다른 사람들이 변형의 모험을 시도할 수 있도록 환경을 지원해준다. 그들은 열린 마음을 소유했으면서도 스스로 안정된 사람들이기 때문이다. 그들이 보여주는 자신감은 적응력을 갖고 있다. 다시 말해, 그들은 나선형 모델을 근거로 한 신념을 갖고 끊임없이 학습하면서 앞으로 나아간다. 라일리 역시, 결론이 될 만한 해답을 찾지는 못했지만 선수들이 각자의 역할을 더 잘 수행하도록 팀 수준을 끌어올릴 수 있었다.

변형을 추구하는 사람들은 높은 기준을 갖고 있으며, 그 기준을 회피하지 않고 정면으로 부딪쳐 도달하려 한다.

변형을 추구하는 사람들은 높은 기준을 갖고 있다. 그

리고 그 기준을 회피하지 않고 정면으로 부딪쳐 도달하려 한다. 이러한 태도로 변형을 추구하는 사람들은 주변 사람들의 의견에 귀기울이고 그들을 도와주는데, 이것 자체가 자신의 지도력을 확장하는 방식이다. 그들은 주변 사람들에게 도전을 권하는 동시에 칭찬도 아끼지 않는다. 라일리에게서도 이런 모습을 발견할 수 있다.

변형적 지도자들의 유형과 그 특성 »»

변형을 추구하는 지도자들은 '거짓된 지도자'와 '진실한 지도자'라는 두 가지 유형으로 나뉜다. 이 두 유형의 근본적인 차이점은 그들의 동기유발 과정에 있다. 거짓된 지도자들은 자신의 이익만을 생각한다. 버나드 베스는 "자신의 관심사와 성장, 그리고 남의 것을 착취하느라 바쁘면서 권위주의에 빠져 있는 가짜 지도자들은, 왜곡된 실리주의와 비뚤어진 도덕적 규범을 신봉하고 있다"고 썼다. 반면 진실한 지도자들은 사리사욕을 초월한 사람들이다. 그들은 단체를 위해서나 도덕적 규범을 지키기 위해서 자신을 기꺼이 희생하는 사람들인 것이다. 이를 통해서만 그들은 더 높은 삶의 목표를 향해 올라갈 수 있기 때문인데, 한 문장으로 표현하면 이렇다. "진실한 변형적 지도자들은 자기 내면의 지시를 따르는 동시에 다른 사람들에게 관심을 쏟는다."

여기서 한 가지 더 알아두어야 할 중요한 사항이 있다. 변형을 추구하는 지도자들은 보편적인 가정(假定)을 초월하는 것은 물론, 심지어 우리들에게 가장 강력한 작용을 미치는 가정들까지, 그리고 자기 생존과 개인의 이익 역시 초월한다. 로널드 헤이페츠는, 리더십은 자기 자신을 죽일 정도의 헌신을 바탕으로 행해지는 것이라고 했다. "전쟁이 우리들의 리더십과 권위라는 단어의 개념을 발전시키는 데 커다란 역할을 한 것을 보면 알 수 있듯이, 고대로 거슬러올라가 언어의 뿌리를 찾아보면 '이끌다(lead)' 라는 단어의 본래 뜻은 '죽음을 무릅쓰고 앞으로 나아가다' 이다."

"고대로 거슬러올라가 언어의 뿌리를 찾아보면 '이끌다(lead)' 라는 단어의 본래 뜻은 '죽음을 무릅쓰고 앞으로 나아가다' 이다."

나는 여기에 하나의 개념을 덧붙이고 싶구나. '이끌다' 의 뜻은 두 가지로 설명할 수 있는데, 헤이페츠가 말한 전쟁에서의 육체적 죽음이 그 하나이고, 또 다른 하나는 정신적 죽음이라고 생각한다. 변형을 추구하는 지도력은 자아의 죽음을 요구한다. 우리가 자아를 희생했을 때, 우리의 무의식에 의해서 의식은 더욱 변화한다. 우리는 하나가 된다. 그리고 다시 태어난다. 새로운 존재로 변화하는 것이다. 이러한 일들이 일어났을 때, 인생의 의미는 달라진단다. 우리는 우리의 목적과 목표가 '무언가를 소비하는 것' 이라 보지 않고, 그것을 통해 '공헌하고 기여하는 것' 이라고 보게 된다.

우리를 포함한 모든 사람들은 인생의 나선형 선상에서 위로 올라가기 위해 더욱 굳은 결심을 하곤 한다. 이러한 결심이 깊어지면, 삶의 '궁극적 목적' 이 '육체의 생존' 보다 더 중요하게 여겨지는 수준에 이른단다. 죽음에 대한 두려움이 더 이상 우리를 가두지 못하고, 궁극적 목적을 위해서는 고통은 물론, 심지어 죽음까지도 기꺼이 받아들일 준비가 되는 것이다. 이제 '생존' 조차 우리의 최우선적인 고려 대상이 아니게 되는 것이다.

우리들이 고려하는 첫 번째 본능적 욕구는 '공헌하는 것' 으로 바뀌게 된다. 만약 우리가 목표로 하는 가장 큰 공헌이 우리 자신의 실패, 굴욕, 추방, 해고, 죽음을 수반한다 할지라도 우리는 그 목적을 포기하지 않을 만큼 용기를 갖게 될 것이다. 이것은 수동적인 삶과는 아주 동떨어진 것으로, 평범한 삶에서는 이 모든 것들을 너무나 두려워하게 될 뿐이다. 평범함에 머무르고 싶어하는 모든 사람들은 이런 현실에 저항할 것이다. 그렇게 하지 않는다면, 그것은 그들이 가장 보람된 인생을 살아야 한다는 책임의식을 받아들였기 때문이다. 하지만 안타까운 것은 대부분의 사람들이 자신의 삶 속에서 심오한 가능성을 바라보지 못하고 삶의 생동감을 맛보지 못한다는 사실이다.

라일리는 자신의 행동으로 인해 선수들이 분노하리라는 것을 알고 있었다. 그럼에도 불구하고 그는 팀원들의 반응에 따른 자기 자신의 고통을 기꺼이 감수했다. 선수들이 보지 못한 가능성과 잠재력을 그는 알아보았기 때문이다. 그는 팀의 개혁을 위해서 모험과 고통을 받아들이기로 마음먹었고, 그래서 죽음 앞으로 나아가는 것도 두려워하지 않았다.

이스탄불에서 열린 사업회의에서 제약회사의 리더는 모든 개개인에게 영향을 줄 만한 정책 변화와 개혁에 대해 발표했다. 이 개혁안은 그들이 몸담고 있는 회사가 경제적인 측면에서 살아남기 위해 꼭 필요한 절대적 조건이라고 그는 설명했다. 그 발표는 사람들에게 큰 영향력을 끼쳤다. 그 계획은 모든 사람들에게 큰 헌신을 요구하는 것이었기 때문이다. 물론 처음에는 불평과 불만이 터져나왔다. 협력의 기미는 보이지 않았고 긍정적인 효과를 기대하기란 불가능한 상황이었다. 주최측은 회의가 무의미해질까 봐 무척 당황했다.

나는 그 회의에서 사람들에게 다음의 문장을 완성시키라고 했다!

“내가 이 회사를 사랑하는 이유는…….”

약 스무 명의 사람들이 자신이 쓴 것을 읽었고, 회사의 리더가 그 내용을 요약했다. 그가 요약을 마쳤을 때, 나는 세 가지 주제를 이끌어낼 수 있었다. 그들은 회사 사람들을 사랑했고, 기회와 일 자체를 사랑했다. 나는 그들에게 더 나은 협력을 이룩할 수 있는 구조와 도구를 제시했다. 그러고는, 마지막으로 그 회의실 안에 있던 사람들이 얼마나 훌륭한 일을 이뤄냈는지를 꼼꼼히 짚어주었다. 나는 그들이 의학 발전에 큰 공헌을 했으며, 그 공헌이 절대로 헛되지 않음을 일러주었다.

그런 다음, 우리가 왜 사업상의 경쟁을 하는지, 왜 경제적으로 어려운 모험을 하고 있는지, 그리고 왜 모두들 고통을 견디어내길 부탁받는가에 대해서 질문했다. 그들의 응답은 이러했다.

"우리는 단지 생존만을 위한 경쟁을 하는 것이 아니고, 생존 이후의 공헌을 위한 경쟁을 하는 것이다. 조직은 우리 자신의 훌륭함을 알 수 있게 해주는 하나의 형태로서, 다른 사람들이 더 나은 나선형의 삶으로 향할 수 있도록 우리가 뒤에서 격려해주고 밀어줄 때 사용되는 하나의 매개체다."

이러한 식견은 모든 것을 변화시키는 듯 보였다. 불평은 어느새 사라졌고, 이제 회의실은 흥분과 가능성, 기대감으로 가득 찼다. 조직의 리더들은 '생존' 자체와 '심오한 가능성'이라는 개념을 조화롭게 융합해나가기 시작했다.

지난 번 너의 편지를 읽으면서, 나는 너의 심오한 가능성을 발견했단다. 너는 네가 누리던 어리석은 자유의 대가를 인지하기 시작한 듯했다. 너는 더 이상 그것을 부정하지 않는다. 어쩌면 뉴욕 닉스 농구팀이 펫 라일리를 만나 변화되기 시작한 것과 매우 흡사한 시점에 이른 것 같더구나. 대부분의 사람들은 자신이 어리석은 자유를 누린다는 것과 성장을 멈추고 있다는 사실 자체를 인정하려 들지 않는다. 나 자신에게서도 이러한 모습을 발견하곤 하는데, 그건 내가 그 부분에서 여전히 사전 심사숙고 단계에만 머물러 있다는 뜻이란다. 하지만 너는 전진하고 있단다. 나는 네가 계속해서 전진해나갈 수 있도록 도움을 줄 만한 또 다른 도구들이 있다고 생각한다.

가능성을 열어주는 다섯 개의 열쇠 ›››

'나의 인생 선언문' 에는 '나에게 힘을 주는 질문' 이라는 제목의 다섯 가지 질문 부분이 있다. 이 질문들은 '다섯 개의 의미심장한 가능성의 열쇠들' 이기도 하다. 살면서 힘이 빠질 때 나는 이것을 되뇌면서 마음 깊은 곳에 있는 '최고의 나' 를 끌어내곤 한다.

나에게 힘을 주는 질문 ›››

- 나는 어떤 결과를 창조해내길 원하는가?
- 나는 진정한 신념을 갖고 있는가?
- 나는 근거 있는 비전을 갖고 있는가?
- 나는 적응력 있는 자신감을 갖고 있는가?
- 나는 강력한 사랑을 실천하고 있는가?

이러한 질문들이 어떻게 변화와 개혁을 이끌어냈는지 보여주고 싶구나. 몇 달 전쯤 나는 꽤나 우울한 하루를 보냈다. 미시간 경영대학원에서 열리는 첫 번째 고위 과정 컨퍼런스를 준비하고 있을 때였다. 이 컨퍼런스는 대학원 교수진이 참여하는 것으로 전세계에 흩어져 있는 경영진들을 상대로 한 영업의 하나였단다. 장장 일주일에 걸쳐 진행되는 매우 의미 있는 행사지. 우리는 1년 전부터 이 행사를 기획해 하나하나 구체적인 계획을 세웠다. 약 열 달 동안은 모든 것이 너무도 순조롭게 진행되었다. 행사가 있기 두 달 전, 우리는 컨퍼런스 수용 가능 인원의 50퍼센트 정도를 사전에 확보할 수 있었다. 이것은 우리 시장조사팀의 추측과 딱 맞아떨어지는 결과였다. 그들은 나머지 50퍼센트 정도의 참석자들도 분명 컨퍼런스 시작 3주 전에 예약할 것이라고 확신했다.

그런데 어느 날 시장조사팀 중 한 사람이 와서는, 이러한 예상이 틀릴지도 모른다고 했다. 그는 경험이 많은 외부 사람과 이야기를 나누었는데, 그때 우리의 시장조사 예측방법이 계획중인 회의 행사와는 영 성격이 맞지 않는 잘못된 것이라는 충고를 들었다고 한다. 그러면서 약 6주 전에 예약해둔 참석자들만이 행사 당일의 총인원일 거라고 했다는 것이다. 기절초풍할 소식이 아닐 수 없었다. 만약 이것이 사실이라면 회의는 분명 실패로 끝날 것이다. 이것은 학교와 선생님들, 그리고 참석자들 모두에게 낭패가 아닐 수 없었다.

집으로 돌아오는 내 마음은 착잡했다. 나는 모든 나쁜 가능성들을 열심히 상상하고 있었다. 공포감은 점점 더 커져만 가고 나 자신에 대한 의심이 마음 속을 가득 채우고 있었다. 결국 나는 오랫동안 잊고 지내던 사실 한 가지를 떠올리고 말았다. 그것은 '나는 실패자다' 라는 사실이다. 나만 알던 이 사실이 이제는 세상 밖에까지 드러나게 되었다는 데서 나는 굴욕감을 느꼈다!

침대 속에 들어가 잠을 청해봤지만 도저히 잠을 이룰 수 없었다. 나는 다시 일어나 서재로 갔는데, 불현듯 쉐리와 나눈 대화가 떠올랐다. 바로 그 방 안에서 나는 쉐리에게 이렇게 질문했었다. "너는 눈앞의 문제해결에만 급급하니? 아니면 궁극적인 목적을 찾고 싶어하니?" 잠시 그 질문이 내 머릿속을 뒤흔들어놓았다. 마침내 나는 '나의 인생 선언문'을 꺼내어 다시 읽어내려가기 시작했다. 그리하여 위의 다섯 가지 질문 앞에 다다르게 된 것이다.

과거 여러 번의 경험에 비춰볼 때 이 질문들은 내게 즉각적인 영향력을 미친다. 나는 우선 첫 번째 질문, 스스로가 어떤 결과를 원하는가 하는 질문을 던졌다. 회의 자리를 꽉 채우는 것은 문제해결에만 급급한 태도일 뿐, 나의 궁극적 목적은 아니었다. 내 목적은 '해가 바뀔 때마다 어떻게 하면 더 품질 좋은 제품을 생산해낼 수 있을지 배우는 것'이었다. 우리는 빈 자리를 채우거나, 누구에게 잘 보이려고 컨퍼런스를 여는 것이 아니다. 그 회의는 우리의 배움을 실천하는 하나의 프로젝트이다. 우리는 훌륭한 회의를 지속적으로 열기 위해선 어떻게 해야 할지 배우기를 원했다. 이러한 배움은 완벽한 확신이 없을지라도 계속해서 전진해나가는 실험 정신을 통해서 이루어지는 것이다. 우리는 나선형의 진행 과정에서 위로 올라가기 위해서 노력한다.

그 다음에 이어지는 네 가지의 질문들은 내가 바라고 기대하는 결과와 연관된 것으로, 이것은 나중에 자세하게 설명하기로 하겠다. 어쨌든 이 첫 번째 질문에 대한 대답을 정리하자 차츰 마음이 안정되기 시작했다. 나는 내 머릿속 답들을 종이 위에 옮겨 기록하기 시작했다. 막혔던 가슴이 시원하게 뚫렸다. 한 시간쯤 지났을 때 나는 다시 잠을 청했으며 깊고 편안한 잠을 잘 수가 있었다.

다음 날 아침 나는 컨퍼런스 준비위원들에게 메시지를 보내기 위해 컴퓨터 앞에 앉아서 타이핑을 시작했다. 지난 밤까지만 해도 없던 새로운 아이디어들이 떠오르기 시작했다. 타이핑을 끝낼 무렵, 하나의 긍정적인 실행 계획이 머릿속에 자리잡고 있었다.

나는 두 가지 사실을 깨닫게 되었는데, 첫 번째로는 내면에 평화를 가져다주는 어떤 자신감을 다시 느낄 수 있었다는 것이다. 두 번째로는 나 자신이 변화되었다는 사실이다. 나는 놀라움을 금치 못했다. 열두 시간 전만 해도 나는 절망적인 두려움에 사로잡혀 있지 않았던가. 하지만 지금의 나는 완전히 다른 사람이 되었다! 그저 몇 가지 간단한 질문을 스스로에게 던졌을 뿐인데, 놀랍게도 나는 완전히 달라져 있었다. 두려움 가득한 삶을 살던 내가 순식간에 가능성으로 가득 찬 삶을 살게 된 것이다.

불확실한 길을 가는 것은 매우 생동감 있는 길을 가는 것이나 다름없다. 그 길을 가면서 우리는 계속 배우고, 계속 정화되고, 우리들의 용기를 계속 드러낼 수 있다.

내가 컨퍼런스 준비위원들에게 전한 이날 아침의 메시지는 해결되어야 할 문제들로 가득 찬 그런 것이 아니었다. 수많은 긍정적인 제안들을 통해 나는 그들이 다시금 일에 대한 열정을 불사를 수 있도록 해주고 싶었다. 나는 준비위원들이 불확신 속에서도 자신감을 얻을 수 있도록, 그들 속에 잠재된 의미 있는 가능성을 일깨워주었다. 자신감을 회복한 그들은 꿈꿔온 미래로 가는 길을 새로이 알게 되었다. 나 자신의 변화가 주위의 변화까지도 이끌어낸 것이다. 변화를 이끈다는 것은 불확실하고 예상할 수 없는 미래를 향해 가는 것과 같다. 우리는 우리의 앞날이 어떻게 끝날지 절대로 알 수가 없다.

컨퍼런스는 다행히 참석한 사람들 모두에게 좋은 평가를 받으며 완벽하게 치러졌다. 비록 이 회의로 이윤을 남기지는 못했지만, 이러한 이벤트를 어떻게 더 발전시킬지에 대해서는 많이 배울 수 있었다. 불확실한 길을 가는 것은 매우 생동감 있는 길을 가는 것이나 다름없다. 그 길을 가면서 우리는 계속 배우고, 계속 정화되고, 우리들의 용기를 계속 드러낼 수 있다. 그리고 다른 사람들을 이러한 배움의 과정으로 인도할 수 있다.

영향력 있는 사람이란 어떤 사람인가? >>>

이제 첫 번째 질문과 이어진 그 다음 네 가지 질문이 내게 어떤 영향을 미쳤는지에 대해 이야기해주고 싶구나. 또한 네가 어떻게 하면 그것을 나와 비슷한 방법으로 활용할 수 있는지에 대해 일러주고 싶다. 영향력 있는 사람이 되려면 우선 '엔트로피'에 지배당하지 말아야 한다.

나는 편안함과 안일함의 영역 속에 머물길 원한다. 아마도 나 역시 평균적인 보통 사람이기 때문에 그러할 것이다. 평균적이고 정상적인 삶을 추구하는 것이 나쁜 것은 아니지만, 편안함과 안일함의 영역에 붙들려 간혹 엔트로피의 희생자로 전락하는 나 자신을 보면서, 그것이 올바르지 못한 일이라는 것을 깨닫는다. 엔트로피가 '서서히 찾아오는 죽음'과 일맥상통하는 것을 보면 분명 하나의 '악(evil)'이라고 볼 수 있다. 엔트로피를 피하기 위해서 나는 항상 '일이 완성되는 것'에 초점을 맞춘다. '선(good)'은 '경직됨으로부터 보호'하는 것인 동시에 '질서를 보존'하는 행위이다. 이는 부동성과 변화를 조화시킴으로써 과거와 미래를 융합하여 현재에 초점을 맞추는 현상이자 행위이다. 의미를 유지하면서 가치를 생산하기 위해 내가 가진 목적과 과정을 잘 융합하는 행위를 나는 '선'이라고 부른다.

그러므로 '영향력 있는 나'란 바로, 남들에게 더욱 영향력 있는 봉사를 하고자 배우고 성장하는 사람을 말한다. 내 주위에 일어나는 많은 위협적인 일들로 인해 당황하더라도 포기하거나 멈추지 않는 '나 자신'이야말로 그러한 영향력을 가진 사람이다. 핵심적 가치를 소유하고 있는 내가 바로 그러한 사람이며, 그러한 가치들이 서로 경쟁하므로 나는 항상 그들을 융합하는 것을 게을리 할 수 없다. 만약 스스로가 정체되는 것을 내버려두면 분명 나는 어느 시점에선 우울증에 걸려 있을 것이고, 삶의 의욕과 힘을 상실한 채 살아가게 될 것이다. '나'는 둑에 갇혀 흐르지 않는 물처럼 되면 안 되는 것이다. 항상 흘러야 하고 움직여야만 한다. 나는 내 목적을 깨달아야 하고, 동시에 언제나 부동성과 성장을 동시에 얻기 위해 애써야 한다. 내 과거와 미래는 처음부터 끝까지 일관성 있는 이야기로 연결되어야 한다.

그러나 불행하게도 항상 '최고의 나'로서 살 수 없는 게 우리의 현실이란다. 나는 편안함과 안일함의 영역에 머물길 좋아하며, 그렇게 하려고 애를 쓰다 보면 결과는 항상 엔트로피와 서서히 찾아오는 죽음을 맞게 된다. 나의 영혼은 약해졌으며 나는 용기를 잃었고 우울증에 걸렸다. 이러한 부정적인 감정들과 함께 사는 것이 불확실 속에서 전진하는 것보다 더 낫다고 생각할 때도 있다. 그럴 때마다 나머지 네 가지의 질문들은 나로 하여금 가능성 있는 삶을 살게 도와주고 있다. 이 질문들은 네 개의 복합적인 개념들에 초점을 맞추고 있는데, 그것은 바로 진정한 신념, 근거 있는 비전, 적응력 있는 자신감, 강력한 사랑이다. 이러한 복합적인 개념 구조들은 홀로닉스의 논법으로 추리해낼 수 있는 사항들이다.

홀로닉스의 추론에 대한 설명을 조금 더 덧붙이마. 지난 번 편지에서 나는 장자를 예로 들면서, 역설에 관한 고대의 식견에 대해 말한 바 있다. 그들의 논증은 이렇다. 누군가 뭔가를 발견하여 그것에 이름을 붙이고 어떤 범주 안에 집어넣으려고 하면, 그 행위 자체는 진실을 잃어버리는 행위밖에 될 수가 없다는 것이다. 진실은 구분지어진 이름 안에 있는 것이 아니라, 현실을 추구하는 과정 속에 있는 것이다. 현실 속에서, 특히 도토리와 흙이 상호 침투작용을 통해 하나가 되어가는 과정 속에서, 우리들이 지어준 이름들은 종종 진실이 아님이 밝혀지곤 한다. 나는 네가 “사람을 지향하는” 리더십과 “일을 지향하는” 리더십의 예를 상기했으면 한다. 때때로 이러한 구분과 범주는 연구원들에게는 진실을, 변형적 지도자들에게는 두 가지 리더십을 균형 있게 갖춰야 함을 보지 못하게 만든단다.

고대의 전통은 우리에게 “진실은 오직 직관으로만 발견될 수 있다”고 말했단다. 우리는 “다리를 만들기 위해서는 다리 위를 걸어야 한다.” 무엇을 하든 이론적으로 뿐만 아니라 즉각적이고 실질적으로 부딪쳐봐야 그 진실을 깨닫고 발견할 수가 있다는 것이다. 나는 홀로닉스 추론을 창조함으로써 새로운 개념들을 재정립하고 증명하는 데 많은 도움을 받았다. 그러한 복합적 개념과 구조 들은 상반되고 대립되는 긍정적 의견들을 결합시켜 우리가 평소 보지 못하는 것들, 상호 침투작용과 개혁의 과정을 명확히 바라볼 수 있게 만든다.

삶을 변화시키는 긍정적인 가치들 »»

앞서 소개한 네 가지의 질문들을 반영하는 여덟 개의 진실되고 긍정적인 가치들이 있다. 이것은 홀로닉스 추론에 적용시켜 발견한 산출물로서 고결함, 희망, 자신감, 사랑, 참여, 이성, 겸손, 강력함이다. 이 목록을 절대 변동되지 않는 것으로 볼 필요는 없다. 다른 긍정적인 가치들이 이것들을 대신할 수도 있기 때문이다.

이것들을 읽어내려가면서, 변형의 지도력에 대한 연구와 내 논점 간의 일관성을 인지할 수 있을 것이다. 비록 이 자료는 변형의 지도력에서 각각 구별되어 나타나는 긍정적 성격들을 보여주지만, 이러한 시각으로 재정립한 사람은 없었다. 대부분의 사람들은 상반되는 긍정적 가치들을 인식하지 못하고 있고, 이 방면의 연구원들은 변형을 일차원적으로만 이해하는 경향이 있다.

• **진정한 신념(고결함/참여)** — 네 가지 중 첫 번째 홀로닉스 구조의 개념은 '진정한 신념(Authentic Commitment)' 이다. 여기서 우리는 관계 속에서 각각 구별되는 두 가지 긍정적 가치들을 찾아볼 수 있는데, 그 하나가 '고결함' 이고, 다른 하나가 '참여' 이다. 고결함을 지키기 위해서는 절도 있는 삶을 살아야 하고, 순결함을 잃지 않기 위해서는 진실되고 진정한 사람이 되어야 한다. 예로부터 이어져온 수많은 정신적 수양의 예들을 살펴보면, 고결함을 지키기 위해서는 속세를 벗어나 초월해야만 한다는 생각이 지배적인 것을 알 수 있다. 그렇다면 우리는 수녀원이나 수도원 또는 절에 들어가서 40일 금식을 해야만 한다. 타락한 속세로부터의 탈출이 우리들의 고결함과 순결함을 지켜준다는 논리이기 때문이다. 그러나 이러한 관점에는 문제가 있다. 자기 자신만의 깨끗함에만 초점과 관심을 두다 보면 외부 세상과의 단절을 피할 수 없기 때문이다. 순수함을 유지하는 과정에서 우리는 쉽게 자기 외의 사람이나 자신이 속해 있는 세상으로부터 무관심해지고 분리되며 고립된다.

이것과 상반되는 긍정적 개념이 바로 '참여' 이다. 참여하는 사람은 세상과의 관계 속에서 연대성으로 연결되어, 자신이 하는 일에 확고한 신념을 가지게 된다. 하지만 참여의 도가 지나친 사람의 경우는, 거리를 두고 일에 대해 조망할 수 있는 객관적인 시각을 잃어버려 고결함도 결여하기 쉽다. 그러한 사람은 타락하고 부도덕하며 부정하다. 그리고 자신의 욕심을 좇느라 쉽사리 타협하는 삶을 살게 된다. 참여가 갖는 이런 부정적인 측면은 고결함과 상반된다.

나 또한 완전히 구별된 이 두 개의 긍정적 가치들을 융합하는 것에 적잖은 도전을 느끼고 있으며, 그래서 늘 힘쓰고 있단다. 결국 '깊은 교제' 만이 이러한 두 개의 상반된 가치를 융합시킬 수 있으리라 기대하고 있다. 다른 사람과 관계 맺는 삶을 살면서 동시에 고결하고 지조 있는 삶을 사는 것, 세상 속에 참여하면서 순결함 또한 잃지 않는 것, 모든 일에 신념을 가지고 임하면서 동시에 진실되고 진정한 사람이 되는 것이 우리가 도전해야 할 과제이다. 이러한 도전 역시 선인들의 정신적 수양의 관례 속에서는 이렇게 전해지고 있다. "세상 속에 어울려 살지만, 세상의 사람이 되지는 말아라." 나는 이것을 '진정한 신념' 이라고 부른단다.

진정한 신념은 긍정적이면서도 매우 다른 두 개의 가치들간의 상호 침투작용을 보여준다(아래의 도표를 참조하기 바란다). 두 가지 다른 가치의 융합을 추구할 때, 나의 행위는 순수한 동기에서 출발한다. 이러한 행위가 어떠한 보상을 받거나 벌을 피하고자 함이 아니라, 단지 근본적으로 옳기 때문에 행하는 것임을 스스로 잘 깨닫고 있기 때문이다. 나는 내면의 의지에 따라 움직이는 동시에 나만이 아닌 외부의 세상에 관심을 쏟는 것이다. '진정한 신념' 은 이와 같이 매우 강력한 구조 개념이다. 네가 이 '진정한 신념' 의 길을 걸으려 한다면, 너의 변화는 매우 즉각적일 것

[진정한 신념]

부도덕:회피	도덕:고결함	상호 침투작용: 진정한 신념	도덕:참여	부도덕:타락
무관심	절도	절도 있는 관계	관계	부정
분리	순수함	순수한 참여	연결/참여	부패
고립	진정함	진정한 신념	신념	타협

이고, 너를 둘러싼 세상도 너와 함께 변할 것이다.

"세상 속에 어울려 살지만, 세상의 사람이 되지는 말아라." 나는 이것을 '진정한 신념'이라고 부른다.

이제 하나의 예를 보여주려 한다. 네가 나의 저서인 《세상을 변화시켜라(Change the World)》를 읽었다면, 미시간 경영대학원에서 내가 진행하는 변화에 관한 수업을 들은 한 남자의 이야기를 기억할 것이다. 그 이야기를 여기서 한 번 더 언급하고 싶구나. 너무도 완벽하게 '진정한 신념'에 대해 묘사한 이야기이기 때문이다.

그 남자는 한 회사의 사장이었다. 첫 사흘 동안의 수업 내내 그는 침묵을 지켰다. 네 번째 날인 어느 목요일, 그가 내게 점심식사를 함께하자고 제안했고 나는 흔쾌히 받아들였다. 점심을 먹는 중에 그가 입을 열었다. 만약 자신이 지난 5년의 어느 시점에서 내 수업을 들었다면, 시간 낭비라 생각했을 거라고, 그때의 자신은 이미 두 개의 회사를 세워 성공시킨 사람으로서, 그 성과를 이루는 데 필요한 변화의 방법들을 다 알고 있노라 자부했다고 말했다.

그러면서 그는, 사실 지금의 자신은 그때와 비교할 때 훨씬 겸손해졌다면서 말을 이었다. 그의 회사는 다섯 개의 계열사로 구성되어 있었다. 그 중 두 개의 회사를 그가 일으켰을 때, 그는 다른 회사의 사장들로부터 부러움의 시선을 한몸에 받았었다고 한다. 그 결과 그는 다섯 개의 회사들 중 가장 큰 회사를 맡아 경영할 수 있는 자격을 얻었다. 새로 맡게 될 회사의 사장으로 부임하기 전까지 그에겐 18개월이라는 시간적 여유가 있었다. 그래서 이 기간 동안 새로운 도전을 해보라는 주변의 권유가 끊이지 않았다고 한다. 그것은 다섯 개의 계열사 중 아무런 전망이 보이지 않는 한 회사를 잠시라도 맡아보라는 것이었다. 오래 전 그 회사는 좀더 큰 시장을 뚫기 위해 여러 번 시도를 해보았지만 별 성과를 거두지 못했고, 급기야 작은 시장에서조차 더욱 작아져가고 있는 상황이었다. 그 누구도 이 회사가 다시 일어설 것이란 기대를 하지 않았기에, 만약 그가 그 회사를 맡아 성공시키지 못하더라도 그에게 책임을 물을 사람은 없었다.

그 후 그가 이 문제의 회사를 맡은 지 12개월이 지났다. 하지만 그는 좌절감에 빠져 있었다. 그의 모든 경력과 그가 알고 있다고 자부했던 노하우가 무용지물이었던 것이다. 그의 사기는 땅에 떨어진지 오래였다. 동료들 역시 더는 그에게 기대를 걸지 않았다. 미래를 향한 비전도 어느새 사라져 버렸노라고, 그는 고백했다.

나는 조심스럽게 앞으로 어떤 계획을 갖고 있는지 물었다. 그는 종이 냅킨 위에 자신이 해야 할 일들과 목적을 체계적으로 적어내려갔고, 회사의 조직도를 그리기 시작했다. 그는 모든 부서의 부장들에 대해 설명해주었으며 그들이 어떤 직무를 수행해야 하는지에 대해서도 말해주었다. 그리고 그가 변화시킬 일들에 대해서도, 조직도에 열거된 각각의 사람들을 신중히 고려해가며 첨부하기 시작했다. 하지만 나는 그의 계획이 그다지 흥미롭지 않았다. 그에게서 조금의 열정이나 신념도 발견할 수 없었기 때문이다. 그러나 그는 진심으로 성공을 소망하는 사람임에는 틀림없었다. 나는 숨을 깊이 들이마신 후, 그에게 어려운 질문 하나를 던졌다.

"회사로 돌아가서 사람들에게 진실을 말하면 어떨까요? 우선 당신은 그 회사를 1년 6개월만 돌보기 위해 위임되었다고 말해야 합니다. 어느 누구도 그 회사가 성공할 것이라 믿지 않았고, 아무도 당신이 성공을 이루어낼 것이라 기대하지 않았다고도 말해야 합니다. 게다가 당신은 지금, 계열사 중 가장 큰 회사의 사장자리가 약속되어 있는 상태이고, 그것은 곧 당신에게 너무도 편하고 안정된 자리가 보장되어 있다는 의미라는 걸 사람들에게 알려주십시오. 그런 다음 당당하게 말하십시오. 하지만 그러한 좋은 조건들을 모두 포기하기로 결심했다고, 그 대신 그들과 함께 그 열악한 회사에 남겠다고 말입니다! 당신의 모든 경험과 노하우를 다시 한 번 그들에게 걸겠으니, 그들 또한 모든 열정과 정성을 회사의 성공을 위해 헌신해달라고 권유하십시오."

이렇게 말해놓고도 나는 솔직히 그의 마음이 상하지나 않을까 염려되었고, 어쩌면 그가 크게 화를 낼지도 모른다고 추측했다. 그는 잠시 동안 나를 주시했다. 이번엔 그가 긴 숨을 내쉴 차례였다. 그런데 순간 그의 입에서 나온 말은 내게 놀라움과 안도감을 동시에 선사했다. 그는 말했다. "제가 생각하는 것과 매우 비슷한 생각을 갖고 계시는군요."

잠시 말을 멈춘 순간, 나는 그의 표정에서 그가 지금 매우 중대한 결단을 내렸음을 엿볼 수 있었다. 마침내 그는 종이 냅킨을 집어들고는 회사 조직에 대해 다시 분석하고 조정하기 시작했다. 그의 입에서는 이러한 말들이 새나오기 시작했다. "내가 만약 여기 머물면, 이 사람은 여기로 옮겨야 하고, 이 사람이 이리로 가야 하며, 그리고 이 사람은 또……."

그의 말에선 새로 시작할 일에 대한 흥분이 솟아나고 있었다. 그가 그 회사에 머물겠다는 중대한 결정을 내리는 순간, 모든 것이 변화하기 시작했다. 애초 그에게 가장 큰 계획이었던 '큰 회사 사장자리'는 변화 앞에 선 그에겐 전혀 관심 밖의 일이 되어버렸다. 그는 새로운 삶의 단계로 들어섰으며, 스스로 새로운 가능성을 열어젖혔다. 그리고 마지막으로 조직에 새로운 행동습관을 요구했다. 조금 전까지만 해도 타당성을 가지고 있던 그 조직도가 순식간에 쓸모가 없어졌다. 원래 있던 문제들이 변한 것이 아니라, 그 자신이 변화한 것이다. 그리고 그것은 세상에 변화를 가져오는 것임에 틀림없었다.

지난 번 내게 보내온 편지에서 너는 '진정한 신념'에 대해 언급했다. "저는 친밀한 사람들에게는 마음을 열기가 더 어렵습니다." 그러면서 너는 낯선 사람들에게는 마음을 열기가 훨씬 쉽다고 덧붙였다. 나는 많은 사람들이 너와 같은 생각을 가지고 있다고 본다. 가까운 사람들에게 마음을 열 때는 아무래도 자신의 취약점을 드러내야 하고 그래서 상처받기가 더 쉽기 때문이다. 하지만 나는 "모든 것에 완벽하게 솔직해지려고 노력하겠습니다"라는 네 말에 무척이나 감동을 받았단다. 솔직해지겠다는 것은 네가 진정함을 추구하게 된다는 뜻이다. 그것 역시 매우 어려운 자기 성찰과 발전을 결심하는 것인 동시에 또 하나의 신념이란다.

최악의 상태에 처했을 경우, 나는 내가 하는 일에 대한 참여의식이나 의욕이 고갈되는 것을 느낀단다. 진정함을 추구하는 마음 또한 사라지는 것이 사실이다. 두 가지 모두가 결핍되는 것을 느낄 때, 자기 의지보다는 외부 지시에 따라 이끌리며 자신에게만 초점을 맞춰 살아가는 내 모습을 발견하게 된다.

반면 '최고의 나'를 추구할 때는 이런 모든 사항들이 반대로 나타난다. 나 자신의 진정함이 빛을 발하며, 그 빛이 다른 사람들에게도 비춰진다. 나는 또한 자신감에 가득 차 있게 되고, 좋은 결과를 기대해도 될 만큼 충분한 자격을 갖추고 있음을 스스로 인정하게 된다. 남들로부터 들려오는 평가에 대한 두려움에서 해방되어, 수동적으로 인생을 허비하지 않는다. 나는 사람들에게 메시지를 전달해주는 사람이 된다. 내가 지지하는 메시지를 그 사람에게 적용시켜 구체화한다. 나 자신이 그 메시지의 살아 있는 상징이 된다.

이럴 때 사람들은 나를 인지하고 집중하게 된다. 그들은 자기 마음 속에 '나'라는 존재를 담아두게 되고, 비범한 것들에 대해 이해하고자 한다. '최고의 나'가 보여주는 진실됨은 사람들을 끌어들인다. 사람들은 자신과 나를 연결지어 생각하고, 그리하여 우리는 깊은 교제를 나눌 수 있게 된다. 이러한 관계는 내가 가진 신념을 증폭시켜 더 많은 참여를 부추긴다.

'최고의 나'가 보여주는 진실됨은 사람들을 끌어들인다. 사람들은 자신과 나를 연결지어 생각하고, 그리하여 우리는 깊은 교제를 가질 수 있게 된다. 이러한 관계는 내가 가진 신념을 더욱 증폭시켜 더 많은 참여를 부추긴다.

이렇듯 '최고의 나'를 추구할 때에만 나는 진정한 내 모습을 드러내는 것이다. 나는 열정을 가지고 새로운 아이디어들을 제시한다. 나는 더 이상 완고하거나 부정적인 것들을 마주하지 않는다. 이러한 참여 의욕이 진정함과 연결될 때, 나는 깊은 교제를 통해 확연히 구별된 두 개의 긍정적인 가치를 붙잡을 수 있다. 이러한 영향력을 통해 다른 사람들 또한 자기 자신을 돌아보게 되고 용기를 얻게 되며 결국에는 인생에 중대한 선택들을 만들어가게 된다.

• **근거 있는 비전**(희망/이성)—두 번째 구조 개념은 '근거 있는 비전'이다. 이것 또한 두 가지 진실된 가치들의 상호 침투작용으로 설명될 수 있다. 하나의 가치는 희망이다. 희망은 긍정적인 의지로부터 파생되는 바람을 말한다. 이것은 흔히 낙천주의, 믿음, 비전, 열정 같은 단어들과 함께 쓰인다. 희망이 가득 찬 사람은 공상적이고 열정적이며, 매우 긍정적인 삶을 지향하는 성향이 있다. 이러한 사람은 미래의 가능성을 바라보며, 그것을 이뤄내기 위해 노력한다. 이러한 사람들은 더 나은 세상을 창조하기 위해 꾸준히 애쓴다. 그들은 자신이 가진 긍정적인 영향을 주위에 퍼트려 긍정적 동기를 유발함으로써 다른 이들의 성장을 돕는다.

희망은 리더십과 변화에 지대한 역할을 한다. 리더들이 가져야 할 기본적인 것 중 하나가 바로 비전이다. 즉, 리더들은 큰 비전 속에서 믿음과 희망을 품으며 열정을 불태운다. 믿음과 희망이 결여된 사람들은 지도자라 불리기보다는 권위적인 사람으로 남기 쉽다. 뛰어난 교육자들에게도 이것은 마찬가지로 적용된다. 그들은 단순한 계획 이상의 비전을 가지고 있다. 그들은 새로운 정보를 알려주는 데 그치지 않고 본질적 변화와 개혁을 이끌어내는 힘을 가지고 있다.

하지만 희망 또한 부정적인 요소로 작용할 때가 있다. 긍정적인 태도를 가진 사람은 때로 비현실적이 되기 쉽고, 심지어는 비합리성이 지나쳐 망상에 사로잡히기도 한다. 그들은 무엇을 선택하거나 결정지을 때, 그들 앞에 실제로 무엇이 있는지를 직시하는 것이 아니라 희망에만 의지하여 현실성 없는 결과를 맞곤 한다. 현실에 근거를 두지 않기 때문이다. 이따금 우리는 미신에 사로잡혀 믿음과 희망에만 매달려 살아가는 사람들을 만나게 된다. 가장 안 좋은 예 중 하나가 바로 도박에 목숨을 거는 사람들이다. 이런 사람들은 항상 자신이 카드를 뒤집었을 때 큰 행운이 자리잡고 있을 것이라는 희망을 버리지 않는다. 그들의 희망은 매우 비합리적인 발상이며, 비논리적이고 비이성적이다. 또 다른 예로는 몽상가들을 들 수 있다. 그들은 특정한 날짜가 다가오면, 세상이 근본적이고 급진적으로 더 좋게 변화한다고 굳게 믿고 있는 사람들이다. 그들의 희망과 비전, 열정은 결국 근거 없는 날짜나 달력 같은 잘못된 기초 위에 세워지고 있는 것이나 다름없다.

여기에 반대되는 가치가 '이성' 이다. 이성적인 사람은 논리적이고 현실적이며 합리적이다. 이런 사람들은 언제나 어떠한 '사실' 만을 바라본다. 그들은 무엇이 사람들에게 이미 확실히 입증된 사실인지를 항상 염두에 둔다. 우리는 그러한 사람들을 가리켜 확실한 근거를 가진 강인한 사람이라고 한다. 그들은 미래의 가능성보다는 과거와 현재의 현실에 더욱 초점을 맞추며 살아간다. 그들은 어떠한 설명을 들었을 때, "이것이 논리적인가? 이것이 말이 되는가?"라는 질문을 빼먹지 않고 하는 버릇이 있다. 그들은 질문을 할 때마다 명백한 증거를 요구한다. 그리고 그들 대부분은 질서정연한 것을 좋아하고 그런 규칙 속에서 생각하는 습관이 있다.

하지만 이성의 가치가 지나칠 경우에도 부정적인 결과를 가져오는 것은 마찬가지이다. 이성의 가치를 지나치게 신봉하는 사람은 미래가 단지 지나간 과거와 똑같은 반복의 연속일 뿐이라는 절망감에 사로잡혀 있다. 이런 사람들은 사실에만 집착하고, 희망적인 가능성이나 꿈꾸는 즐거움은 상실했다. 질서만을 고수한 나머지 정체된 삶을 살게 된다. 논리와 실용성만을 중시함으로써 비관적이고 냉소적이며, 회의적이 되는 것이다. 그러므로 그들이 속해 있는 세상은 매우 어둡고 절망적으로 보이게 마련이다.

이러한 갈등은 주로 과학자와 종교인 사이에 논점이 되어왔다. 과학자들은 종교인들의 믿음과 희망에 대해서 망상과 환상, 미신이라고 비난한다. 그들은 묻는다. "당신들이 하는 이야기 어디에 물질적 근거가 있는가?" 그러면 종교인들은 "당신들에게 믿음, 희망, 그리고 낙관적인 미래는 있는가?" 하고 되묻는다. 논쟁 속에서 그들 한쪽은 이성과 사실을 등한시했으며, 또 다른 한쪽은 낙관론과 비전을 등한시했다. 하지만 사실은 과학자들도 희망과 믿음을 갖고 있으며 때로는 그것을 사용한다. 종교인들도 생활 속에서 이성과 논리를 사용한다. 그 어떤 사람이라도 두 가지를 모두 갖고 살아갈 수밖에 없기 때문이다. 근거 있는 비전을 소유하기 위해서는 희망, 믿음, 낙관주의적 사고와 함께 이성과 논리, 그리고 실용성을 겸비해야만 한다.

'이성'만을 신봉하는 사람들은 사실에만 집착하고, 희망적인 가능성이나 꿈꾸는 즐거움은 상실했다.

근거 있는 비전을 가지고 있는 사람은 낙관적이며 논리적이고, 비전과 함께 현실성을 추구한다. 또한 열정적인 동시에 실용적이고 합리적이다(도표를 참고하렴). 진실로 '근거 있는 비전'은 외적인 면과 내적인 면 모두에 도달할 수 있게 해주며, 더 나은 미래의 이미지와 현실 속의 진실을 잘 융합해준다. 따라서 그러한 이미지는 자신과 다른 사람들 모두를 계속해서 새로운 패턴의 삶으로 이끌어주는 역할을 한다.

근거 있는 비전을 소유한다는 것은 현시점의 진실을 제대로 바라보고 정확히 이해하는 것을 의미한다. 우리는 현존하고 있는 조직체계의 핵심적 잠재력을 인정하고 존중한다. 우리는 또한 우리 주위를 둘러싸고 있는 커다란 조직체계들이나 외부적 현실을 정확하게 이해하고 있다. 우리는 내면적 요소와 외면적 요소 사이에서 가능한 알맞은 자세를 취하려고 애쓴다. 그럼으로써 우리는 더 나은 미래를 바라볼 수 있으며 더 합리적이고 이성적인 설명을 통해 사람들에게 직감적으로 다가가게 된다. 근거 있는 비전은 논리적으로나 감정적으로나 언제든 진실하기 때문에 사람들에게 널리 퍼지고 알려지게 마련이다. 근거 있는 비전을 가졌다는 것은 스스로 앞서 말한 일들을 추구할 수 있다는 뜻이다. 우리는 우리 자신의 편안함과 안일함의 영역으로부터 우리를 이끌어내줄 이미지를 창조해야 하는 것이다.

내가 '최고의 나'를 바라고 그것을 실천할 때면, 으레 나는 가장 기초적인 과정들을 다시금 신중히 공부한단다. 우리가 연애편지를 받을 때를 예로 들어보자. 연애편지를 받았을 때, 그냥 한번 읽고서 치워버리는 사람은 없다. 보통은 아주 신중하게 그 편지를 읽어내려간다. 각 문장 문장에서 전해지는 뉘앙스를 음미하면서 쓰여진 단어의 의미를 열심히

근거 있는 비전을 가지고 있는 사람은 낙관적이며 논리적이고, 비전과 함께 현실성을 추구한다. 또한 열정적인 동시에 실용적이고 합리적이다.

[근거 있는 비전]

부도덕:미신	도덕:희망	상호 침투작용: 근거 있는 비전	도덕:이성	부도덕:낙망
비합리적	낙관주의	논리적인 낙관주의	논리적	비관주의
망상	비전	현실적인 비전	현실적	냉소적
비현실적	열정적	열정적인 합리성	합리적	회의적

생각한다. 우리는 고도의 집중력을 발휘하며 의식적인 상태가 된다. 우리는 연애편지에 완전히 매료된다. 이때의 집중력이 바로 조니 밀러가 골프 클럽과 공의 접촉 순간에 대해 연구하던 열정과 같은 것이다. 근거 있는 비전은 이성을 통해서 현시점의 진실을 분석하고, 그 진실에 근거하여 미래를 내다보는 것이다.

여기에 또 하나의 실례가 있다. 나는 언젠가 교회 모임에 초대받았는데, 때마침 그 자리에서 한 가족의 발표가 있었다. 거기서 나는 무엇보다 열여덟 살짜리 딸아이가 했던 말에 흥미를 느꼈단다. 그녀는 이야기 중간에 무언가가 적힌 큰 종이 한 장을 꺼내들었다. 그리고는 "이것은 우리 가족의 비전입니다. 우리 가족은 말다툼이나 논쟁에 휘말렸을 때, 또는 어떠한 결정을 내려야 할 때 이것을 다시 읽음으로써 무엇을 해야 할지를 알게 됩니다"라고 말했다. 그러면서 그 비전을 읽어내려갔는데, 그 장면은 내게 엄청난 감동을 주었다. 나는 시간이 좀 지난 후 그녀의 아버지를 찾아가 물었다. 그녀의 아버지, 릭 데브리스는 그 당시 어느 은행의 지점장이었다. 그는 가족 비전의 발상이 실은 자신의 직장에서 비롯되었다고 밝혔다.

그가 처음으로 미시간 주의 입실란티 시에 도착했을 때, 그는 자신이 일할 은행지점에서 말할 수 없는 가능성을 발견했다고 말했다. 그는 자신이 꿈꿔오고 기대했던 가능성이 현실화되도록 열심히 일하기 시작했다. 어느 정도 시간이 흐른 후, 그는 은행의 문화가 바뀌어야 한다고 확신했고, 자신이 직원들에게서 발견했던 가능성과 잠재력에 대해 말하기를 주저하지 않았다. 하지만 그러한 그의 노력은 별다른 변화를 일으키지 못했다. 개인 고객만을 상대하는 한 여성 관리자는 '근거 있는 비전'이 무엇인지 식별하는 데 많은 어려움을 겪고 있었다. 릭은 그 여성이 의미 있는 목적을 세울 수 있도록 도와주었지만, 그런 노력 역시 진정한 변화를 이끌어내지 못했다. 그들 사이에는 눈으로 보거나 만져서 확인할 수 있을 만한 연결고리나 과거와 미래를 이어주는 깊은 교제가 없었다.

어느 날 회의 도중 그는 돌연 깨달음을 얻었다. 그는 모든 사람들에게 눈을 감으라고 지시했다. 그리고는 매우 객관적인 시각으로, 자신이 느낀 은행지점의 모습을 묘사하기 시작했다. 그는 잠시 동안 말을 멈추고는 다시 그들에게 눈을 감은 상태로 각자 상상해보라고 했다. 자신이 세계 최고의 은행 안으로 매일같이 걸어들어가는 것을 머릿속에 그려보라고 했다. 그리고는 "무엇이 보이는가?" 하고 물었다. 각각의 사람들에게 머릿속에 그렸던 그 그림을 말해보라고 했다. 그는 사람들의 이야기를 기록하기 시작했으며, 그것을 두 장의 문서로 완성했다. 그것이 바로 여러 사람들이 생각하는 이상적인 은행지점의 모습을 융합한 것이었다. 릭은 문서에 적힌 내용을 지점 간부들과 나누었고, 매우 극적인 결과를 이루어냈다.

조직의 비전이란 사람들이 모두 이해해서 그것을 자신의 비전으로 삼은 후 실천에 옮기는 것이다. 이러한 비전을 통해 그들은 현재와 미래, 그리고 현실과 가능성 사이에서 깊은 교제를 추구한다. 이것은 바로 그들의 행동습관을 인도하는 것이며, 그렇기 때문에 관리자에게 더 많은 영향을 준다. 앞서 말한 그 여성 관리자는 자기가 속한 은행지점에 대해 확고한 신념을 갖게 되었다. 이제 모든 것은 서서히 앞으로 움직여나가기 시작했다.

이러한 과정은 릭의 직원들뿐만 아니라 릭 자신에게도 새로운 힘이 솟게 해주었다. 그는 이러한 변화에 대해서 놀라지 않을 수 없었다. 그는 그 당시 일어났던 일들을 자주 생각했으며, 매우 놀라운 일이라고 말했다. 그는 지금의 직원들에게도 그 일에 대해 말하곤 하지만 그들은 별 관심을 보이지 않는다고 한다. 그래서 그는 당황했다. 나의 경험으로 미루어 보아 그러한 반응은 너무도 당연하다. 사람들이 늘 근거 있는 비전에 대해 생각하고 고려하는 건 아니기 때문이다. 대부분의 사람들은 목적을 명확히 하는 과정을 외면하는 편이다. 그들은 자신의 시간을 문제해결에 쓰는 것을 더 좋아한다. 문제해결이 더 작은 책임감과 고결함을 요구하기 때문이다.

릭에게는 아내와 다섯 명의 자녀가 있다. 그 정도 규모의 가족을 부양한다는 것은 보통 어려운 일이 아니다. 어느 날 집안에서 논쟁의 분위기가 감돌 때, 그는 은행에서 사용했던 방법이 가정에서도 적용되는지 궁금했고, 그래서 가족회의를 제안했다. 가족회의 시간에 그는 음악을 틀어놓고 약간의 간식거리도 준비했다. 온 가족이 모였을 때, 그는 은행에서 한 게임을 가족과도 함께하고 싶다고 말했다. 그는 식구들에게 눈을 감고, 자신이 생각하는 가장 이상적인 가정을 상상해보라고 말했다. 그리하여 가족 비전이 창조된 것이다. 여기, 그들의 가족 비전이 있다.

"우리는 매우 아름답고, 청결하며, 질서 있는 집을 연상합니다. 이 집에는 영감을 불어넣어주는 음악과 싱그러운 아로마 향기가 가득 차 있습니다. 최상의 것들이 우리의 매일매일을 최상으로 인도해주는 장소가 바로 가정입니다. 우리가 보는 집은 영적으로 건강한 상태에 있으며, 사랑의 언어가 계속 유지되는 곳입니다. 사람들의 목소리는 항상 부드럽고, 친절하며, 온화하고, 인내하며, 그리고 서로를 돌보는 헌신이 영원히 이어집니다. 우리는 홀로 있을 때든 함께 있을 때든 늘 영적으로 깨어 있어서 신을 닮아갔으면 합니다. 우리는 이곳이 창조적인 배움의 환경이 되어, 우리 마음을 넓히고 영혼을 높이 솟아오르게 할 수 있는 곳이었으면 합니다. 건강과 체력을 단련시키는 곳, 서로 힘든 일을 떠맡아 하는 곳, 그리고 어려운 일들을 해결해나가는 곳이었으면 합니다. 재정적인 면에서도 안정되어 모든 계획들이 조화를 이루는 가정이었으면 합니다. 그리고 씩씩한 영혼들이 모든 일에서 선한 변화를 얻기 위해 노력했으면 합니다. 우리는 웃음과 미소, 그리고 행복과 기쁨으로 가득 찬 가정을 꿈꿉니다. 그곳은 바로 삶에 있어 신성한 전통과 관례 그리고 소중한 기억들로 가득 채워진 곳입니다. 우리는 항상 지구 위에 있는 천국을 바라봅니다. 가족들과 함께 영원히."

내가 릭의 딸이 발표한 가족 비전을 들은 때는 그것이 만들어진 지 몇 년 후의 일이다. 릭은, 그 비전이 가족 구성원 모두에게 얼마나 중요한 것인지를 설명했다. 그들은 정기적으로 이 비전을 읽곤 한다. 여러 번의 중대한 순간들, 다툼과 논쟁들을 해결하고 중요한 결정을 내릴 때마다 그 비전을 돌아보았다고 한다. 부모와 자녀들 한명 한명에게 가족 비전이 담긴 이 문서는 살아 있는 지침서였다. 그것은 그들을, 그들이 이해할 수 있는 범위 내에서 현재에서 미래로 이끌어갔다. 릭은 "시간이 지나면서 우리 집의 막내도 비전에 대해 이해하기 시작했고 종종 그것을 참고한다네"라고 말해주더구나.

아들아! 내 생각에는, 너도 고등학교 시절 농구를 통해 근거 있는 비전을 경험했다고 본다. 너의 코치였던 타운샌드는 너와 다른 아이들이 미래의 가능성과 함께 현시점의 진실을 깨닫도록 훌륭히 가르쳤다. 네가 마지막 학년이 되고, 챔피언십에서 우승했을 때 너는 남다른 모습을 보여주었다. 네가 주 대회에 대해 이야기했을 때, 너는 네가 하는 일과 창조하고자 하는 결과가 서로 연관성 있어 보인다고 말했다. 결승까지 올라갔던 것은 너무도 생생한 기억이 아닐 수 없다. 그 기억은 앞으로도 네 의식 속에 존재하면서 네 노력을 부추기는 역할을 할 것이다. 나는 그것을 농구에 있어서 너의 '최고의 자아' 라고 부르고 싶다.

사람들이 '최고의 나' 를 창조하고, 보여주고자 마음먹고 어떤 방향을 선택한다면, 그들은 분명 선명하고 강렬하면서도 순수한 비전을 가지기 시작할 것이다. 그들은 사소한 것까지도 깊이 간파하는 능력을 소유하게 될 것이며 그와 동시에 잠재력과 가능성을 느끼고 보게 될 것이다. 이러한 사람들은 자신의 삶을 단순화 하는 방법을 배운다. 그들은 비전만을 나누는 것이 아니라, 그 비전을 실질적으로 추구하는 동기를 부여받게 된다. 그들은 성장과 발전을 가져다주는 가치 있는 일들에 초점을 맞추어나간다. 우리는 그들을 통해서 매우 심오하고 근본적인 방법으로 영향을 받는다. 우리는 자신을 이기는 승리감을 맛보게 되며 그로 인해 우리의 행동이나 행위는 핵심적 가치와 일관성을 지니게 된다. 우리들의 믿음과 희망은 증가되고 이해의 깊이는 깊어지며 이성은 넓어진다.

한마디로 요약하자면, 우리는 희망과 이성을 동시에 가져야 한다. 우리는 희망적이면서도 논리적이 되고자 노력해야 하고, 꿈을 꾸면서도 현실적인 삶을 살아야 한다. 또한 열정적이면서도 실용적이고 합리적이어야 한다. 근거 있는 비전은 현시점의 진실을 깊이 있게 이해하는 것을 뜻한다. 우리는 현존하는 조직체계의 가능성이나 잠재능력을 보면서 경외하는 마음을 갖는다. 사람들은 그러한 조직체계의 일원으로 참여하여 비전을 추구한다. 근거 있는 비전을 추구하는 일이 그들에게 현실적으로도, 감정적으로도 진실되기 때문이다.

이러한 구조 개념은 변형을 추구하는 지도력에 대한 실험적 연구와도 일관성을 갖는다. 변형을 추구하는 리더들은 미래에 대해서 여러 가지로 계획하고 상상하며 사람들을 자극하고 일으키면서 열정, 낙관적 시각, 그리고 영감을 증명해 보인다. 그러면서 그들은 또한 이성과 분석에 철저하다. 그들은 깊게 생각하며 평범하지 않은 패턴을 볼 줄 아는 안목을 갖고 있다. 아울러 그들은 변화를 추구함과 동시에 질서를 유지시킨다. 그들은 진실성과 가능성, 과거와 미래를 융합해낸다.

• 적응력 있는 자신감(자신감/겸손) — 적응력 있는 자신감(Adaptive Confidence), 즉 적응할 수 있다는 자신감은 '자신감'과 '겸손'의 결합을 의미한다. 자신감 있는 사람들은 자기 자신을 믿는다. 그들은 자기 자신이 주어진 일이나 직무를 실행해낼 능력을 갖추고 있다는 데 추호의 의심도 없다. 이렇듯 자신감은 사람들을 안전하고 걱정 없게 하며, 모든 일에 자신이 중심이 되게 하고, 자신에 대한 확신을 심어준다. 하지만 자신감도 지나칠 때가 있게 마련이다. 지나친 자랑스러움이 오만함이나 자만심이 되고 급기야 불손함으로까지 변해 고생을 하는 사람이 종종 있다. 지나친 자신감이나 불손함을 가진 사람들은 자신의 능력을 너무 과대 평가한 나머지 배움을 소홀히 하는 경향이 있다. 그들은 마음이 완고하게 닫혀 있어서, 어떠한 충고도 받아들이려 하지 않거나, 평가받으려 하지 않는다. 이러한 태도는 진실로부터의 단절을 가져온다. 그들은 자기 방어

메커니즘을 사용하여 성장 또는 적응성을 거부하고 피한다.

자만심이나 자기 자랑과 상반되는 긍정적 가치는 겸손이다. 사전적 의미의 겸손은 자신의 모자람을 인식하는 상태를 뜻한다. 겸손한 사람은 온화하고 정숙한데, 이는 열려 있고 수용적이며, 가르침을 잘 받는 상태를 말한다. 그러나 겸손의 진실된 가치 역시 때때로 도를 넘어서곤 한다. 지나치게 겸손한 사람은 자아 소멸 또는 자아 훼손의 결과를 가져온다. 또한 불안감과 두려움을 경험해야 한다. 그들은 자신의 약점과 근심, 자아의지 상실, 의견에 대한 불확신 등등에 의해 심지어는 자신에 대한 신뢰감마저 잃어버리곤 한다. 이러한 사람들은 다른 방면에서 자신의 재능을 발견할 수 있지만, 자신에 대한 신뢰나 자신감, 또는 일을 주도할 만한 능력을 발견하기는 힘들다.

겸손과 자신감이 서로 균형을 갖추었을 때, 우리는 온화함을 갖추고서도 모든 일에 중심이 되는 사람이 될 수 있다. 열려 있는 마음을 갖되, 자신에 대한 확신에 차 있고, 적극적으로 수용하면서도 흔들리지 않는 사람이 바로 그런 사람이다(도표를 참고하렴). 모순되어 보이는 두 개의 가치들을 하나로 묶는 것은 물론 쉽지 않은 일이다. 하지만 하나로 묶으려는 노력을 한다는 게 중요하다. 그것이야말로 결코 헛되지 않은, 가치 있는 헌신의 행위이기 때문이다.

적응력 있는 자신감이란 미지의 대상으로부터 오는 두려움을 피하지 않고 마주하며, 새로운 진실을 계속해서 추구하는 힘이다. 따라서 이러한 자신감을 가진 사람은 항상 배움과 발전을 열망한다. 그들은 실패와 마찬가지로 성공에 대해서도 되돌아보고 점검하는 일에 안정되어 있다. 적응력 있는 자신감을 가진 사람들은 어떤 상황 속에서도 전

겸손과 자신감이 서로 균형을 갖추었을 때, 우리는 온화함을 갖추고서도 모든 일에 중심이 되는 사람이 될 수 있다. 열려 있는 마음을 갖되, 자신에 대한 확신에 차 있고, 적극적으로 수용하면서도 흔들리지 않는 사람이 바로 그런 사람이다.

진할 수 있으며, 주도권을 갖고 나아갈 때도 늘 준비 태세를 갖추고 있다. 그들은 자동적으로 변화하며, 적극적이고 창조적인 긴장 속에서 살아간다. 적응력 있는 자신감을 가진 사람은 주어진 환경과 협력한다.

네가 적응력 있는 자신감을 갖고 행동하는 것은, 최고의 자아를 추구하는 것과 똑같은 효과를 가져다준다. 너는 겸손과 자신감을 모두 갖추었다. 여기서 겸손의 의미는 단지 모자람을 인지하는 평범한 개념을 뛰어넘는 더 큰 개념, 즉 있는 그대로의 실제 모습을 볼 수 있음을 뜻한다. 겸손이란 너의 모자란 부분과 강한 부분 모두를 이해하는 것이며, 외부 세계와 연결되어 있지 않을 경우 너 자신은 아무것도 아니라는 사실을 인지하는 것이다. 요컨대 겸손은 열린 마음으로 모든 긍정적 요소와 부정적 요소를 수용하는 것이며 그로 인해 현실을 만들어가는 것이다.

나의 친구 빌 토버트는 자신감에 대해 이런 글을 썼다. 그는 대부분의 전문적 지식의 형태는 바로 '조건부적인 자신감(Conditional Confidence)'이라고 했다. 이것은 너의 추측을 벗어나지 않는 한도 내에서 네가 행사하는 자신감을 말한다. 사람들은 주어진 상황 속에서 무엇을 해야 하는지를 배웠고, 어떻게 통제 안에 머무를 수 있는지 훈련받았다. 만약 주위 상

[적응력 있는 자신감]

부도덕:불만	도덕:겸손	상호 침투작용: 적응력 있는 자신감	도덕:자신감	부도덕:교만
나약함 불확신 불안정	온화한 열려 있음 받아들임	온화한 주체의식 확신 있는 개방 안정적인 수용	주체의식 보증 안정	자만 닫혀 있음 경직성

황이 변한다면, 그들은 순간 공포심을 느끼고 더 이상 통제 안에 머무르지 못한다. 대부분의 사람들은 통제 안에 살아가도록 되어 있고, 그들은 편안한 영역에 머무르려 한다. 하지만 우리가 만약 성장하고 싶다면, 우리 자신의 편안함에서 탈피해 나와야 한다.

빌은 조건부적인 자신감에 상충하는 개념으로 '무조건적인 자신감' 에 관해 말했다. 나는 이것이 적응력 있는 자신감과 같은 뜻이라고 생각한다. 그의 말에 따르면, 우리가 아무리 어떤 진행 과정 속에 처해 있더라도 정확하지 않은 추측과 영향력 없는 전략은 버릴 수 있다. 우리는 행동하는 데 필요한 충분한 자신감을 가지고 있으며, 배우기 위한 충분한 겸손도 동시에 갖추고 있다. 또한 빌은 그러한 자신감을 어떻게 발전시킬 수 있는지에 대한 지침을 말해주었다. 그는 우리의 고결함이 증가할수록 무조건적인 자신감 역시 증가한다고 말했다. 그리고 우리 자신의 상태를 지속적으로 모니터링함으로써 부족한 고결함을 채울 수 있다고 했다. 이것은 내게 매우 놀라운 이야기였다.

적응력 있는 자신감은 훌륭한 성과를 거두는 사람들을 관찰할 때 종종 발견할 수 있다. 다음 글을 읽고 생각해보렴.

"종종 풋내기 직공(職工) 또는 실력 없는 직공의 공예품을 장인(匠人)의 것과 비교하게 된다. 당연히 장인의 작품이 직공의 것보다 월등히 뛰어나다는 것을 알 수 있다. 장인은 절대로 한 가지 설명서만을 따르지 않는다. 그는 일을 해나가는 과정중에 차츰차츰 자신만의 해법을 만들어나간다. 그러한 이유로 비록 그가 일부러 무엇을 고안해내지 않았다 해도, 사람들은 그에게 도취될 수밖에 없고 그를 정중히 대하게 된다. 그의 동작과 기구는 서로 조화를 이룬다. 그는 글로 적혀진 그 어떤 설명서도 참고하지 않지만, 반면에 그의

우리는 행동하는 데 필요한 충분한 자신감을 가지고 있으며, 배우기 위한 충분한 겸손도 동시에 갖추고 있다.

손에 들린 재료의 자연적 성질은 그의 생각과 행동을 결정짓는 중요한 작용을 한다. 게다가 그 재료의 자연적 성질은 그에 의해 변화된다. 재료와 그의 생각은 그가 휴식을 취할 때까지 함께 변화한다. 그리고 그의 생각이 휴식을 취할 때 재료도 변화를 멈춘다."

장인들은 주어진 일을 깊이 이해하고 거기에 반응한다. 그들은 머릿속에 자기만의 지도를 입력해두고 있다. 그들은 직감적으로, 다른 이들이 보지 못하는 것을 볼 수 있고, 느낄 수 있다. 그들은 변화에 따라 자신의 전략을 계획하고 또 계획한다. 그들은 어떤 주어진 환경에서, 때에 따라 올바른 일을 할 수 있는 자신감을 소유하고 있다. 그러므로 그들은 자신감과 겸손 안에서 한 걸음씩 앞으로 나아가고 있는 것이다. 그들이 적응력 있는 자신감을 훈련할 때면 깊은 교제를 경험하는 경우가 많고, 그러한 만남을 통해 미래를 융합하여 창조해가기 시작한다. 앞에 인용한 것처럼, "손에 들린 재료의 자연적 성질은 그의 생각과 행동을 결정짓는 중요한 작용을 한다. 그 재료의 자연적 성질은 그에 의해 변화된다. 재료와 그의 생각은 그가 휴식을 취할 때까지 함께 변화한다. 그리고 그의 생각이 휴식을 취할 때 재료도 변화를 멈춘다." 여기에는 깊은 교제와 심오한 가능성이 있다. 심오한 공헌을 이뤄내는 과정에서, 창조자(creator)와 피조물(created)은 서로 영향을 주고받으며 변화한다. 창조자, 즉 행동하는 주체는 훌륭함을 불러오고, 그것이 그 사람의 겸손과 자신감을 고무시킨다.

변형을 추구하는 리더들을 연구한 사람들은 그 연구를 통해 오히려 자기들이 지적인 자극을 받았다고 했다. 그들은 계속적으로 온갖 가정을 질문하고, 패턴을 재정의하며, 가능성들을 다시 계획한다. 또한 그들은 스스로가 먼저 위험을 무릅쓴 채 새로운 아이디어의 첫 실험 대상이 됨으로써 다른 사람들을 자극한다. 다른 이들에게 새로운 것들에 대해서 마음을 열고 시도해보도록 격려하고 용기를 북돋아주는 것이다. 하지만 그들이 변덕스러워 보이진 않는다. 오히려 지속적이고 안정적으로 보인다. 그것은 바로 다음의 일곱 가지 특성 때문이다.

- 그들은 원리 원칙에 의해 움직인다.
- 그들의 비전에는 타당한 근거가 있다.
- 그들의 창조적 행동습관은 매우 도전적이지만, 이해하기 쉽다.
- 그들은 다른 사람들이 맘놓고 모험과 혁신을 펼칠 수 있도록 지원하며, 그에 따른 안전한 환경을 제공한다.
- 그들은 열린 마음과 안정된 마음을 동시에 갖고 있다.
- 그들은 적응력 있는 자신감을 행사한다.
- 그들은 끊임없이 적응력과 성장을 추구한다.

• **강력한 사랑**(**사랑/강력함**)—네 번째 홀로닉스 구조 개념은 '강력한 사랑(Though Love)'이다. 이것 또한 짝을 이루는 두 개의 다른 진실된 가치들이 상호 침투작용을 거쳐 생성된 것이다. 첫 번째는 무욕의 사랑, 인내, 보살핌, 또는 후원이다. 행위자는 다른 사람을 위하여 숙고하며, 그에게 사랑을 주는 코치 또는 선도자처럼 행동한다. 그러한 사랑은 자유방임이자 방종으로, 혹은 지나친 관용으로 왜곡되거나 비뚤어질 수 있다.

이런 사랑을 실천하기 위해서는 다른 사람들을 보호할 줄 알아야 한다. 우리는 그들이 자신들의 능력을 다 발휘하지 못하는 때에도 '사랑이라는 이름 아래' 그것을 묵인해준다. 그렇게 하기 위한 동기부여를 우리는 충분히 받았다. 우리는 다른 사람들이 어떻게 더 높은 기준을 갖고 살아가는지 알 길이 없다. 아니, 어쩌면 그걸 알면서도 단지 두려워하고 있는 것인지도 모른다.

그리고 여기에, 매우 강한 힘을 가진 용감하고 도전적인 리더가 있다. 그는 일을 체계적으로 진행해가는 데 필요한 것들을 알며, 그 일에 다른 사람들이 참여하도록 이끄는 능력을 지니고 있다. 하지만 도가 지나쳤을 경우, 이러한 확신이나 고집은 억압과 독재로 바뀌게 된다. 횡포는 물론, 속임수까지 쓸 수 있고, 자신만의 이익을 챙기는 현상도 발생한다. 나는 운동 코치의 예를 들어 설명하고 싶구나. 많은 사람들은 운동 팀을 변화시키기 위해서는 고집스러움이 절대적인 필요 요소라고 말한다. 하지만 그들은 운동이 아닌, 다른 똑같은 상황에서는 그러한 고집이 절대적 필요 요소라고 생각지 않는다. 그래서 코치들은 더욱더 억압적이게 되고, 결론은 항상 부정적이다.

이 구조 개념에 속한 가치들의 가장 이상적인 균형점은 강력함과 사랑이 함께 존재하는 것이다. 강력한 사랑을 실천하는 사람은 인내하면서 강하고, 남을 돌보면서 용감하며, 사욕이 없으면서도 도전적이다(도표를 참고하렴). 그러므로 우리가 말하는 강력한 사랑이란, 리더들이 사리사욕을 초월하여 다른 사람에게 능력을 베푸는 것을 가리킨다. 이런 리더들은 용감하면서도 동요하지 않으면서, 자신들이 만들어놓은 이상적인 삶의 기준에 다른 사람들이 맞추어 살도록 계속해서 일깨워주고 도전한다.

구체적인 예가 하나 있다. 나는 미시간 주립 대학의 보 슈켐베처라는 코치 밑에서 미식축구를 하던 한 학생과 나눴던 대화를 기억한다. 그 젊은 친구는 엄청난 거구의 라인맨(수비수)이었다. 나는 그에게 코치인 보에 대해서 어떻게 생각하냐고 물었다. 그는 "이 세상에서 오직 한 사람, 그만이 제 엉덩이를 걷어찰 수 있습니다. 왜냐 하면, 그가 저를 사랑한다는 걸 제가 확실히 알기 때문이죠"라고 대답하더구나. 우리는 미식축구 리더들에게서 권위적이고 강압적인 훈련만을 기대한다. 그들이 심사숙고한다거나 다른 사람을 돌보리라고는 상상하기 힘들다. 우리는 엄청난 거구의 미식축구 라인맨 선수의 입에서 '사랑'이라는 단어가 나오리라고는 예상하지 못한다. 하지만 그는 달랐다. 심지어 그는 사랑이 있기에 많은 대립들이 견딜 만하다고 넌지시 말했다.

강력한 사랑을 실천하는 사람은 인내하면서 강하고, 남을 돌보면서 용감하며, 사욕이 없으면서도 도전적이다.

어떤 사람들이 내게 강력한 사랑을 실천한다면, 그것은 나를 지지해주는 것이나 마찬가지다. 그때 나 또한 그들의 진정한 사랑과 관심을 느낄 수 있다. 그렇다고 해서 그들이 나를 어린애 취급한다는 것은 아니다. 그들이 바라는 것은 단지 '나를 위한 나의 발전'인 것이다. 그러기 위해서 나는 더욱 독립적인 행위자가 되어야 하고, 내 인생의 어떤 면에 대해 더 많은 책임을 질 수 있어야 한다. 나의 개혁을 위해서, 나는 내 편안함과 안일함의 영역에서 툭툭 털고 일어나 바깥으로 나가야 한다.

또 다른 어떤 이들은 내 마음 속에, 그리고 나의 행동습관에 배어 있는 패턴을 방해하곤 한다. 또한 그들은 내가 스스로에게 던지는 질문이나 인생 선언문을 통해 나의 자아를 발견해나가는 길을 방해한다. 이러한 관계

[강력한 사랑]

부도덕: 자유방임	도덕:사랑	상호 침투작용: 강력한 사랑	도덕:강력함	부도덕:억압
자유방임	인내	인내와 힘	힘	억압
방종	돌봄	용기와 돌봄	용기	위압적
지나친 관용	욕심 없음	욕심 없는 도전	도전적	이기적

속의 뒤틀림은 나를 깊은 생각에 잠기게 만든다. 그리하여 정체된 상태에 머무르게 한다. 그러면 나는 계속적으로 고통에서 벗어나려고 한다. 그리고 그것은 바로 내가 서서히 찾아오는 죽음을 선택한 것과 동일한 국면을 맞게 만든다. 내 인생의 어느 지점에선가 나는 잠이 들고 만다. 그러나 변화를 가져오는 요인이 나를 깨우기 시작한다. 그리고는 나로 하여금 한계에 도전하게 하고, 그러한 모험을 점점 늘려가게 만든다.

라일리나 타운샌드 같은 좋은 코치들은 변화를 가져오는 자신의 임무를 오늘도 쉬지 않고 계속하고 있다. 이러한 사람들은 다른 개인이나 단체가 더 뻗어나가 성장할 수 있도록, 그리고 적응력 있는 자신감을 소유할 수 있게끔 자신의 노력을 아끼지 않는다. 부모나 군대의 리더, 회사의 최고경영자 또는 대통령까지도 이와 같은 일을 해야만 하는 것이다.

긍정적인 야누스가 되라 »»

지금까지 살펴본 홀로닉스 구조 개념들은 심오한 가능성의 열쇠들이다. 그것들은 우리가 수동적인 행동에서 벗어나 능동적으로 행동하도록 도와준다. 우리들의 최대 과제는 바른 삶, 좋은 삶을 사는 것이다. 다시 말해 끊임없이 우리 자신을 재발견하여 좋은 삶을 위한 그리고 우리를 둘러싼 조직체계를 위한 가치들을 생산해내는 것이다. 한마디로 말하자면 '공헌자'가 되는 것이다. 우리가 찬성과 반대가 공존하는 이 세상에 살고 있는 이상, 첫 번째로 해결해야 할 과제는 우리 안에 있는 상반된 것들을 조화시키고 통제하는 일이다. 우리는 부정적 · 긍정적이거나 부정적 · 부정적 가치들 대신에 이 모든 것이 완전히 융합된 긍정적 · 긍정적 가치들을 실천에 옮겨야 한다.

진실된 가치들이 상반되는 긍정적 가치들로 결합했을 때 그 영향력은 더 강해진다. 긍정적 가치가 역동적인 개념으로 변하면서 우리를 나선형 선상에서 위로, 더 위로 끌어올려준다. 상반되지만 각각 긍정적인 두 개의 가치들이 만났을 때, 우리는 또한 깊은 교제를 경험하게 된다.

이 경우 깊은 교제란 개념론적 만남을 뜻하는데, 홀로닉스의 가치들은 두 개의 얼굴을 가진 야누스적 개념이라고 할 수 있다. 그것들은 우리로 하여금 두 가지의 긍정적 방향을 동시에 바라보길 요구한다. 그것들은 우리의 흥미를 끈 후, 그것을 창조적인 행동으로 옮기라고 한다. 우리가 이런 홀로닉스 가치들을 바라보며 살아간다면, 우리는 정체되고 수동적이었던 기존의 삶을 변화시킬 수 있다. 정상적이지 않은, 우리의 고집스런 열정들은 굴레로 묶어두고, 올바른 방향으로 우리 자신의 가치들을 발산시켜야 한다. 그렇게 함으로써 우리의 비전은 현실화될 수 있다.

그때그때 반응하는 대신 결과에 집중하라. 그러면 우리는 스스로를 이겨낼 수 있다. 그러한 승리를 경험하면, 긍정적 감정이 우리를 가득 채울 것이다. 우리는 자신을 전보다 더욱 사랑하게 될 것이며 주변 사람도 더 사랑하게 될 것이다. 우리는 자신감과 함께 새로운 용기를 얻게 될 것이다.

그런데 이 과정에서 열정을 완전히 제거해서는 안 된다. 열정을 단지 굴레에 묶어둘 뿐이다. '굴레'라는 단어의 뜻은 지시하고, 속박하며, 통제하는 것을 의미한다. 우리는 열정이 옳은 방향으로 향하도록 지휘·감독해야 한다. 그래서 그것들이 세상과 우리 자신에게 생산적인 효과를 가져다주게 해야 한다. 그러면 우리는 긍정적인 감정으로 가득 채워지고, 각자 '최고의 나'를 찾을 수 있으며, 모든 홀로닉스 가치들을

우리가 찬성과 반대가 공존하는 이 세상에 살고 있는 이상, 첫 번째로 해결해야 할 과제는 우리 안에 있는 상반되는 것들을 조화시키고 통제하는 일이다.

자신에게 적용시킬 수 있게 된다. 그런 후에야 그 '최고의 나'를 다른 이들에게도 보여줄 수 있다. 깊은 교제가 있는 단체에 들어가 심오한 공헌이 무엇인지, 어떻게 만들어가는 건지, 그 의미를 명확히 재정립할 수도 있을 것이다.

지금까지 내가 말한 논점들을 '통합된 홀로닉스의 효과'로 간략히 도표화했다. 나에게는 이 다섯 가지 질문들 자체가 '개혁'이란다. 우울증에 시달릴 때면 나는 곧바로 이 질문들을 스스로에게 던진다. 그러면 나는 금세 변화한다. 스스로에게 미안한 마음을 갖지 않는 대신 책임의 과정을 밟는 것이다. 나는 앞으로 나아가면서 조금씩 자신감을 회복할 것이고, 금세 그 길은 강한 힘을 얻을 것이다.

하지만 이 질문들은 더 큰 잠재력을 숨겨두고 있단다. 만약 어떤 지도

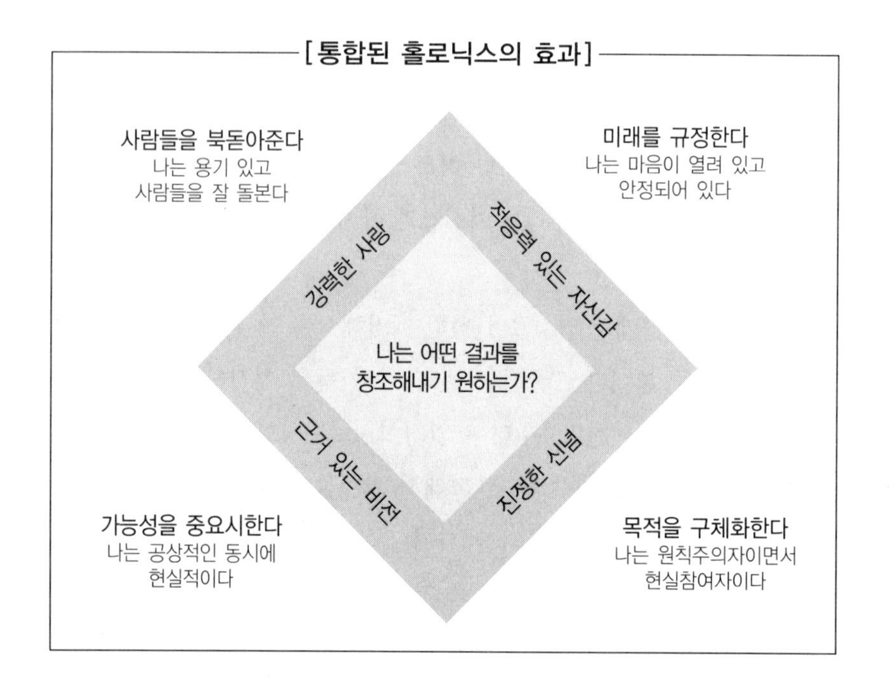

자가 이 모든 원리와 원칙들을 다 이해하여 그 중 가장 중요한 요점들만 을 자신이 속해 있는 그룹이나 회사, 팀 또는 여러 단체에 가르친다면 무슨 일이 벌어질까? 그리하여 그룹 내의 사람들이 저마다 홀로닉스 구조 개념들을 정기적으로 서로에게 묻고 답한다면 어떠한 상황이 벌어질까? 그리고 어떤 회사가 새로운 제도를 도입해 적용시켰을 때, 이러한 질문이 오간다면 어떨까? 회의가 진행되기 전에 반드시 이 다섯 가지 질문을 주고받아야만 한다고 가정해보자. 아마도 대립이 있을 때마다 사람들은 상반된 가치들을 왜곡시키려 들 것이다. 어떤 사람은 "우리에게는 아무런 비전도 없습니다"라고 대답할 것이다. 또 다른 사람은 "그냥 비전이 아니라 근거 있는 비전입니다. 그리고 우리 자신은 실용적이고 합리적이어야 합니다"라고 덧붙일 것이다.

이러한 대화들은 사실상 아주 값진 것들이다. 왜 그런가? 이러한 대립 자체가 양쪽의 타당성을 극명하게 드러내기 때문이다. 따라서 이러한 대립은 근거 있는 비전의 의미에 대해서 더 제대로 알아야겠다는 필요성을 부여해주고, 조직이 스스로 만들어놓은 안일함에서 벗어나 새로운 것들을 조사하도록 동기부여를 해줄 것이다. 또한 이러한 프로세스는 다른 이점들을 낳는다. 조직의 개개인들이 훗날 지속적으로 홀로닉스의 개념을 알려주는 살아 있는 지침서 역할을 하는 것이다. 그들은 깊은 교제와 심오한 공헌을 만들어낼 수 있는 도구를 손에 쥐고 있기 때문이다.

부모의 '강력한 사랑'이 '변형적 지도자'를 키운다 >>>

지도력에 관한 몇 마디의 말만 덧붙이고 이 편지를 마치려고 한다. 지도력은 어떠한 기술을 배우는 것이 아니란다. 그것은 목적을 정화시켜

> 변형적 지도자들의 부모들은 하나같이 자식들이 도전적인 자세로 살아갈 수 있는 환경을 만들어주었으며, 그들이 실패하거나 성공했을 때 온 정성을 다해 그들을 지지하고 지원해주었다고 한다.

명확히 바라보는 것이고, 용기 있는 목적을 추구하는 것이다. 지도자가 된다는 건 홀로닉스의 상태에서 살아간다는 의미이다. 이것이 꽤 철학적인 용어로 들릴지도 모르겠구나. 하지만 이건 실질적인 경험에 기반한 이야기란다.

기본스가 실시한 '변형적 지도력 연구'에서, 연구원들이 발견한 사실은 변형적 지도자들은 모두 발전적인 인생을 살았다는 것이다. 애초 연구원들은 변형적 지도자들에 대한 재정의를 내린 후 과거로 거슬러올라가 그들을 인터뷰했다. 그 결론 중 하나가 변형적 지도자들의 부모가 공통적인 성향을 지녔다는 것이다. 그들은 하나같이 자식들이 도전적인 자세로 살아갈 수 있는 환경을 만들어주었으며, 그들이 실패하거나 성공했을 때 온 정성을 다해 그들을 지지하고 지원해주었다고 한다. 즉, 그 부모들은 홀로닉스 구조 개념의 마지막 항목인 '강력한 사랑'을 실천했던 것이다.

나는 지도력을 연구조사한 그 연구원들이, 머지 않아 그 부모님들에게서 홀로닉스의 나머지 구조 개념들, 즉 진정한 신념, 근거 있는 비전, 적응력 있는 자신감의 단서도 찾아낼 것이라고 확신한다. 지난 번에 네가 써 보내온 편지에서 내가 가장 좋아하며 읽었던 부분은 바로 이것이란다.

우스운 일일지도 모르지만 제가 해야 할 일이 많다고 해서 용기를 잃지는 않습니다. 왜냐 하면 다른 모든 사람들에게도 주어진 일이 많기 때문입니다. 아버지가 저에게 자신의 약점을 말씀하셨을 때, 그것은 도움이 되었을 뿐만 아니라 어떤 희망이 되었습니다. 다른 사람들의 마음 속에 계신 아버지는 거의 완벽한 존재입니다. 그러나 그들은

> 아버지가 하고자 하시는 일을 모를 뿐만 아니라 아버지가 현재 어떤 일에 있어 사전 심사숙고 단계에 처해 계신지 결코 조언해주지 못합니다. 이것은 앞뒤가 맞지 않는 것입니다. 하지만 자신을 거짓 없이 바라볼 때, 우리는 잘못하고 있는 모든 일들을 알 수 있습니다. 우리는 모두 어리석은 자유를 겪고 삽니다.

만약 리더의 임무가 다른 사람이 인생의 나선형 선상에서 상승하도록 도움을 주는 것이라면, 그것은 부모가 자식에 대해 갖는 임무와 같은 것이 된다. 부모와 자식 역시 서로에게 고무되고 격려를 주고받으면서 조금씩 책임 있는 자유로 다가가야 하는 것이다. 나는 네가 위와 같은 편지를 써줄 정도로 나를 정확하게 바라봐주었다는 것이 매우 힘이 되고, 기쁘구나. 나의 바람은 우리의 대화가 믿을 수 없을 정도로 투명해졌으면 하는 것이다. 그래서 고투하며 살아가는 서로를 바라보며 용기를 얻기 바란단다.

너와 나는 인생이 어렵다는 것을 잘 알고 있다. 이스탄불의 역사처럼, 우리의 역사 또한 하늘로 향하는 한 갈래의 직선이 아닌 것이다. 너와 나는 위로 향하면서도 계속해서 앞으로 뒤로 움직이고 있는 것이다. 이스탄불의 차별화된 문화들이 서로 만나서 융합되었던 것처럼, 너와 나는 서로 밀어내기도 하고, 상호 침투작용을 하면서 서로에게 더 큰 영향을 미쳤다. 인생은 생존이 전부가 아니다. 인생은 생존과 함께 '공헌' 을 필수적인 가치로 갖고 있단다. 너와 내가 성장을 위한 용기를 키웠을 때, 우리 삶의 가능성 그리고 주위 조직체계에 대한 공헌 또한 증가되었다. 우리는 개혁적인 사람이 되었고, 도덕적 원칙과 선에 의해 인도되고 있다. 그리하여 우리는, 우리의 인생 목적이 주위 사람들을 상위 지향적인 나선형 선상으로 이끄는 것임을 더 명백하게 바라볼 수 있게 되었다. 그러면서 우리가 가야 할 위대한 진화론적 나선형 선상에 대해 어렴풋이 느끼고 있다.

사랑한다,

아버지가.

아홉 번째 편지

변화를 완성하는 마음의 법칙

“내가 어두우면 세상도 어둡다.
마음의 눈을 떠라! 길이 열릴
것이다.” - 존 러스킨

아홉 번째 편지

사랑하는 가렛에게

보내준 편지 기쁘게 받아보았다. 네게 발전이 있는 것 같아 즐겁더구나. 네 말처럼 너는 점점 더 행복해지는 것 같다. 네가 행복해질수록 그 감동은 배로 커져 나에게 돌아온단다. 너는 정신과 의사와도 생산적인 약속을 한 것 같더구나. 아울러 너는 스스로에 대해 더 많은 것을 이해하게 되었으며, 네 인생에 왜 자꾸 많은 일들이 일어나는지 알게 되었을 것이다. 몇 달 전만 해도 정신과에서 행하는 테스트에 거부감을 가졌던 네가 이제는 네가 인정하는 의사와 좋은 관계를 맺고 있다니, 참 다행이다.

네가 편지에 쓴 것, 주 농구대회 결승전에서 실패를 하고 난 다음 네가 받은 충격에 대한 너 스스로의 분석에, 나 또한 수긍한단다.

> 지금 와서 생각하면, 제가 어떻게 그 힘든 과정을 이겨냈는지 모르겠습니다. 그것은 제게 너무도 견디기 어려운 큰 충격이었습니다. 저를 서서히 죽어가게 할 정도였지요. 저는 의식적으로 어떠한 노력도 하지 않으리라고 결심했습니다. 그런 노력 자체가 시간낭비라는

생각이 들었기 때문이지요. 이러한 결심은 물론 진실이 아니라, 그저 제가 진실이라고 믿은 것일 뿐이었습니다. 그래서 지난 일 년 동안 저는 전혀 아무것도 하지 않고 지냈습니다. 저는 제가 만든 안전지대에서 빠져나올 수가 없었어요. 다른 사람들과 어울리려는 그 어떤 노력도 하지 않았으며, 제 자신에게 다른 것들을 사랑하도록 허용하지 않았습니다. 그 이유는 그런 노력 자체가 저를 점점 더 고통 속에 빠져들게 한다고 느꼈기 때문입니다.

이것은 모든 사람들에게 해당되는 이야기이란다. 우리 모두는 우리가 이해할 수 없는 고통을 경험하고 있고, 그 고통에 짓눌려 점점 움츠러들고 마침내 서서히 죽어가기 시작한다. 그때 우리는 일도 중지하고, 성장도 하지 않으며, 사랑도 하지 않게 된다. 서서히 찾아오는 죽음의 길을 선택하는 것은 결국 스스로 자기 기만을 허락하는 것과 같다. 네가 쓴 것처럼 "이러한 결심은 물론 진실이 아니라, 그저 진실이라고 믿은 것일 뿐"이다. 현실의 고통을 피하기 위해 우리 모두는 진실이 아닌 것에 삶의 시간을 허비하고 있다.

현실의 고통을 피하기 위해 우리 모두는 진실이 아닌 것에 삶의 시간을 허비하고 있다.

지난 수개월 동안 너는 변화의 단계를 거쳐왔고, 많은 고비를 겪어왔다. 그리고 이제 너는 더 많은 것을 이해하게 되었다.

저는 더 이상 그 안전지대에 머무를 수 없었습니다. 이러다 보면 영원히 그 안에서만 머물다 빠져나오지 못할지도 모르겠다 싶었지요. 제가 만약 두 달 전에 이 글을 읽었다면 저는 웃으면서 "이 일이 약간 극적이긴 하지?" 하고 치워버렸을지도 모릅니다. 네, 그럴 가능성도 있지만, 그것은 진심입니다. 저는 그것을 보았고 직접 느꼈습니다. 그래서 저는 두 달 전의 제 모습이 반복되지 않기를 진심으로 희망하고 있습니다.

가능성을 발견하여 비전을 확장시켜라 >>>

나 역시 네가 똑같은 슬럼프를 반복하지 않기를 바란다. 그럼에도 너는 또다시 그런 경험을 하게 될지도 모르겠다. 하지만 제임스 프로차스카 박사 이야기를 기억해보렴. 그는 인생을 더 효과적으로 살기 위해 이러한 과정을 여러 번 반복했다.

우리 모두는 여전히, 그리고 거의 항상, '서서히 죽어가는' 길을 선택한다. 우리에게는 이 강력한 현실에 대항할 용기가 부족하기 때문이다. 의미 있는 인생이란 우리 스스로 지속적으로 인생의 목표를 명확히 하고 용기 있게 근본적인 결정을 만들어나가는 것이다. 그래야만 우리의 의식과 비전이 확장되는 것이란다.

나는 최근에 큰 회사에서 분사(分社)된 어느 회사에서 일했다. 나는 참가자들에게 조직에 대한 자가 분석 및 진단을 내려보라고 했다. 그들은 자신들이 생존하기 위해서는 더 나은 기술혁신, 위험관리, 성장이 이뤄져야 한다는 것을 명확히 했다. 그러나 남은 여러 날 동안, 나는 부드럽지만 지속적으로 그들에게 조직적이고 형식적인 측면이 아닌, 개인적인 측면에서의 정직함과 진솔함을 요구했다. 그들은 그들의 안전지대에 머무르고, 자신들의 자아에 이끌려 살아가고 있었다. 나는 끈기 있게 그들을 지켜보았는데, 그러던 어느 날 오후 늦게, 내 요청에 대한 그들의 저항감이 물러가고, 대신에 경이로운 분위기로 바뀌었다. 대화는 매우 친 자신의 가능성을 발견하는 것은 리더십에 있어서 매우 중요한 조건이다.

밀하고 실제적이었으며, 고귀함으로 충만했다. 참석자들은 어떻게 하면 통합이 이뤄질 수 있는지를 깨닫기 시작했다. 이것은 인생의 나선형 선상에서 중요한 계기가 된다. 나중에 한 중년 신사가 내 쪽으로 걸어와서는, "오늘 수업은 내가 여태껏 받은 수업 중에 가장 멋졌소"라고 말했다. 왜 그는 이토록 적극적으로 반응했을까? 그날의 훈련을 통해 우리 모두가 현실을 보다 온전히 볼 수 있는 용기를 발견했기 때문이다. 사람들은 잠재되어 있던 용기를 실행함으로써, 그들이 예전에 발견하지 못한 가능성을 발견했고, 각자의 비전을 확장하기 시작했다.

지금 너는 점차 발전해가는 중이며, 지난 9월에는 볼 수 없었던 많은 것들을 깨닫고 있는 중이다. 지금 너는 더 많은 가능성으로 가득 차 있다. 자신의 가능성을 발견하는 것은 리더십에 있어서 매우 중요한 조건이고, 진정한 리더란 다른 사람들이 가능성을 발견할 수 있도록 도와주는 사람이다. 이런 측면에서 다음 이야기는 생각해볼 만한 가치가 있다.

사랑은 결코 통합되지 않던 것을 통합한다 – 슬기로운 대학 총장 이야기 >>>

최근에 나는 워렌 베니스가 제안한 어느 모임에 참석했다. 그는 퀘이커 대학의 전 총장과의 인터뷰를 비디오로 보여주었다. 퀘이커(quaker : 절대평화주의자) 재단답게 그 대학의 핵심 가치는 비폭력이었다. 인터뷰 도중 총장은 그가 재임중에 겪었던 특별하고도 중요한 사건에 대해 이야기해주었다.

그가 재임할 당시 상황은 베트남 전쟁이 절정에 이르렀을 때로, 학내에 데모가 자주 일어났고 종종 그것은 폭력시위로 바뀌곤 했다. 또한 켄트 주에서는 대학생에 대한 총기 발사도 발생한 터였다. 그 학교의 어떤 단체는 항의성 글을 총장에게 전해왔다. 그들은 성조기를 끄집어내려 불에 태우려고 했다. 총장은 그 학교 축구팀 멤버들이 국기게양대 주위에 모여서 성조기에 불을 지르려 하고 있다는 소식을 전해 들었다.

그 순간 총장이 어떤 느낌이었을지 생각해보렴. 비폭력은 그 학교의 핵심 가치였는데, 지금 그 가치가 훼손되려는 참인 것이다! 총장은 그 가치를 지키고 싶었다. 그러면서 또 한편으로는 학생들과의 분쟁이나 갈등도 원치 않았다. 그런 갈등이야말로 학교를 분열시키는 요인이 될 것이기 때문이다. 만약 우리가 그런 상황에 처했다면 어떻게 했을까?

이런 상황에 대한 가장 일반적인 반응은 통제일 것이다. 아마도 안전요원이나 대규모의 경찰병력을 동원할지 모른다. 그러나 그런 선택들은 현재의 갈등이나 폭력 가능성을 오히려 증가시킬 수 있다. 그렇다면, 방법은 그들을 수용하거나 배척하는 것뿐이다. 갈등이 생기는 현실을 단순히 받아들이고, 그것에서 비켜서서 자연스럽게 진행되는 대로 내버려두는 것이다. 그런 다음, 문제점들을 짚어보면 어떤 선택을 취하는 것이 좋을지, 보다 명백한 논점들이 보일 것이다.

그 총장은 어떻게 했을까? 그는 집무실에서 나와서 곧장 국기게양대 쪽으로 걸어갔다. 그가 의도한 전략은 무엇이었을까? 그는 아무것도 생각하지 않았다. 그는 어떡해야 할지 알지 못했다. 그는 속수무책이었고, 무력감만이 느껴졌으며, 비난받을지 모른다고 생각했지만, 그럼에도 불구하고 이것만이 자신에게 가장 진실한 행동이라 생각했다. 그는 국기게양대로 가야만 했다. 이것은 드물게 일어나는 대형 사건이었다! 이런 때야말로 대학의 지도자가 믿음을 발휘하거나 전진해야 할 때이며, 적응력 있는 자신감을 실행해야 하는 때인 것이다.

인터뷰를 하면서 총장은, 그들의 마음이 강철문같이 단단하게 닫혀 있다는 인상을 받았노라고 말했다. 지난 사건을 떠올리면서 그는 눈물을 보였다. 폭동과도 같은 장면에 다다랐을 때, 그는 어떤 영감을 받았다고 한다. 그것은, 그들에게 가서 "국기를 깨끗이 빨아라"라고 말하는 것이었다. 결국 그는 시위대를 향해서 말했다. "왜 너희들은 세제 박스를 가져와서 물을 붓고 국기를 빨지 않느냐? 국기를 빨아서 그것이 깨끗해지면 그때 다시 국기게양대에 올리도록 해라." 시위대와 축구선수들은 이 제안을 받아들였다! 국기는 태워야 할 것이 아니라, 세탁되어야 할 것이라는 데 모두들 공감했다. 세탁된 국기는 다시금 게양대에 걸렸다.

이것은 변혁의 작업에서 간혹 나타날 수 있는 하나의 경이로운 사건이다. 앞의 이야기에서 총장은 평범한 이해력의 범위를 넘어선 획기적인 표현과 제안을 통해 갈등 대상과의 차이를 초월했고, 그럼으로써 문제를 해결했다. 이런 경우, 지도자는 어떤 보상을 준비해야 한다. 총장의 경우, 획기적인 제안을 통해 차별화된 학생들이 총체적이고 복합적인 경험과 존재양식으로 향하도록 고양시켰다. 이렇게 그들은 더 큰 전체가 되거나 혼자가 된다.

어려운 상황을 향해 걸어가는 용기를 보임으로써 총장의 말은 훨씬 더 신뢰감을 줄 수 있었다. 그러한 행동은 대부분의 사람들에게는 섬뜩함을 줄 만하다. 이런 경우 보통 사람은 이기적인 마음이 앞서기 때문에 다른 이들의 신뢰를 끌어내기가 어렵다. 그러나 총장은 거절을 당하거나, 심하면 신체적인 위해를 당할 위험까지도 감수했다. 그는 집단간의 이해 차이가 낳을지 모르는 위험에 자신을 내던질 정도로, 그리고 그 집단에 의해 파괴될지라도, 그 집단을 사랑한 것이다. 그 사랑이 이전에는 결코 통합될 수 없던 것을 통합했다.

이 이야기 속에는 실제로 많은 통합들이 나타난다. 국기를 세탁해서 게양대에 걸어올리는 것에 대해 생각해보자. 국기는 자유와 민주주의 같은 가치들의 상징이다. 또한 우리의 희생을 상징하는 것이며, 국기가 표현하는 가치를 위해 희생한 우리 아버지와 형제와 친구들의 상징이다. 또한 국기는 최고의 집단적 자아의 상징이다. 확실히 국기는 보호받을 만한 가치가 있다. 그러나 베트남 전쟁 기간 동안 많은 지도자들은 분명한 이유도 없이 우리의 젊은이들을 전장에 내보내 죽게 했다. 그들은 진정한 신념이 결여된 전략을 씀으로써 우리의 신념마저 쓸모없게 만들었다. 사람들의 마음 속에서 국기는 최상의 상태와 최악의 상태 모두를 표현해준다. 시위대는 무엇인가 잘못되었다는 것을 느꼈고, 그들에게 국기는 위선적 행위의 상징, 엔트로피, 악의 상징이 되었다. 그들에게 국기는 확실히 끌어내려서 태워버릴 만한 가치가 있다고 여겨졌다.

세척이라는 것은 더러워진 것을 깨끗하게 씻어주는 것을 말한다. 그러므로 여기서의 세척이란 현존하는 위선적 행위를 씻어주는 과거의 가치들을 되살려 진정한 신념으로 품을 수 있는 바람직한 미래를 창조하는 것을 뜻한다. 세척은 두 개의 적극적인 가치를 상호 침투시키는 사건을 암시한다. 세척은 모순된 양 극단의 결과를 아주 새롭게 재정의하는 것이다. 세척으로 인해 각각의 가치들은 적극적이고 긍정적인 것으로 바뀌었다. 그리고 그 적극성은 통합을 이루었다. 적극적인 성격을 가진 두 개의 기둥이 새로운 상태의 시너지 효과를 냄으로써 그 속에서 연결되도록 하는 단계로 접어든 것이다.

이 이야기는 전통적인 메시지와 연결될 수 있다. 그런 전통 가운데 하나가 국기에 대한 관념이다. 우리의 목적은 위선적 행위를 씻어버리고 과거 우리의 적극적인 자아와 미래의 긍정적인 자아를 통합하는 것이다.

우리가 그런 순간을 만났을 때, 우리는 모든 사물들이 서로 연결되어 있다는, 선택 가능한 현실을 깨닫게 되고 이것은 아주 중요한 전환점이 된다.

이것을 이해하기 위해서는 또 다른 질문이 필요하다. 왜 총장은 눈물을 보였을까? 내 추측은 이렇다. 그가 어떤 영감을 받았을 때, 그는 이미 자신의 모든 것을 내줄 만큼의 준비가 되어 있었다. 그 영적인 목소리 혹은 이미지는 그의 의식 세계 바깥으로부터 온 것이다. 그 순간 그의 내면 세계와 외부 세계가 혼합되었다. 그 이미지는 모든 사람이 하나로 묶일 수 있도록 상황을 변형시켰다. 총장은 최상의 필요가 요구되는 순간에, 놀라운 기지를 발휘했다. 그 경험은 통찰, 발견, 두려움, 평화, 사랑, 그리고 공감을 만들어냈다. 다시 말해 그는 고귀한 감정을 느낄 수 있었고, 사실 그 감정은 자신으로부터 나온 것이 아니라 자신을 통해 생겨난 것이다. 때문에 몇 년이 지난 후에 다시 이 이야기를 언급하기만 해도 그는 그 당시와 똑같은 형태의 긍정적인 감정을 느끼는 것이다.

우리 안의 의지력 키우기 – 영화 〈스타워즈〉에서 요다의 가르침 ›››

우리가 좀더 용기를 가지고 믿음대로 행동할 때, 성실함과 고귀함이 증가되어 주변으로까지 더 크게 번질 수 있다. 이와 관련해서 영화 한 편이 생각나는구나. 〈스타워즈 에피소드 V : 제국의 역습〉 편에서 요다가 루크 스카이워커를 가르치는 장면이 떠오른다.

"사물을 크기로 재지 말라. 나를 보라. 내 크기로 나를 판단하지 말라. 그렇지 않느냐? 음, 너희들은 그렇지 않으리라 본다. '기력(Force)*' 은 내

* Force : 스타워즈 세계의 바탕을 이루는 신비한 존재의 총칭으로 동양의 기(氣)와 비슷한 개념. 포스는 밝은 것도 어두운 것도 아닌 양쪽의 속성을 동시에 갖고 있다. 이때 밝은 면(Light Side)과 어두운 면(Dark Side)은 선과 악을 의미하는 것은 아니며, 다만 포스가 갖고 있는 두 가지 속성을 나타내는 말의 하나일 뿐이다 – 옮긴이.

친구이다. 그는 강력한 힘을 가진 친구이다. 인생은 기력을 창조하고 그것을 자라게 한다. '기력' 의 에너지는 우리를 둘러싸고, 휘감고 있다. 우리는 빛을 발하는 존재이다. 빛은 칙칙한 물질이 아니다. 너희는 자신의 주변에 있는 '기' 를 느껴야 한다. 지금 이곳에 너와 나, 나무, 바위, 그리고 모든 곳에 숨겨진 '기' 를 느껴라. 그렇다. 심지어는 이 땅과 저 배 사이에도 그런 기가 존재한다."

나는 이 영화에 출연한 어떤 배우의 인터뷰를 들은 적이 있다. 그는 기력과 관련된 질문을 특히 많이 받았다고 한다. 그러면서 그는 사람들이 기력에 대해 큰 관심을 갖고 있다고 말했다. 너는 앞에 인용한 이 영화 장면을 기억할 것이다. 이 부분에 관해 내 동료 중 미시간 대학 경영학 교수로 재직하고 있는 팀 포트와 그의 조교인 제임스 노어는 이렇게 썼다.

"사람들은 요다의 기력에 관한 인용문을 불교와 힌두교, 요가, 다른 토속적인 종교나, 아주 드물게는 소위 종교적 원천이라고 불리는 기독교 전통 등으로 바꾸어볼 수 있을 것이다. 사실 기력과 현실의 연관성에 대한 개념은 '스피노자' 로부터 '화이트헤드' 에 이르기까지 철학적인 지지를 받고 있으며 많은 여성운동가와 철학자의 글에서도 잘 드러난다."

변화의 순간에 경험하는 도움, 현실과의 연관성 고찰, 총장이 느꼈던 힘과 요다가 기술한 기력에 대한 느낌들은 늘상 경험할 수 있는 일이 아니다. 네가 주 대항 농구대회에서 패함으로써 마음의 황량함을 느꼈을 때, 그 실패는 너를 의기소침하게 만들었고, 그 시점에서 네겐 쉬운 일이 아무것도 없었다. 도저히 전진할 수도, 성장할 수도 없는 힘든 상황이었다.

인생에서 우리는 수많은 실패와 성공을 만난다. 살아오면서 나는 그럴수록 이러한 연관성을 느끼는 게 중요하다는 것을 깨달았다. 나의 인생 선언문에서 내가 '자아의 재발견' 이라는 제목으로 쓴 부분을 기억할 것이다. 그것은 나의 가장 핵심적 신념 중 하나이다. 이 항목은 나중에 추가된 것으로, 영적 삶을 다짐한 어떤 사람들의 모임으로부터 강연을 요청받아 그들과의 대화에 참여한 후에 나 스스로 작성한 것이다. 그때 나는 그들에게 "하나님이 직접 당신들에게 하신 말씀에 대해서 당신들이 아는 것은 무엇인가?"를 물어보았다.

그들은 나의 질문에 대해 곰곰이 생각하더니 천천히 용기를 가지고 한 사람 두 사람 이 질문에 대답하기 시작했고, 영적 체험과 깨달음에 대해 이야기를 해주었다. 어떤 이야기는 극적인 흥미를 주었고, 어떤 것들은 약간 단순했다. 그러나 모두들 자신의 경험에 대해 진솔한 이야기를 들려주었다. 그들과의 만남으로 나는 그들이 했던 말을 다시 생각해보게 되었고, 집에 돌아와서는 후에 나의 인생 선언문 마지막 항목이 된 '자아의 재발견'을 썼다.

나는 지난 30년 동안 사람과 조직의 변화를 도우면서 살아왔다. 그 과정에서 변화의 영적 성질을 비롯한 여러 가지를 새로이 알게 되었는데, 이것은 극히 주관적이고 개인적인 변화에 대한 것이다. 깊은 변화(Deep Change)는 과정이나 결과를 예측할 수 없기 때문에 늘 호기심을 불러일으킨다. 또, 깊은 변화는 대상을 깜짝 놀라게 하는 경우가 종종 있다. 깊은 변화를 이루어내는 것은 믿음과 용기를 실행하는 것으로서, 결국 이해와 진보에 있어서 극적인 성장을 가져온다. 나는 내 인생 선언문에 "나는 내가 육체를 가진 영적 존재이며, 빛과 진리와 지혜의 존재라는 것을 체험했다"고 써두었다. 이 문장은 내가 차별을 인정한다는 뜻이다. 나는 나 자신을 육체적인 존재와 영적인 존재로 여기고 있는데, 이 두 개의 방향 사이에는 대립하는 갈등이 존재한다. 육체적인 존재는 내게 머물

육체적 존재는 우리에게 머물러 있으라고 요구하고, 영적인 존재는 우리에게 양심에 의거한 변화의 행동, 더 높은 재능을 요구한다.

러 있으라고 요구하고, 영적인 존재는 내게 양심에 의거한 변화의 행동, 더 높은 재능을 요구한다. 나 스스로 반복된 훈련을 함으로써, 나는 자아의 재발견과 함께 이 둘간의 차이를 통합하게 된다.

다른 사람을 이해하기 – 리소의 명상 이야기 ›››

나는 돈 리소와 허드슨이 인간 성격의 유형에 관해 쓴 책[《에니어그램의 지혜(The Wisdom of the Enneagram)》]을 읽은 적이 있다. 이 책에서 돈 리소는 경이로운 이야기를 들려주었다. 그는 종교적인 묵상을 통해 여러 경험을 했는데, 한번은 참가자들에게 강렬한 인상을 남기면서 한편으로는 그들을 육체적으로 녹초가 되게 하는 명상 프로그램에 참여한 적이 있었다.

프로그램이 진행중이던 어느 날 오후, 한 시간 정도의 휴식 시간이 주어졌다. 리소는 지친 심신을 달래고 싶었고, 그래서 낮잠을 자기 위해 방으로 들어갔다. 잠에 빠지려 할 때 알렌이라는 남자가 방으로 들어왔다. 그는 무엇인가에 잔뜩 화가 나 있었고 의도적인 방해라고 여겨질 만큼 들어왔다 나갔다를 반복했다. 리소는 화가 치밀어올랐다. 그리고 바로 그 순간, 뜻밖에도 놀라운 경험을 하게 된다. 리소는 그때의 경험을 이렇게 적고 있다.

"알렌이 문을 부수면서 들어오는 순간 내게 놀라운 일이 일어났다. 마치 기차가 역으로 빨려들어가듯이 부정적인 반응이 내 몸 속에서 치밀어오르는 것을 느꼈다. 하지만 다행히도 나는 그 기차에 타지 않았다. 그 순간 나는 알렌이 분노와 욕구불만에 가득 차 있음을 알아차렸다. 미안함이나 타인을 고려하지 않는 그의 예의없는 행동을 보고 화가 잔뜩 치밀어올랐지만, 나는 아무런 반응도 내보이지 않았다. 그때 나는 상대방에게 반응하는 행동을 하기보다, 그 순간 치밀어오른 분노와 자기 정당화로 가득 찬 나의 내면을 객관적으로 관찰해보았다. 그 결과, 단순한 감정적 대응은 마치 내 눈을 베일로 가리는 것과 같음을 깨달았다. 나는 눈을 떴다. 눈 깜짝할 사이에 닫혀 있던 내 지각이 열려 점차 밝아졌고 세상은 확실히 살아 움직이고 있었다. 알렌이 갑자기 사랑스런 존재로 보였다. 그리고 나는 다른 사람들이 어떤 행동을 하든 간에, 그들을 인정할 수 있게 되었다.

오후에 나는 명상을 계속했다. 어느 순간, 고개를 들어 창 밖을 내다보았을 때, 나는 내 주위의 모든 것들이 충만함으로 채워져 있음을 알게 되었다. 나무들 위에 비친 햇빛, 바람에 나부끼는 나뭇잎들, 오래 된 창문 유리들이 삐걱거리는 소리들… 모두가 아름다웠다. 늦은 오후까지 명상을 하고 있는 사람들, 그들과 함께했을 때에도 나는 충분히 놀랄 만한 상태를 경험했다. 명상에 깊이 빠진 채로 나는 눈을 뜨고 방 안을 돌아보았다. 그리고 몇 년 동안 내 속에 내재되어 있던 어떤 이미지가 밝게 드러났다.

내가 본 바, 모든 사람들은 빛을 추구하는 존재이다. 나는 모든 사람들이 빛으로 만들어져 있음을 확실히 보았다. 우리는 빛의 형태와 같다. 그러나 빛 주변에 부스러기가 생겨나기도 한다. 그것은 타르처럼 검은색이고 고무같이 질기고 모든 사람들의 실체인 내적 자아의 빛을 흐리게 했다. 어떤 부분의 타르 부스러기는 매우 두껍고, 또 어떤 부분은 더 얇고 투명했다. 오랫동안 명상을 해온 사람들은 이런 타르가 적었고, 그래서 그들은 보다 더 많은 내면의 빛을 발산하고 있다. 반면에 다른 사람들은 많은 타르로 뒤덮인 삶을 살았고, 때문에 그것으로부터 일탈하려면 더 많은 노력이 요구될 수밖에 없다.

내 눈앞을 가득 채웠던 이러한 이미지는 약 한 시간 정도 계속되다가 점점 희미해지더니 결국에는 사라졌다. 명상이 끝난 다음에도 우리는 해야 할 일이 많았다. 그래서 나는, 내가 가장 지루해하고 싫어하던 일 중 하나인 설거지를 하러 부엌으로 급히 달려갔다. 그러나 흥분의 잔영은 여전히 뚜렷했고, 평소 싫어하던 그 허드렛일을 하는 동안에도 나는 행복감을 느꼈다."

이 이야기를 읽으며 나는 정말 큰 감동을 받았다. 리소는 자신의 일반적인 반응 태도를 변화시켜 앞으로 나아갔다. 그는 분노의 감정을 느꼈지만, 느낀 대로 행동하지는 않았다. 그는 그 반대 방법을 선택했다. 스스로 선택하는 것, 창조하는 것, 시작하는 것을 몸에 익히면 우리는 내면 지향적인 능동자가 된다. 우리는 더 이상 외적 상황에 의해 무언가를 결정하지 않는다. 우리는 자유롭다. 우리는 창조자이다. 리소가 감정적인 기차에 올라타는 것을 거부했을 때, 그것은 곧 행동하는 것을 택한 것과 같다. 그는 내면 지향적인 선택을 한 것이다. 이것은 그에게 세상 보는 눈을 새롭게 열어주었다. 그 자신 역시 새로운 가능성으로 충만해졌다.

나 또한 나의 인생 선언문에 "나는 내 주위 어느 곳에나 있는 빛, 진리, 지혜, 영에 대해 깨닫게 되었고, 나의 두려움 때문에 생겨난 어두움으로부터 이런 자원들을 분리시키게 되었다"고 썼다. 알렌의 행동을 통해 리소는 베일에 가려졌던 눈이 밝아지는 것을 느꼈고, 인식이 변화되었으며 마음까지 열렸고, 그리하여 완전히 살아 있음을 느꼈다고 고백한다. 나는 이것이 특별한 상태, 즉 이전과는 다르게 느끼고 다르게 깨닫는 상태로 들어갈 때 일어나는 일이라고 생각한다.

리소가 자기 내면을 지향하게 되었을 때, 그는 다른 사람들이 어떤 행동을 보이든 거기에 아랑곳하지 않으면서 오히려 그들을 사랑할 수 있게 되었다. 우리가 외적인 환경에 반응하는 수동자가 아닌 내면의 소리에 귀기울이는 창조자일 때, 우리는 사람들을 보다 깊이 이해할 수 있게 되는 것이다. 비록 그들이 나쁜 행동을 보일지라도 우리는 그들을 사랑하는 마음으로 볼 수 있게 된다. 우리가 그렇게 행동할 때, 그것은 우리의 영혼을 어루만지게 될 것이다. 이런 사랑은 우리의 영혼을 움직이고, 그 때 우리는 빛과 진리를 증가시키는 깊은 교제를 함께 만들어가는 것이다. 그리고 다른 사람들이 보다 높고 새로운 가능성을 갖도록 이끈다. 이것이 바로 홀로닉스 리더십의 핵심이다.

한번이라도 특별한 상태에 있었다면, 그때 세상의 모든 것이 새로이 솟아나오고, 이 모든 것이 아름답게 느껴진다고 리소는 고백한다. 그리고 모든 사람은 이와 같은 빛의 존재라고 말한다. 나는 리소의 글 가운데 "세상은 확실히 살아 움직이고 있었다", "충만함으로 채워져 있었다", "모든 것들은 아름다웠다"라는 문구에 특히 주목한다. 그는 모든 사물 속에는 생명, 빛, 순수한 에너지가 있으며 그 모든 것들이 살아 움직인다는 걸 깨닫고 있다. 이것이 바로 〈스타워즈〉에 나오는 요다의 주장이며 거의 모든 종교인이나 철학자 들이 주장하는 것이다.

그런데 왜 우리는 이것을 알아보지 못하는 걸까? 해답은 리소의 이야기 속에 숨어 있다. 리소는 사람들이 가진 빛 주변에 어두운 부스러기와 타르 같은 검은 뭔가가 있고, 그것이 빛을 흐리게 한다고 지적했다. 그는 오랫동안 명상을 해온 사람만이 이 부스러기들을 최대한 털어낼 수 있다고 말했다. 그러므로 사람들은 두터운 부스러기로부터 자유로워지기 위해 더 많은 명상을 해야 하고, 그러면 좀더 내면의 빛을 발산할 수 있다고 했다.

빛과 어둠의 관점에서 본다면 우리 모두는 성쇠를 반복한다. 즐거울 때는 자신이 열성적임을 느끼고 많은 것을 행하려는 의욕으로 가득하지만, 우울할 때는 거의 아무것도 하려 하지 않게 되고, 그리하여 어두운 부스러기들만이 두텁게 쌓이게 된다.

가렛, 네 지난 날들의 경험을 생각하면 현재의 네 모습은 너무나 감사할 만하다. 작년과 비교해보면, 너는 이제 그런 부스러기들을 많이 털어내었다. 지난 해와는 달리 이제 너는 다른 사람들을 좀더 긍정적인 빛 가운데서 볼 수 있게 되었다. 나는 인격적으로 솔직해지고자 부스러기들을 최대한 털어내며 살려고 하지만 자주 실패한단다. 그래도 나의 노력은 계속된다. 나는 이것이 변화를 원하는 누구에게나 준비된 내면의 도전이라고 생각한단다.

우리는 사랑 없이 단지 물질과 권력을 축적하기 위해, 혹은 회사에서 상사가 되기 위해 일하고 있다. 그 결과 우리들이 가진 부스러기는 점점 두텁게 쌓이고 모든 것들은 점점 더 어둡게만 보인다. 그러다 보면 어느새 우리는 우리가 싫어하고 두려워하는 것들(불일치, 분리, 고독)을 갖게 된다.

우리는 두려움과 방어 본능적 심리 때문에, 현실을 피하거나 왜곡한다. 우리는 자주 우리를 궁핍함과 두려움 속에 빠뜨리는 세상 속에서 사는 쪽을 선택한다. 우리는 사랑 없이 단지 물질과 권력을 축적하기 위해, 혹은 회사에서 상사가 되기 위해 일하고 있다. 그 결과 우리들이 가진 부스러기는 점점 두텁게 쌓이고 모든 것들은 점점 더 어둡게만 보인다. 그러다 보면 어느새 우리는 우리가 싫어하고 두려워하는 것들(불일치, 분리, 고독)을 갖게 된다. 이런 상황에 처할 때면 우리는 요다가 틀렸다고 생각하게 된다. 결국 우리가 마지막으로 해야 할 일은 퀘이커 대학의 총장처럼 아무런 방어나 통제 수단 없이, 분노하는 군중 속으로 걸어들어가는 것이다. 우리가 그렇게 하는 데는 아무런 이유도 없다.

나 자신을 개조할 것인가, 신(God)을 개조할 것인가! ›››

나의 인생 선언문에서 나는 "이런 과정 속에서 새롭고 신선한 우주관과 세계관 그리고 인생관을 갖게 되었다"고 말했다. 명상 훈련은 우리를 성장시킨다. 그 성장의 핵심은 양심과 자각이다. 양심은 옳고 그름에 대한 분별력과, 도덕이나 양심의 가책, 혹은 윤리적인 사고를 말한다. 내가 양심에 따르고자 할 때, 그것은 나를 규칙, 봉사, 관계, 목적, 희생으로 이끌어간다.

그러나 나는 아직 목표점에 다다르지 못했다. 나는 실패하더라도 계속 전진할 것이다. 나는 정신적인 전진을 위해 끊임없이 나 자신을 끌어올렸고, 그렇게 함으로써 자각이나 깨달음이 더욱 확장되었다. 그리하여 나는 전에는 전혀 보지도 못하고 알지도 못했던 많은 일들을 접하게 되었다. 이렇게 나는 신선한 우주관, 세계관, 인생관을 깨닫게 된다.

우리는 세상으로부터 자신을 분리시키려는 경향이 있다. 그러나 이 세상과 현실을 인식함으로써 계속적인 변화와 성장과 증대를 느낄 수 있는 것이다. 현실에 대한 신선한 관점을 유지하는 것은 매우 중요한데, 그것은 바로 나날이 새로운 비전을 갖는 것을 뜻한다. 오래 된 빵과 갓 구워낸 빵의 차이는 크다. 늘 새로운 비전을 갖는다는 것은, 각자의 책임을 새롭게 깨닫는 것이고, 매일매일을 새로이 맞이하는 것이다. 완전한 인간으로서 자신의 내면 세계와 외면 상황에 관한 문제점(장벽)들을 감소시키고, 스스로 어두운 부스러기를 털어내는 것이다.

그러나 신선한 의식(자각)을 얻기란 말처럼 쉬운 일이 아니다. 그래서 나는 가끔 쉬운 길을 택한다. 그리고는 죄와 수치와 온갖 부정적인 감정들을 경험한다. 이 순간에 나는 아주 중요한 선택을 하게 된다. 즉, 나 자신을 개조하거나 하나님을 개조하거나 둘 중 하나를 선택해야 하는 것이다. 보통 나는 하나님을 개조하는 것을 선택한다. 나의 불완전하고 분열된 이미지를 따라 내 멋대로의 하나님을 창조해내는 것이다.

진정한 도전은 나 자신을 개조하는 것이고, 자아의 한계를 무너뜨리는 것이며, 양심에 따라 믿음을 행하는 것이고, 공포(두려움)에 맞서는 것이며, 손해를 감수하는 것이다. 나는 이러한 도전을 통해 신선한 세계관과 인생관을 가진 새로운 사람으로 거듭난다. 나는 모든 것들이 연결되어 있는 현실을 발견했다. 하나님 대신 나 자신을 개조함으로써, 진실하게 살아 계시는 하나님을 발견했다. 그리하여 위대한 진보를 향해 전진하게 되었다.

우리가 앞으로 나아가고자 하면, 우리는 자아의 재발견에 더 열린 마음으로 임할 수 있다. 자아의 재발견이란 자신을 완전히 노출시키는 것을 의미한다. 많은 사람들은 무엇을 노출시키느냐에 대한 답으로 하나님을 예로 든다. 하나님은 우리에게 계시(자아의 재발견)를 줌으로써, 당신 스스로를 드러내신다. 그것은 우리의 지난날을 되돌아보게 한다.

히브리의 전통은 에덴 동산에 살고 있던 아담과 이브의 이야기로 시작한다. 그들은 하나님과 함께 동행했다. 그러다 유혹에 직면하게 된다. 금단의 열매를 따먹음으로써 그들은 선(긍정적)과 악(부정적)을 알 수 있게 되었다. 그러한 선택은 그들로 하여금 선악을 구별하는 데 복잡해지게 만들었고, 그들은 순수성을 희생의 대가로 지불해야 했으며 그로써 하나님과 늘 함께하는 기회를 잃어버리게 되었다. 하나님의 존재 앞에서 쫓겨난 것이다. 선악과를 따먹은 사건 직후 아담과 이브는 벌거벗음의 수치를 알게 되었고 그 모습을 감추기 위해 옷을 만들어 입었다. 그리고는 하나님의 음성이 들리자 하나님을 피해 숨는다. 아담은 자신이 벌거벗었

'자아의 재발견'은 감추는 것 없이 자신을 완전히 노출시키는 것을 말한다. 이것은 우리 스스로를 드러내는 것이다.

기 때문에 숨는 것이라고 말한다.

나는 아담처럼 피하는 것을 자주 반복한다. 나는 하나님을 피한다. 그러나 내 양심은 나를 성장시켜 현실에 대해 보다 분별 있고 능숙하면서도 순수하고 순진하게 만든다. 그래서 내 양심은 나로 하여금 '순수하고 순진함'과 '순수의 상실'이라는 상반되는 두 가지를 적극적으로 통합함으로써 에덴 동산에서 발생했던 분리를 초월하라고 요구한다.

나는 가끔 게으르고, 복잡한 일을 싫어한다. 그럴 때 나는 부끄러움을 느껴 양심의 가책을 자기합리화로 포장하려 한다. 그런 과정에서 나는 벌거벗음 같은 수치심 때문에 하나님이나 다른 사람에게 내 본심을 숨길 필요성을 느끼게 된다. 나는 권력, 통제, 신분으로 스스로를 포장한다. 나는 겉치장을 했다. 다른 사람들이 진정한 나, 즉 벌거벗은 나, 부족하고 부끄러운 나를 아는 것을 원치 않았다. 그렇게 포장을 하면 할수록 내부스러기와 자아의 경계는 두꺼워진다.

자아의 재발견은 감추는 것 없이 자신을 완전히 노출시키는 것을 말한다. 이것은 우리 스스로를 드러내는 것이다. 자기합리화의 가식을 벗어버릴 때 우리는 하나님을 발견하게 된다. 우리가 진리에 직면해서 믿음과 용기를 갖고 자기를 극복하고 승리하는 삶을 살 때, 우리는 하나님과 교제를 맺게 된다. 우리는 우리의 양심과 의식을 함께 끄집어낸다. 우리가 믿음과 용기를 가지고, 감추어진 모든 어두움을 노출시키려고 할 때 우리는 드디어 하나님을 발견하게 된다. 왜일까? 그때 우리들의 마음 속에는 악이 없기 때문이다. 즉, 우리는 선천적으로 선하게 태어났기 때문이다.

우리들 마음 중심에는 양심, 빛, 진리, 에너지, 즉 하나님의 성품이 있다. 양심은 우리가 최고의 자아 실현을 향해 발전할 수 있도록 한다. 그런 발전은 두려움이나 합리화에 의해서 곧잘 중단된다. 빛, 진리, 힘은 이러한 빛을 가리는 부스러기들과 발전을 저해하는 방해물 아래에 숨어 있는 것이다. 우리가 자기 한계의 벽을 투명하게 비추면, 우리의 양심과 의식은 서로 작용하여 우리를 점진적인 발전으로 이끈다. 의식의 세계가 확장되고, 양심이 보다 예민해져서 필요로 하는 곳에 힘이 될 때, 그런 가운데서 그들은 함께 증가되는 것이다.

우리는 모두 빛을 발하는 존재들이다 – 넬슨 만델라와 스콧 펙이 주는 교훈 >>>

우리는 이제 어떻게 하면 더 나은 삶을 살 수 있는가를 깨달았다. 나는 남아프리카공화국을 개혁한 넬슨 만델라의 연설문 중 다음 부분을 읽고 매우 흥미를 느꼈다.

"우리의 가장 큰 두려움은 우리가 부족한 것이 아니라, 우리에게 상상할 수 없는 힘이 있다는 것이다. 우리를 가장 놀라게 하는 것은 어두움이 아니라 빛이다. 우리들 자신에게 스스로 묻고 대답해보자. 과연 나는 왜 똑똑하고, 화려하고, 재능이 많고, 아주 멋진 사람이 되려고 하는지! 실제로 당신들은 그렇게 되기를 진정으로 바라는가? 당신들은 하나님의 자녀이다. 당신들의 작은 기도는 세상을 섬기는 것이 아니라 하나님을 섬기는 것이다. 다른 사람들이 당신 주위에서 불안으로 위축되지 않도록 할 수 있는 분은 하나님 이외에는 아무도 없다. 우리는 원래, 순수한 어린아이들처럼 빛을 발하게 되어 있다. 우리는 우리 안에 함께 계시는 하나님의 영광을 나타내기 위해 태어났다. 그 빛은 우리들 중 특별한 몇몇 사람에게만 있는 것이 아니라, 우리 모두에게 내재되어 있는 것이다. 우리가 우리 자신의 빛을 발하는 것처럼 우리는 무의식중에 다른 사람도 우리의 가장 큰 두려움은 우리가 부족한 것이 아니라, 우리에게 상상할 수 없는 힘이 있다는 것이다. 우리를 가장 놀라게 하는 것은 어두움이 아니라 빛이다.

똑같이 빛을 발하기를 바라고 있다. 우리가 우리 자신의 공포(두려움)로부터 해방된 것처럼 우리의 존재는 자동적으로 다른 사람의 존재를 자유롭게 만든다."

이 연설은 우리가 진정 하나님의 자녀이고, "우리는 우리 안에 계시는 하나님의 영광을 나타내기 위해" 태어났다는 것을 말하고 있다. 만델라의 말처럼, 우리가 하나님의 영광을 나타낼 때 다른 사람의 존재 가치도 더불어 높아질 수 있다.

이런 관점을 명확하게 대변한 또 한 사람은 스캇 펙이다. 그는 평생을 다른 사람의 변화를 도우며 살아가기로 작정한 사람이다. 대다수의 정신의학자들처럼 그 역시 원래는 영적 원칙들에 대해 큰 불신을 갖고 있었다. 그러나 결국엔 정신의학에 대한 이해 위에서 영적 원칙들을 통합하는 작업을 하게 되었다. 그래서 그는 오랫동안 베스트셀러로 남은《아직도 가야 할 길》이라는 책을 집필했다.

이 책에서 그는, 인류의 발전이 무의식의 수준에서 의식의 수준으로 가는 과정을 통해 이뤄진다고 보았으며, 이때 발전의 관건은 진리를 깨닫게 하는 영적 작업의 이행능력에 달렸다고 말하고 있다. 그는 그것을 세 단계로 정의했다. 1단계 – 의식의 자아, 2단계 – 무의식의 자아, 3단계 – 개인을 벗어난 공동의 자아(집단의 자아)가 그것이다. 그가 말하는 집단의 자아는 하나님, 요다의 기력, 혹은 연계된 현실이며, 무의식이란 하나님과 우리의 자아 의식 사이의 연결이다. 그는 인생의 전체적인 목적이 영적 성장이라고 주장한다. 그렇다면 하나님은 왜 우리가 성장하는 것을 원하실까? 펙은 진보적인 해답을 제시해준다.

"사랑의 하나님을 주장하며 영적 작업을 현실적으로 생각하는 사람들 대부분은 아무리 영적 작업에 대해서 조심스럽게 접근할지라도 결국 하나의 놀라운 신념을 얻게 된다. 즉 하나님은 우리가 당신 자신을 닮아가기를 원한다는 것이다. 우리는 하나님의 성품을 갖기 위해 성장하는 것이다. 하나님은 우리 발전의 최종 목표이다. 하나님은 발전적인 힘의 원천이며, 목적이다. 이것은 '나는 알파와 오메가요, 즉 처음과 끝이다' 라는 말과 같은 뜻이다. 이것은 매우 오래 되고 놀라운 신념이지만, 우리는 두려움 때문에 그 신념으로부터 빠져나오려고 한다. 그렇게 큰 짐이 되어 사람의 마음을 짓누른 신념은 지금까지 없었기 때문이다. 그러나 이것은 인류 역사에 있어서 가장 필요한 신념 중의 하나다. 이것이 어려운 이유는 생각해내는 것이 어렵고 복잡하기 때문이 아니다. 그와는 반대로 이것은 단순함 그 자체이다. 만약 우리가 이것을 믿는다면 이것은 우리가 줄 수 있는 모든 것과 우리가 가지고 있는 모든 것을 요구한다. 하나님과 같아지려면, 우리가 결코 도달하려고 시도조차 해보지 못한 높은 힘을 가지고 우리를 돌보시는 예전의 좋은 하나님을 믿어야 한다. 그것이 하나의 방법이 된다. 다른 방법은 우리들을 위해서 우리가 당신의 위치와 능력과 지혜에 이를 수 있다는 생각을 하고 계시는 하나님을 믿는 것이다. 인간이 하나님이 될 수 있다는 것을 믿는다면 이 믿음은 당연히 우리가 그 가능성에 도달하도록 노력하는 책임(의무)을 우리에게 부여할 것이다."

펙은 영적 성장의 목표가 자아 인식을 통해서 신성(神性)을 달성하는 것이라 주장하고 있다. 여기서 영적 성장의 목표는 흔히 생각하듯이 에덴 동산처럼 순수하고 원시적인 방법으로 살아가는 무의식 세계와 우리의 의식 세계를 합친다는 의미가 아니다. 에덴 동산의 순수함은 자아 의식이 없는 어린아이와 같아지는 것을 말함이 아니다. 오히려 이것은 순수하고, 순진한 동시에 복잡하고, 능숙하며, 의식 있음을 말한다. 이것은 하나님을 아는 것이고 하나님의 의식을 갖는 것이다. 자신의 언어를 사용하고, 진정한 신념 속에서 살아감으로써 우리는 하나님을 안다. 진정한 신념 속에 사는 삶은 우리를 변화의 정점에 이르게 한다.

나는 펙의 주장이 진보적이라고 말했다. 아니 어쩌면 그가 신에 대해 불경스럽다고 말하는 것이 더 정확한 표현일 것이다. 왜냐 하면 그가 "인간은 하나님과 동등하다"고 선언하고 있기 때문이다. 대부분의 종교는 전통적으로 하나님과 인간 사이의 차이점을 전제해놓고 있다. 하나님은 원천적으로 선하고(긍정적), 인간과 인간의 육체는 태생적으로 나쁘고 약하다(부정적)는 것이다. 때문에 인간의 입장에서 하나님과의 동등성을 주장하는 이러한 이야기는 불경스러운 것이 된다. 인간이 태생적으로 나쁜 이유로 어떤 사람들은 아담과 이브가 에덴 동산에서 추방당한 사건을 든다.

인생의 어두운 골짜기에 있을 때, 나는 간혹 하나님을 개조하는 방법을 택했다. 그때, 나는 부족하고 분리된 이미지 안에서 내 멋대로의 하나님을 만들곤 한다. 그 하나님과 나는 연결되어 있지 않았다. 그는 선하고 나는 나쁘다. 나는 하나님과 따로 떨어져 있기로 생각한 것이다. 내가 창조한 그 하나님은 내 삶에 있어서 당신과 나의 이질성을 극복하기 위한 작업에 거의 무관심했다. 사실 이 하나님은 나 자신의 파괴를, 나와 함께 공모한 것이나 마찬가지다. 이 하나님은 펙이 말한 "아주 예전의 좋은 하나님"이다. 만약 내가 그 어두운 골짜기에서 하나님이 아닌 나 자신을 개조했다면, 나는 매우 "다른 하나님"을 만났을 것이다.

하나님을 본보기로 하는 작업은 내 능력의 막다른 곳으로 나를 인도한다. 그곳에서 나는 추가적인 작업은 포기할 수밖에 없다. 힘들게 믿음의 정진을 해온 것처럼, 나는 지속적으로 자아의 한계를 무너뜨리고자 노력한다. 그렇게 함으로써 나는 은혜를 체험한다(긍정적). 그 체험을 통해 나는 점진적인 발전을 향해 일을 추진해나갈 수 있었다. 나의 의식(깨달음)이 증가됨으로 인해, 나는 내가 선천적으로 선하고 사랑으로 충만하다는 것을 발견했다. 나는 하나님 또한 선하시고 사랑으로 충만함을 발견했다. 하나님은 나와의 상호 작용을 원하셨다. 하나님은 나와 하나가 되기를 원하셨다. 하나님은 우리와 좋은 관계 맺기를 원하셨고, 우리에게 진정한 신념을 행하셨다. 하나님은 나 자신의 중요성을 깨닫게 하여, 나의 긍정적이며 적극적인 비전을 발휘하게 한다. 하나님은 내 믿음을 증가시켜 적응력 있는 자신감을 나타낸다. 하나님은 나에게 책임을 동반한 자유로운 행동을 통해 점진적으로 발전하도록 북돋아주고, 강력한 사랑을 보여준다.

이 하나님을 알게 됨으로써 하나님은 독점적인 존재가 아니라는 '급진적 통찰력' 을 지니게 되는 것이다. 독점은 사물에 대한 배타적인 소유나 통제를 의미한다. 시간이 지나면 모든 독점은 멸망으로 치닫는 경향이 있다. 독점이라는 것은 보통 사랑이 없이 힘만 행사되곤 한다. 어렸을 때 자주 보았던 토요일 아침의 만화영화를 생각해보렴. 악마의 캐릭터는 종종 자신의 영광이나 세력 확장을 위해서 세계 지배를 원하는 무리들로 표현된다. 이것은 하나님과 정반대 되는 개념이다. 하나님은 독점적인 존재가 아니다. 그러나 대부분의 경우, 하나님에 대해 "하나님은 전능하시고, 천국에서는 만물이 하나님 앞에 절하며, 모든 영광을 그에게 영원히 드린다"라는 식으로 묘사한다. 이것은 마치 하나님이 우주에 있는 모든 자원을 배타적으로 통제하는 것처럼 들리게 한다. 만약 하나님이 그렇다면, 왜 그는 자기 자신은 멸하지 않는 것일까?

해답은 이렇다. 하나님은 힘과 사랑을 통합시키는 분이다. 힘과 사랑을 통합하여 확장시키는 유일한 방법은 계속적으로 성장하는 것이다. 하나님은 영광과 빛 가운데 성장하신다. 펙은 우리가 하나님처럼 되면 하나님 역시 새로운 삶의 형태를 갖는다고 말한다. 우리는 하나님에 대해서 다른 표현을 하게 되고, 빛이 우주에 충만해지는 것이다. 가능성은 열려 있다. 만약 하나님이 성장해야 한다면, 우리가 하나님에게 의존하는 것처럼, 하나님도 우리에게 의존한다. 하나님은 우리가 점진적인 발전을 해나가고 성장하기를 요구한다. 왜냐 하면 하나님은 사랑이시고 사랑은 서로 관계를 맺는 모든 당사자들이 서로 유익하게 되지 않는 한 확장될 수 없기 때문이다. 만약 우리가 성장하면 하나님도 성장한다.

하나님은 독점적인 존재가 아니다. 우리 인간도 마찬가지이다. 우리가 독점적인 존재인 것처럼 행동하기 시작할 때, 우리는 오만해지고, 군림하려 들게 되며, 결국엔 멸망하게 된다. 우리와 하나님은 견고하게 연결되어 있어서 결코 분리될 수 없다. 창조를 위하여, 의식의 증가를 위하여, 서로에게 의미와 생명을 부여하기 위하여, 우리는 서로를 필요로 한다. 우리의 과업은 우리 자신과 우리가 속한 집단을 변화시키는 것이다.

우리는 언제나 동기, 의도, 목적을 가지고 행동한다. 그것은 우리의 경험의 질을 결정하기 때문에 아주 중요하다. 만약 우리가 진정한 신념을 갖지 않고 외부적인 이유로 인해 그것을 배타적으로 행하면, 그 행위 속에는 사랑이 없다. 그 순간 우리는 사랑이 없는 대리자로서 행할 뿐이다. 우리는 적응력 있는 자신감을 행사하지 않으며, 그래서 점진적인 성장도 이루지 못한다.

우리는 자주 매춘에 대해 경멸감을 가지고 말하곤 한다. 우리는 자신 안에 있는 악으로부터 스스로를 멀리하려 한다. 이렇게 거리를 둠으로써, 우리 자신을 정확히 보지 못한 채 섣불리 판단한다. 때문에 우리는 매춘과 비슷한 행위를 할 때도 거의 죄의식을 갖지 않는다. 우리는 항상 엔트로피 안에서만 머물고 있다. 우리가 영적으로 성장하며 자아의 장벽을 무너뜨릴 때, 즉 우리가 자신의 삶 속에 있는 긍정적인 분리와 부정적인 분리를 감소시킬 때 우리는 비로소 깊은 교제와 심오한 공헌을 이뤄낼 수 있다.

우리 자신이 어떠한 상황에 처해 있더라도 우리는 그 원래의 의도나 동기를 깨우쳐야 한다. 즉, 우리는 양심에 귀기울여야 한다. 우리의 양심은 우리가 엔트로피에 놓여 있는지 혹은 그렇지 않은지를 이야기해준다. 그러나 양심은 우리의 자기합리화에 의해서 쉽게 무뎌진다.

우리가 보다 양심적으로 살아갈수록, 우리는 양심이 우리에게 보내는 신호를 더 세심하게 감지할 수 있다. 우리가 발전하면 우리의 의식과 무의식이 하나가 되기 때문에, 자신의 무의식 세계 안에 감춰진 모든 자원을 유용하게 쓸 수 있게 된다. 양심에 귀기울이고 그에 따라 살아갈 때 우리는 스스로에 대한 믿음과 사랑을 키울 수 있게 되고, 변화 속에서 전진할 때도 두려워하지 않을 수 있다. 우리의 확신은 좀더 강해진다. 우리는 근거 있는 비전을 개발하고 강력한 사랑을 실천하며, 영적인 것에 대해서도 보다 예민해진다.

영성(Spirituality)이란 우리가 자아를 초월했다는 사실을 깨닫게 될 때 맞이하는 상태, 우리의 어두운 부스러기가 얇아지는 상태를 말한다. 이것은 전적으로 내적인 사건만은 아니다. 어떤 특별한 상태에서는 우리가 요다, 돈 리소 혹은 다른 모든 예언자들처럼 되기도 한다. 즉 예전에는 보지 못했던 것들을 우리 주변에서 볼 수 있게 되는 것이다. 우리는 모든 사물에 스며 있는 빛, 진리, 지혜에 대해서 더 마음을 열게 된다. 이것이야말로 그것을 통해서 일하시는 하나님의 능력(힘)이다. 우리가 그 빛을 증가시키면 하나님에게 더 가까워지고, 하나님의 성품을 더 잘 이해할 수 있게 된다.

관계 속에서 함께 성장하라 – 틱낫한 스님의 교훈 >>>

이러한 과정을 혼자 겪어나가기란 쉽지 않다. 베트남의 고승 틱낫한은 커뮤니티를 만들어 이러한 영적 작업을 행했는데, 그는 그 작업에 대해 이렇게 말했다.

"개혁적인 실천의지는 자아에게 달려 있지만, 그가 속한 집단이나 스승 또한 필요한 존재이다."

그가 이 문구에서 사용한 '집단(Community)'이라는 말은 영적 성장을 위한 규율과 지원이 있는 장소이며, 다른 사람들이 영적으로 성장하기를 원하는 장소를 뜻한다. 또한 사람들이 영적으로 벌거벗은 모습이 되고자 용기를 낼 수 있도록 도와주는 장소를 뜻한다.

나의 '인생 선언문'에서 나는 다른 사람들과 영적 교제를 나눌 필요성에 대해 특히 강조했으며, 그들로부터 영적 교제를 끌어낼 필요성도 강조했다. 그러나 많은 집단이 이러한 협동적인 창조를 용이하게 이끌어내지 못한다. 집단의 개념에 대해서 토론할 때, 틱낫한 스님은 모든 집단이 똑같이 활발하게 움직이고 있지는 않다고 말한다. 집단마다 상당한 힘의 차이를 보인다는 것이다. 그는 흥미로운 통찰력을 우리에게 제시했다.

"행동하는 모든 집단은 아무런 행위가 없는 집단보다 유익하다. 행동하는 집단이 없다면, 당신은 많은 것을 잃게 될 것이다. 행동하는 집단에 소속되어 있다는 것은 그 집단의 구성원들이 보다 많은 이해와 사랑을 해나가도록 서로 돕는 방법으로 살아가는 것을 말한다. 행동하는 하나의 집단이 어려움에 직면할 때 그 어려움을 변화시키는 방법은 당신 자신을 변화시키는 것으로 시작해야 하고, 이때 원래의 고독한 자아로 돌아가기보다 더 많은 이해심으로 새로워져야 한다."

이것은 아름답지만 어려운 개념이다. 우리가 만족스러워하지 않는 집단이, 우리 스스로의 개혁으로 변화될 수 있다고 믿기란 쉽지 않다. 그러한 비전에 도달하는 것은 우리에게 영적 성숙을 요구한다. 여기서 영적 성숙이란, 우리의 빛이 협력을 통해 창조된다는 의미이다. 빛은 우리와 우리가 속한 집단 간의 상호 작용에 의해서 생겨난다. 우리가 만약 영적 작업을 성숙시키면, 즉 우리 안에 있는 빛을 증가시키면, 그 빛은 우리가 돕고자 하는 집단을 변화시킬 것이다. 우리가 활용 가능한 모든 관계망에 더 많은 빛을 준다면, 우리는 그들로부터 더 많은 빛을 얻을 수 있을 것이다. 왜냐 하면 그러한 집단 혹은 관계 속에 사용 가능한 더 많은 빛들이 내재되어 있기 때문이다. 이런 일은 우리가 자아를 발견할 때, 자아의 한계를 제거할 때, 혹은 우리들의 빛을 어둡게 하는 부스러기들을 얇게 털어낼 때 가능해진다.

행동하는 모든 집단은 아무런 행위가 없는 집단보다 유익하다. 행동하는 집단에 소속되어 있다는 것은 그 집단의 구성원들이 보다 많은 이해와 사랑을 해나가도록 서로 돕는 방법으로 살아가는 것을 말한다.

발견한다는 것은 찾고, 추구하고, 탐구하고, 조사하고, 개발하는 것이다. 자아는 개인의 성격, 특성, 정체성, 기본적인 성질을 말한다. 자아는 내가 누구인지를 말해주는 것이고 자신의 존재방식을 설명해주는 것이다. 자아를 발견한다는 것은 우리 자신의 본질과 핵심을 알기 위해 탐사하고 찾는 일이다. 쉽게 말해 "나는 누구인가?" 하고 묻는 것이다.

나는 누구인가? »»

이것을 깊이 생각해보던 중, 나는 자아의 본성에 대해 토론한 어떤 전문 잡지의 내용을 흥미있게 읽었다. 다음 글을 읽어보렴.

"뉴턴 학설을 신봉하는 과학자들은 물체의 한가운데에 있는 원자의 핵심이 순수한 에너지 외에는 아무것도 담고 있지 않다는 사실을 발견하고는 깜짝 놀랐다. 그들이 물질의 가장 기본적인 구조에 다다랐을 때, 그들은 진공으로 가득 찬 공간을 발견했다. 그것은 다른 가능성 있는 모형들과 연결되고자 애쓰는, 가능성 있는 안정된 모형들이었다. 이 발견은 양자역학의 시대를 도래시킬 만큼 물리학을 혁명적으로 뒤바꿔놓았다.

이와 마찬가지로, 우리는 인간의 자아 한가운데에는 아무것도 없이, 순수한 에너지만 존재한다는 사실을 알고 놀랐다. 우리가 가장 기본적인 존재의 기초에 다다랐을 때, 우리는 꽉 차 있는 진공 상태를 발견한다. 그 진공은 수많은 관계의 그물망으로 되어 있다. 어떤 사람들이 우리 자신에 대해 물어볼 때 우리는 가족, 직장(일), 학력, 운동, 취미 들을 말하곤 한다. 이 모든 것들 속에 우리의 자아는 어디에 있을까? 답은 '자아는 어디에도 없다'는 것이다. 왜냐 하면 자아는 물건이 아니기 때문이다. 오히려 제롬 브루너가 말한 것처럼 자아는 '체험을 하나의 조리 있는 이야기 형태로 통합시키는 과정'이다. 다른 이야기들과 연결되고자 애쓰는, 그래서 더 풍요로워지는 그런 이야기의 형태가 바로 자아인 것이다."

우리의 마음 속 중심에 아무것도 없다고 가정해보자. 어떤 가능성을 찾아가는 과정 속에서, 순수한 에너지와 빛이 우리의 마음 속에 스며든다면 어떻게 될까? 요다가 항상 옳았다면 어땠을까? 만약 우리의 마음 속에 단지 빛과 순수한 에너지, 영과 지혜가 있을 뿐이고 그것들이 다른 순수한 에너지와 연결됨으로써 더 풍요로워진다면 어떨까?

우리를 정화시키고 계몽시키는 작업 속에서 하나님은 당신의 빛과 영광과 능력을 더욱 강렬하게 발할 수 있다. 그 과정에서 우리는 다른 사람이나 하나님과 더 풍요롭고 더 순수한 관계를 이루어가게 된다. 우리는 그들과 각자의 경험담을 나누게 되고, 그때 우리의 자아는 상호 연관성을 높이는 데 활력을 준다. 이것은 순수한 사랑의 상태에서 가능하다. 이 사랑을 성자 바울은 '자선(Charity)'이라고 표현했다. 우리는 순종과 믿음을 통해서, 자선과 지혜의 충만함, 빛, 진리, 영과 함께 깊은 신앙심을 증가시킬 수 있게 된다. 우리가 양심을 믿고 의식을 함양할 때 덕을 구현하게 된다. 우리는 고생을 견딜 수 있게 되고 부드러워지며 겸손해지고 사랑과 지식으로 교화된다. 우리 안에 내재된 영, 빛, 진리, 지혜와 같은 것들은 다른 사람들에게도 마찬가지로 작용한다. 모든 사람들은 이런 관계 속에 존재하는 영, 빛, 진리, 지혜를 통해 훨씬 풍요로워진다.

자아를 발견한다는 것은 어떤 의미일까? 자아를 발견한다는 것은 의식의 함양을 체험하고, 능력의 증가를 경험하는 것이며, 관심의 증대를 체험하고, 하나님과 우리의 관계가 풍요로워지는 것을 말한다. 우리 자신의 경험담과 그들의 경험담은 하나가 되기 위해 서로 섞여, 또 다른 경험을 만든다. 우리 사이의 차이는 통합되었고, 의미의 통합작업을 통해 우리는 생기를 갖게 된다. 우리는 능력과 사랑을 발산하고 집단 전체를 변화시킨다. 우리는 다른 사람과 하나가 되어 살아간다.

우리가 서로 가장 친밀한 것과 가장 밝게 빛나는 것, 그리고 가장 강력하게 느끼는 것들을 나누면서 좀더 솔직해질 때, 우리의 빛은 다른 사람에게도 전해진다. 용기와 영적 성장에 대한 우리 자신의 이야기는 다른 이들의 믿음과 용기를 증가시킨다. 앞에 나온 대학 총장이 국기를 빨라고 말하기까지는 용기가 필요했을 것이다. 또한 돈 리소가 책에서 자신의 이야기를 나

우리의 자아는 꽉 차 있는 진공 상태이다. 그 진공은 수많은 관계의 그물망으로 이뤄져 있다.

누기로 결정한 것도 용기를 필요로 했을 것이다. 내가 너나 다른 사람들과 이러한 생각들을 나누는 데 있어서도 큰 용기가 필요했다. 너 또한 네 이야기를 나누기 위해 특별한 용기가 필요했을 것이다.

나는 이제, 리소의 이야기 속으로 되돌아가고자 한다. "알렌이 갑자기 사랑스런 존재로 보였다. 그리고 다른 사람들이 어떤 행동을 하든 간에, 그들을 인정할 수 있게 되었다." 이것이 어떻게 가능할까? 우리가 특별한 상태에 들어가면, 그때부터 우리에겐 판단하는 경향이 아니라, 사랑하는 경향이 생겨나기 때문이다. 우리는 그들이 어떻든 간에 상관없이 다른 사람들 안에서 우리의 최선의 자아를 보기 때문에 사랑하는 것이다. 우리는 그들이 빛과 생명을 향하는 방법을 익혀 가장 위대한 벨 커브의 정점을 향해 앞으로 움직이면서 나아간다는 것을 깨달았다. 그들의 이야기와 우리의 이야기는 하나이다.

너와 나 또한 가장 위대한 나선형 선상에서 전진해나간다. 네 이야기와 나의 이야기 역시 하나이다. 너와 나는 세탁이 필요한 깃발이란다. 너와 나는 사랑 안에서 완전하게 통합되기 위해 긍정적인 반대 입장에 서 있는 것이다. 나는 이 마지막 편지를 마무리하면서, 네가 아홉 살일 때 너를 생각하며 썼던 시 한 편에 내 마음을 담고 싶구나.

가렛

어제 나는 네가 태양 속을 걷는 것을 보았단다
너는 아홉 살이란다
마치 고귀한 금으로 만든 신상 같았지

그것은 마치 세상에 하나뿐인 배 같았어
부드러운 마음과
잔인한 마음을 통합시키는

너는 별을 운반하고
너는 항상 빛을 소유한단다
그 빛은 내 영혼에 스며들어
나를 채우고
내가 너를 사랑하도록 만든단다

하나님은 전유물이 아니다. 너나 나나 모두 전유물이 아니다. 우리를 포함한 모든 사람들이 하나님과 관계가 있듯이 서로 교제를 나누고 있다. 너는 나를 고무시키고 흥분시킨다. 그래서 나는 항상 너와 함께하고 싶단다. 너는 나에게 성장의 이유이고, 빛을 발하는 원천이며, 영향을 끼치고 변화를 이끌어가는 이유인 것이다. 이것은 하나님이 너를 겸손으로 가득 채워 그분의 고귀한 은혜를 베푼다는 뜻이란다. 위대한 나선형 선상 위로 올라가는 너를 돕기 위해서라면, 나는 기꺼이 죽을 수도 있다. 나는 우리를 둘러싸고 있고, 우리를 하나 되게 하는 관계에 대해 진정한 신념을 갖고 있다. 나는 우리가 사랑 안에서 영원히 하나가 되었다고 생각한다.

사랑한다,
아버지가.

나와 내 아들의 미래를 열어갈 소중한 책!

이 책을 번역하기로 결정하는 데 가장 큰 동기부여가 된 요소는, 컨설턴트 직업을 가진 아버지가 아들에게 전하고 싶은 메시지를 따뜻한 '편지 형식'으로 들려주고 있다는 점이었다. 일반적으로 자식에게 쓰는 글은 눈에 보이지 않는 책임감과 사랑이 그 바탕이 되지 않을 수 없기 때문이다.

나 역시 이 책의 저자처럼 컨설턴트라는 직업을 가지고 있으며, 나에게도 두 아들이 있다. 첫 아이가 중학생이 되었을 때던가. 사춘기여서 그랬는지 여러 점에서 그 아이의 행동이 마음에 거슬렸다. 하지만 그때 나는, 내가 가진 나쁜 습관이 유전된 것 같아 차마 야단을 칠 수 없었다. 참으로 오랜 시간 동안 이 아이를 호되게 야단쳐야 하나, 아니면 그냥 이해하고 넘어가야 하나 하는 갈등 속에서 지냈다. 그러던 어느 날에는 극적인 장면이 연출되었다. 당시 나는 아들의 어떤 행동에 화가 많이 나 있는 상태였고, 큰아들녀석은 전혀 반성하는 기색이 보이지 않았다. 급기야 내 입에서는 극단적인 표현들이 튀어나오기 시작했다. 나의 인내력이 마지노선을 넘기고 만 것이었다. 하지 말아야 할 말들이 쏟아져나오기 시작하자, 아들녀석과 나 사이에는 팽팽한 긴장감이 감돌았다.

바로 그 순간에, 돌연 어떤 깨달음이 섬광처럼 뇌리를 스쳤다. 큰아들 녀석의 인내심에도 어떤 한계가 있을 것이고, 만약 그 아이가 그 한계를 넘어선다면, 그리하여 나에게 평소와 달리 아주 극단적인 행동을 보이기라도 한다면, 우리 가정의 화목은 치명적인 타격을 입을 것이라는 생각이 든 것이다. 나는 하던 말을 멈추고 호흡을 가다듬었다. 스스로를 진정시키기 위한 응급 수단이었다. 그리하여 그날의 사건은 다행히도 큰 충돌 없이 마무리될 수 있었다.

그날 이후, 지금까지도 큰아들을 크게 야단쳐본 기억이 없다. 기본적으로는 아들을 신뢰하는 마음이 있었기 때문이고, 더 근본적으로는 그 아이를 무척이나 사랑하기 때문이었다. 하지만 큰아들이 고등학교 2학년이 되기 전까지는 아이에 대한 걱정의 마음을 한시도 놓을 수 없었던 게 사실이다. 그때마다 나는 아들과 이메일을 주고받으며 서로의 마음을 나누곤 했다.

두 살 아래인 둘째 아들은 큰아들보다는 대하기가 훨씬 쉬웠다. 형과 나 사이에 일어난 온갖 사건을 목격하며 눈칫밥을 먹은지라 아버지와의 마찰을 어느 정도 예상하고 미리 피하는 법을 배웠기 때문인 것 같았다.

그러나 아직도 두 아들의 현재와 미래를 생각하면 걱정이 앞선다. 이 어렵고 복잡한 사회를 어떻게 헤쳐나가 자기만의 인생 지도를 그릴 수 있을는지……. 스무 살을 눈앞에 바라보는 아들녀석이든, 그 밑의 동생이든, 걱정이 되지 않을 수 없다.

그래서 나는 매일매일 두 아들을 위해 기도하고, 가끔씩 이메일을 통해 대화를 청한다. 부자간의 관계가 무너지는 근본적인 이유가 결국은 '대화의 부재' 에서 오는 것이라 생각하기 때문이다. 하지만 그마저도 더 부지런히 하지 못하는 게 못내 마음에 걸린다.

이러한 고민 속에서 이 책을 옮기다 보니, 저자 로버트 퀸의 심정에 전적으로 공감할 수 있었다. 아, 그 동안 나는 어찌하여 이런 이야기들을 내 아들에게 전해주지 않았던가 하는 후회감이 들기도 했던 게 솔직한 심정이다.

이 책의 저자 로버트 퀸은 자기 인생에 가장 큰 영향력을 미치는 존재는 바로 '자기 자신' 이라는 점을 거듭 강조한다. 아울러 자신의 인격과 미래를 결정하는 가장 큰 요인 역시 자기 자신이라고 말한다. 나아가, 우리가 이 세상을 살면서 습득해야 할 가장 큰 지식은 바로 '사람' 이라고 이야기한다. 그 사람 속에는 많은 것이 포함된다. 자기 자신은 물론이요, 스승이나 선배, 그리고 가족을 비롯한 주변의 모든 관계의 핵심에 '사람' 이 있기 때문이다.

또한 컨설턴트인 저자는, 전문가로서 자신이 연구해온 '변화' 의 원리와 원칙을 제시하면서, 아들에게 '인생 선언문(Life Statement)' 을 기록하여 삶의 순간순간에 그것을 적용하라고 말하고 있다. 그래야만 나선형으로 이뤄진 삶의 진행 방향에서 더 높이 올라갈 수 있다는 것이다. 그리고, 인생을 사는 데 자기 자신에게 지속적으로 동기부여를 해주는 것이 얼마나 중요한지, 그렇게 하기 위해 필요한 원칙들은 무엇인지에 대해서도 저자 특유의 이론인 '홀로닉스 모델'을 예로 들어 자세히 설명해주고 있다. 나는 '경쟁', '통제', '협력', '창조'라는 삶의 네 가지 중요한 가치들이 그 어느 하나도 소홀히 할 수 없을 정도로 똑같이 중요하다는 저자의 생각에 동의한다. 왜냐 하면 이 네 가지를 자기 삶의 내면에서, 그리고 사회생활에서 잘 융합해나갈 때 모든 사람의 궁극적인 목표라고 할 수 있는 '최고의 나'로서 살아갈 수 있게 되기 때문이다.

한마디로 말해 이 책은 기존의 자기 계발서와는 다른, 두 가지 중요한 차별점을 갖고 있다. 그 하나는 아버지가 아들을 향한 사랑과 신뢰 속에서 쓴 친밀한 편지라는 점이고, 또 하나는 변화경영 컨설팅 전문가인 저자가 현장에서 연구하고 실험해본 이론을 펼쳐 보여주고 있다는 점이다. 때문에 이 책에 담긴 메시지는 사회생활을 시작했거나 시작하려는 청년들에게 반드시 필요한 신념과 비전, 사랑과 용기, 자신감과 가능성에 관한 모든 것을 담고 있다 해도 과언이 아니다.

만약 내가 나의 두 아들에게 편지를 쓴다면 어떤 메시지를 담을 수 있을까? 과연 나는 내가 가진 지혜를 내 아이들에게 충분히 전해주며 그들을 이끌어가고 있는가? 아마도 이 책은 이런 점에 대한 나의 아쉬움을 대신할 만큼 매우 알맞은 선물이 될 수 있을 것 같다. 그리고 마지막으로, 감히 용기를 내서 한마디 덧붙이자면 "진심으로 사랑한다"는 말을, 나의 두 아들에게 전하고 싶다.

2003년 7월,

이강락(KR 컨설팅 그룹 대표).

진정한 변화에 대해 한수 배우다

때로는 내 인생에 연습이 있다면 얼마나 좋을까 하는 생각을 해보곤 한다. 한번 스타트하면 돌이킬 수 없는 인생의 여정에서 현명한 선배로부터 받는 조언은 없어서는 안 될 중요한 요소가 아닐까. 이러한 조언이야말로 우리가 새로운 변화를 추구하고 주도해나갈 때 아주 큰 힘이 되기 때문이다.

컨설턴트가 되기 위해 미국에서 공부할 당시, 나는 이 책의 가렛과 비슷한 경험을 했다. 어렵고 힘들게만 보이는 일들이 매순간 눈앞에 닥쳐왔고, 쉽지 않은 문제를 앞에 두고 나 홀로 해결책을 구해야만 했다. 하지만 사실 나는 혼자가 아니었다. 몸은 비록 떨어져 있으나, 사랑이 담긴 편지를 통해 늘 조언을 보내온, 그리하여 내 삶에 큰 버팀목이 되어주신 아버지가 계셨다.

어려서부터 아버지는 내게 존경받는 아버지이자, 좋은 모범이 되는 전문경영인이셨다. 어린 내게 아버지는 너무나도 완벽한 모습으로 다가왔으며, 나이가 들고 성장해감에 따라 그러한 아버지의 모습은 점점 더 커져갔다.

경영 컨설팅이라는 만만찮은 세계에 뛰어들어 여러 프로젝트를 진행하고 있는 지금까지도 아버지는 내게 큰 도전이 되어주신다. 아버지가 생생하게 몸으로 보여주는 그 도전들이 내 인생에 중요한 동기부여 요소가 되고 있는 것이다.

때로는 아버지로서, 때로는 편안한 친구로서, 그리고 무엇보다도 내가 닮고 싶은 선배 전문경영인으로서 항상 곁에 계셔주셨던 아버지! 이 책을 번역하면서 내가 가렛과 어떤 유대감 혹은 동질감을 느낄 수 있었던 건 바로 그런 아버지가 곁에 계시기 때문이 아닌가 싶다.

최근 들어 아버지들의 설자리가 줄어들고, 가정이 무너지고 있으며, 교육의 장(場)인 학교에서도 교사의 권위가 뿌리째 흔들리고 있다는 우려 섞인 목소리가 많이 들린다. 사회 구조의 근간을 뒤흔들 정도로 중요한 문제에 봉착한 우리들에게 이 책은 때마침 중요한 이야기를 들려준다.

우리는 인생을 살아가면서 알게 모르게 많은 변화를 겪는다. 때로는 삶의 골짜기에 이르기도 하고, 때로는 삶의 정점에 올라보기도 한다. 가능한 한 늘 삶의 정점을 향해 올라가는 삶을 살고 싶건만, 그것이 그렇게 말처럼 쉽지만은 않은 것이 현실이다. 특히 스무 살 무렵의 젊은이들에겐, 자기 스스로 어떠한 변화를 추구하고 시도한다는 것이 너무도 무거운 삶의 짐으로만 느껴질 뿐이다. 자기 자신의 정체성에 대한 판단조차 정확히 내릴 수 없고, 현재 처한 상황에 대한 객관적이고 예리한 분석은 더더욱 어렵다. 일반적으로는 왜 그러한 판단과 분석이 필요한지조차 모른 채 그날그날 습관에 젖어 인생을 살아간다. 하지만 그런 삶의 끄트머리에는 패배의식과 절망, 심지어는 자기 파괴적인 부정적인 생각이 도사리고 있기 십상이다.

물론 한번도 경험해보지 못한 미지의 세계와 그로 인한 변화들에 대한 두려움이 없을 수는 없다. 이 책의 저자는 바로 이런 두려움에 빠진 아들을 위해, 더 나아가 이 세상의 모든 청년들을 위해 자기만의 인생 경영 노하우를 전해주고 있다. 즉, 어떻게 하면 자기 스스로 주도적인 변화를 추구해갈 수 있는지, 어떻게 사는 것이 당당하고 행복한 삶인지, 자기 안에 숨어 있는 가능성을 끌어내어 성공적인 삶을 사는 비결은 무엇인지 등에 대해 명확하고도 소상하게 제시해주고 있는 것이다.

이 책을 번역하면서 컨설턴트라는 직업을 가진 나 또한 적잖은 도움을 받을 수 있었다. 보다 나은 미래를 추구하며 변화를 주도해야 하는 인생과 비즈니스에서 직면하는 여러 가지 문제들을 효과적으로 해결하는 방법을 깨달을 수 있었던 것이다. 그리고 이러한 문제해결을 위해서는 무엇보다도 삶의 궁극적인 비전과 목적을 보다 명확히 할 필요가 있다는 사실도 재차 확인할 수 있었다.

저자 로버트 퀸은 '부분을 조합하여 보다 조직적이고 효율적인 하나의 새로운 전체를 만들 수 있다' 는 홀로닉스 모델 개념을 통해 모든 사람이 각자의 비전을 보다 구체적으로 실현시킬 수 있는 방법론을 제시한다. 이것은 바쁜 일상생활 속에서 쫓기듯 살아가는 현대인들에게, 자신의 삶에서 한발짝 물러나 부분이 아닌 전체를 바라보는 시스템적 접근을 해볼 수 있도록 돕는다. 또한 우리를 둘러싼 관계를 더 깊이 성찰하는 법을 깨닫게 함으로써 진정한 영향력을 가진 사람으로 성장할 수 있도록 돕는다.

이런 면에서 이 책은 한 권의 자기 계발서이자, 한없이 넓고 깊은 아버지의 조언을 담은 지혜의 책이라 불러도 좋을 것 같다. 저자가 서문에서 밝혔듯이, 삶의 갈림길에 선 청년들과 전문 분야에서 보다 성공하고 싶은 직장인들, 아들과 더 깊은 대화를 나누고 싶은 아버지들에게 두루 유용한 책이 아닐 수 없다.

끝으로, 이 책을 번역하는 데 많은 도움을 주신 주위 분들과 곁에서 기도와 따뜻한 관심으로 조언해주신 아버지와 어머니께 감사를 드리며, 성공적인 변화를 도출하는 신뢰받는 컨설턴트가 되겠다는 다짐을 다시 한 번 마음에 새겨본다.

7월의 어느 새벽녘,
강경훈(KR 컨설팅 그룹 전문위원).

아들을 위한 기도

바다처럼 짙푸른 7월, 훌륭한 컨설턴트가 되기 위해 수고를 마다하지 않고 회사와 고객 사이에서 주어진 프로젝트를 성공적으로 추진하느라 애쓰는 내 아들을 바라보며 아버지는 늘 마음 속으로 이렇게 기도했단다.

"컨설턴트가 되기 위해 이제 막 인생 항해를 시작한, 사랑하는 아들 강경훈을 생각하며 하나님께 기도드립니다. 사랑하는 아들이 믿음 안에서 자랄 수 있도록 좋은 교회와 좋은 목자(김삼환 목사님)를 만나게 해주심을 감사드립니다. 또한 좋은 회사에서 일할 수 있는 환경을 허락하시고 젊음을 불태울 수 있는 사명감을 갖고 도전할 수 있도록 굳건한 인생의 목표를 주심에 감사드립니다.

사랑하는 아들이 주어진 직무를 겸손하게 잘 감당할 수 있도록 이끌어주시고, 장차 전문가로서 부끄럽지 않은 컨설턴트가 될 수 있도록 인도해주옵소서! 고난과 역경에 직면해서도 자포자기하지 않도록 하옵시고, 문제를 만났을 때라도 언제나 하나님의 손을 의지하게 하옵시며, 인생의 목적을 눈에 보이는 물질이나 명예, 지위에 두지 아니하고 보다 내면적이고 영적인 것에 두게 하옵소서!

프로젝트를 수행할 때에도 고객을 단순한 비즈니스 대상으로만 보지

* 이 글은 옮긴이 중 한 사람인 강경훈 씨의 아버지가 출판사에 보내온 글입니다. 아들의 번역작업을 곁에서 지켜본 한 아버지로서, 그리고 또 한 사람의 전문경영인으로서 이 책의 내용을 먼저 읽고 느낀 점을 '아들에게 보내는 편지' 형식으로 쓴 것입니다. 저희 편집부는 이 소박하고 짤막한 글이 세상을 살아가는 모든 아버지들의 마음과 기원을 담은 것이라 판단하여 일종의 '추천의 글' 형식으로 이 지면에 소개합니다 — 편집자.

않고 항상 사랑하는 마음으로 주인의식을 갖고 바라보게 하옵소서. 또한 시간은 하나님이 주신 선물이므로 늘 감사한 마음으로 사용하게 하옵시고, 계획성 있는 삶의 시간표를 운영하여 낭비하지 않게 하옵소서!

사람을 대할 때에도 편견이나 선입견을 갖거나 외모나 지위로 평가하지 않게 하옵시며, 다른 사람의 장점은 적극적으로 칭찬하고 격려하되, 단점은 이해와 사랑으로 감쌀 줄 아는 지성인이 되게 하옵소서. 또한 건설적인 반대 의견에 늘 귀기울이게 하옵시고, 부정적인 생각이나 패배의식에 사로잡히지 않게 하시며, 깨어 기도하여 하나님의 세미한 음성을 들을 수 있도록 하옵소서!

변화를 예측하고 주도하며, 그것에 적응하는 능력을 길러주시고, 발상의 전환을 통해서 지혜의 폭이 더욱 넓어지게 하옵소서. 아울러 환경을 꿰뚫어보는 통찰력을 주셔서, 자아 실현의 욕구를 충족시킬 수 있는 진정한 전문가가 되게 하옵소서!

균형 잡힌 사고와 남을 배려하는 삶의 자세를 늘 견지하게 하시고, 결단을 함에 있어서는 신중히 하되, 선택한 결정은 과감히 추진할 수 있도록 능력을 주옵소서.

항상 최선을 다하는 사람이 되게 하옵소서. 가정에서는 부모를, 학교에서는 선생님을, 직장에서는 상사를, 동아리에서는 선배들을 존경하는 마음을 갖게 하시고, 사회생활을 할 때는 배우고 싶은 사람이나 조직을 설정하여 끊임없이 그들을 닮아가도록 하옵소서!

생각이 바뀌면 습관이 바뀌고, 습관이 바뀌면 행동이 바뀌며, 행동이 바뀌면 인생이 바뀐다는 것을 염두에 두고, 늘 진실되고 성실하며 정직한 삶을 살아가도록 인도해주옵소서. 좋은 친구들과 깊은 교제를 갖게 하시고, 신실한 배우자와 인생을 아름답게 설계해나갈 수 있도록 아름답고 축복된 만남을 허락하옵소서!

특히 이번에, 경훈이가 이 세상을 살아가는 모든 부모와 자녀들에게 삶의 지혜를 일깨워줄 귀한 책을 번역함으로써, 보다 심오한 컨설턴트의 자질을 몸소 체험하였습니다. 이 아들이 앞으로도 계속 성장하여 더 좋은 결실을 맺을 수 있도록 축복해주옵소서!

예수님의 이름으로 기도드립니다. 아멘."

2003년 7월,

아버지 강동원(주신테크 회장).

참고 문헌

Bass, B. M. *Transformational Leadership: Industry, Military and Educational Impact.* Mahwah, N. J.: Erlbaum, 1998.

Csikszentmihalyi, M. *Finding Flow: The Psychology of Engagement with Everyday Life.* New York: Basic Books, 1997.

Fletcher, J. L. *Patterns of High Performance: Discovering the Ways People Work Best.* San Francisco: Berrett-Koehler, 1993.

Fort, T. L., and Noone, J. J. "Banded Contracts, Mediating Institutions, and Corporate Governance: A Naturalist Analysis of Contractual Theories of the Firm." *Law and Contemporary Problems,* 1999, 62(3), 163-213.

Fritz, R. *The Path of Least Resistance: Learning to Become the Creative Force in Your Own Life.* New York: Fawcett Columbine, 1989.

Gibbons, R. C. "Revisiting: The Question of Born Versus Made: Toward a Theory of Development of Transformational Leaders." Doctoral dissertation, Fielding Institute, Santa Barbara, Calif., 1986.

Hanh, T. N. *Living Buddha, Living Christ.* New York: Riverhead Books, 1995.

Heifetz, R. A. *Leadership Without Easy Answers.* Cambridge, Mass.: Belknap Press of Harvard University Press, 1994.

Kershner, I. (dir.). *The Empire Strikes Back.* Lucasfilm, 1980.

Kofman, F., and Senge, P. M. "Communities of Commitment: The Heart of Learning Organization." *Organizational Dynamics,* 1993, 22(2), 5-23.

La Barre, P. "Do You Have the Will to Lead?" *Fast Company,* Mar. 2000, p. 222.

Needleman, J., and Appelbaum, D. *Real Philosophy: An Anthology of the Universal Search for Meaning.* New York: Penguin Books, 1990.

Peck, S. *The Road Less Traveled: A New Psychology of Love, Traditional Values, and Spiritual Growth.* New York: Simon & Schuster, 1978.

Pirsig, R. M. *Zen and the Art of Motorcycle Maintenance.* New York: Morrow, 1974.

Prochaska, J. O., Norcross, J. C., and DiClemente, C. C. *Changing for Good: A Revolutionary Six-Stage Program for Overcoming Bad Habits and Moving Your Life Positively Forward*. New York: Avon Books, 1994.

Quinn, R. E. *Deep Change: Discovering the Leader Within*. San Francisco: Jossey-Bass, 1996.

Quinn, R. E. *Change the World: How Ordinary People Can Accomplish Extraordinary Results*. San Francisco: Jossey-Bass, 2000.

Riley, P. *The Winner Within: A Life Plan for Team Players*. New York: Putnam, 1993.

Riso, D. R., and Hudson, R. *The Wisdom of the Enneagram: The Complete Psychological and Spiritual Growth for the Nine Personality Types*. New York: Bantam Books, 1999.

Rothenberg, A. *The Emerging Goddess: The Creative Process in the Art, Science, and Other Fields*, Chicago: University of Chicago Press, 1979.

Torbert, W. R. *Managing the Corporate Dream: Restructuring for Long-Term Success*. Homewood, Ill.: Dow Jones/Irwin, 1987.

Vaillant, G. E. *Adaptation to Life: How the Best and the Brightest Came of Age*. Boston: Little, Brown, 1997.

Williamson, M. A. *Return to Love*. New York: Harpercollins, 1994.